COMMENT CELA FINIT

Saskia Sarginson a grandi dans le Suffolk. Diplômée de littérature anglaise à l'université de Cambridge, également titulaire d'un diplôme de mode et design, elle a travaillé pour la presse magazine, la radio et l'édition, mais se consacre désormais totalement à l'écriture. Elle est l'auteure de *Jumelles*, *Sans toi*, *L'Autre Moi-même*, *L'Étranger à ma porte*, *Comment cela finit* et de *Notre banc*.

Paru au Livre de Poche :

L'ÉTRANGER À MA PORTE

JUMELLES

SASKIA SARGINSON

Comment cela finit

TRADUIT DE L'ANGLAIS PAR FRÉDÉRIC GRELLIER

MARABOUT

Titre original :

HOW IT ENDS

Publié pour la première fois en 2018 par Piatkus,
un département de Little, Brown Book Group.

ISBN : 978-2-253-24176-8 – 1re publication LGF

Pour Ana

Prologue

Ruby ne sait plus comment ce livre lui est arrivé entre les mains. Il l'a peut-être apporté lors d'une visite, en plus des brassées de tulipes et des boîtes de chocolats. Elle le montre aux gens qui passent, la femme à la serpillière, ou la jeune fille qui s'exprime en rougissant.

— Regardez ! dit Ruby en pointant le nom sur la couverture. C'est mon fils. Christopher Delaney.

Les lettres ressortent, écarlates et en relief. Ruby adore passer les doigts dessus, comme si c'était du braille ou un message codé. Elle est époustouflée que son fils soit l'auteur de ce roman. Elle relit, encore et encore, ce nom si cher à son cœur. Elle ouvre le livre, les mots de Christopher sont là pour elle. Mais ça lui donne mal à la tête de se concentrer sur l'écriture minuscule. Elle doit plisser les yeux devant les phrases serrées et les lettres finissent par s'éparpiller, nuée de fourmis qui grimpent sur ses doigts et envahissent ses manches, leurs petites mâchoires prêtes à mordre. Elle détourne le regard et referme le livre. Peu importe. Cela ne gâche en rien le bonheur qu'elle éprouve à le tenir dans ses mains. Elle aime le garder avec elle d'un endroit à l'autre et, au moment de se coucher, elle le place sous son oreiller ou le serre contre elle.

On refuse qu'elle bouche la lucarne de la porte par où des visages l'observent. Les yeux fermés, elle écoute le grésillement des lumières et les pas dans le couloir. Elle sait distinguer les claquements de talons décidés d'un supérieur hiérarchique et la démarche traînante et hésitante d'un subalterne. Quand commencent les cris, des cris étouffés dont l'écho lui parvient, Ruby attend que les médicaments du soir la mettent K.-O. comme un coup de poing à la tempe. Gagnée par le sommeil, elle enfouit son nez entre les pages, hume l'odeur de papier qui imprègne les mots de Christopher. Elle a aussi la sensation d'aspirer son fils dans ses poumons, de le retenir dans les recoins secrets de son corps. Enfant, il avait une haleine de pomme, de cannelle et de chewing-gum à la menthe. Hedy aussi.

Hedy. Ce nom est un gouffre dans lequel basculer.

Quand Christopher reviendra-t-il ? Ruby a besoin de le voir, de le toucher et de s'assurer qu'il est bien réel. Autrefois, elle le séchait après son bain et appliquait de la crème sur sa peau irritée. Elle était une mère aimante. Tout à fait. Elle ne doit pas repenser à la cage. Surtout pas. Ce souvenir la fait pleurer, et dès qu'elle pleure on sort les fils électriques et les sangles, ce qui serait dommage maintenant qu'elle sait être raisonnable, hein ? Elle a droit à quelques privilèges, comme de pouvoir conserver un livre sur sa table de chevet. Ou passer l'après-midi dans le jardin quand il fait bon. Personne ne se doute que, pendant qu'elle reste assise sur le banc en bois, les yeux fermés et les mains jointes, le visage tourné vers la brise, elle décrypte le bourdonnement des abeilles qui butinent les roses, y repère son nom murmuré en boucle : *Ruby, Ruby, Ruby*. C'est la voix de Todd, il lui promet qu'il sera là bientôt, pour la ramener chez elle, dans l'Iowa. De l'autre côté de l'Atlantique. Elle y retrouvera ses enfants qui jouent ensemble dans le jardin, deux têtes blondes sous le soleil implacable.

PREMIÈRE PARTIE

La base aérienne

1

1957

C’est la première fois que Hedy Delaney dort à l’hôtel. Elle rêvait de grooms en uniforme élégant, servant du homard sur un chariot recouvert d’une nappe blanche. Elle n’a jamais mangé de homard, et, pour être honnête, l’idée ne la tente guère, mais l’important est ce que ça représente : l’inconnu et l’exotisme. Au lieu de quoi, elle est assise sur un lit face à un climatiseur, cloîtrée avec sa famille. Elle voudrait hurler un bon coup, manifester la frustration qu’elle a dans le ventre. Mais ça ne se fait pas de crier à New York, à moins d’être agressée. Les flics débarqueraient et enfonceraient la porte. Peut-être même qu’on enverrait ses parents en prison. Alors, afin de canaliser son agitation, elle tripote les pansements sur ses bras, les décolle du bout des ongles.

Elle a douze ans, l’âge où la plupart de ses camarades de classe reçoivent leur premier soutien-gorge et se destinent à devenir de parfaites ménagères. Sa silhouette filiforme ne montre aucun signe de rondeurs à venir et Hedy n’a pas franchement envie d’apprendre à ourler les rideaux ou à cuisiner le pain de viande. Il n'y a que maman pour toujours répéter que son prénom, comble de l'ironie, a été choisi par papa en hommage à l'actrice Hedy Lamarr. Hedy n'a que faire des stars de cinéma. Les joueurs de base-ball, en revanche ! Son équipe fétiche, c'est les Yankees de New York. Elle imagine qu'une balle frappée dans leur stade pourrait parvenir jusqu'à elle, là où elle se trouve ce soir, mais jamais elle n'aura la chance de voir les exploits de Yogi Berra ou Joe Collins, vu qu'elle est coincée dans cette chambre d'hôtel et que demain elle va quitter les États-Unis pour un pays où personne n'a jamais entendu parler du base-ball.

Hedy se contorsionne pour examiner l'arrière de son bras enflé et, le visage plissé par l'effort, retire un deuxième pansement noirci par le sang. À l'écart dans un coin de la pièce, ses parents discutent à voix basse. Ils ne regardent jamais en direction de Hedy. Tout le monde l'ignore. Même Chris. Il n'arrête pas de griffonner dans son cahier depuis qu'ils ont quitté leur maison. À croire que les histoires qu'il invente sont plus importantes que tout ce que sa sœur pourrait lui dire. Voilà qu'il s'est endormi, blotti sous une couverture dans le lit d'appoint. Comment fait-il pour dormir, malgré la douleur au bras ?

Elle s'empare du cahier et feuillette les dernières pages. En fait, son frère n'a rien écrit de nouveau. Mais il s'est dessiné lui-même. Émue, Hedy effleure le croquis au crayon. C'est très ressemblant. Chris a représenté dans ses moindres détails le corset de Milwaukee qu'il doit porter vingt-trois heures par jour. Il souffre d'une scoliose aiguë. Le corset est censé redresser sa colonne vertébrale déformée, forcer ses pauvres os tordus à se remettre dans la bonne position. Maman dit que, comme c'est pour qu'il guérisse, on doit l'obliger à le porter parce que c'est un mal pour un bien. L'accent de maman, d'origine anglaise, ressort toujours quand elle dit ce genre de choses.

Hedy observe l'autoportrait de son frère. Il a dessiné les boucles et les sangles du lourd corset en cuir qui l'enserre du haut des cuisses jusqu'à la taille. Inconfort supplémentaire, un collet en fer rigide, rattaché à une plaque métallique large de cinq centimètres positionnée au centre du torse, se place autour du cou. Deux barres compriment le dos, de part et d'autre de la colonne vertébrale. Il y a aussi une mentonnière, soutenue par une tige fixée au collet. Elle maintient sa tête redressée en permanence, ce qui lui donne l'air d'un cheval apeuré qui se cabre et l'oblige à faire les yeux blancs pour regarder vers le bas.

Elle tourne la page. Voici un autre dessin. Là, Chris a dessiné un garçon souriant, vêtu d'une tenue bouffante d'astronaute. La tête dans une bulle de verre, il observe les étoiles qui scintillent autour de lui. Son corps flotte dans l'espace au-delà de la lune, voltige parmi les planètes. Ce croquis ne la surprend pas ; son frère est passionné par l'espace, par la science-fiction et, plus que tout, par les extraterrestres. Il rêve de devenir cet aventurier du cosmos, de ne plus être le garçon tordu au corset. Hedy soupire et referme le cahier. Elle ne le contredit pas quand il invente des créatures sur d'autres planètes et la possibilité de voyages intergalactiques, car elle sait que l'imaginaire est son échappatoire, qu'il l'aide à oublier la douleur.

Rien qu'à l'idée de rester coincée dans ce corset, elle

se sent claustrophobe. Elle tire sur le col de son tee-shirt. Ça manque d'air, la fenêtre est condamnée. Les sacs et les valises sont entassés autour d'eux. Le reste de leurs affaires, placées comme des cadavres dans des caisses en bois clouées, a déjà été envoyé par bateau. Hedy peut encore sentir l'odeur de leur dîner, des hot-dogs achetés à un vendeur de rue. Ils les ont mangés assis sur le lit ; le ketchup et la moutarde dégoulinaient sur leurs doigts. Maman avait peur qu'ils fassent des saletés, elle leur répétait de bien s'essuyer avec les serviettes en papier qu'elle leur avait distribuées et de ne pas mettre de miettes sur les draps. Les hot-dogs, c'était chouette. Comme la visite rapide de l'Empire State Building plus tôt dans la journée. Mais les oignons frits et la saucisse caoutchouteuse lui sont restés sur l'estomac. Elle repense à leur maison où flottait la bannière étoilée sur la pelouse côté rue. Elle se demande si leur déménagement vogue à cette heure quelque part au milieu de l'Atlantique, ou bien s'il est déjà arrivé sur la terre ferme et les attend dans leur nouvelle maison. Elle a hâte de la découvrir. Pourvu qu'ils aient chacun sa chambre, Chris et elle, qu'il y ait un grenier mystérieux en haut d'un escalier tortueux et un grand jardin pour s'entraîner au base-ball. Elle jette un coup d'œil à ses parents. Toujours en train de chuchoter, penchés l'un vers l'autre. Papa a une tache de moutarde sur sa chemise.

Quand il leur a annoncé la nouvelle, il y a des mois, Hedy l'a agrippé par le bras et s'est mise à sauter sur le canapé. Chris et elle l'ont assailli de questions. On allait manger des *fish and chips* emballés dans du papier journal ? Sérieux ? Comment ils arriveraient à se faire comprendre des Anglais, avec leur accent ? Ils iraient à l'école ? Et la Buick, on l'emmènerait ? Papa a bien ri en balançant Hedy, suspendue à son biceps.

« Bien sûr qu'on va l'emmener, princesse ! Je ne pourrais pas m'en passer ! Vous allez adorer l'Angleterre. Il y a même un cinéma sur la base. »

Et allait-il de nouveau piloter un bombardier ?

« Non, voler, c'est terminé pour moi. Votre père a obtenu une promotion, les enfants. Il s'agit d'une mission au sol de la plus grande importance, a-t-il ajouté en se tapotant le nez, contenir les Rouges. »

Au dîner, il leur a permis de tremper les lèvres dans sa bière et a éclaté de rire quand de la mousse est ressortie du nez de Chris. Riant toujours, papa l'a regardé recracher sa gorgée dans son assiette. Hedy s'attendait à voir maman bondir de sa chaise pour nettoyer. Mais celle-ci est restée assise, à se mordiller la lèvre, l'esprit ailleurs.

« Allons, Ruby, a dit papa, pourquoi cette tête d'enterrement ? Tu gâches tout le plaisir. »

D'habitude, papa n'a qu'à embrasser maman ou sortir une plaisanterie pour la faire sourire, ou bien il l'attire contre lui comme pour danser le tango et la penche en arrière jusqu'à ce que sa tête touche presque le sol, et une fois qu'il l'a redressée, même si elle lui flanque une tape sur le bras et se plaint d'avoir le tournis, elle en rit et a les joues toutes roses. Pas cette fois-là. Dès que Chris et Hedy ont été couchés, la discussion a commencé.

« Comment on va faire pour Christopher ? a demandé maman.

— C'est-à-dire ? a chuchoté papa, la voix fatiguée. Il y a des médecins en Angleterre.

— Moins compétents qu'ici. Tout est mieux en Amérique. Retourner en Angleterre, c'est renoncer à tellement de choses ! Les enfants ne comprennent pas. Ils ne voient que le côté excitant. »

Long soupir de papa.

« Tu savais qu'on allait être mutés, chérie. On n'a pas le choix du poste, c'est pas des vacances. On habitera sur une base américaine. Il y aura tout le confort auquel tu es habituée ici. Et puis, c'est une promotion. Ça pourrait déboucher sur un truc encore mieux, pour nous tous. »

Hedy, l'oreille plaquée contre la porte, était intriguée. Pourquoi maman n'avait-elle pas envie de rentrer en Angleterre ? Sans doute préférait-elle maintenant l'Iowa à l'endroit où elle avait grandi. Elle ne parlait presque jamais de grand-père, de son frère et de sa vie avant son mariage avec papa. Hedy n'avait qu'une idée assez floue de l'endroit précis où habitaient ces mystérieux parents, mais quoi qu'il en soit, vu que l'Angleterre était minuscule, à peine de la taille d'un seul État, elle était certaine de pouvoir enfin les rencontrer. Peut-être y aurait-il aussi une tante, et même des cousins.

Dehors, la ville de New York se presse contre la vitre, avec ses gyrophares, ses bruits prétentieux et ses murs en trop grand nombre. Hedy a le torticolis à force de lever la tête. Il n'y a plus de place pour le ciel. Elle soulève délicatement le bras. Ça l'élance comme si elle avait plongé la main dans un nid de frelons. On s'est bien gardé de leur parler des vaccins. Chris bouge sous la couverture. En fait, il ne dort pas. Il pleure. Elle se glisse à côté de lui, en s'appuyant sur le bras qui n'a pas mal. Chris doit rester sur le dos, coincé comme un scarabée. Elle lui masse les épaules en des cercles consolateurs.

— Tu veux que je te fasse la lecture ? J'ai *David Starr, justicier de l'espace* dans mon sac.

— Non, murmure-t-il, la gorge nouée. Pas maintenant.

— Au moins, on n'attrapera pas la polio ou la diphtérie. Pense à des choses agréables. Une glace au chocolat, par exemple. Ou que demain on va prendre l'avion.

Hedy est plus âgée que son jumeau, de dix minutes. Chris a besoin qu'on s'occupe de lui. Non pas qu'il soit stupide ni quoi que ce soit. Elle ne connaît personne de plus intelligent. Son principal problème, à part celui qui saute aux yeux, c'est qu'il n'a aucun instinct de conservation, ce qui l'expose aux moqueries et aux déceptions. Hedy pose sa tête sur l'oreiller. Elle passe son bras autour de la taille de Chris, sans toucher la gaine de cuir sur ses hanches, et cherche à épouser les contours rigides de son corps. Le nez appuyé dans le creux de son cou, elle se met à fredonner, couvrant les chuchotements énervés de maman et de papa. Chris s'essuie le nez, renifle et se tortille.

— Tu me fais chaud !

— Arrête de bouger, minable. Serre-toi un peu, le lit est trop étroit.

Il sourit. Même sans voir son visage, elle sent son sourire à quelque chose qui s'adoucit en elle, dans sa poitrine. Le corps de Chris se soulève dans un soupir, puis se fait tout lourd contre elle. Hedy l'écoute s'enfoncer dans le sommeil, sa respiration de plus en plus profonde avec son cliquetis d'asthmatique. Chris est allergique à tout : lait, noix, pollen, poils d'animaux.

Hedy lui en a longtemps voulu, elle qui rêvait d'avoir un chat.

Ruby se lève, les épaules contractées et l'air soucieux.

— Allons, dit Todd en tirant une dernière bouffée sur sa cigarette avant de l'écraser dans le cendrier débordant de mégots, posé sur la table de chevet. Fais-moi un sourire, chérie. On a une grosse journée qui nous attend demain. Viens ici.

Il lui tend les bras. Ruby se laisse enlacer, les yeux fermés, la joue appuyée sur sa chemise. Elle a déjà exprimé son avis, elle ne veut pas rentrer en Angleterre. Ce n'est plus le moment de faire une scène : il n'est pas possible d'inverser le cours des choses. Elle réagit bêtement. Todd tient beaucoup à ce poste. C'est une belle promotion, elle a mauvaise grâce d'en ternir l'éclat. Elle détend ses muscles, éprouve du réconfort à s'abandonner à son étreinte.

— Je te demande pardon, murmure-t-elle contre son épaule. Si tu veux savoir la vérité, j'ai un peu peur de prendre l'avion. Assez ridicule pour la femme d'un pilote !

Elle laisse échapper un petit rire. Il sourit, comme elle s'y attendait, et, de son ton le plus rassurant, lui explique que les vols commerciaux sont parfaitement sûrs. Elle le laisse faire. Elle est incapable de démêler l'écheveau de ses craintes véritables, sans parler de les expliquer. En premier lieu, elle s'inquiète pour Christopher. Il ne sera plus suivi par l'hôpital de l'Iowa, avec son équipement et son savoir-faire de pointe, et Ruby se demande comment elle fera pour le protéger en Angleterre, un pays qui ne s'est pas encore remis de la guerre, en proie aux privations et à la pauvreté. Elle imagine un attroupement de locaux qui grognent leur mécontentement, le visage plaqué contre la clôture d'enceinte pour épier d'un regard affamé ces privilégiés de Yankees installés chez eux. Ça lui fait bizarre de retourner dans un pays qu'elle a fui, qu'elle pensait ne jamais revoir. En se retrouvant dans l'East Anglia, tout près de la ferme où elle a grandi, Ruby est certaine de replonger dans son enfance : le malheur, la saleté et les corvées qu'elle s'est efforcée d'oublier. Elle a tiré un trait, elle n'est plus la jeune fille d'alors. Celle qui n'arrivait jamais à se débarrasser de la crasse sous ses ongles, dans les plis de sa peau. Dans cette maison, il n'y avait ni amour, ni tendresse, ni pardon. Elle ne rêvait que d'une chose, s'échapper. Mais son frère n'a plus aucun droit sur elle, se répète-t-elle. Elle va prendre l'avion demain, porter son nouveau tailleur bleu et des bas Nylon qui scintilleront sur sa peau douce. Todd sera fière d'elle. Même si elle retourne en Angleterre, Ruby n'est plus la même. Elle est une femme mariée, une Américaine.

Elle touche la tache de gras jaunâtre sur le col de la chemise de Todd ; il faudra la faire bouillir. Elle dépose un baiser sur le menton de son mari, puis s'écarte et s'approche du lit d'appoint où les jumeaux sont blottis l'un contre l'autre, comme les deux orphelins d'un conte, avec leur peau veinée de bleu, du même blanc laiteux qui se couvre en été de taches de rousseur. Du sang viking. Du côté de Ruby, on est grand, avec une ossature pesante et des yeux pâles comme l'eau claire. Les cheveux de Hedy et de Christopher s'entremêlent sur l'oreiller, du même blond cendré. Ruby se penche, caresse le front de son fils et en lisse la peau. Il faudra trouver un médecin anglais qui s'y connaisse en scoliose. Entrouvertes, les lèvres de Christopher tremblent à chaque inspiration. Il a le teint rosi, les sourcils foncés et hérissés à cause des larmes. Christopher pleure facilement, pour un garçon : ses yeux s'embuent dès qu'il voit un animal écrasé sur la route, chaque fois que Ruby et Todd se disputent, ou quand une créature vivante se montre cruelle envers une autre. Ruby n'a qu'à l'observer pour sentir une peur familière l'envahir, et l'envie farouche de le protéger des innombrables douleurs de la vie. Elle imagine qu'il a dû se produire une inversion à la conception, que les petites cellules chargées de conférer les attributs masculins et féminins se sont trompées et ont atterri sur le mauvais bébé. Elle ignore si Todd partage ses doutes, ce n'est pas le genre de chose qu'un homme peut admettre ouvertement à propos de son seul fils.

La chambre bruisse du souffle de ses enfants endormis et des ronflements de son mari qui a la bouche entrouverte. Mais Ruby, les bigoudis fixés par des piques et le visage enduit de crème de nuit, ne parvient pas à trouver le sommeil. De l'autre côté de la fenêtre, New York ne ferme pas davantage l'œil. Les lumières clignotent à travers les rideaux tirés, pulsation visuelle sur les murs de la chambre. Ruby entend le bruit des voix, la circulation et l'incessant claquement des talons sur le trottoir en contrebas. Où peuvent bien se rendre tous ces inconnus ? Quels désirs et besoins mystérieux les poussent à arpenter la ville tard dans la nuit ?

Elle repense à leur petite maison de Sioux City,

la véranda de style ranch plongée dans la pénombre, les pièces vides, dépouillées des meubles qu'elle a peints elle-même et des rideaux qu'elle a cousus à la machine, comme une pionnière des Temps modernes. Là-bas, on n'entendait quasiment aucun bruit le soir, juste le cri d'un coyote ou Pete, le voisin, qui garait sa Chevrolet en marche arrière. Sur Orleans Avenue, chacun connaissait ses voisins et les étrangers étaient rares. Il y a quelques semaines, Ruby a cru à un mirage en voyant défiler devant chez elle des hordes de gens, la plupart en voiture, quelques-uns à pied, comme des réfugiés, emportant des cartons ficelés et des landaus remplis de bric-à-brac : les habitants du centre-ville, obligés d'évacuer les lieux avant que le barrage ne cède. L'eau a déferlé comme les autorités l'avaient annoncé, arrachant les lignes téléphoniques, emportant des maisons entières, des voitures et des chiens. La crue du Missouri était apparemment due aux neiges de mars. Des images de la catastrophe sont passées aux actualités, mais Ruby l'a vue de ses propres yeux, n'ayant qu'à sortir devant chez elle pour surplomber la vallée. Les arbres immergés, leurs branches comme tendues en une supplique. Les oiseaux qui tournoyaient dans le ciel. On aurait dit une scène biblique, comme si les prophéties de l'Ancien Testament se réalisaient, et la voix du père de Ruby résonnait dans sa tête : *Entre dans l'arche avec ta famille, car je t'ai vu comme un juste devant moi !*

Après la crue, ça s'est mis à sentir mauvais. Une odeur grasse de pourriture et de moisi. Ça empestait le soufre, comme des œufs avariés. La nuit, Ruby était obligée de laisser la fenêtre fermée et de se boucher le nez avec sa chemise de nuit. Ça lui rappelait le Norfolk, la ferme de son enfance : la boue répandue dans la cour, le tas de fumier dont s'échappaient des relents fétides, la paille imbibée de sang de cochon. Orleans Avenue était comme souillée. Cette rue propre et lumineuse, avec ses parterres de fleurs, ses haies parfaitement taillées et ses clôtures au parfum de sciure semblait enveloppée d'un voile sombre, comme si une vieille malédiction s'était réveillée, s'échappait des carcasses d'immeubles et de la bouche des charognes, la ville sinistrée prisonnière de la puanteur.

Pour Ruby, l'inondation est le signe qu'ils devaient quitter l'Iowa. Ils vont certes habiter en Angleterre, mais ce sera dans une base américaine. Elle ne mettra pas les pieds dans le Norfolk. Son frère ne saura même pas qu'elle est revenue. Elle imagine qu'Ernest gère la ferme tout seul, maintenant que leur père est mort, et se demande comment il se débrouille. Il y a désormais deux pierres tombales voisines dans le cimetière de St Andrews, leur père à côté de leur mère ; la plus récente doit déjà être mouchetée de lichen et cernée de chardons poussant dans l'herbe humide.

Hedy s'était figuré que la première chose qu'elle verrait serait le palais de Buckingham, avec les gardes coiffés de chapeaux en peau d'ours, et en deuxième peut-être les bus rouges à impériale, comme au cinéma. Elle se représentait des trottoirs où les parapluies formaient comme une marquise en mouvement sous les trombes d'eau. La grisaille anglaise, elle en a entendu parler. Papa lui a raconté qu'il a passé la guerre dans la boue jusqu'aux genoux, ses habits empestant le moisi. Il n'arrivait jamais à se réchauffer dans son baraquement en tôle, malgré son blouson d'aviateur doublé de fourrure et son caleçon long chauffant. Mais il n'a plus jamais eu froid après avoir rencontré maman parce que l'amour a embrasé son cœur.

Hedy a l'impression que papa s'est moqué d'eux. Il fait sec ici. Pas une goutte de pluie, un sol dur et terreux. Le modeste aéroport où ils ont atterri aurait pu se trouver n'importe où. Pas de palais, pas de jeune reine saluant la foule depuis son balcon. Pas d'Union Jack ni de guirlandes comme dans l'émission qu'elle a vue sur le couronnement, où Élisabeth II paradait dans un carrosse doré. Ce jour-là, il pleuvait. Avec partout des parapluies noirs scintillants.

La famille attend à un arrêt de bus en rase campagne. Ici, les routes, les haies, les champs et même le ciel sont plus petits. Les couleurs de la nature sont fanées, comme si ce vieux pays s'était usé à la longue. Tous quatre plissent les yeux à cause du soleil matinal. Ils ont mauvaise haleine et les cheveux en bataille comme au réveil, y compris maman dont l'habituelle mise en plis n'est plus qu'un amas de mèches raplaplas. Hedy tapote d'un pied dépité l'un des sacs posés à ses pieds. Il faudrait marquer l'occasion. Les voilà en Angleterre, tout de même ! Pourtant, c'est comme s'ils étaient perdus.

À peine sont-ils montés à bord que le bus redémarre dans un grincement d'embrayage. Papa, occupé à ranger les bagages, pousse un juron et se retient au dossier d'un siège pour ne pas tomber. Des gens se retournent et les regardent. Hedy entend quelqu'un marmonner : « Maudits Yankees ! » Une autre voix lance : « Trop gras et trop bien payés ! » Quelques rires fusent.

— Ils n'étaient pas si mécontents de nous voir

débarquer il y a quelques années ! rétorque papa qui peine à se contenir. Sans nous, ils seraient sous la botte des Allemands !

Deux hommes assis devant Hedy ne cessent de tourner la tête pour observer Chris. Elle leur mettrait volontiers son poing dans la figure, mais maman la sermonne du regard. Les passagers sont tous malpolis et sentent mauvais comme s'ils ne s'étaient pas lavés depuis des semaines. Ça empeste l'oignon cru et les pieds sales. Mais le pire est encore leur ingratitude. Papa les a défendus contre les Allemands et maintenant il vient les protéger des Russes. Hedy leur décoche des regards mauvais, bien tentée de demander à ces Anglais s'ils trouveraient amusant de se prendre la bombe atomique, mais elle a encore droit à un regard sévère de maman. Celle-ci se penche par-dessus l'allée pour essuyer les joues de Chris avec un mouchoir qu'elle a sucé pour le mouiller. Son frère reste immobile et se laisse faire, acceptant qu'elle le frictionne avec sa bave. Parfois, la nature facile de Chris le rend si placide que Hedy voudrait le piquer avec une épingle. Elle continue d'observer les autres passagers. Les femmes ont le teint rouge et des varices aux jambes. Elles ne portent pas de bas mais de grosses chaussettes noires qui bouchonnent sur leurs chevilles. Les hommes sont barbus et ont le visage crasseux, comme sur les cartes de la Croisade des enfants contre le communisme. Une femme a une boîte en carton posée sur les genoux. Des grattements se font entendre à l'intérieur, des pattes griffues cherchant à s'échapper.

Hedy l'observe tandis qu'elle descend à l'arrêt et s'éloigne sur le bas-côté verdoyant, les pans de son manteau battant ses mollets nus. Que peut-il y avoir dans cette boîte ? Hedy plaque son visage contre la vitre pour ne pas la perdre de vue. Un chiot, peut-être ? Elle tire sa mère par le coude.

— Maman ? C'est quoi dans le carton ?

— Dans le carton ? Je ne sais pas, répond sa mère en cillant. Sans doute des lapins.

— Des lapins ?

— Oui. Pour les manger, j'imagine.

— Les *manger* ?

— Il y a toujours une pénurie de nourriture ici, Hedy. La viande est encore rare. Ce n'est pas comme en Amérique.

Dans l'Iowa, la petite voisine avait deux lapins qu'elle gardait en cage dans le jardin, et elle avait permis à Hedy d'en tenir un dans sa main. Hedy s'attendait à quelque chose de dur et rond, comme un bébé poilu qu'on aurait pris dans ses bras. Mais sous la boule de fourrure, la créature n'était qu'un embrouillamini d'angles pointus. Elle sentait les arceaux fragiles de ses côtes et sa colonne vertébrale arrondie. Le tic-tac apeuré et irrégulier du cœur se transmettait à ses paumes. N'en pouvant plus de cette lourde responsabilité, elle avait reposé l'animal sur le journal dans le clapier et s'était essuyé les mains sur son jean. Il n'est pas question qu'elle mange du lapin. Plutôt mourir de faim.

Un homme trapu en uniforme les attend au terminus. Lui et papa échangent une bourrade amicale, souriant comme s'ils avaient gagné le gros lot.

— Chérie, tu te souviens de Hank ?

Maman fait oui de la tête.

— Ça fait plaisir de te revoir, Hank. Après si longtemps.

— Maintenant, il faut l'appeler commandant Pulaski.

— Allons, entre amis ce n'est pas si important. Surtout en dehors de la base.

Hank prend la main de maman, la garde prisonnière entre les siennes.

— Tu n'as pas changé, Ruby. Toujours aussi ravissante.

Hedy et Chris échangent une mimique. Ça fait bizarre d'entendre un autre homme faire des compliments à maman. Ils lancent un regard à papa, mais celui-ci a l'air radieux. Hank ébouriffe les cheveux des enfants et leur tend des Juicy Fruit. L'un et l'autre déplient le papier d'aluminium et placent le chewing-gum poudreux sur leur langue. Il leur ouvre ensuite la porte arrière de sa Cadillac. Papa aide Chris à s'asseoir en premier, puis Hedy et maman s'installent. Papa monte à l'avant.

— C'est gentil d'être venu, dit-il. Nous t'en remercions. Je suis très reconnaissant de cette chance qu'on me donne.

Les deux hommes se mettent à bavarder comme des pipelettes. Hank ne cesse de regarder Hedy dans son rétroviseur, de lui adresser des clins d'œil. Elle finit par se demander si c'est un tic, une séquelle de la guerre comme le genou de papa qui s'est pris une balle. Hedy regarde dehors par son carreau. On traverse une ville, une enfilade de maisons étroites en briques rouges, serrées les unes contre les autres. On double un homme qui mène un cheval attelé à une carriole sur laquelle s'entassent de vieux chiffons. Hedy mastique son chewing-gum jusqu'à ce qu'il ait perdu son goût si familier ; elle en a mal à la mâchoire. Elle le recrache, l'enveloppe dans son emballage et le garde dans sa poche. Les rues sont différentes ici, les maisons sont construites juste au bord du trottoir. Il y a partout des mauvaises herbes : elles poussent sur les tas de gravats, s'échappent des murs éventrés et jaillissent derrière des clôtures affaissées. De jeunes garçons au crâne pâle et rasé fouinent dans les caniveaux. Ils s'égosillent au passage de la voiture, sans que Hedy parvienne à comprendre ce qu'ils disent. Une fois sortie de la ville, la voiture emprunte des routes étroites bordées de haies mal taillées, entre des champs de terre.

Ruby observe Hank de dos. La dernière fois qu'elle l'a vu, il était maigre et chevelu, flottait dans son blouson d'aviateur et parvenait à se glisser dans la tourelle de tir ventrale, bien qu'il ne fût pas mitrailleur. Hank prenait place dans le cockpit, à côté de Todd. Ils étaient dix jeunes gens à s'entasser dans une boîte de conserve volante. Miraculeusement, ils ont tous survécu aux vols à plusieurs milliers de mètres d'altitude au-dessus d'une terre en furie, frôlant la mort encore et encore, flirtant avec elle tels des dieux zigzaguant sur les nuages dans leur chariot de feu, un porte-bonheur serré entre les dents. Elle est sidérée de revoir Hank, un type ordinaire au volant d'une voiture.

En tant que copilote, il était le second de Todd, son bras droit. Les deux hommes ne se quittaient pour ainsi dire pas, prenaient leurs repas ensemble au mess, dormaient dans le même baraquement glacé et se serraient dans le cockpit exigu d'où ils pilotaient la Flying Fortress et se battaient pour survivre. Todd répète toujours que si ses hommes d'équipage étaient comme des frères, Hank était son *alter ego*. Ruby se demande si ça le chiffonne que leurs positions soient inversées, puisque c'est maintenant Todd qui travaille pour Hank. Mais il n'est pas du genre à se sentir dévalorisé par la réussite d'un autre. Et puis, tout haut gradé qu'il est avec sa veste à galons, Hank est un gratte-papier qui commence à faire son âge, le cou ridé et le corps empâté. Alors que Todd, Ruby ne le voit pas vieillir. C'est sans doute un tour que lui joue son esprit, l'effet de l'amour, de toujours voir la personne comme elle était autrefois, sans remarquer les altérations quotidiennes. Elle contemple ses mains posées sur ses genoux, ses ongles coupés en ovale. Elle s'est mis du vernis « rose de rêve ». Un rose pimpant, pas du tout discret. Elle a beau se badigeonner jusqu'au poignet, chaque soir, d'une crème de soin importée de Paris, le bourrelet plissé de la cicatrice qu'elle a en travers de la paume gauche ne veut pas disparaître.

Elle a soudain chaud aux joues et peine à respirer. Elle défait le bouton du col de son chemisier et plaque son visage contre la vitre fraîche. Les jumeaux se sont endormis. Christopher dodeline de la tête, vautré sur sa sœur. Ruby le ramène contre sa poitrine, accueillant dans le creux de son épaule ce corps précieux et transpirant. Hedy se réveille en sursaut, comme inquiète de ne plus sentir son frère, et cligne des yeux, encore ensommeillée.

— Regarde, murmure Ruby en se penchant pour lui indiquer deux oiseaux noirs énormes qui se posent lourdement sur une branche, en repliant leurs ailes biscornues. Des corbeaux. Une fois, mon père s'est fait attaquer. Il s'est pris un coup de bec sur l'arrière du crâne. Ça saignait.

Mais peut-être ne l'a-t-elle pas dit à voix haute et s'est-elle contentée de le penser.

La route est bordée de troncs étroits. Des pins. Dans la voiture, les lumières et les ombres défilent sur les visages, comme quand on regarde un film amateur à la maison. Hedy se ronge les ongles. Les corbeaux sur la branche la fixent de leurs yeux de cirage, elle et personne d'autre. Elle se tord le cou pour observer la route qui rapetisse à l'arrière. Papa n'arrête pas de bavarder avec Hank. Des noms franchissent le siège avant, des noms d'avions, d'escadrons et de camarades.

— Tu te souviens, la première fois qu'on nous a largués ici ? Jamais entendu parler du Norfolk.

— Pas franchement la joie. On se les caillait dans les baraques en tôle.

— Le logement est un peu plus confortable aujourd'hui. Mais ne t'attends pas à des merveilles. L'armée est chiche avec le superflu, même pour les huiles.

Papa rigole. Hank et lui allument de nouvelles cigarettes et baissent leurs vitres. La fumée rabattue vers l'arrière, à laquelle se mêle une forte odeur de pin, fait pleurer les yeux de Hedy.

— La base est bien acceptée par les locaux ? demande papa. Quelques passagers dans le bus se sont moqués un peu facilement en entendant mon accent.

— Oh, on fait quelques envieux. C'est compréhensible. En réalité, le rationnement n'est pas terminé pour ces pauvres bougres. Les Anglais du coin sont un peu des péquenauds, ajoute-t-il en riant. Ils ne sont toujours pas entrés dans la modernité. Mais nous vivons à l'écart de la population environnante et il est préférable de s'en tenir là. On trouve tout le confort nécessaire sur la base.

Maman se penche en avant et pose sa main sur l'épaule de Hank.

— Tu veux dire qu'on ne devra pas quitter la base ?

Il la regarde dans le rétroviseur.

— De toute manière, il n'y a rien à voir, juste la forêt et quelques cottages. Moi, par prudence, je ne quitterais pas l'enceinte. Si vous souhaitez partir à l'aventure, il y a quelques villes dans les environs, mais prenez votre voiture. Vous faites bien venir la Buick, Todd ?

Ruby se tourne vers les enfants pour les admonester.

— Vous avez entendu Hank ? Interdiction de sortir de la base, sauf avec papa ou moi !

Hedy acquiesce d'un borborygme. Chris, son pouce dans la bouche, cligne des yeux en observant avec fascination les arbres qui défilent. Hedy lui attrape le poignet. Un garçon de douze ans qui suce encore son pouce est bon pour se faire gronder ou moquer, selon celui des parents qui s'en aperçoit en premier. Surpris, Chris contemple la courbe mouillée de son doigt comme s'il ne s'en était pas rendu compte.

— Nous sommes arrivés ! lance papa d'un ton enthousiaste.

Les pins ont cédé la place au fil de fer barbelé. Sur la clôture élevée, une pancarte indique : *Base aérienne de Blackheath. US Air Force.* Une sentinelle, mitraillette à la hanche, fait le salut militaire au passage de la voiture.

2

Hank se gare devant un bungalow. Une allée étroite mène à la porte d'entrée. Une haie de laurier encore chétive circonscrit une minuscule pelouse. La rue est bordée, de part et d'autre, de maisonnettes identiques. De ce côté-ci, les jardinets à l'arrière sont délimités par la clôture d'enceinte : un grillage soutenu par de gros piliers en béton plantés dans le sol, le tout coiffé de barbelé coupant. Juste derrière se dresse la forêt de pins, rempart impénétrable et ténébreux qui entoure la base sur trois côtés. Ruby contemple sa nouvelle demeure en plissant les paupières. Les arbres qui dépassent au-dessus de la crête du toit ont l'air d'une rangée de sapins de Noël en attente d'être décorés. Hank s'éclaircit la gorge et agite un trousseau de clés.

— C'est ici, les amis !

Ils le suivent dans le petit vestibule, se serrent entre les deux portes. À la vue du papier peint jauni, Ruby voudrait se précipiter dans l'avion et retourner à Sioux City.

— Alors ? demande Todd.

— C'est super, mon chéri.

Elle se raisonne : l'impression sera différente avec leurs meubles. Elle ajoutera des volants de dentelle aux rideaux, mettra des tapis et agrémentera le canapé de coussins. Elle a toujours su apporter une petite touche accueillante à leurs logis temporaires. Todd l'enserre de ses bras et l'étreint si fort qu'elle sent l'air se bloquer dans ses poumons.

— Nouvelle maison, nouvelle aventure, dit-il en déposant un baiser sur ses cheveux.

Il la relâche et suit Hank qui entame la visite.

— C'est quoi cette odeur ? demande Hedy en faisant la grimace.

Ruby repère une tache brunâtre s'écoulant sur une plinthe. Elle jette un regard à la ronde, comme si le matou fautif pouvait se trouver tapi dans un coin, et hume l'air à son tour, à l'affût d'un relent d'humidité. Ce logement a beau n'être qu'un préfabriqué monté à la hâte, les interdictions militaires habituelles s'y appliquent : pas question d'accrocher quoi que ce soit, d'installer des étagères ou de repeindre les murs dans un coloris plus agréable. Dans la pièce suivante, elle a la satisfaction de constater que les déménageurs sont déjà passés. Une pile de cartons les attend. Todd affiche un sourire triomphal en les désignant, comme si c'était lui qui venait de les faire apparaître.

— Venez voir la cuisine ! lance Hank.

— Où est l'escalier ? demande Hedy. Je pensais qu'on en aurait un en Angleterre…

Christopher ouvre la porte d'une chambre.

— Je peux avoir cette chambre ? On a chacun la sienne ?

Il a des cernes sous les yeux.

— Oui, mon chéri, répond Ruby. Tu peux prendre celle-ci.

Elle voudrait le prendre dans ses bras et l'embrasser pour atténuer la douleur, mais ce n'est pas pratique à cause du corset et elle sait bien que Chris aurait honte devant les hommes.

Elle se fige à côté de Hank, sur le seuil d'une cuisine minuscule. Il y a un meuble de rangement vert aux étagères en verre dépoli et un égouttoir en bois. Sous le petit évier blanc se trouve un espace de rangement en partie dissimulé par des rideaux avachis. Les rebords de la vasque et de la fenêtre située derrière sont noirs de moisissure. Hank hausse les épaules avec une mimique désolée.

— Je vous avais prévenus, ce n'est pas le grand luxe.

— Et où se branche le réfrigérateur ? demande Ruby en dévisageant Todd.

Il écarte les mains, nullement concerné, et s'offusque en mari que ces affaires domestiques ne concernent pas.

— Il y a un garde-manger pour la viande et une glacière, explique Hank. Le livreur de pains de glace passe une fois par semaine.

— Je ne veux pas d'une glacière, rechigne Ruby.

— Les appareils américains ne fonctionnent pas ici. Désolé. Les prises anglaises sont différentes. On ne vous a pas prévenus ?

Ruby secoue la tête.

— Il doit bien y avoir moyen que ça fonctionne…, dit-elle en portant le regard là où devrait se trouver la prise électrique. On a un frigo avec thermostat, distributeur de glaçons et clayettes ajustables.

Elle parle toute seule. Hank et Todd ont disparu avec les enfants.

— Tu viens, chérie ? l'appelle son mari depuis le vestibule.

Ruby ne bouge pas. C'est une succession d'éclairs sous ses paupières et le sang se retire furieusement de son cerveau. Elle a la tête qui tourne. Ça a empiré depuis qu'elle a augmenté la dose de cachets, après la nouvelle de la mutation de Todd. Elle reste immobile et se concentre sur sa respiration. Inspirer, expirer. En général, manger lui fait du bien : mastiquer un biscuit, croquer dans une pomme. Mais il n'y a aucune nourriture dans la maison. Les placards sont vides. Il faudra faire des courses à l'économat et concocter un dîner sur la modeste cuisinière.

Les premiers mois en Amérique, elle était dans un état permanent d'incrédulité sidérée : insatiable, elle engloutissait la nourriture. Penchée sur son assiette, elle enfournait tout ce qui était à portée de fourchette. Mais peu à peu, les bonheurs de son nouveau pays lui ont semblé naturels : le sucre et le beurre en abondance, les voitures de la taille d'un yacht, les vêtements confectionnés dans de généreuses pièces d'étoffe, les voisins qui vous adressent des sourires tout en retournant sur le barbecue des entrecôtes à tire-larigot.

— Et si je commençais par vous montrer le cinéma ? suggère Hank. Ou bien on passe d'abord à l'économat ? Vous croyez que vous méritez une récompense, les enfants ? On a toutes les friandises imaginables. Ça vous tente, un milk-shake ?

— Le cinéma ! s'exclame Christopher.

Il en raffole, surtout les films avec des extraterrestres. Avant de quitter les États-Unis, il a vu deux fois *Planète interdite*. Mais, bien entendu, Hedy n'est pas d'accord : elle veut un milk-shake à la fraise. La voix de Todd, gentiment sévère, est comme un bourdonnement par-dessus les chamailleries des enfants. Ruby voudrait que cesse le vacarme. Elle a des élancements sous le crâne. Le claquement de la porte d'entrée la fait tressaillir. Les rires s'estompent. Elle s'escrime avec le loquet, ouvre précipitamment la fenêtre. Elle les regarde qui s'éloignent dans la rue déserte. Todd porte Hedy sur son dos, Christopher les suit tant bien que mal en claudiquant. Ruby n'aurait pas dû le laisser sortir. Il aurait mieux fait de se reposer. Mais où ça ? Rien n'est prêt. Il faut vider les cartons. Il y a tant à faire ! Le quatuor tourne à l'angle. C'est comme si on les avait gommés. Ruby se sent abandonnée.

Un coup de vent agite les branches d'un bouleau argenté qui surplombe la rue. Ruby suppose que la brise apporte l'odeur des champs de lavande et le parfum iodé des marais du Norfolk. Elle imagine son frère, à la ferme, qui se tourne vers elle. Tel un chien flairant une odeur de lapin, il se fige au milieu de la cour et fronce les sourcils sous le ciel où ondoient les mouettes, le nez tendu pour renifler la trace de sa sœur, percevant son arrivée soudaine, sa proximité inattendue après tant d'années. « Tiens, tiens, maugrée-t-il. Voyez ce que le chat a rapporté. Toute pomponnée. Tu te crois trop bien pour nous, maintenant ? »

Ruby sursaute au rugissement d'un chasseur à réaction. Les vitres du bungalow se mettent à trembler. On se croirait dans un ouragan. La vision de son frère s'évanouit. Ruby baisse la tête, redoutant que le ventre de la carlingue arrache la cheminée. Le bruit retombe dans le sillage de l'avion, mais elle a encore les oreilles qui bourdonnent. Elle les frotte avec la paume de ses mains et prend conscience d'un autre son. On frappe à la porte.

Elle va ouvrir. Elle remarque en premier le faitout que la femme tient dans ses mains manucurées. Son regard se porte ensuite sur les boutons nacrés de sa robe chasuble en cachemire jaune, sur le cardigan assorti noué autour des épaules à la façon des mannequins de *Vogue*, sur ses cheveux d'un acajou étincelant comme à la sortie du flacon. Ruby touche ses propres cheveux, les tapote et lisse les boucles sur ses joues. Elle se fait la réflexion qu'elle n'a pas eu le temps de se regarder dans un miroir depuis l'atterrissage. Cela lui semble une éternité. Un sourire se dessine sur les lèvres fuchsia de la femme.

— Je suis Betty Lansens, du 5, Lincoln Avenue. On vous a expliqué que les rues de la base ont toutes un nom de président américain ? Le comité d'accueil, c'est moi ! Je me suis dit qu'un plat chaud serait apprécié. Je me doute que vous n'avez pas encore eu le temps de faire les courses. J'ai apporté des blancs de poulet à la crème.

— Merci, dit Ruby en prenant le faitout.

Elle espère que la femme va s'en aller. Elle se voit mal la recevoir dans une maison vide, qui plus est toute décoiffée et dans des vêtements froissés. Elle doit avoir mauvaise haleine.

— Je vous proposerais volontiers d'entrer, mais…

Betty balaye l'air d'un geste.

— Voyons, rien ne presse ! Je me doute que vous avez un tas de choses à faire et vous devez être sur les rotules après le voyage. Est-ce que je décèle la trace d'un accent britannique ? ajoute-t-elle, intriguée.

— Ah bon ? Je me disais que je l'avais sans doute perdu, ayant vécu aux États-Unis depuis la naissance de mes enfants.

— Vous connaissez le dicton : chassez le naturel, il revient au galop ! lance Betty, tout sourire. Surtout, dès que vous vous serez posée, venez frapper à ma porte. Je ne sais plus si je vous l'ai dit, je suis au numéro 5. Nous ferons un petit tour de la base, je vous présenterai à la joyeuse bande. Après l'économat, une seule adresse compte : le club des épouses ! Après-midi bridge, groupe de lecture, activité couture, café et potins, campagne de don du sang… il y en a pour tous les goûts !

Ruby est soulagée quand Betty semble enfin décidée à partir, mais elle pivote sur elle-même et demande :

— Vous avez combien d'enfants ?

— Deux. Des jumeaux, un garçon et une fille.

— C'est chou. Quel âge ?

— Douze ans.

— Comme mon fils Scott. Je l'enverrai demain pour qu'ils fassent connaissance. Ils seront dans la même classe. Soyez tranquille, l'Oncle Sam prendra soin de vous. Nous avons tout ce qu'il faut à disposition. Vous n'aurez pas besoin de mettre un pied en dehors de la base. À moins… Mais bien sûr, dit-elle en écarquillant les yeux. Quelle sotte je fais ! Vous avez de la famille à qui vous allez rendre visite, j'imagine ? Vu que vous êtes anglaise…

Non, voudrait rétorquer Ruby. *Je compte rester dans le périmètre de l'enceinte, dans mon bungalow, si possible dans les bras de mon mari.* Mais les mots ne veulent pas sortir. Un nouveau chasseur passe dans un vrombissement. Ruby lève les yeux et croit apercevoir le visage du pilote à l'intérieur du cockpit. Il est si proche qu'elle peut distinguer le masque à oxygène sur sa bouche. Elle se raidit et plaque ses paumes sur ses oreilles.

— On s'habitue, la rassure Betty en portant la main en visière pour observer la tache brillante qui s'éloigne dans le ciel. Moi, il m'a fallu quelques semaines. Maintenant, je les remarque à peine… Difficile à croire, je sais ! Mille kilomètres à l'heure, murmure-t-elle. Il y a de quoi être fière, hein ? Les Rouges n'ont qu'à bien se tenir !

Ruby referme sa porte. C'est une pensée déloyale, jamais elle ne l'avouerait à Todd, mais ce poste en Angleterre a un seul point positif : si jamais les communistes lâchent la bombe atomique, ce sera sur l'Amérique et pas ici. Les jumeaux seront à l'abri. Son cœur se serre quand elle songe à l'explosion aveuglante et à la destruction qui s'ensuit. Elle a vu les images de Hiroshima à la télé. C'était filmé depuis le bombardier, avec la ville en contrebas. Même en noir et blanc, on percevait la violence de la déflagration ; d'après le journaliste, la chaleur se propageait à la vitesse de la lumière. Le panache de fumée qui s'élevait dans le ciel ressemblait à une barbe à papa gigantesque. Au sol, ce devait être un brasier infernal. Le commentaire n'y faisait pas allusion, évoquant seulement les bâtiments évaporés, comme si une ville entière et sa population s'étaient volatilisées par enchantement.

Ici, Ruby imagine que la menace principale est l'espionnage. Impliquée dans des opérations top secret pour la guerre froide, la base est certainement la cible de Rouges infiltrés. En arrivant, elle a remarqué une pancarte sur laquelle figuraient deux yeux aux aguets et l'inscription : *Toute personne suspecte doit être signalée à la police militaire.* Elle songe à Julius et Ethel Rosenberg, condamnés à la chaise électrique pour avoir transmis aux Soviétiques des secrets sur la bombe atomique. Peut-être des espions projettent-ils déjà d'approcher Todd ?

— Je leur souhaite bonne chance ! dit-elle tout bas.

Elle ne connaît pas homme plus courageux et plus patriote que son mari. La menace ou le chantage susceptibles de le faire céder n'ont pas été inventés.

Christopher se laisse déshabiller par maman. Elle lui retire son pull, la laine s'accroche à ses cils. Il garde les bras en l'air pour le tee-shirt. Il a le corps fourbu, tous ses os lui font mal. Le plus dur a été de rester assis dans l'avion, dans la même position pendant des heures. Maman se met à genoux pour lui enlever son jean, le fait passer délicatement sur la gaine et les sangles. Il s'appuie ensuite à ses épaules pour qu'elle lui ôte ses chaussettes, l'une après l'autre. Puis elle se place derrière lui, si proche qu'il peut entendre sa respiration et sentir la tiède caresse de son souffle sur sa peau. D'habitude, elle a une odeur agréable de parfum et de laque, mais aujourd'hui il ne perçoit qu'un relent âcre de transpiration et de cabine d'avion. Elle tourne le verrou, desserrant le collet métallique autour de son cou, et écarte la mentonnière. Plus rien ne retient sa tête qui vacille. Les mains de maman s'occupent maintenant des attaches au niveau de la taille. Elle pousse un petit grognement d'effort en compressant le cuir pour dégager les boucles. Les sangles se libèrent et le corset, qui le serre comme une châtaigne dans sa bogue, s'ouvre enfin.

Il a une sensation de légèreté, ses hanches libérées d'un poids, sa peau tiède et moite se retrouvant au contact de l'air. Ses côtes endolories se déploient pour emplir ses poumons. Un cri lui échappe. Privé du soutien du corset, il a l'impression que sa colonne vertébrale s'effondre, que ses os s'éparpillent, comme des dominos qu'une simple pichenette fait basculer en cascade. Mais ses os tiennent en place. Il ne s'écroule pas.

Christopher frissonne. Maman lui a fait couler un bain chaud. Elle reste à côté, assise sur le couvercle des W.-C. comme elle le faisait à Sioux City. Il apprécierait plus d'intimité, mais elle a peur qu'il ne dérape et lui ne veut pas la blesser, ni qu'elle s'angoisse. Elle garde la tête baissée, et s'occupe à repriser les petits accrocs que le corset fait à ses vêtements. Au moins, elle le laisse se laver tout seul. Dans l'eau, ses membres endoloris reprennent vie. Il se penche en avant, rentre les épaules, puis les relâche et attrape la savonnette. Il lève une jambe, palpe ses pieds osseux et inspecte les ongles de ses orteils, si peu familiers. Il se prélasse et bascule d'une hanche sur l'autre, éclaboussant le sol. Le corset l'attend dans sa nouvelle chambre, posé parmi les cartons. Les voilà en Angleterre où tout est différent. Seule sa cage reste la même : une cellule composée de trois barreaux, qu'il est condamné à regagner. Mais pendant la brève heure du bain, Christopher peut étirer les minutes, imaginer qu'il a passé sa journée à courir et grimper aux arbres. Sous l'eau qui déforme, son problème ne se voit même pas.

Après le bain, maman lui masse le dos avec une huile spéciale. Elle soigne les zébrures occasionnées par les barres métalliques et les rougeurs au menton, aux cuisses et aux côtes provoquées par le contact du cuir. Christopher se soumet parce qu'il n'a pas le choix. Il a appris à dissocier son corps de son esprit : pendant que sa chair et ses os se font tâter et manipuler, sa tête s'évade dans les histoires. Depuis le premier diagnostic dans l'Iowa, depuis le premier essayage, quand on l'a déshabillé et suspendu par le cou pour l'étirer au maximum grâce à des sacs de sable reliés à des poulies, qu'on l'a enveloppé dans des bandelettes enduites de boue et accroché en l'air jusqu'à ce que ça sèche, depuis ce temps-là son corps ne lui appartient plus. Il appartient aux médecins, à sa mère, à la cage. Aux huit longues années au bout desquelles on a promis de le libérer.

— Tu vois, je t'avais dit que ça serait super, susurre Todd dans le cou de Ruby.

Ses doigts se referment autour de son téton gauche, le titillent puis glissent doucement vers le nombril.

— Tu t'es déjà fait une amie, poursuit-il. Les enfants vont vite s'acclimater, on aura l'impression d'avoir toujours vécu ici.

— Oui, dit Ruby.

Elle a envie d'y croire et se sent trop épuisée pour le contredire. Comme si elle n'avait pas fermé l'œil depuis trois jours.

— Je participe ici à une mission capitale, chérie. C'est un tournant dans ma carrière. Dans nos vies. Cette base est comme une Amérique en miniature, tu n'as qu'à faire comme si on était toujours là-bas, hein ? Tu as les autres épouses pour te tenir compagnie. On va être heureux ici, chérie. Je le sais.

Il la serre dans ses bras, son menton mal rasé lui chatouille l'oreille. Ruby contemple, par-dessus l'épaule de Todd, la pleine lune qui se lève au-dessus des arbres à l'arrière du bungalow. Il n'y a pas encore de rideaux.

« Personne pour nous épier ! » a dit Todd en se déshabillant devant la vitre obscure. Dès demain, Ruby sortira sa machine à coudre pour retoucher leurs anciens rideaux.

Ils échangent un long baiser. La bouche de Todd a un goût de bière et de poulet à la crème ; il a terminé le plat, debout dans la cuisine et en caleçon. Ruby ressent les picotements du désir. Elle retient son souffle, enlace Todd et approche son bas-ventre du sien. C'est seulement dans ces moments, quand il s'enfonce au plus profond d'elle, qu'elle se sait vivante et peut sentir les palpitations de son muscle cardiaque. C'est tout son corps qui vibre, une multitude de sensations infimes. Leurs poitrines se collent et se décollent avec des bruits de succion, les ressorts du sommier grincent. Todd se met à grogner, à aller et venir avec fougue et désir, jusqu'à laisser échapper un cri étranglé dans un tremblement d'extase, après quoi il se laisse retomber sur elle, écrasant ses seins, sa hanche pointue appuyant sur sa vessie.

— Je t'aime, chérie.

— Moi aussi je t'aime, murmure Ruby.

— Venir ici, c'est peut-être la meilleure chose qui pouvait nous arriver. Tu verras.

Todd se retourne et cherche une cigarette dans le carton posé au pied du lit.

Ruby allume l'ampoule nue dans la petite salle de bains. Après avoir tourné les robinets de la baignoire, elle s'assoit sur les W.-C. pour faire pipi. Le chauffe-eau grince et gargouille. Elle s'accroupit dans les quelques centimètres d'eau tiède, qui grossissent ses pieds comme une loupe, et vérifie que son diaphragme est toujours en place. Il ne faudrait pas qu'elle tombe enceinte. Elle se sèche et renfile sa nuisette turquoise, défroisse les froufrous en dentelle autour du cou et rajuste le plissé du Nylon. S'observant dans le miroir au-dessus du lavabo, elle enroule ses mèches autour de bigoudis et recouvre l'ensemble d'un filet. Elle dévisse le bouchon d'un flacon, fait tomber un cachet dans sa paume et rejette la tête en arrière pour l'avaler expertement, sans eau. Elle éteint la lumière et accomplit dans le noir la dernière étape de son rituel, s'enduire les mains d'une crème de beauté, pellicule cireuse qui donne un air spectral à sa peau.

Sous l'éclairage de la lune qui traverse leur chambre, les cartons et le lit sont des formes monochromes. Ruby se glisse à côté de la masse sombre qu'est Todd. Le matelas gémit quand elle pivote vers lui. Il l'enserre par la taille d'un bras puissant et se love contre elle, mais il respire déjà lentement et profondément. Elle guette ses ronflements.

Todd est hanté par la guerre, par les horreurs des combats aériens qu'il a dû mener encore et encore, mais Ruby sait aussi que l'adrénaline lui manque. Se comporter en héros allait de soi, le courage et le sens du sacrifice étaient dans sa nature. Le monde en paix lui semble plus terne. Elle espère que ce nouveau poste redonnera un vrai sens à sa vie. Elle ferme les paupières, mais le sommeil ne vient pas alors que ses yeux la brûlent de fatigue. Un chasseur fend les airs dans un rugissement. Un des leurs en mission nocturne, suppose-t-elle.

Elle déroule dans sa tête un de ses souvenirs préférés, usé à force d'être ressassé. C'est à ces images qu'elle revient le plus souvent, quand elle a besoin de réconfort. Elle s'y replonge aisément, ces instants à la ferme où elle guettait par la fenêtre de la cuisine la venue de Todd. Elle se rappelle précisément ce qu'elle portait : sa plus belle robe à fleurs et un cardigan bleu marine reprisé au coude. Quand Todd apparaît au loin à vélo, sur le chemin défoncé menant à la cour, les trois colleys aboient et s'agitent autour de lui.

« Comment t'es-tu procuré cette bicyclette ? s'esclaffe Ruby en chassant les chiens. Tu as dû la chiper !

— La Croix-Rouge me l'a cédée pour deux cent cinquante dollars. J'ai l'estomac dans les talons ! dit-il, le regard pétillant, en pointant le panier qu'elle a au bras. Allez, monte ! »

Il tapote le montant du cadre entre ses jambes.

Quelque part dans son dos, elle devine qu'Ernest doit les épier entre deux lattes depuis la grange obscure. Elle sent le poids de sa jalousie et de sa désapprobation. Mais elle refuse de le laisser gâcher cette journée. Ruby s'installe en amazone, ses fesses posées sur l'étroit tube en métal ; Todd l'encercle de ses bras et elle s'appuie contre sa poitrine. C'est la fin de l'été, les champs sont jaunes et poussiéreux, les haies chargées de mûres, billes foncées et sucrées parmi les ronces. Le vélo bringuebale en direction du Bosquet aux braconniers, Ruby tient le panier en équilibre sur ses genoux et soulève ses jambes nues pour ne pas toucher les roues qui sifflent.

Débarrassés de leurs chaussures, ils s'installent dans l'herbe haute au sommet de la seule colline des environs, avec une bouteille de limonade à se partager, un quignon de pain noir, du jambon cru et deux tartes aux framboises. Todd a apporté un poste à transistor, il met le programme musical de la radio des forces armées américaines. Après leur pique-nique, il aide Ruby à se relever et la fait danser sur « Little Brown Jug » du Glenn Miller Band. Elle virevolte entre ses bras, leurs pieds foulant pâquerettes et boutons-d'or. Quand passe un air plus romantique, ils se rapprochent l'un de l'autre et se balancent en se tenant par la taille. Le cœur de Ruby bat la chamade, elle ferme les yeux et inspire profondément. Dans le ciel résonne le bourdonnement incessant de la 8e Air Force en cours de rassemblement, escadron par escadron. Le soleil rougeoie à l'horizon. Todd dépose un baiser sur ses cheveux, approche sa bouche de son oreille.

« Veux-tu m'épouser ? susurre-t-il. On rentrera ensemble en Amérique. On aura un tas d'enfants et on vivra heureux jusqu'à la fin des temps. »

Aujourd'hui, comme en écho, Ruby murmure à voix haute dans le noir :

— Oui. Oui.

Sa réponse a été la même autrefois, pieds nus dans l'herbe, la gorge nouée. Ce simple « oui » a tout changé, a rendu possible un autre avenir. Sa vie à la ferme n'était qu'une erreur épouvantable. Elle n'était pas faite pour partager l'existence de son père et d'Ernest. Elle n'était pas faite pour le Norfolk, pour la boue et la misère. Elle était née pour une vie meilleure.

Allongé à côté d'elle, Todd respire profondément. Elle trouve sa main sous la couverture, entrelace ses doigts dans les siens. Voilà sa place, celle qui lui était depuis toujours destinée, avant même qu'elle le sache. Dans son sommeil, Todd serre sa main. Ruby se laisse gagner par l'optimisme. La colonne vertébrale de Chris va se corriger grâce au corset. Todd va s'acquitter de sa mission et le danger sera écarté, la bombe ne leur tombera pas dessus. Elle croise les bras en prenant soin de ne pas mettre ses mains grasses sur sa chemise de nuit. Par la fenêtre, elle regarde les pins derrière la clôture du jardin : les branches pointues, sorte de frise noire surplombant le bungalow, ondulent sans cesse à la manière d'une vague menaçant de s'abattre à tout moment.

3

— On a sonné ! lance maman d'une voix chantante. L'un de vous deux peut aller ouvrir ?

Voilà des heures qu'elle fait le ménage, agenouillée devant le four avec du vinaigre et du papier journal roulé en boule. Un séchoir repose sur l'évier ; des gouttes s'écoulent du linge humide et font *plic-ploc* dans le bac, ça embaume la laine savonneuse. Hedy s'est enfermée dans la salle de bains. Des bruits d'éclaboussures et le murmure de la radio s'échappent par moments sous la porte. Papa est parti tôt au travail. Il n'y a qu'une seule personne pour aller ouvrir.

— On a sonné ! répète maman.

Christopher passe dans le vestibule, déverrouille la serrure et actionne le pêne.

Il passe ses journées à éplucher le dictionnaire pour y récolter des mots. C'est encore mieux que de collectionner des timbres ou des papillons. Les mots, eux, sont vivants, chargés de pouvoirs et de promesses. Il les mémorise jusqu'à ce qu'ils fusent sur sa langue bien huilée, les insère dans ses histoires et ses poèmes. Il se délecte des syllabes qui s'entrechoquent comme les wagons d'un train fou, des consonnes chuintantes des langues ancestrales, des mots qui sonnent comme une formule magique.

Mais quand il découvre le garçon sur le perron, Christopher ne connaît plus aucun mot. Même pas « bonjour ». Ça ne tient pas seulement aux boucles châtains en travers du front, aux lèvres étirées ou à l'incisive supérieure légèrement ébréchée. C'est surtout son aisance, comme s'il venait d'enfiler sa peau et la portait à la façon d'un manteau familier. Il se connaît très bien. Il est parfaitement à l'aise dans son corps. Comment on s'y prend ? voudrait lui demander Christopher. C'est quoi le truc ?

Tous deux restent figés de part et d'autre du seuil, le silence entrecoupé des bruits de frottements et d'astiquage dans la cuisine. Le garçon finit par bâiller et se gratter le menton.

— T'es un des jumeaux ? demande-t-il en faisant passer son chewing-gum d'une joue dans l'autre. Où est ton autre moitié ?

Christopher pivote difficilement entre les barres métalliques du corset, de façon à tourner son corps vers l'intérieur de la maison sans quitter le garçon des yeux.

— Hedy ! lance-t-il en direction de la salle de bains.

Il tousse puis fait une nouvelle tentative, un peu plus fort :

— Hedy ! On a de la visite…

— Moi c'est Scott, dit le garçon.

— Scott, répète Christopher.

Il est subjugué. « Subjugué », voilà un mot qui lui plaît. Trois syllabes chargées de sens. S'y logent l'admiration, la crainte et la vénération. Christopher se félicite d'avoir mis son écharpe ce matin. Nouée autour du cou, elle dissimule la mentonnière. Il ne se leurre pas pour autant, il sait qu'il n'a pas l'air normal. Le corset forme une étrange bosse sous son chandail. Il a toujours le menton bizarrement pointé en l'air, comme s'il scrutait obstinément le ciel.

— Tu dois être le fils de Betty, dit la voix de maman, toute proche de l'oreille de Christopher. As-tu proposé un verre de citronnade à Scott ?

L'extrémité d'un index ganté de caoutchouc jaune tapote l'épaule de Christopher. Scott se laisse aller contre le chambranle, comme si le monde l'épuisait, et plus encore l'idée d'une citronnade.

— Non, dit-il d'une voix traînante. C'est maman qui m'envoie. Je suis venu leur proposer d'aller faire un tour.

— C'est gentil. Mais ne vous éloignez pas trop, hein ? ajoute maman après avoir inspiré profondément. Ne sortez pas de la base.

L'anxiété lui donne un ton crispé, faisant ressortir son accent anglais. Christopher a honte. Ce garçon, avec son teint éclatant de blé mûr, ses lèvres rouge sang et son corps charnu de buveur de lait, est comme une réclame pour les vertus de l'Amérique. Christopher tient à lui montrer qu'eux aussi sont de bons Américains.

— Maman…, soupire-t-il.

Il espère que Scott ne le prend pas pour un bébé, c'est juste que les mères sont toujours à se faire du souci.

— Bien, je vais chercher Hedy…, dit maman.

Mais ce n'est pas nécessaire. Hedy apparaît dans le vestibule, les cheveux mouillés et collés au crâne, vêtue d'un chemisier qu'elle n'a pas pris le temps de rentrer dans son pantalon enfilé à la va-vite. Des effluves de sels de bain à la lavande l'accompagnent.

— Salut, lance-t-elle.

— Tu comptes sortir comme ça ? dit maman, l'air contrarié.

Elle n'approuve pas que Hedy porte des pantalons, elle préfère la voir en robe à froufrous et en socquettes à dentelle. Mais elle n'est pas du genre à faire une scène devant des étrangers, et Hedy le sait pertinemment.

— Scott va nous montrer la base, explique Christopher à sa sœur.

Il ne parvient pas à détacher les yeux du visage du garçon. Le regard de Scott est comme un rayon de soleil, cette façon d'effleurer les surfaces, d'éblouir puis de disparaître.

Tous trois se dirigent vers la rue principale, Scott dictant l'allure. Christopher plonge les mains dans ses poches, dépité de ne pas pouvoir rentrer les épaules comme le fait ce garçon. Il préfère marcher derrière les deux autres, honteux de sa démarche tortueuse.

C'est plus animé aujourd'hui, comme une vraie ville. Une version en miniature de Sioux City. On croise des hommes en uniforme, des femmes avec leur panier à commissions au bras. Des voitures américaines passent au ralenti : une Cadillac bleue, une Pontiac noire. Scott s'arrête devant la vitrine de l'économat. Il y a en devanture toutes sortes de conserves de soupe Campbell et des bouteilles de sauce pimentée Frank's. Une guirlande est suspendue au-dessus, petits fanions défraîchis aux couleurs du drapeau américain. Ils collent tous le nez à la vitre, trois disques de condensation apparaissent puis se contractent.

Christopher a le ventre qui gargouille. Il a toujours faim. Maman dit qu'il est en phase de croissance. La nuit, il a mal partout et ce n'est pas la même douleur que d'habitude. Même prisonnier du cuir et du métal, il sent pousser ses membres.

— Et si je te disais de chiper un truc ? demande Scott en scrutant l'intérieur. Tu serais cap ?

— Chiper un truc ? répète Hedy en se tournant vers lui, les poings sur les hanches. Voler, tu veux dire ?

— Pas la peine de monter sur tes grands chevaux ! C'est juste, genre une sorte d'initiation. Tu sais ce que c'est ? ajoute-t-il en inspectant l'ongle de son pouce.

— Bien sûr ! se vexe Hedy. On sait ce qu'est une initiation.

— Pas un gros truc. Des bonbons, par exemple. Peut-être une barre Milky Way.

— Une initiation pour quoi faire ?

— Être admis dans mon gang.

— Ah bon ?

Hedy recule d'un pas, penche la tête sur le côté et le toise comme si c'était elle qui se disposait à le recruter. Christopher retient son souffle. Hedy est *cool.* Si seulement Scott pouvait le trouver *cool* lui aussi, par association.

— Ouais, lâche Scott en raclant sa semelle sur le bord du trottoir. On ne peut pas accepter n'importe qui. On a des règles. Mais si t'es une mauviette…

— Je trouve ça assez bête. Mais je m'en fiche. Je peux voler une barre chocolatée si tu y tiens. Moi, ça ne me fait ni chaud ni froid.

— Et lui ?

Scott porte son regard brûlant sur Christopher qui parvient tout juste à ciller.

— Pas mon frère, objecte Hedy. Ça comptera pour

nous deux. Je ne veux pas en faire partie si tu refuses Chris.

— Ce n'est pas toi qui fixes les règles, rétorque Scott en secouant la tête. C'est moi.

— Tant pis. De toute façon, je m'en fiche de ton gang débile.

Scott les fixe à tour de rôle, finit par acquiescer.

— O.K. À condition que tu prennes quelque chose de plus gros qu'une barre chocolatée, je veux bien vous accepter tous les deux. Mais pas maintenant. On fera ça plus tard, quand il y aura moins de monde.

Christopher ne laisse rien transparaître. Intérieurement, c'est un déferlement de honte et de soulagement entremêlés.

Ils continuent de parcourir la rue principale, au-delà de l'économat. Scott s'arrête soudain et pointe Christopher du menton.

— Ton lacet est défait, mon gars.

Hedy s'accroupit. Christopher la sent qui manipule sa chaussure et la resserre autour de son pied. Scott observe la scène en grimaçant. Il fait un bruit de bisou avec sa bouche, sauf qu'on y sent plus de mépris que d'amour.

— Il ne peut pas faire ses lacets tout seul ?

— Occupe-toi de tes oignons, le rembarre Hedy en se redressant.

Elle fait mine de bâiller et ajoute :

— On s'ennuie ici. T'as rien de plus intéressant à nous montrer ?

Scott se remet à marcher.

— Comment vous pouvez être jumeaux si l'un de vous est une fille ? Je croyais qu'on était pareils.

— On est des faux jumeaux, répond Hedy.

— Les vrais jumeaux viennent du même œuf, lâche Christopher, trop heureux de participer. Pas nous. Les vrais, ça s'appelle des jumeaux monozygotes.

Scott affiche un petit rictus en désignant Christopher.

— Il est normal ?

— Pourquoi ? rétorque Hedy, le regard mauvais.

— Il parle bizarrement. Et pourquoi il marche comme ça ? ajoute Scott en haussant un sourcil. Il a un problème au cou ? Il est taré ou quoi ? Un peu mongolien ?

C'est comme si Scott venait de figer brusquement le temps. Christopher ne sent plus que la morsure du métal dans son dos. Il trébuche – le trottoir semble s'être soudain arrêté sous ses pieds. Au-dessus de la mentonnière et du cache-col moelleux, il sait que son visage a viré à l'écarlate. Hedy pouffe comme si l'idiot était Scott.

— Il n'est pas du tout bête. C'est même un vrai génie. Il est toujours premier en orthographe. Il est en train d'écrire un livre. Un vrai roman.

— Un roman ?

— Oui ! s'enflamme Hedy. Ça ressemble aux *Chrysalides*, mais c'est encore mieux. Je peux le dire puisque j'ai lu les deux.

Scott cille. Il a soudain l'air fuyant, un peu sur ses gardes. Christopher est consterné de l'incertitude qui se dessine à présent sur ses traits. Il voudrait dire quelque chose, n'importe quoi pour redonner son aura à Scott. Mais c'est le vide dans son cerveau, un échec cuisant. Il garde les yeux fixés dans le vide.

Puis Scott hausse les épaules, sauvant la face avec nonchalance. Les livres n'ont aucune valeur à ses yeux.

Christopher respire à nouveau. L'ordre du monde est rétabli.

Ils passent devant un bâtiment de plain-pied. Les deux balançoires sont inoccupées dans la cour de récréation à l'avant.

— L'école, indique Scott sans ralentir le pas. Pour le génie.

Il flanque un petit coup de poing à Christopher. Celui-ci frotte son bras endolori, se demande s'il aura un bleu. Est-ce que ça veut dire que Scott l'aime bien, tout compte fait ?

Il leur montre le cinéma, le bureau de poste et le dispensaire. Il y a aussi des terrains de basket. Quatre garçons sont en plein match. Celui qui a le ballon esquive les trois autres, à la recherche d'une position avantageuse. Il pivote ici et là, le ballon semblant sautiller sous sa main comme un petit chien excité, puis s'élance en l'air et parvient à dunker. Tout pantelants, les joueurs se tournent vers eux. Ils adressent un signe de tête à Scott, guettant son approbation. Il les ignore avec superbe. Un rugissement se fait entendre dans le ciel. Scott regarde en l'air, se protégeant du soleil avec sa main.

— Plus tard, je serai pilote.

— Tu piloteras un chasseur ?

— Un B-47 Stratojet comme celui-là. C'est un bombardier.

— Il va où ? s'enquiert Christopher en suivant la petite tache pâle dans le ciel.

— T'es sérieux ou quoi ? rétorque Scott en lui décochant un regard méfiant. Ce n'est pas le genre de question qu'on pose.

— Mais la guerre contre les Russes n'a pas commencé.

— Pauvre idiot ! Elle a commencé, sauf que pour le moment ça ne se voit pas. On s'organise, vois-tu. Les deux camps se préparent au combat. Faut qu'on s'entraîne aux manœuvres pour le jour où on pourra enfin buter les Soviets. Paf ! lâche-t-il en faisant claquer ses mains. On va zigouiller ces minables ! Ils ont peut-être la bombe, mais les nôtres sont meilleures et plus grosses.

Ils ont atteint la partie de la base dont l'accès leur est interdit. Un double grillage en marque la limite, avec du fil de fer barbelé déployé en boucles féroces. Il y a une tour de garde à l'entrée, en haut de laquelle veille un soldat armé d'un fusil. Au-delà, on aperçoit de grosses buttes herbeuses.

— Ce sont les bunkers. Invisibles depuis les airs, grâce à l'herbe. Seul le personnel militaire y a accès. N'essayez jamais de vous y introduire, les met en garde Scott, on vous tirerait dessus. Il y a un centre de commandement, quelque part sous terre, baptisé La Fosse, où sont mis au point les plans pour battre les Rouges. Il y a la tour de contrôle, les pistes et les hangars.

Il indique d'un geste la vaste étendue d'asphalte scintillant où des avions paressent au sol. Sa main dessine un arc de cercle au-dessus des bunkers en béton, des balises d'atterrissage et des Jeep transportant des hommes en tenue grise ou bleue. Ça empeste le caoutchouc brûlé. Le vacarme des moteurs est incessant. Christopher n'aime pas cet endroit. À cause de l'odeur. Du bruit. Et du garde armé qui ne les quitte pas des yeux. Pris d'une peur panique, il sent son cœur qui bat follement contre ses côtes. Il pense au péril rouge, à la bombe qui peut tomber à tout moment, sans prévenir, un éclair qui fend les cieux, un souffle rugissant et incandescent qui détruit les immeubles et carbonise les gens. À l'école, on leur a recommandé de « s'abriter sous quelque chose ». Mais lui est incapable de se faufiler à quatre pattes sous une table. Si la bombe leur tombe dessus, il sera grillé sur place. Après coup, on ne retrouvera qu'un tas de cendres entre les tiges métalliques de son corset. Il se retourne et observe la masse sombre des arbres au-delà de la clôture d'enceinte. Les branches entremêlées ne laissent pas passer la lumière du jour et préservent un épais silence.

— Il y a quoi, là-bas, derrière les arbres ?

— Rien, répond Scott en pinçant les lèvres. Des arbres.

— Alors c'est une grande forêt.

— Ouais, peut-être bien. T'as envie d'un Dr Pepper ? demande Scott à Hedy.

— On l'achète ou je dois le voler ? rétorque-t-elle sans sourciller.

Scott laisse échapper un gloussement. Les voilà qui se dirigent l'un et l'autre vers la rue principale. Hedy ne se soucie pas de son frère. Ils doivent supposer qu'il suit, un peu à la traîne. Christopher s'imagine qu'ils sont plongés dans une conversation sur le base-ball ou un autre sport auquel lui ne connaît rien. Il n'a jamais rencontré de garçon qui ne soit pas féru de la ligue majeure et des World Series, le sujet de prédilection de Hedy.

Christopher part dans la direction opposée, le long de la clôture. Il laisse courir ses doigts sur le grillage ; en rebondissant, ils produisent une vibration silencieuse qui se propage à travers l'entrelacs de fils de fer. La mousse et les aiguilles de pin dégagent une odeur pure. Agréable et sympathique. Rien à voir, songe-t-il, avec un parfum agressif de pinède façon détergent. Il y a une autre senteur plaisante, plus sombre, tapie sous la verdure éclatante. Une senteur brune, mélange d'humus, de feuilles en putréfaction et de champignons. L'appel de la terre.

Ruby et Betty se rendent au club des femmes d'officiers. Leurs talons résonnent à l'unisson sur le trottoir. Elles passent devant des bungalows, tous identiques et apparemment vides. Un cri d'enfant retentit malgré tout et Ruby cherche à voir d'où ça vient. Elle a la nostalgie de l'époque où les jumeaux étaient petits et se laissaient faire quand elle les prenait sur ses genoux. Elle préférerait tellement être dans sa cuisine à les cajoler plutôt que participer à une réunion avec des inconnues devant qui elle sera en représentation et devra jouer le rôle de la parfaite épouse anglaise. Un rugissement transperce le ciel, provoquant l'envol d'une nuée d'étourneaux en un bruissement d'ailes. Betty ne lève pas les yeux, pas plus qu'elle ne ralentit l'allure. Elle porte un tailleur de laine rose et une toque assortie. Le rose se marie bien à ses cheveux roux, ce que Ruby n'aurait jamais imaginé ni osé. Betty a un petit air de Lucille Ball, même si on l'imagine mal passer l'aspirateur en pyjama ou flanquer un coup d'oreiller à son mari. Elle a beau sourire comme une *cheerleader*, elle n'est pas du genre à se ridiculiser. Ruby regrette d'avoir mis sa nouvelle gaine en latex. Pas à cause des stries sur la peau – Todd a d'abord cru qu'elle avait une éruption de boutons, puis a piqué un fou rire quand elle lui a expliqué –, mais parce qu'elle a l'impression d'être dans un sauna. Elle transpire sous les aisselles. Pourvu que ça ne fasse pas d'auréoles sur son chemisier. Elle gardera sa veste, par précaution.

— Merci d'avoir envoyé Scott. C'est chic de sa part de prendre le temps…

— Oui, c'est un gentil garçon.

Betty s'arrête devant une porte qu'elle pousse.

— Nous y voici.

Ruby se fige ; elle est tentée de détaler, mais Betty glisse son bras autour du sien et les voilà qui pénètrent à l'intérieur. En fait de club, il s'agit d'un simple baraquement avec deux tables à tréteaux recouvertes de nappes vichy, et une grande carte des États-Unis affichée sur un mur. Le brouhaha et le tintement des petites cuillers sur la porcelaine s'interrompent quand les femmes se retournent pour diriger sur elle des regards perçants. L'appréciation ne prend que quelques secondes, mais Ruby sent un frisson de curiosité persistante l'accompagner à travers la pièce. Elle colle trop à Betty, faillit lui marcher sur les pieds. Dans sa tête, elle fredonne l'air de « I Love Lucy ». Pourvu que ses bas ne soient pas filés et que ses joues soient moins rouges qu'elle en a la sensation ! Une petite femme boulotte vient à leur rencontre, la main tendue. Betty a le temps de lui chuchoter à l'oreille :

— L'épouse du colonel.

Puis elle enchaîne, à voix haute :

— Gloria, permets-moi de te présenter notre nouvelle recrue, Ruby. L'épouse du capitaine Delaney. Ruby, voici Gloria Anderson, la colonelle.

La poignée de main est ferme. Prise au dépourvu, Ruby ne sait pas quoi dire. Elle s'efforce de regarder la femme en face. Gloria n'a pas l'air d'être méchante, mais rien ne doit échapper à ses petits yeux foncés de fouine.

— On me dit que vous êtes anglaise. Vous devez vous sentir ici chez vous.

À court de salive, Ruby s'oblige à déglutir.

— En fait, je m'étais bien acclimatée dans l'Iowa. Pour être franche, les États-Unis me manquent un peu.

Gloria se raidit.

— Allons bon ! Ce n'est pas le moment de se morfondre. Nos hommes comptent sur nos qualités de ménagères. Sur notre bonne humeur. Ils ont bien assez de soucis comme ça. L'époque n'est pas de tout repos : des espions soviétiques ont infiltré nos sphères dirigeantes, nos ennemis ont l'arme atomique. Nos hommes n'ont pas besoin que nous leur ajoutions une inquiétude supplémentaire. Il nous appartient de maintenir le moral des troupes, dit-elle en tapotant l'avant-bras de Ruby. Nous veillerons à ce que vous soyez bien occupée, n'est-ce pas Betty ? Vous n'aurez pas le temps de vous ennuyer sur la base.

— Oh, je ne voulais pas dire que…

Mais Gloria s'éloigne déjà d'un pas résolu vers un autre groupe à qui prodiguer ses conseils et ses consignes. Comme la reine, songe Ruby. La déférence lui est due.

— Ne t'en fais pas, chuchote Betty. Gloria est parfois… euh, disons un peu abrupte.

On tend un café à Ruby. La soucoupe dans une main, elle goûte au breuvage brûlant. Il n'est pas facile de sentir l'anse entre ses doigts gantés. Elle s'inquiète de mal la tenir, imagine la tasse qui lui échappe, tombe par terre et vole en éclats, le silence consterné qui s'ensuivrait. Jetant des regards en coin, elle remarque que certaines femmes ont les mains nues. Mais Gloria et Betty ont gardé leurs gants blancs immaculés et Ruby ne voudrait pas commettre un impair.

— Sandy Kelly, se présente une femme svelte à taches de rousseur en lui tendant une main gantée de blanc. J'ai appris que le commandant Pulaski était un ami à vous.

— Un ami de mon mari, précise Ruby. Ils étaient basés ensemble dans le Norfolk pendant la guerre. Ils faisaient partie du même équipage, pilote et copilote à bord d'un B-17.

— Le commandant est l'un des rares célibataires de la base, dit Sandy. J'aimerais tant lui trouver quelqu'un ! Un homme aussi adorable mériterait une épouse attentionnée.

— Sandy est une entremetteuse contrariée ! lance Betty en décochant une œillade. Dans le petit monde clos de la base, ses talents ont du mal à s'exprimer !

Ruby sent poindre derrière son front une douleur lancinante et familière. Elle songe au flacon dans son sac à main. Ce matin, elle en a déversé le contenu sur son lit et a réparti les cachets par groupes de quatre ; il en reste assez pour tenir jusqu'à la fin du mois.

— Que vaut le dispensaire ? demande-t-elle à Betty à voix basse. J'ai une ordonnance à renouveler. Pour mes nerfs. Je ne sais pas s'ils auront le bon médicament.

— La pilule apaisante, tu veux dire ? chuchote Betty tout près de son oreille.

Ruby plisse le front, interloquée.

— C'est comme ça qu'on surnomme le Miltown !

pouffe Betty. Beaucoup de femmes ici présentes en prennent, ma chère. On a toutes besoin d'un petit remontant de temps à autre. Il y a de quoi avoir les nerfs chamboulés, ajoute-t-elle avec un geste du bras, à force de se demander si c'est aujourd'hui que ça va nous péter dessus. Ma chérie, c'est le boulot de nos maris de veiller à notre sécurité. Mais notre rôle à nous est de les soutenir, et nous devons aussi, bien évidemment, les aider à gravir les échelons. Sans nos directives, tu penses vraiment qu'ils arriveraient jamais en haut de l'échelle ? Alors il faut bien qu'on veille à ne pas perdre la boule ! dit-elle en flanquant un coup de coude complice à Ruby. Entre nous, quelques pilules, ce n'est pas grand-chose. Sans les miennes, je deviendrais folle.

Soulagée, Ruby engloutit son café d'un trait. Elle attrape un gâteau et n'en fait qu'une bouchée. Des miettes chocolatées sont tombées sur ses gants et sa veste. Elle inspire profondément, frotte rapidement ses vêtements, s'essuie la bouche avec une serviette : elle a éliminé les indices incriminants.

— Je te prie de m'excuser une minute, murmure-t-elle.

Elle repère les toilettes et traverse la salle d'un pas mesuré, attentive à ne pas montrer qu'elle est en manque. Elle actionne la poignée. C'est libre. Elle s'enferme dans le réduit, met le verrou et s'assied sur le couvercle du siège pour farfouiller dans son sac. Quatre cents milligrammes, pour fêter ça. Elle penche la tête en arrière et avale, suit le mouvement de la pilule que la contraction des muscles fait descendre dans le cou, jusqu'à sa poitrine où elle paraît se poser sur son cœur. Un missile télécommandé. Puis le calmant disparaît, se perd dans son système digestif. Déjà il se dissout et opère sa magie, permettant à Ruby de déverrouiller la porte pour sortir des toilettes et se mêler, sourire aux lèvres, aux femmes qui papotent.

4

Devant la porte rouge de l'économat, Hedy se tourne vers Scott :

— Reste ici, ordonne-t-elle en joignant le geste à la parole. J'en ai pour une minute.

Son air outré la fait rire. Ça lui apprendra à être méchant avec Chris et à croire qu'il sait tout. Elle arpente les allées du magasin avec un petit sourire narquois, ravie de lui avoir rabattu son caquet. Il y a des étalages de pommes et d'oranges, des caisses remplies de bocks et de Budweiser, des conserves de Spam empilées les unes sur les autres. Elle ne sait plus où donner de la tête. Les battements précipités de son cœur résonnent jusque dans ses bras et ses jambes, si bien que son corps tout entier palpite du martèlement. Deux ménagères bavardent tranquillement à voix basse, panier au bras. Leur regard distrait ne fait que glisser sur elle. Les achats se règlent à l'avant du magasin. L'employé qui tient la caisse est très occupé, il y a une file d'attente de plusieurs personnes. Hedy entend les touches et la sonnette de la caisse enregistreuse, le froissement des sacs en papier kraft quand on y place les articles. Elle prend sur une étagère un paquet de *cup cakes* Hostess fourrés à la crème et fait mine de lire l'étiquette au dos, plissant le front comme si elle hésitait à les prendre, alors qu'elle voit tout flou à cause du stress. Quand les inscriptions redeviennent nettes, elle constate qu'il s'agit d'une offre spéciale : trois cartes de base-ball en couleurs sont offertes en cadeau. Elle est tentée. Ses doigts serrent le paquet un peu plus fort. C'est trop volumineux. À regret, elle le repose.

Elle sursaute en apercevant le monsieur chauve, vêtu d'un tablier, qui se tient à côté d'elle.

— Je peux vous aider ?

Il parle lentement, en détachant les syllabes ; il n'a sans doute pas l'habitude de s'adresser aux enfants, ou il est un peu sourd.

— Non, merci.

Elle écarquille les yeux, comme se comporterait quelqu'un d'innocent, imagine-t-elle. Il semble attendre qu'elle dise autre chose. Devant son silence, il finit par s'éloigner, lissant d'un geste délicat l'unique mèche qui épouse son crâne. Il s'arrête pour échanger quelques paroles avec les deux femmes. Tous trois tournent le dos à Hedy. Personne ne se soucie d'elle. Une des ménagères glousse. Hedy ne peut pas s'éterniser. Elle s'empare d'un paquet de six Snickers et le glisse sous la ceinture de son pantalon. Encore une chance qu'elle soit aussi maigre ! Elle déploie son chemisier par-dessus et se laisse gagner par l'euphorie : trop facile ! Elle résiste à la tentation de déguerpir au plus vite. L'emballage émet un craquement à chaque pas, mais le bruit est trop léger pour qu'on l'entende.

Scott l'attend à l'extérieur, les mains dans les poches,

l'air interrogateur. Elle sort son butin et le lui tend en chantant le slogan de la réclame :

— Une fringale de chocolat et de cacahuètes ? Offrez-vous un Snickers !

— T'es dingue, dit-il en le dissimulant sous son blouson.

Hedy sent qu'elle l'a épaté. Mais le bonheur triomphal s'estompe déjà et elle jette un regard à la ronde :

— Où est Chris ?

— Qu'est-ce que tu veux que j'en sache ?

— Il n'est pas resté avec toi pendant que j'étais dans l'économat ?

— Je ne l'ai pas vu depuis le terrain d'aviation.

Hedy éprouve comme un coup de vent glacial. Une rafale cinglante qui balaye tout. Elle plaque ses mains sur sa bouche. Puis se précipite dans la direction par laquelle ils sont arrivés, abandonnant derrière elle Scott et l'économat. Tiraillée entre impatience et culpabilité, elle se sent mal. Obnubilée par Scott, elle tenait à lui prouver quelque chose, qu'elle ne se laissait pas faire, n'était pas moins intrépide que lui, mais ça ne rimait à rien. Voilà qu'elle a perdu Chris. Elle déglutit et essaye de ne pas paniquer. Le mieux est de revenir sur ses pas. Chris traîne probablement quelque part, à son habitude.

Elle croit plusieurs fois le repérer, mais c'est toujours un autre garçon, un buisson ou une ombre. Elle presse le pas. Scott la rattrape et la suit en mâchant son chewing-gum, renfrogné et nullement concerné.

Voici l'endroit où ils ont observé le terrain d'aviation. Hedy contemple le garde dans la tour, avec sa mine sévère et son fusil.

— Je pourrais lui demander s'il l'a vu. Il a dû nous remarquer tout à l'heure.

— Il n'a pas le droit de te parler, dit Scott. Tu pourrais être une espionne.

— C'est stupide.

Hedy observe les environs. Un paysage broussailleux, des ajoncs, de la bruyère pourpre ici et là. Des constructions basses en tôle. Du grillage.

— Il s'est peut-être taillé, suggère Scott. Il a dû rentrer chez vous.

— Peut-être, dit Hedy.

En son for intérieur, elle pense : « S'il est arrivé quoi que ce soit à Chris, jamais je ne me le pardonnerai. » Et elle ajoute, dans un éclair de lucidité : « Maman non plus. »

Scott a ouvert le paquet et entamé un Snickers. Le caramel lui colle aux dents.

— T'en veux un ?

— Non, répond-elle en secouant la tête. Je dois rentrer à la maison.

— Oh, pas la peine de paniquer. Il n'a nulle part où aller…

Elle n'écoute pas la suite. Pour la deuxième fois, elle abandonne un Scott ahuri. Mais là, ce n'est plus drôle. Elle court si vite qu'elle en a mal aux côtes. Elle ne souhaite qu'une seule chose, reconnaître la chevelure pâle et brillante de son frère, son dos raide et son allure rêveuse. L'apercevoir au prochain croisement pour évacuer sa peur en un bon coup de colère. Elle cherche confusément les mots justes pour sermonner son frère et l'obliger à s'excuser, mais une seule phrase lui vient à l'esprit : pourvu qu'il ne lui soit rien arrivé !

Christopher n'est pas à la maison. Le bungalow est désert, seule y flotte une odeur de laine mouillée et de lessive. Hedy l'appelle. Elle fait le tour des pièces, inspecte méthodiquement dans les recoins et derrière les rideaux. Elle cherche même dans les placards au cas où il se serait caché, pour faire une farce ou par contrariété. Ce n'est pas exclu. Une fois, après s'être cassé le nez en tombant, il s'est réfugié dans le placard à balais parce qu'il avait honte des taches de sang sur sa chemise. Hedy regarde par chaque fenêtre, scrute la rue et le jardinet bordé d'arbres. Elle s'arrête un moment dans la chambre de Christopher, parmi les cartons du déménagement. Elle ferme les yeux. Si seulement son frère pouvait se trouver là, en train de griffonner à son bureau. Elle rouvre les paupières et va jeter un œil au carnet posé sur la table. L'écriture serrée et penchée de Christopher remplit des pages et des pages. Elle survole un passage : *et l'énorme vaisseau se posa, léger comme une plume. Les créatures qui en descendirent étaient vertes, avec des yeux rouge flamme.* Encore une histoire de son invention.

Chris ne va jamais nulle part sans elle. Jamais. Elle a un goût amer dans la bouche. Depuis qu'elle est toute petite, maman lui répète sans cesse de veiller sur son frère. Elle n'a même pas besoin de se l'entendre dire.

La porte d'entrée claque. Hedy se précipite dans le vestibule.

— Me voilà rentrée, lance maman en se tapotant les cheveux après avoir retiré son chapeau. Vous vous êtes bien amusés ? Où est Christopher ?

Maman fixe Hedy d'un regard perçant. Déjà ses lèvres se contractent d'inquiétude.

— Christopher ? Il est avec Scott, répond Hedy avec la vivacité d'un cobra.

Maman se détend, relâche ses épaules.

— Il s'est fait un copain ? Tant mieux.

En équilibre sur une jambe puis l'autre, elle retire ses beaux escarpins noirs à talon aiguille, les laisse tomber bruyamment et se dégourdit les orteils.

— Voilà qui fait du bien ! Mais j'espère qu'il ne va pas trop tarder, dis ? Il doit se ménager.

— Oui, dit Hedy en reculant. Il va bientôt rentrer. Je vais aller voir ce qu'ils fabriquent.

Maman affiche son sourire vague. Celui qui lui vient toujours avant d'aller s'allonger pour une petite sieste.

Christopher n'a pas pensé à semer derrière lui des bouts de pain ou des petits cailloux pour retrouver son chemin. Quand il a découvert la brèche dans le grillage, les fils de fer arrachés par une mystérieuse créature, il s'est faufilé par l'ouverture, quittant la base pour pénétrer dans la forêt. Il se laisse guider par les odeurs. Il s'enfonce dans le feuillage, sous les branches basses qui éraflent son visage. L'épais tapis de feuilles mortes étouffe ses pas, il se déplace silencieusement comme un meurtrier. Le parfum d'humus l'enveloppe entièrement, s'empare de ses sens et lui laisse un goût plaisant dans la bouche. Tout est ralenti et déformé, comme dans un rêve. Il se prend le visage dans des toiles d'araignée, les fils scellent ses lèvres et se collent à sa peau. Des aiguilles de pin dansent dans la pénombre verte, s'accrochent à ses cheveux, effleurent ses joues et ses mains. Le sol de la forêt bouge et s'agite. Une colonie de fourmis se déplace à ses pieds. Attention à ne pas les écraser. Il pose la main sur un arbrisseau et sursaute en sentant l'écorce frémir sous ses doigts. Encore des fourmis. Il les observe. Les traces brillantes qu'elles laissent derrière elles sont comme les affluents d'un fleuve. Christopher se fait la réflexion que lui-même ressemble à un insecte : il porte son squelette à l'extérieur et se retrouve parfois coincé sur le dos.

Il continue d'avancer, ressort des sous-bois et rejoint un étroit chemin de terre noire et sableuse. Les pins adultes alignés ont l'air de vieillards cacochymes aux articulations qui craquent. La végétation est moins dense ici, des rayons de soleil tamisés s'infiltrent par la canopée et font scintiller les brins d'herbe et les frondes de fougère en spirale. Comme on ne voit pas le ciel et qu'il n'y a pas la moindre brise, Christopher a l'impression d'être sous l'eau, loin du monde réel bruyant et coloré, et de n'entrapercevoir la surface que par moments sous la forme d'un bout de nuage parmi les sommets ondoyants des pins. Les oiseaux plongent entre les arbres comme des bancs de poissons bruns, et disparaissent dans l'obscurité. Compliqué de s'orienter au milieu de ces troncs qui se ressemblent tous à l'infini, de quoi être complètement déboussolé. Il est perdu. Il n'a pas peur, mais il s'en veut un peu pour Hedy qui va s'inquiéter. Il regrette de ne pas l'avoir prévenue. Il préférerait sentir la main de sa sœur dans la sienne. Il pourrait lui montrer ce qu'il a découvert, tout partager avec elle. Et pourtant, même s'il aimerait qu'elle soit là, être seul lui procure une étrange sensation de liberté. Il n'a jamais rien le droit de faire sans être accompagné par maman ou Hedy.

Il est certain d'être déjà passé devant ce hêtre il y a

quelques minutes. D'une largeur impressionnante, il est très différent des pins hauts et droits. L'arbre, qui se trouvait tout à l'heure sur sa droite, est maintenant à gauche. C'est donc qu'il revient sur ses pas… mais comment est-ce possible alors qu'il n'a aucun souvenir d'avoir fait demi-tour ? Empêché par la mentonnière, il ne peut pas se fier à ses empreintes dans la terre sablonneuse. Entendant un bruissement sur sa gauche, il pivote d'un bloc et scrute la végétation. Y aurait-il un animal dans les parages ? Des bêtes sont peut-être en train de l'épier derrière les brindilles et les fougères. Il croit distinguer un œil jaune qui brille. Puis son regard est attiré par une forme au niveau du sol, dans l'herbe au bord du chemin. Du coin de l'œil, il distingue une sorte de grosse pierre circulaire, de la taille d'une roue de carriole. Cela forme une saillie d'une trentaine de centimètres. Elle est parsemée d'aiguilles de pin brunes. Il se demande ce que ça peut bien être. Ça a l'air trop lourd pour être soulevé, mais il y a une poignée rouillée et on dirait que c'est destiné à recouvrir quelque chose. Comme une plaque d'égout géante. Peut-être a-t-on rebouché un puits. Il imagine l'entrée d'un souterrain. Il a très envie de l'examiner de plus près, mais comment se baisser ? Il remarque un chêne à proximité, dont une branche se divise en plusieurs rameaux. Christopher en choisit un qui a l'air suffisamment résistant et parvient à le détacher en y mettant tout son poids. Il s'en sert comme béquille, s'appuie dessus et se penche jusqu'à pouvoir effleurer le cercle rugueux du bout des doigts. Dans un grognement d'effort, il se laisse tomber à genoux. Écartant une partie des aiguilles, il découvre une grille rouillée scellée dans la pierre. Une fois qu'il a repris son souffle, il approche son oreille en s'imaginant qu'il va entendre de l'eau qui s'égoutte ou s'écoule. Rien. Juste les battements de son pouls résonnant dans sa tête. À moins que… En tendant bien l'oreille, il croit distinguer un frottement distant, le vague écho d'un mouvement, un raclement de pas sur une surface dure… comme si, très loin sous terre, quelqu'un marchait.

Il se redresse, perplexe. Apparu entre les arbres, un rayon de soleil l'aveugle. Il cille et se penche à nouveau pour écouter. Le bruit a disparu.

Il a faim. Ses hanches sont de travers. Grimaçant, il parvient à redresser le bassin pour s'asseoir correctement. Il n'est pas sûr de pouvoir se relever. De toute façon, fatigué comme il l'est, peu lui importe. Ses paupières se font de plus en plus lourdes. Il finit par céder et ferme les yeux.

Réveillé en sursaut, il écarte les mèches moites de son front. Une fine pellicule de transpiration tapisse son visage. Son oreille le chatouille. Il sent quelque chose s'insinuer dans la spirale de chair. Il plonge son auriculaire dans l'orifice et en extrait une fourmi. Elle se déplace sur ses phalanges, ses antennes vibrant. Il la laisse tomber délicatement par terre, puis s'époussette du mieux qu'il peut, sans voir ce qu'il fait. Sa tête le gratte et le démange. Il doit être allongé sur un nid. Il passe ses doigts dans ses cheveux et des petites bestioles noires en tombent, tout un bataillon de fourmis. Il agite ses vêtements pour faire partir les dernières le plus doucement possible. Au prix de longs efforts, il parvient à se mettre à genoux. Il récupère la branche et s'en sert comme appui, ainsi que du disque de pierre, pour se relever entièrement. C'est douloureux, il a la sensation que ses os se déchiquettent. Il perçoit soudain un bruit autre que sa respiration haletante. Une voix d'enfant. Puis une autre. Des rires. Le souffle court, il boitille en direction des voix.

— Ohé ! Qui est là ? s'écrie-t-il.

Les rires cessent brusquement, comme un robinet que l'on ferme. Pas un seul vague écho en retour. Christopher attend sur le chemin, dans une écoute angoissée. Les bruits étouffés de la forêt déferlent sur lui : grattements, frottements, chuintements et murmures. Mais pas de voix humaine.

— Ohé ! lance-t-il à nouveau.

Un craquement de brindille sur sa gauche, son furtif. Il pivote et scrute la végétation, quitte résolument le chemin pour s'enfoncer entre les jeunes arbres, se frayant un passage dans l'entrelacs de branches.

— Je suis perdu ! s'écrie-t-il. Attendez-moi ! Je vous en supplie !

Un sanglot reste coincé au fond de sa gorge. Il entend alors un éclat de rire. Puis des pas précipités dans l'obscurité végétale, et des voix qui s'entrecroisent, comme si on se chamaillait. Il voit quelqu'un bouger, une fille, a-t-il l'impression, plus jeune que lui. Elle détale comme une biche apeurée. Une jambe violette en extension est brièvement visible dans un rai de lumière. L'enfant a déjà disparu. Christopher la poursuit comme il le peut de sa foulée maladroite, les branchages griffant son visage. Il cherche à se protéger les yeux avec les mains, mais son épaule heurte un tronc et le choc brutal lui fait perdre l'équilibre. Le pied pris dans une racine, il chute lourdement et son menton vient percuter le sol. Il a le souffle coupé ; la mentonnière comprime sa gorge. Il reste là figé, redoutant de bouger. Il aperçoit des chaussures : deux paires de souliers à lacets et une paire de sandales, disposées en cercle autour de lui. Il faut qu'il se relève. Dans un grognement, il parvient à se mettre à quatre pattes. Les chaussures ne bougent pas. Il sait qu'il est le centre de l'attention, mais il ne peut pas s'en préoccuper : le plus difficile reste à faire, se redresser tant bien que mal. Il se traîne jusqu'à l'arbre le plus proche et s'en sert comme levier, ses cuisses le brûlent. Il retient sa respiration, ses doigts glissent sur l'écorce, mais il parvient à se hisser, centimètre par centimètre.

— Il a un problème ? demande une voix de fille.

— Je sais pas. Peut-être qu'il a une jambe de bois...

Enfin debout, Christopher recrache de la terre et des aiguilles de pin, s'essuie la bouche. Il tâte ses vêtements d'une main tremblante pour s'assurer qu'il n'a rien de cassé, ne repère rien de tordu, ni os ni barre métallique.

Les chaussures appartiennent à des enfants, deux garçons et une fille. Il les fixe. Ils ont le visage violet. Ainsi que les bras et les jambes. Les observant plus attentivement, il remarque que leur peau, cloquée et suppurante, pèle par minuscules écailles. Impossible de dire s'ils se sont peints de cette couleur, comme des guerriers, ou si c'est leur teint naturel. D'ailleurs, ils ne sont pas entièrement violets : des taches chair sont visibles ici et là, une sorte de patchwork. Ils ont le crâne rasé, même la fille.

Christopher repense au curieux disque de pierre, à l'herbe écrasée en dessous comme si l'objet était tombé du ciel. Ça lui rappelle les vaisseaux spatiaux dans *La Guerre des mondes*. Il tend la main et touche le bras d'un des garçons pour vérifier si sa peau est tiède, si du sang coule dans ses veines. Le garçon s'écarte brusquement.

— Vous venez d'où ? demande doucement Christopher.

— Butley, répond la fille d'une voix guillerette. T'es un Yankee ?

Christopher hoche la tête. Il se demande à quoi ressemble Butley et dans quel monde ça existe.

— T'as un chewing-gum, l'Amerloque ? demande l'autre garçon. De l'argent ? Des bonbecs ?

Christopher fait non de la tête. Un sourire narquois se dessine sur le visage violet.

— Même pas un *threepence* ?

Christopher ignore ce qu'est un *threepence*. Il leur en donnerait volontiers, s'il en avait. Il fouille ses poches, à la recherche d'une offrande, mais n'y trouve qu'un emballage froissé de Juicy Fruit. Les trois enfants soupirent et reculent. Ils s'éloignent sans un regard pour lui, bavardant dans une langue qu'il ne comprend pas.

— Attendez…

Il n'a pas le temps de cligner des yeux que le trio a disparu, englouti par la forêt. Il tend l'oreille, sans parvenir à distinguer leurs voix. Soudain, un rugissement fait trembler le sol sous ses pieds. Les branches s'agitent et les oiseaux s'envolent. Le vacarme est si puissant que Christopher plaque ses paumes sur ses oreilles. Ça résonne dans son crâne. Des odeurs de kérosène, de caoutchouc fondu et de métal brûlant emplissent ses narines. Il titube entre les arbres en direction de l'épouvantable raffut. La chaleur augmente, il se sent happé par un tourbillon d'air chaud, comme s'il se précipitait dans la gueule d'un dragon. Il est stoppé net quand il percute un grillage. Ses doigts s'y cramponnent. Sauvé ! Le nez dans un trou en losange, il regarde le bombardier décoller. Il se souvient qu'il s'agit d'un B-47, comme le leur a expliqué un Scott admiratif. Christopher se bouche à nouveau les oreilles quand le fuselage argenté s'élève dans les airs, propulsé par six réacteurs chauffés à blanc.

Allongée sur son lit, Ruby n'arrive pas à trouver le sommeil. Sa jupe se déploie en corolle sur ses bas. Elle croise les mains et les pieds. Elle a tiré les rideaux – dont elle a ajusté l'ourlet – pour ne voir ni la clôture du jardin, ni la forêt de pins. Figés dans cette couleur verte immuable, les arbres ne paraissent pas naturels. Sous la canopée, le sol est sec et inerte, recouvert d'une épaisse couche d'aiguilles mortes. Des relents écœurants de sève imprègnent l'air. Les bois touffus entourent la base sur trois côtés. Les avions tapageurs et frimeurs, les bombes nichées dans les bunkers, les rangs de soldats qui défilent, l'économat et le cinéma : tout ça ne durera pas, songe Ruby, face à la progression furtive des arbres et des bestioles qui grouillent dans l'obscurité, sous les branches et entre les racines.

Les mailles rouge et orange des rideaux laissent passer de minuscules points scintillants. Le cadre du lit se met à vibrer sous elle, comme les signes avant-coureurs d'un tremblement de terre. Elle tourne la tête vers la commode où les bibelots s'entrechoquent. Elle croise les doigts très fort. Le fracas subsonique semble resserrer les murs de la chambre. Ruby a même l'impression que sa peau rétrécit sur ses os. Elle a beau être habituée aux bases aériennes, ces engins modernes calcinent l'atmosphère et transpercent le ciel.

Autrefois, son angoisse était de ne pas entendre les avions. Accroupie dans un champ dont la rosée mouillait sa robe, elle guettait dès l'aube les Flying Fortress. Elle scrutait le ciel pâle à la recherche des petites croix noires, en tentant de percevoir le bourdonnement des avions rasant la mer du Nord. Elle les comptait, vérifiait combien étaient de retour. Il arrivait qu'un appareil endommagé parvienne à rentrer, en volant cahin-caha dans la brume matinale. Elle penchait la tête en arrière quand ils passaient au-dessus d'elle et tentait de repérer celui de Todd, *Le ciel peut attendre* peint sur son nez. Elle priait pour l'apercevoir et que ne s'en échappe pas une fusée de détresse rouge, signe qu'il y avait des blessés à bord. Le savoir en vie, sa mission accomplie. Le grondement des B-17 était un bonheur, une vibration ressentie au creux de son ventre et dans ses veines, martèlement rebelle, cri de guerre et chant d'amour.

Le soir où elle s'est enfuie, il est venu la chercher en camion, en conduisant sans phares sous la pluie, par des petites routes défoncées bordées de cottages aux fenêtres condamnées et de pâturages où les vaches étaient blotties les unes contre les autres, leurs flancs argentés sous le clair de lune. Encore heureux que la lune ait été de sortie, songe-t-elle. Sinon, jamais il ne m'aurait trouvée.

Ruby sent monter en elle une boule d'angoisse. Au début, elle était logée dans l'estomac ; elle lui serre maintenant la gorge. Où est passé Christopher ? Hedy a bien dit qu'elle allait le chercher, non ? Trop vite, Ruby se redresse en position assise et laisse pendre ses jambes au bord du lit. La pièce tourne et les couleurs s'étalent. Rouge. Orange. Elle se lève, chancelante, enfile ses pantoufles et s'approche de la fenêtre. Elle écarte les rideaux. Le vent bruisse dans les aiguilles des pins. Le regard attiré par du mouvement sur le côté, elle pivote et repère une silhouette qui se faufile dans l'obscurité entre les arbres. Elle n'a pas le temps de se demander quel genre d'animal c'est qu'une tête se plaque contre le grillage entre jardin et forêt : deux yeux, une sorte de museau et une gueule ouverte. Ruby laisse échapper un petit cri. En fait, derrière les mèches emmêlées autour des lèvres écartées et la frange grasse et hirsute barrant les yeux foncés pétillants, elle reconnaît un visage humain. Abasourdie, elle se rend compte que l'homme la regarde droit dans les yeux. Elle recule d'un pas titubant et se laisse tomber sur le lit. Elle porte la main à son cœur qui bat à tout rompre. Quand elle trouve le courage de s'approcher à nouveau de la fenêtre, discrètement, l'individu a disparu. Elle se précipite dans la cuisine, les nerfs à fleur de peau, et s'approche de la fenêtre pour scruter Roosevelt Road des deux côtés. Une voiture passe, le conducteur ralentit et embraye. Elle ne subit pas l'angoisse de voir surgir l'inconnu, mais elle n'a pas non plus le soulagement d'apercevoir ses enfants. Concentrée sur la rue déserte, elle ne remarque l'homme près du jeune laurier qu'au moment où il lève le bras pour lui faire signe. Elle sursaute, avant de reconnaître Hank. Il a à la main une espèce de boîte noire qui paraît assez lourde. Il indique la porte.

— Salut. Todd est rentré du boulot ?

Elle fait non de la tête et lui ouvre.

— Il y avait quelqu'un derrière la maison, balbutie-t-elle. Un type dans la forêt.

— Ah bon ?

— Un clochard. Enfin… je ne sais pas, il avait l'air sauvage. J'ai eu peur.

— Mais il n'a rien fait ?

— Il a dû retourner dans la forêt.

— Un vagabond, j'imagine. Il y a des misérables qui dorment à la dure dans les parages. Il n'a pas pu franchir la clôture. Impossible de s'introduire dans la base. Tu es tout à fait en sécurité, ajoute-t-il en souriant. Tu ne pourrais pas être mieux protégée. On est encerclés de barbelés et des soldats armés surveillent les entrées.

Ruby hoche la tête.

— Oui, certainement… J'ai… j'ai juste pris peur.

Elle songe soudain qu'elle ne s'est pas rafraîchie après sa sieste. Elle se tapote les cheveux et s'éclaircit la gorge.

— Bon, ce n'est pas tout, se reprend-elle en redressant les épaules. Je dirai à Todd que tu es passé.

— Attends. J'ai eu une idée pour faire fonctionner ton frigo, dit-il en brandissant la boîte noire. Une batterie de voiture. Je pense que ça devrait marcher. Où est-il ?

Elle le dévisage, interdite.

— Le frigo ? Dans le garage, dit-elle en indiquant le côté gauche du bungalow.

Hank contourne déjà la maisonnette en sifflotant, très élégant dans son uniforme bleu.

— Je ne sais pas où sont passés Christopher et Hedy…, lance-t-elle d'une voix bafouillante. Mes enfants ont disparu.

Hank se retourne.

— Ne t'inquiète pas, ils doivent être en train de

s'amuser quelque part dans la base. Les gens veillent sur les enfants des uns et des autres.

Il esquisse un nouveau sourire, mais celui-ci s'efface quand il voit l'expression de Ruby. Il revient vers elle et la fixe d'un regard pénétrant.

— Allons, Ruby, il ne faut pas t'en faire. Tes enfants n'ont rien à craindre ici. Personne ne peut s'introduire dans la base ni en sortir. Hedy et Christopher seront de retour avant le dîner.

Elle soutient son regard et y puise une assurance qui l'apaise. Sa peur disparaît, telle une créature détalant dans la pénombre. Hank a raison : le vagabond ne peut pas s'en prendre à ses enfants, pas plus qu'à elle.

Ruby observe Hank plus attentivement. Elle s'étonne de toujours percevoir l'adolescent en lui – le jeune homme boutonneux d'autrefois semble flotter juste sous la surface du trentenaire, comme un visage sous la glace, visible mais prisonnier. Cette pensée mélancolique lui donnerait presque envie de caresser la joue de Hank. Il rougit comme s'il devinait ses intentions, comme si elle l'avait vraiment caressé.

— Tu ne t'es jamais marié, Hank ?

— Je n'ai pas trouvé la femme qu'il me fallait. J'ai épousé l'armée, ajoute-t-il en faisant la moue. Todd range ses outils dans le garage ?

Pendant qu'il bricole, Ruby retourne à l'intérieur et n'est pas très heureuse de ce qu'elle voit dans le miroir : ses cheveux sont aplatis là où sa tête était posée sur l'oreiller et son visage semble nu sans rouge à lèvres. Elle opte pour une touche de rouge cerise et redonne un peu de volume à ses boucles. Puis elle passe dans la cuisine et met la bouilloire à chauffer. Les premières semaines qu'elle a passées en Amérique, elle aurait donné n'importe quoi pour une bonne tasse de thé anglais ! Elle repense à l'éléphant qui se déplace parmi des buissons verts et bleus tandis que des femmes se baissent pour cueillir de minuscules feuilles sous le soleil de Ceylan. L'image figurait sur une boîte de thé Lipton. Elle se remémore la sensation du métal froid dans sa main, la trace de rouille autour du couvercle. Elle a pris goût au café, le vrai café à l'américaine, pas le mélange de glands et de chicorée qu'elle faisait bouillir sur la cuisinière en Angleterre… Les souvenirs défilent : l'odeur âcre du breuvage qui glougloutait dans la casserole, le carrelage du Norfolk usé par les générations qui l'avaient précédée dans cette cuisine, l'air enfumé, un lapin mort suspendu par les pattes, un couteau dans sa main.

Où sont passés les enfants ? Elle jette à nouveau un regard par la fenêtre, celle de sa nouvelle vie, car elle n'est plus la fille d'autrefois dans une ferme du Norfolk : elle est l'épouse d'un aviateur de l'US Air Force. Christopher et Hedy sont certainement en train de jouer avec d'autres enfants, au sein de la base militaire. Comme l'a dit Hank. Ils ne vont pas tarder à rentrer. Elle verse trois cuillerées de café dans le filtre, sans en mettre à côté alors qu'elle a les doigts qui tremblent. Quand elle se rend dans le garage pour demander à Hank s'il prend de la crème et du sucre, elle le trouve en compagnie de deux autres militaires à qui il a fait appel pour déplacer le frigo dans la maison. Ils le portent à trois dans l'allée. Ils halètent et bandent les muscles du cou, parviennent à faire passer le gros appareil blanc dans l'étroit vestibule et à le mettre dans la cuisine. Hank retire sa casquette et s'éponge le front avec l'avant-bras.

— Vraiment, tu as réussi à le faire marcher ? s'étonne Ruby en se faufilant entre les trois hommes.

— À votre service, madame ! répond Hank, rayonnant. L'idée de la batterie a marché. Tiens, je vais te montrer ce que j'ai fait…

La main plaquée sur la bouche, Ruby l'observe pendant qu'il lui montre comment il s'y est pris. Il parle d'inverseur et se penche pour désigner des fils. Il indique le câble de démarrage auquel on a relié la batterie, exhibe la prise sectionnée. Elle ne l'écoute pas, n'a d'oreille que pour le ronronnement rassurant du moteur. Il se tait et se tourne vers elle, le visage empreint de fierté et de timidité. Ruby se retient de le serrer dans ses bras.

— Je n'y crois pas ! Je ne sais pas quoi dire… Merci !

Rougissant, Hank tripote son col. Réprimant un sourire, les deux militaires le saluent et s'en vont.

— Ce n'est pas grand-chose, assure Hank. Facile pour qui s'y connaît. J'étais embêté que tu ne puisses pas t'en servir, dit-il en tapotant l'appareil. Surtout que tu semblais y tenir.

Ruby voit flou, ses yeux la piquent. Des larmes coulent. Elle cille, les joues trempées. À travers le brouillard humide intermittent, apparaît une forme blanche qui se scinde en deux têtes blondes, deux visages pâles dont les traits se précisent à chaque battement de cils. Hedy et Christopher. De retour, sains et saufs. Comme l'a prédit Hank. Maintenant qu'ils sont là en chair et en os, bien vivants, la peur réapparaît, tel un chien qui revient en douce après avoir désobéi. Un bref sanglot lui échappe. Ses enfants la dévisagent avec appréhension. Elle renifle, intriguée. Une odeur les accompagne : de feuillage, de sève et de terre tourbée. C'est une forêt qui a envahi la pièce.

— Vous étiez passés où ? demande-t-elle en s'appuyant au plan de travail. Vous ne pouvez pas disparaître comme ça.

— Tout va bien, répond Hedy d'un ton renfrogné.

— Désolés, dit Christopher avec un gentil sourire. On ne pensait pas que tu allais t'inquiéter.

Ruby s'approche et retire quelque chose des cheveux soyeux de son fils – une aiguille de pin.

— Dites, vous n'êtes pas sortis de la base ? leur demande-t-elle en haussant le ton. Répondez-moi.

— Non, dit Hedy. Bien sûr que non.

L'expression de sa fille est indéchiffrable. Ruby fixe ensuite Christopher – le mensonge se lit sur son visage. Elle se met à genoux et lui agrippe les bras.

— Il ne faut jamais, jamais quitter la base. Tu es allé dans la forêt ? Comment as-tu fait pour sortir ? C'est dangereux, Christopher. Promets-moi de ne pas recommencer !

Il grimace de douleur. Un peu de salive jaillit de la bouche de Ruby et se dépose en petites bulles brillantes sur la joue de son fils. Elle se tourne vers Hedy, furieuse.

— Tu devrais être plus raisonnable !

— Maman…, dit Hedy en la tirant par l'épaule. Tu lui fais mal, maman.

Quand Ruby se relève, la pièce vacille et tourne.

— Pourquoi on nous interdit de sortir de la base ? demande Hedy. C'est injuste. Les autres enfants ont la permission. Ils vont en ville. Nous, on n'a même pas le droit d'explorer la forêt. C'est juste des arbres tout bêtes. Où est le mal ?

— Vous ne comprenez pas, martèle Ruby en regardant sa fille droit dans les yeux. Les habitants du coin… certains sont très pauvres. Vraiment dans la misère. Il y a des hommes… des vagabonds qui traînent dans la forêt. Vous pourriez croiser des braconniers. Des Gitans. Même des chiens errants. S'il vous arrivait quoi que ce soit, à toi et à ton frère, personne ne serait là pour vous secourir. La forêt est immense. Vous risquez de vous perdre. Et tu sais bien que ton frère ne peut pas faire les mêmes choses que toi, ajoute-t-elle en un chuchotement courroucé.

— Christopher a plus de forces que tu ne penses, s'entête Hedy en affichant une moue impénitente.

Ruby se frotte les yeux avec ses poings, déclenchant une pluie d'étincelles devant ses pupilles. Il faut qu'elle prenne son Miltown.

— C'est mon dernier mot, Hedy. Vous avez largement de quoi vous occuper ici. Il y a le terrain de jeux, d'autres enfants. Demain, si vous voulez, je veux bien vous offrir une partie de bowling.

Elle se recoiffe et incurve ses lèvres vers le haut, à la recherche d'un sourire qui se dérobe. Ses deux enfants se tiennent serrés l'un contre l'autre, comme cousus ensemble, retenus par un fil invisible qui les soude et les réunit. Elle voudrait les prendre dans ses bras, les serrer très fort et leur dire qu'elle les aime, mais elle peut lire la crainte sur leur visage. C'est sa faute. À cause d'elle, ils sont inquiets et méfiants. Elle se racle la gorge et recule.

— Hank a réussi à faire marcher le réfrigérateur, leur annonce-t-elle d'une voix un peu trop forte. C'est merveilleux, non ?

Elle se sent mauvaise mère et mauvaise hôtesse de maison. Mais c'est encore rattrapable : elle aperçoit la cafetière en argent, la tasse vide sur sa soucoupe, le pot de crème.

— J'ai fait du café, se souvient-elle.

Mais Hank est déjà reparti, elle aperçoit dans l'allée sa silhouette bleue qui esquisse un salut de la main.

5

Tout est fin prêt. Le couvert est mis, les enfants se sont lavé les mains. Les deux nattes de Hedy lui pendent dans le dos, chacune agrémentée d'un nœud. Pas un cheveu ne dépasse sur la tête de Chris. Assis à leur place, ils guettent le bruit de la clé dans la serrure, le frottement des chaussures de papa sur le paillasson. Le repas attend sur le chauffe-plat, de délicieux arômes leur mettent l'eau à la bouche. Mais maman ne veut pas commencer avant que papa soit là.

— Il va arriver d'un instant à l'autre, dit-elle.

Elle croise les mains et garde les yeux fixés dans le vide. On entend le tic-tac de l'horloge murale, la grande aiguille avançant par à-coups. Hedy tapote ses talons sur les pieds de la chaise et tripote les fils du set de table en raphia. Chris reste immobile comme une statue. Hedy se demande s'il souffre. Le visage détendu, il rêve les yeux ouverts. Il fait ça, se perdre dans son imagination, pour échapper à la douleur.

Les gouttelettes de gras forment comme des taches de moisissure sur les contours du pain de viande. Le jus au fond du plat ne scintille plus, devenu opaque. La vapeur au-dessus des petits pois et de la purée s'étiole en un filet de plus en plus fin, jusqu'à disparaître entièrement. Hedy change de position sur sa chaise. Le plastique colle à ses jambes nues. Maman l'a obligée à troquer son pantalon pour une robe. Son estomac gargouille.

— J'ai faim, dit-elle en s'emparant de sa fourchette.

Maman se lève, repoussant sa chaise si vivement qu'elle vacille. Penchée au-dessus de la table en Formica, elle coupe n'importe comment le pain de viande friable, distribue les parts et nappe la purée grisâtre de sauce compacte. Elle pose sèchement une assiette devant Hedy. Celle-ci prend une bouchée et décoche un regard noir à maman qui a, remarque-t-elle, une trace de rouge à lèvres sur le menton.

— Papa va bientôt rentrer, hasarde Chris d'une petite voix. Je suis sûr qu'il a un tas de trucs importants à faire dans son nouveau travail.

Maman prend sa main et y dépose un bisou. Elle a les yeux qui scintillent.

— Oui, bien sûr. C'est juste que… j'ai un peu la migraine, dit-elle en se plaquant la main sur le front. Je suis désolée, ma chérie, ajoute-t-elle en regardant Hedy.

L'eau dans les verres se ride au passage d'un avion de chasse. L'ampoule au plafond tremble comme si un fantôme avait soufflé dessus, projetant des ombres sur la table jaune, la nourriture, les fleurs dans le vase, la robe rouge de maman et ses bras nus.

Hedy contemple la nuit par la fenêtre. Elle repense à ce que Chris lui a raconté sur la forêt, les enfants violets et la grosse pierre circulaire sous laquelle pourrait bien se trouver l'entrée d'un souterrain. Il aurait même entendu des pas sous le sol. Difficile de savoir s'il y croit vraiment ou si c'est encore une histoire sortie de son imagination. Chez Chris, la réalité et le fabuleux se mélangent en permanence. Hedy a envie d'explorer la forêt, de partir à l'aventure pour échapper à l'ennui de la base militaire. Mais Chris ne veut pas en entendre parler. Il a promis à maman.

« Ne fais pas l'enfant, a rétorqué Hedy. Maman n'a pas besoin de le savoir. »

Mais Chris est têtu. Elle devra le convaincre autrement de l'accompagner.

Sans qu'elle s'en aperçoive, la porte d'entrée s'est ouverte. Papa est là, si beau dans son uniforme. Le mobilier paraît plus petit en sa présence. Hedy éprouve une bouffée de joie, véritable sensation physique qui fait chavirer son cœur. Maintenant que papa est là, tout ira bien. Il s'approche de maman, l'embrasse et essuie d'un coup de pouce le rouge à lèvres sur son menton.

— Désolé de rentrer si tard, chérie. J'ai été retenu au boulot. Ça sent délicieusement bon ! dit-il en reniflant de manière exagérée, les mains sur les hanches.

Il s'installe à table, les genoux et les coudes écartés, décoche un clin d'œil à Hedy et se penche pour ébouriffer les cheveux de Chris. Hedy sent son haleine de bière et de fruits macérés, note ses gestes mal assurés et en ressent une petite boule au ventre. Maman a les yeux brillants. Elle reste silencieuse au début, se contente de sourire et de hocher la tête en lui servant une assiette.

— Maintenant tu es là et c'est ce qui compte ! dit-elle d'un ton enjoué. Veux-tu que je le réchauffe ? Ou bien es-tu trop affamé pour attendre ?

Il enfourne une bouchée de purée et lui sourit.

— Je pourrais avaler un bœuf entier !

Maman s'assoit, croise les jambes et observe papa,

la tête inclinée sur le côté. Avec sa robe grenat et son rouge à lèvres, on dirait une star de cinéma posant pour la photo.

— Vous pouvez vous lever de table, les enfants, dit papa en parlant la bouche pleine et en les pointant de son couteau. Fiston, va me chercher une Bud dans le frigo. Hedy, tu peux débarrasser. Pose la vaisselle à côté de l'évier. C'est un régal, chérie !

Maman garde la même pose. Hedy empile les assiettes sales dans un cliquetis de couverts, s'en met plein les mains et emporte le tout dans la cuisine. Elle repense au mensonge de papa. Même si personne ne l'a relevé, il pèse sur l'ambiance. Rien que d'y penser, elle a un arrière-goût de moisi dans la bouche. Elle tend l'oreille au cas où une dispute éclaterait, mais seuls lui parviennent la conversation feutrée de ses parents et le tintement d'une bouteille contre un verre. Elle les épie discrètement : ils sont encore à table. Papa mange, maman lui caresse le bras. Il prend sa main et porte la paume à ses lèvres, comme pour s'empêcher de parler.

Tout a changé depuis qu'ils ont quitté l'Amérique. Pas seulement à cause du lieu, de l'accent et de la météo. C'est surtout les parents. Ils ont un comportement bizarre. Depuis qu'ils sont en Angleterre, maman a l'air nerveuse comme un chat dans une meute de loups. Quant à papa, il n'est plus lui-même. À Sioux City, il se changeait en rentrant du travail, se servait un Coca et sortait tirer quelques paniers de basket avec Hedy, ou bien il prenait maman par la taille et la faisait danser autour de la table dans la cuisine. Jamais il ne rentrait en retard, et empestant l'alcool, pour le dîner. Avant de partir pour New York, il a fait la surprise à

Hedy de l'emmener à un match de base-ball. Juste elle et lui. Ils se sont rendus à pied au stade parmi la foule des supporters et papa a accepté de la prendre sur ses épaules, même si ses pieds lui arrivaient à la taille. Elle s'agrippait à ses oreilles, ce qu'il trouvait très drôle. Il l'a basculée en avant, la tête la première, pour la faire descendre en une roulade autour de son avant-bras, puis l'a chatouillée jusqu'à ce qu'elle l'implore d'arrêter. Assis dans les gradins, ils ont mangé des hot-dogs si copieusement tartinés de moutarde que Hedy en avait les larmes aux yeux, et ils ont encouragé leur équipe jusqu'à en perdre la voix. Hedy était ivre de bonheur.

Nu dans le bain, impossible de cacher ses bleus. Les taches violacées courent sous les tiges métalliques comme des ombres fidèles, marquant sa poitrine et son dos, encerclant son cou.

— Mon Dieu, Christopher !

Il reste muet.

— Qui t'a fait ça ?

La voix de maman est tendue. Il détache son regard de l'eau.

— Personne… je suis tombé.

— Tu es tombé ? dit-elle en effleurant les rayures colorées. Je ne comprends pas : où était Hedy ?

— Euh… j'étais seul. C'est pas sa faute.

— Bien sûr que si, Christopher. Elle sait qu'elle doit veiller sur toi.

Voilà qui gâche tout son plaisir d'être dans l'eau chaude, son heure de liberté, parce que le regard de maman demeure fixé sur les marques, parce qu'il sent sa contrariété, sa colère qui altère les atomes dans l'air, les durcit et les noircit. Même une fois sorti du bain, allongé sur son lit pour qu'elle le sèche, il sent l'irritation dans ses doigts, la tension qu'elle transmet à sa colonne vertébrale, instille à ses muscles et ses tendons, et il voudrait lui dire d'arrêter. Il se réfugie dans le souvenir de Scott, ses larges épaules, sa façon de marcher avec les mains dans les poches, comme si le monde lui appartenait, ses yeux plissés pour suivre la trajectoire du Stratojet dans le ciel.

Hedy arrive, claque la porte et se laisse tomber sur la chaise. Elle retrousse sa robe et s'assied en tailleur, comme si elle était par terre. Elle tient un roman, *D'une planète à l'autre*, prête à lui faire la lecture dès qu'il sera couché. Quand il est allongé, prisonnier du corset, il ne peut pas lire seul.

— Dis, maman, quand est-ce qu'on pourra aller voir grand-père et tonton ? lance-t-elle. Quand est-ce qu'on ira dans le Norfolk ?

Les doigts de maman se figent sur les épaules de Christopher. Il sent l'extrémité de ses ongles.

— T'avais dit qu'on pourrait.

— Regarde un peu le dos de ton frère. Tu ne dois jamais le laisser seul. Je te le répète sans cesse.

— C'est pas ma faute.

— Moi, j'estime que tu es responsable.

— Ne sois pas fâchée contre elle, murmure Christopher.

Maman renifle. Il réprime un tressaillement quand elle appuie sur un bleu.

— Alors ? insiste Hedy. On pourra rendre visite à ta famille ?

— Je suis désolée, mais je ne me souviens pas d'avoir

parlé de leur rendre visite, répond maman, mal à l'aise. Tu as dû mal entendre. Mes parents sont morts, Hedy. Tu sais que ma mère est décédée quand j'étais petite et mon père est parti il y a deux ans.

— Quoi ? lâche Hedy, incrédule. Tu ne nous as pas dit que grand-père était mort lui aussi.

— Mais vous ne le connaissiez même pas.

— Il était notre seul grand-père vivant.

Le ton de Hedy est plus boudeur qu'inconsolable. Christopher essaye de tourner la tête pour voir l'expression de maman. Il se demande comment elle a appris la nouvelle. Peut-être un télégramme. S'est-elle enfermée dans sa chambre pour pleurer ? Et lui, comment réagirait-il si on lui annonçait la mort de papa ? Rien que d'y penser, il a l'impression de se jeter d'une falaise.

— Il a eu un accident ? demande-t-il en détachant son visage de l'oreiller.

— Non, mon chéri. Il était très vieux. Il a fait une crise cardiaque.

— Tu n'as pas pu lui dire adieu ?

— Je l'ai fait avant de partir en Amérique, dit maman en rebouchant le flacon d'huile de massage. Une fois que je me suis retrouvée sur le bateau, seul votre père comptait pour moi. Puis vous êtes arrivés tous les deux. Ma famille, c'est vous trois.

— Et ton frère ? s'obstine Hedy. Il est mort lui aussi ?

Maman se redresse.

— Lève-toi, Christopher.

— Maman ? la presse Hedy.

— Non, il habite encore à la ferme. Il est très occupé. Les fermiers n'ont pas le temps de s'arrêter.

— Tu n'as pas envie de le revoir ? C'est ton frère.

Maman soupire.

— On n'a jamais été proches, pas comme toi et Christopher.

— C'est quand même notre oncle. On pourra lui rendre visite ?

— Je ne sais pas…, répond maman d'un ton agacé. Peut-être. Quand il sera moins occupé.

Elle passe sa main sous le bras de Christopher pour l'aider à se redresser.

— Allez, c'est l'heure de se coucher.

Elle pose ses doigts tièdes sur sa tête et il a l'impression qu'elle cherche un appui. Elle lui caresse les cheveux.

— On va remettre le corset, dit-elle avec tendresse.

Hedy se lève et croise les bras.

— Il est marié ? Il a des enfants ?

Maman porte son regard vers elle.

— Non, répond-elle, l'air contrariée. Il n'est pas marié.

— Et il s'appelle comment, notre oncle ?

— Ernest.

Ce prénom sonne étrangement aux oreilles de Ruby ; elle ne se rappelle pas quand elle l'a prononcé pour la dernière fois. Ernest. Elle a parfois la sensation que ses yeux sont fixés sur elle, alors qu'ils ne se sont pas revus depuis des années, séparés par un océan. Autrefois, il la suivait partout dans la maison et même dehors. À l'école, son regard ne la quittait jamais quand elle jouait dans la cour. Elle savait toujours où il était, sans même le voir, le sentant qui l'observait depuis le recoin où il s'était tapi le temps de la récréation.

Elle était de tous les jeux. Elle se souvient d'une

partie de poules, renards, vipères. Ça criait et ça courait dans tous les sens. Elle était dans l'équipe des poules et un garçon renard la poursuivait, un sourire carnassier aux lèvres. Elle avait senti ses doigts la frôler au moment où elle atteignait de justesse son camp dans un éclat de rire, le cœur battant d'excitation. « Ruby ! » La voix jalouse d'Ernest était venue la rappeler, comme une corde lui enserrant le cou. Il lui avait fait signe de venir. Elle l'avait rejoint d'un pas traînant, se mordant l'intérieur de la joue pour effacer son sourire. Ce n'était pas juste qu'elle aussi doive être malheureuse. Les autres enfants se moquaient d'Ernest. On disait qu'il était bossu parce que ses parents étaient cousins germains. On le traitait d'« infirme endogame », de « débile ». La scoliose était certes congénitale, mais leur mère et leur père n'avaient aucun lien de parenté, et Ernest n'était pas détraqué dans sa tête, même si les gens le présupposaient à cause de son apparence physique. Mais Ruby gardait tout ça pour elle et veillait à s'asseoir le plus loin possible de son frère. Elle ne voulait pas qu'on la rejette. Elle était fière de ses longues jambes sveltes et de son dos parfaitement droit. Elle ne se ferait jamais des amis avec Ernest à ses basques, lançant des regards mauvais aux gens. Aucun camarade ne venait chez eux après l'école. Leur père ne voulait pas en entendre parler.

Dans la grande salle de classe, on chantait « My Bonnie lies over the ocean ». Ruby aimait entendre leurs voix à l'unisson – c'était tellement beau, comme une vraie chorale –, et elle s'imaginait traversant l'océan, folle amoureuse au point d'en écrire une chanson. Mrs Chaffey distribuait les ardoises et dictait les opérations à effectuer. Ruby épiait l'institutrice à travers une mèche libérée qui lui pendait sur le front ; elle lisait le journal et bâillait en se grattant le menton. Les cheveux de Ruby scintillaient comme un voile. Elle les enroulait autour de son index, comme une bague en argent, une alliance de mariage. Mrs Chaffey s'était mise à ronfler, son journal tombé par terre.

Ruby portait le sac d'Ernest sur le chemin du retour. Il boitait à ses côtés, traînant sa jambe gauche. Sa colonne vertébrale avait la forme d'un demi-arceau. Les autres jouaient sur la route à la balle au prisonnier. Ruby entendait le ballon qui rebondissait, les cris et les rires. Elle aurait voulu laisser tomber le sac, les rejoindre en courant, fouler le sol caillouteux et s'amuser dans le soleil déclinant en compagnie de tous les autres enfants valides.

« Tu n'as plus rien à faire à l'école, avait décrété un jour leur père. Tu as l'âge de remplir le rôle de ta mère à la maison. Ernest lui aussi va arrêter l'école. Sa place est ici, à la ferme. Loin des regards curieux.

— Mais j'aime l'école. J'aime lire.

— Tu as la Bible. Ta place est dans la cuisine, maintenant. Ton devoir de chrétienne est de t'occuper de la maison et de veiller sur ton frère.

— Jamais ! avait-elle rétorqué. Tout ça parce qu'Ernest est infirme. Pourquoi ce serait à moi de m'occuper de lui ? »

Son père lui avait flanqué des coups de ceinture : sept marques rouges sur les fesses, impossible de s'asseoir pendant plusieurs jours. Avant d'abattre la lanière de cuir, il lui avait dit :

« Dieu a choisi les choses faibles du monde pour confondre les fortes ! »

Des années de suie et de projections graisseuses avaient noirci la cuisinière. Au sol, les dalles étaient grasses et les tapis incrustés de terre. Son père et son frère ne remarquaient pas la couche de poussière sur la moindre surface, les taches brunâtres et vertes dans l'évier et les toilettes du rez-de-chaussée. Ruby récurait les rainures encrassées de la table en pin et en avait les ongles noircis. Les tasses dans le buffet étaient incrustées de tanins. Aux fenêtres, les toiles d'araignée étaient constellées de mouches mortes. *Je sais, Seigneur, que vos jugements sont justes et que vous m'affligez par bonté.* Leur père était convaincu que Dieu avait infligé un squelette difforme à Ernest pour le punir. Mais pourquoi punissait-on aussi Ruby ? Qu'avait-elle fait de mal ? Elle en venait parfois à penser que Dieu n'existait pas, sinon quelle raison aurait-il eue de rendre Ernest infirme ? De faire mourir leur mère en couches ?

Une fois par semaine, elle allumait le feu sous la lessiveuse à l'extérieur, s'esquintait le dos pour passer à l'essoreuse les draps et les habits trempés, puis s'escrimait avec des piles de linge humide à accrocher sur le fil dans le jardin, sans parler des jours où le vent vous les projetait dans la figure. Elle avait les mains à vif et les doigts bouffis. Elle gardait en permanence un goût amer dans la gorge. Le dimanche soir, enfermée dans la cuisine, elle remplissait la baignoire sabot d'eau chaude, frictionnait sa peau jusqu'à en avoir mal et se lavait les cheveux au bicarbonate. Les rares fois où elle avait pu mettre de côté un œuf le matin, elle se le cassait sur la tête et se malaxait avant de rincer. Un truc lu dans un vieux magazine. Ruby rêvait d'un tube de rouge à lèvres doré, comme celui dont elle avait vu la publicité, et d'une paire d'escarpins écarlates assortis. Des chaussures magiques qui l'aideraient à s'enfuir loin de la ferme, loin d'Ernest et de son père qui la retenaient comme une esclave, quand tout le monde disait qu'elle ressemblait à Dorothy Lamour.

Dans la cuisine, Ruby avale un cachet de Miltown avec un verre de sherry, puis remet la bouteille dans le placard.

— Tu veux une boisson fraîche, mon chéri ?

Elle ne se lasse pas de sentir le froid sur son visage, d'entendre le ronronnement du frigo.

— Non, c'est bon.

Installé dans le fauteuil à côté de la fenêtre, Todd contemple l'obscurité. Les enfants sont couchés. Ruby ferme les rideaux.

— Fatigué ? Veux-tu que je te masse les épaules ?

Il sort de sa torpeur.

— C'est plutôt à moi de te faire un massage, chérie. Viens t'asseoir entre mes jambes.

Ruby s'agenouille devant lui, mais elle n'arrive pas à se détendre, à permettre aux doigts de Todd de s'attarder sur les nœuds dans ses épaules. Elle effleure les contours irréguliers et durcis du tissu cicatrisé sur sa paume. Elle n'arrive pas à se sortir Ernest de la tête. Les garçons plus âgés s'amusaient à le prendre à partie dans la cour de récréation, à le bousculer en criant qu'il puait le cochon.

— Détends-toi un peu, Ruby ! T'as le cou dur comme du bois !

Elle se dégage, se retourne pour s'asseoir sur les genoux de Todd, l'enlace par le cou et pose sa joue sur son menton piquant.

— Ça va, ne t'en fais pas pour moi. C'est toi qui as travaillé dur toute la journée, chéri. Il y a quelque chose que je peux faire pour toi ? demande-t-elle en déposant un baiser sur sa joue.

— Eh bien, dit-il en lui caressant les hanches après avoir pris une gorgée de Budweiser, j'ai justement une idée…

Après, Ruby ne se lève pas tout de suite pour faire sa toilette. Elle reste lovée contre Todd qui fume une cigarette et la serre dans ses bras. Mais il a beau être là, collé à elle, elle a l'étrange sensation qu'il s'éloigne peu à peu, comme un homme qui s'enfonce dans le désert. Elle se blottit davantage contre lui, hume son odeur tiède et salée, son haleine de bière et de nicotine. Elle voudrait pouvoir se glisser dans sa peau, connaître toutes ses pensées. Où a-t-il passé la soirée ? S'il a pris un verre au bar, pourquoi ne pas le dire ? « Arrête ça », se dit-elle. Todd peut s'autoriser une ou deux bières après une rude journée. Il n'est pas obligé de raconter chaque petit détail à sa femme. Elle est tentée de lui parler du vagabond derrière la clôture. Mais Todd a d'autres soucis. Rentrer tard avec une haleine alcoolisée et prendre deux autres bières pendant le dîner, ça ne lui ressemble pas. Il n'a pas besoin de tracas supplémentaires.

— Hedy m'a demandé quand on rendrait visite à ma famille, lui dit-elle.

— Tu as répondu quoi ?

— Que je n'ai plus que mon frère et qu'il est trop occupé pour nous recevoir.

— Connaissant Hedy, elle ne va pas laisser tomber comme ça.

Ruby pose ses lèvres sur sa poitrine velue.

— Elle va insister un moment, puis elle finira par se lasser.

— Tu es sûre que tu ne veux pas aller voir ton frère ? Je sais que tu es partie dans des circonstances pénibles, mais ça remonte à des années…

Elle fait non de la tête.

— Ernest n'est pas du genre à pardonner.

— Voyons, chérie, il serait heureux pour toi, non ? Savoir que tu as un mari qui t'aime, que tu as fondé une famille ?

— Non, s'entête-t-elle, désireuse de changer de sujet. C'est quelqu'un d'amer. Comme mon père. Les gens amers ne savent pas se réjouir du bonheur des autres. Je ne veux pas que les enfants voient cet endroit misérable, comment j'ai vécu, dit-elle d'une voix près de flancher. J'ai honte rien que d'y penser. Et je préfère que les enfants ne le rencontrent pas. Son état a dû s'aggraver, ça les traumatiserait. J'étais tellement malheureuse, ajoute-t-elle doucement en prenant le poignet de Todd pour le porter à ses lèvres. Ma vie a commencé le jour où je t'ai rencontré.

Il dépose un baiser sur ses cheveux.

— O.K., pas de visite dans le Norfolk. Hedy et Christopher ne manquent pas d'occupations ici, entre le cinéma, l'école et les autres enfants. Et si ça ne leur suffit pas, reprend-il en tirant une bouffée de sa cigarette, ils peuvent aller à Woodbridge, faire les magasins et jouer au bord de la rivière. Il y a un bus quotidien.

— Tu sais bien que ce n'est pas possible, dit Ruby en s'efforçant de garder un ton posé. Ça serait imprudent. À cause du handicap de Christopher.

— Il a douze ans, Ruby. Tu le couves trop. Laisse-le vivre.

Todd ne peut pas comprendre, se fait-elle la réflexion. C'est un homme. Il refuse de parler du corset, d'accepter que son fils soit limité physiquement.

— Laisse-moi m'occuper des enfants, mon chéri. C'est mon travail. D'ailleurs, parlons du tien, ajoute-t-elle en lui chatouillant le torse dans l'espoir de le dérider. Tu ne m'en as toujours rien dit.

— Ce n'est pas ce que j'imaginais, répond-il d'un ton hésitant. Mais on en est au début, je vais trouver mes marques.

— Et c'est comment à l'intérieur des bunkers ? Il y a beaucoup de place ? Tout est vraiment sous terre ?

Todd écarte Ruby et se met en position assise. Il écrase sa cigarette.

— Merde, c'est pas un jeu, Ruby ! Arrête de me poser des questions ! Même si ça ne se voit pas, crois-moi, la guerre a bel et bien commencé !

Elle n'en revient pas de sa réaction, se redresse et s'appuie sur un coude.

— Je sais… Je ne voulais pas…

Mais Todd ne l'écoute pas.

— Putain, rien que m'interroger sur mon boulot, c'est me demander de violer le secret-défense. Tu pourrais t'en douter.

Il se rallonge et cale l'oreiller sous sa tête, lui tournant le dos. Ruby tend la main et la pose sur son épaule nue.

— Je suis désolée, murmure-t-elle.

Todd reste immobile. Elle patiente un instant, espérant un signe de sa part. Mais sa respiration ralentit et son corps se fait plus pesant ; elle comprend qu'il s'est endormi. Elle se lève et passe discrètement dans la salle de bains. Après cette scène, elle a la gorge nouée. Ne pas fondre en larmes exige de gros efforts. Visiblement, elle a touché une corde sensible. Liée à son nouveau travail. Défendre la planète est une lourde responsabilité. Elle fait tomber un cachet dans sa paume et inspecte le contenu du flacon – presque vide.

6

Ils étaient postés à Jacksonville, en Floride, quand Ruby avait accouché de Hedy et de Christopher trois semaines avant le terme. De son lit à la maternité, elle apercevait comme une rangée de diamants scintillant à l'horizon, le fin ruban de l'océan. Ils habitaient un appartement à deux pas de la base. Elle prenait plaisir à faire pousser des ananas, des goyaves et des agapanthes dans le petit jardin. Elle s'émerveillait chaque jour de l'exotisme et du dépaysement : l'herbe d'un vert époustouflant, l'air épais et miellé, les visages noirs dans la rue. La ferme du Norfolk lui paraissait si lointaine.

Elle repensait au jour où elle avait manifesté avec d'autres femmes devant Westminster. Certaines étaient enceintes, d'autres portaient un nourrisson dans les bras. Ruby sentait le sien, petite crevette, bouger en elle. Son ventre se voyait déjà sous ses vêtements, elle avait dû ajuster ses robes. Elle tenait à ce que son bébé, fille ou garçon, naisse en Amérique. « Yankee Doodle Dandy ! » criaient les femmes. « Donnez-nous des bateaux ! »

« On aurait cru qu'ils seraient contents d'être débarrassés de nous ! avait lancé l'une d'elles à Ruby. Ce n'est quand même pas normal, nous faire lanterner si longtemps ! Il est où, ton gars ?

— Rentré en Amérique. Il m'attend.

— Les hommes sont tous pareils, les Anglais comme les Yankees. Beaucoup se défilent quand il s'agit d'assumer leurs responsabilités. »

Elle avait fixé le ventre arrondi de Ruby. Celle-ci avait exhibé son alliance en or.

« On s'aime. On s'est mariés. »

Au camp de Tidworth, on l'avait fait se déshabiller devant une commission de médecins. Grelottant de froid, elle avait dû écarter les jambes pour permettre à une infirmière de vérifier avec une lampe torche qu'elle n'avait pas de maladie vénérienne. Évitant leur regard, Ruby avait fait comme si elle se trouvait ailleurs, dans les bras de Todd, en train de danser sous des serpentins colorés. Elle faisait partie des élues, les mères expatriées. Dès l'embarquement à Southampton, elle avait eu la sensation de partir vers des terres ne figurant sur aucune carte, comme les premiers marins qui avaient découvert l'Amérique. Elles étaient huit dans la même cabine et deux bébés. On y était à l'étroit et ça empestait les couches sales et le lait hydratant. La nuit, pendant que les nouveau-nés vagissaient et que les femmes papotaient, Ruby posait les deux mains sur son ventre et décrivait à son enfant la nouvelle vie qui les attendait aux États-Unis. Elle ne savait pas encore qu'elle portait des jumeaux. Ça tanguait bien, le navire ballotté sur des vagues de la taille d'une maison. Ruby prenait son mal en patience et vomissait dans son seau. Quand on avait touché au but et remonté l'Hudson River, elle était sortie sur le pont avec les autres femmes, affaiblie par le manque de nourriture et transie de froid dans son manteau léger, et avait pu voir les blocs de glace qui flottaient à la surface de l'eau et la silhouette de Manhattan émerger du brouillard. Tout ce qu'elle goûtait ou découvrait en Amérique la prenait par surprise, l'éloignait de son univers familier et la happait. Après la Floride, il y avait eu le poste dans l'Iowa, un nouveau paysage : très sec et poussiéreux, de vastes prairies désertes. Là-bas aussi, elle était comblée. Tout en Amérique l'emballait.

Ruby sort les ingrédients pour préparer un gâteau d'anniversaire. Deux gâteaux, en fait : ils ont pris l'habitude de fêter l'anniversaire de Todd en même temps que celui des jumeaux, les dates étant très proches. Elle pèse le beurre et le sucre, bat le mélange jusqu'à en avoir mal aux épaules et obtenir une pommade blanchâtre. Elle casse deux œufs, ajoute un peu de farine et touille, des fils d'albumine collés au dos de la spatule.

Elle savait à quoi s'attendre en épousant un pilote de l'US Air Force. Todd l'avait prévenue qu'ils déménageraient souvent, qu'elle serait confrontée à l'incertitude et à la solitude. Pour ce qui était de la solitude, elle aurait voulu lui rire au nez : il n'avait pas idée de l'isolement dans lequel elle avait grandi.

Une nuit, alors que dix B-17 étaient abattus dans le ciel d'Allemagne et que les fusées de détresse rouges se multipliaient au-dessus de la Manche, Ruby avait suivi Todd dans le ventre de l'avion où il lui avait fait l'amour sur le pont dur et étroit. À genoux dans l'espace exigu, Todd jurait et rigolait chaque fois qu'il se cognait la tête sur la jauge à pétrole. Les bas de Ruby s'étaient déchirés. Pas grave, il lui en achèterait d'autres. « Tout ce que tu voudras, chérie. » Ruby contemplait la tôle incurvée au-dessus de leurs têtes, la silhouette arrondie des mitrailleuses dans la pénombre. Elle entendait une musique lointaine et un gazouillis de voix insouciantes au cœur de la nuit. Les ahanements de Todd résonnaient comme des détonations dans ses tympans.

La moisson battait son plein quand Ruby avait compris qu'elle était enceinte. Elle avait passé toute la journée aux champs, les ongles abîmés, les mains écorchées par les chardons, la peau rêche de soleil et de sueur sèche. La lumière était aveuglante. Sous ce ciel d'un bleu étincelant, la guerre n'avait plus aucune réalité au sol où seule comptait l'urgence de faucher les blés et mettre les gerbes à l'abri avant la pluie. Elle était nerveuse au moment de lui annoncer la nouvelle mais, passé la stupeur initiale, Todd avait posé sa grosse main sur son ventre à peu près plat, affiché un large sourire et dit : « Ça alors ! Je parie que c'est un garçon ! Je lui apprendrai à faire du vélo et à jouer au base-ball ! » La grossesse ne se voyait pas encore, si ce n'était ses seins veinés de bleu, gonflés et douloureux.

Ruby pose la spatule et plonge les mains dans la préparation, sent ses ongles s'y enfoncer. Ça lui glisse entre les doigts comme de la pâte à modeler. Elle commence à malaxer, mais retire aussitôt les mains – la sensation lui est insupportable, les grumeaux collés à sa peau. Elle tend ses poignets sous le robinet, fait mousser le savon, se rince à l'eau brûlante et regarde la mixture diluée qui s'évacue par la bonde de l'évier.

À la maternité, un médecin taciturne l'avait recousue alors qu'on emmenait les bébés pour les examiner et les peser. Elle n'avait guère eu le temps de les voir avant qu'ils disparaissent, enveloppés dans une serviette, à peine plus grands que des chatons. Épuisée, l'esprit embrumé par les médicaments, elle avait tenté de discerner si c'était un ou deux nourrissons qu'elle entendait vagir derrière la porte close. Le médecin l'avait ignorée quand elle lui avait demandé si ses bébés allaient bien ; peut-être peinait-il à la comprendre à cause de son accent. Au bout de quelques heures qui lui avaient paru des jours, une infirmière l'avait informée qu'elle avait accouché d'un garçon et d'une fille en bonne santé. Elle lui avait apporté les bébés dans le service où elle était alitée et l'avait aidée à en prendre un dans chaque bras. Prématurés, ils avaient un visage fripé de vieillard et un fin duvet noir leur tapissait le corps. « On ne va pas gagner un concours de beauté ! » s'était exclamé Todd en attrapant le nouveau-né enroulé dans une couverture bleue. Il avait susurré des choses à l'oreille minuscule, évoqué sa passion pour les moteurs à réaction et les matchs de base-ball qu'ils iraient voir ensemble. Pour Ruby, seul importait « en bonne santé ». Depuis qu'elle était tombée enceinte, elle craignait la maladie, redoutant que celle-ci ait franchi l'Atlantique avec elle. Pourtant, elle refusait de croire que ses bébés puissent souffrir de ce mal en Amérique, dans sa nouvelle vie. La scoliose appartenait à la boue et au vent du Norfolk. Elle appartenait à la famille qu'elle avait quittée. La flamme de son amour pour Todd consumerait toute difformité. Quand le diagnostic était tombé pour Chris, des années plus tard, Todd ne le lui avait pas reproché. Pas ouvertement. Avant son fils, Ernest était l'exception, pour autant qu'elle le sût ; en général, le mal touchait les femmes de la famille.

Elle se dit parfois qu'Ernest lui a jeté un sort, ce fameux après-midi dans la cuisine de la ferme.

Elle sort les gâteaux du four. Ça embaume le chocolat et la vanille. Elle les laisse refroidir et appelle Hedy pour qu'elle vienne l'aider. Le glaçage est vraiment une invention diabolique : il faut fouetter comme une damnée pendant plusieurs minutes, à un rythme infernal, pour obtenir la bonne texture. Hedy est en nage ; elle jouait au basket dans le jardin. Ruby bâille, accoudée à la table, son tablier retroussé aux hanches. Un défi, voilà qui devrait plaire à sa fille.

— Ça te dit de faire le glaçage pour le gâteau de papa ?

Hedy bat les blancs d'œufs et le sirop avec la spatule, ses gestes fondus en accéléré, et obtient quelque chose d'épais et lisse.

— Maintenant, lui dit Ruby, verse-le sur le biscuit. Sers-toi du plat d'un couteau pour l'étaler.

À l'arrivée, une bonne partie du glaçage semble avoir atterri autour de la bouche de Hedy. Quant au gâteau, le résultat est curieux : de grosses miettes marron émergent du blanc, comme des mottes de terre dans la neige. Ruby détourne le regard. Ce n'est qu'un dessert. Ça n'a pas d'importance. Hedy a beau être son portrait en plus fluet, elle est différente d'elle. Tant mieux, songe-t-elle, car Hedy est plus courageuse et plus forte qu'elle-même ne l'a jamais été. Elle est une meilleure sœur. Plus bienveillante, plus loyale.

— Tu veux bien mettre le couvert ? N'oublie pas qu'on a invité Hank et les Lansens.

— Je me demande pourquoi, bougonne Hedy en se léchant les doigts. Scott n'est même pas un ami.

— Mais si. Je pensais que tu le trouvais sympa. Tu me l'as dit toi-même. Allez, va te débarbouiller. Mets ta robe rose. Et coiffe-toi, par pitié !

Ruby rattrape le gâteau comme elle le peut, grâce à du glaçage supplémentaire et quelques fleurs en sucre judicieusement placées. Celui des jumeaux est parfait, lui : bleu, blanc et rose, les treize bougies disposées sur le pourtour. Elle est en train de l'admirer quand elle sent les bras de son mari lui enserrer la taille.

— Hé ! dit-elle en empoignant ses mains. Il ne faut pas que tu le voies ! Ça va gâcher la surprise.

— Je n'ai rien vu. J'ai les yeux fermés. Promis !

Il l'étreint si fort qu'elle en a le souffle coupé.

— Désolé pour hier soir, ma chérie. Je dois être fatigué.

— Ce n'est rien. C'était ma faute.

Elle se laisse aller contre lui, son dos épousant la courbe de son torse. Leurs doigts s'entrecroisent. Son cœur s'emplit d'une joie tiède et luisante comme du chocolat fondu. Ruby ferme les yeux et imagine un instant que Todd et elle sont seuls au monde.

7

Au début, on le trouvera bizarre. Mais à condition d'être patient, de ne pas se vexer, de rire avec les moqueurs, alors on finira par l'accepter. Christopher le sait parce qu'il a déjà vécu la même chose. Il ne réagit donc pas quand ses nouveaux camarades le surnomment l'homme de fer, comme ceux de Sioux City, et il tâche de ne pas s'énerver quand ils agrippent les tiges métalliques sous ses vêtements et tirent dessus. Du calme. C'est juste pour rire.

Comparée à celle dans l'Iowa, il ne se sent ni mieux ni moins bien dans l'école de la base militaire. Les enfants d'ici ont les mêmes expressions quand ils voient sa mentonnière, sa démarche saccadée et la curieuse forme du corset sous son chandail. Il est devenu expert pour décrypter la stupeur, déceler la pitié ou le dégoût. « Corset », voilà un mot trompeur : il se détache de la langue en un sifflement final assez sournois, affectant la subtilité et la légèreté, alors que c'est en réalité une terminaison dure et cruelle, comme la mâchoire d'un crocodile se refermant sur sa proie.

La seule différence ici, c'est le nombre d'élèves. Comme ils ne sont que quatre ou cinq par niveau, grands et petits sont mélangés en une seule classe. Mrs Graham, qui s'aperçoit assez vite que Christopher est très fort en tables de multiplication, le choisit pour aider les plus jeunes en maths. Ça lui plaît. Il trouve satisfaisant d'expliquer quelque chose, de voir la compréhension illuminer un visage comme un rayon de soleil, et d'observer ensuite les reflets qui se propagent bien au-delà. « Illuminer », voilà un mot qui lui plaît.

Dans la cour de récréation, les enfants se poursuivent, s'esquivent et se bousculent. Christopher, lui, apprécie la tiédeur du soleil printanier sur son visage. Il ferme les yeux et laisse la chaleur y imprimer des taches rouges et dorées qui continuent de danser un peu partout même après qu'il a rouvert les paupières. Il espère croiser Scott. Il est maintenant super-calé sur le B-47. Il peut citer de mémoire tout ce qui fait son design révolutionnaire : la voilure en flèche, les volets Fowler et le canon guidé par radar de la tourelle de queue. Il s'imagine mentionnant, l'air de rien, la capacité de onze mille kilos de la soute à bombes. Scott se retournera, fasciné, et le regardera réellement, au lieu de détourner la tête comme si son aspect le mettait mal à l'aise.

Christopher cligne des yeux pour faire disparaître les cercles lumineux et fixe le bouleau argenté au fond de la cour. Ses feuilles fragiles sont vraiment magnifiques ; elles ont des contours dorés, comme embrasés par le soleil. Il les regarde scintiller et osciller, le ciel bleu en arrière-plan. Absorbé dans sa contemplation, il ne perçoit pas que les éclats de rire à la limite de sa conscience se rapprochent, jusqu'à ce qu'il se sente enveloppé dans une excitation fébrile et des haleines de bonbon. Il ramène enfin son attention sur son environnement immédiat : plusieurs visages sont braqués sur lui, rictus en gros plan et sourires narquois. On le pointe du doigt. Son corps se fait tout petit dans le corset. Quel est ce nouveau jeu ? Voilà que Hedy accourt et écarte tout le monde, actionnant ses bras comme des béliers. Elle arrache quelque chose sur la poitrine de Christopher et le brandit devant leurs figures. Une feuille blanche.

— Vous vous trouvez drôles ? Qui a fait ça ?

Christopher aperçoit des lettres griffonnées sur le bout de papier que Hedy serre dans son poing rageur. « Monstre », parvient-il à lire. Il tâte son chandail pour vérifier si autre chose s'y trouve. Il ne peut pas regarder en bas, sous son nez. On a dû l'accrocher pendant qu'il avait les yeux fermés. Ou même avant. Il voudrait s'asseoir ; il se sent soudain très fatigué.

— C'est pas grave, Hedy…, tente-t-il de dire.

Mais sa jumelle ne peut pas se raisonner. Il faut toujours qu'elle trouve un nouveau motif pour se battre.

Scott s'approche, fier de jouer les redresseurs de torts, tirant Jimmy Kisro par le tee-shirt. Une longue déchirure part du col, dévoilant le menu torse noir de Jimmy. Il va se faire gronder par sa mère, songe Christopher. Ça va être long à recoudre. Le blanc s'agite beaucoup autour de la pupille foncée des yeux de Jimmy. Ses lèvres bougent aussi, mais il n'en sort qu'un filet de bave.

— Tu vas demander pardon à l'homme de fer, ordonne Scott.

— À Chris, le reprend Hedy. Il doit s'excuser auprès de Chris.

— Demande pardon à Chris.

Scott secoue Jimmy pour l'y inciter. Sa main agrippe toujours le tee-shirt, Christopher entend le craquement de la déchirure qui s'agrandit. Il observe l'expression de Scott, remarque qu'il cherche en permanence l'approbation de Hedy. Billy et Frank, qui font partie de son gang, arrivent à leur tour.

— C'est pas moi, souffle Jimmy d'une petite voix.

— Tu nous traites de menteurs ? l'interpelle Billy en se rapprochant de lui. Chez nous, t'aurais droit à une corde.

Il dit ça en souriant, avec son accent doux et chaleureux de Louisiane. Hedy met une seconde à comprendre.

— Hé, ça suffit ! intervient-elle. Laissez-le tranquille.

Scott et ses comparses haussent les épaules en déployant les doigts, l'air de laisser tomber des armes imaginaires, puis s'éloignent en rigolant et en échangeant des bourrades. Jimmy s'essuie le nez avec le dos de la main.

— J'ai rien fait, s'entête-t-il en fixant le sol.

— Je sais, dit Chris. Scott s'est trompé, c'est tout.

Hedy fait la moue et pousse un soupir exaspéré. Christopher porte son regard vers Scott. Celui-ci se trouve au centre d'un cercle d'admirateurs, dont Billy. Christopher espère que Scott lui passe un savon pour ce qu'il a dit à Jimmy.

— T'es pas un monstre, Christopher. Moi, je te trouve gentil.

Dotty Robbins remonte ses lunettes sur son nez pataud et tapote Christopher, comme s'il avait autre chose sur son chandail ou comme si elle caressait un vieux chien. Derrière ses verres à double foyer, ses yeux humides affichent une expression que Christopher connaît bien. Il lui attrape délicatement le poignet pour éloigner sa main.

En chemin vers la maison, Hedy lui dit :

— Dotty Robbins est amoureuse de toi.

— Pas du tout.

Il sent qu'elle ne va pas insister, que le sujet ne la passionne pas plus que ça. Quand elle se mordille l'intérieur de la joue, c'est qu'elle a une idée en tête.

— Cette nuit, reprend-elle, je me suis levée pour boire un verre d'eau et j'ai vu quelque chose par la fenêtre.

Elle se fige et porte son regard vers l'horizon.

— Des lumières dans le ciel, explique-t-elle, pensive. On aurait dit qu'elles clignotaient. Et ce n'était pas un avion. Il y avait une grosse lumière qui avançait lentement. Et d'autres autour, comme des étoiles.

Il suit son regard, vers la cime des pins derrière les toits et les baraquements militaires. Il est retourné là-bas en rêve, à la pierre circulaire, pour tenter d'entendre les bruits sous terre. Dans ses rêves, il court, il saute et il grimpe aux arbres. Mais c'est toujours le même cauchemar qui le réveille : il se retrouve écrasé comme un insecte, sous un bus ou un arbre imaginaire qui l'empêche de respirer. Puis il ouvre les yeux, ses doigts sentent à tâtons les tiges métalliques du corset, et il comprend que c'est la réalité. Il est prisonnier de sa cage.

— Des lumières dans le ciel ? dit-il. T'es sûre ?

— Rouges et vertes, qui clignotaient, insiste-t-elle en hochant la tête.

Christopher sent son cœur battre de plus en plus vite ; un martèlement d'excitation a vite fait de gagner ses tempes.

— Tu veux dire que tu pourrais avoir vu un ovni ?

— Peut-être. Le truc s'est posé là-bas. Dans la forêt.

Christopher a toujours cru que dans un autre monde, plus avancé que le leur, il pourrait exister une façon plus douce de le soigner. Il ne peut pas imaginer qu'un instrument aussi cruel que le corset de Milwaukee ait sa place chez des êtres capables d'inventer des vaisseaux spatiaux intergalactiques. Le sol se met à trembler sous les vrombissements d'un avion de chasse.

— J'ai promis à maman, dit-il, se parlant à lui-même.

— Elle ne le saura pas, murmure Hedy, le rugissement des réacteurs couvrant sa voix.

Christopher hoche la tête autant que sa mentonnière le lui permet, tandis que cent tonnes d'acier passent au-dessus de leurs têtes.

— D'accord, dit-il.

Ruby est installée sous un séchoir chez *La Beauté au rendez-vous*, la tête recouverte de rouleaux serrés qui lui tirent la peau du crâne. Elle apprécie cette passivité obligée, et, dans l'état de torpeur épuisée qui est le sien, le picotement douloureux à la base des cheveux est une sensation quasi agréable. Dans la pile de magazines posée sur ses genoux, elle choisit le dernier numéro du *Lady's Home Journal* et tombe sur une publicité pour les vitamines Pep. Un homme à la mâchoire carrée, en costume et chapeau, serre sa femme dans ses bras. Celle-ci porte un tablier et tient un aspirateur. Dans la bulle au-dessus de la tête de l'homme, il est écrit : *Ainsi, plus une femme travaille et plus elle est jolie !* « C'est peut-être ce qu'il me faut », songe Ruby en tournant les pages. Une cure de vitamines pour ne pas se sentir si fatiguée en permanence. Elle se demande si le Miltown ne lui détraque pas le cerveau. Elle n'arrive plus à réfléchir clairement. Au début, quand on lui en a prescrit après le diagnostic de la maladie de Christopher, elle trouvait ça miraculeux. Grâce à ces cachets, elle parvenait à faire face, à être une meilleure épouse et une meilleure mère. Maintenant, ça semble avoir l'effet inverse : elle se sent à plat, s'emporte contre les enfants. Mais rien qu'à l'idée de s'en passer, elle a l'impression de manquer d'air. Histoire de penser à autre chose, elle lit les conseils pour garder une peau jeune à tout âge. A-t-elle un teint de vieille ? se demande-t-elle en se caressant la joue avec l'index. Autrefois, Todd faisait semblant de la mordre. « Miam, on dirait une pomme bien juteuse ! disait-il. Ne bouge pas, je vais croquer dedans ! » Complice, elle poussait un petit cri en s'écartant, aimait le sentir plus fort qu'elle et attendre qu'il redresse sa tête pour l'embrasser sur la bouche.

Todd était venu à la ferme après une lettre du comité de liaison. Le père de Ruby l'avait lue d'un air bougon.

« On nous demande d'accueillir deux officiers américains pour le déjeuner de Noël, avait-il marmonné en secouant la tête. Parce qu'ils s'imaginent qu'on va festoyer en pleine guerre ? Non mais, de quoi je me mêle !

— *Rendre service de bon cœur comme si l'on servait le Seigneur et non les hommes* », avait murmuré Ruby.

Père s'était raclé la gorge et avait acquiescé. Il avait plié la lettre et l'avait mise dans sa poche.

« Nous ferons notre devoir de chrétiens. La vieille oie remplira aussi son office. »

Ruby arrosait le volatile, à moitié penchée dans le four et les traits plissés à cause de la chaleur, quand elle avait entendu des pas. Elle s'était redressée, toute rouge, ayant l'impression d'être elle-même en partie rôtie, un tablier crasseux noué à la taille, et avait découvert les deux Américains qui se tenaient dans la cuisine. Elle en avait été éblouie ; c'était la première fois qu'elle voyait des Américains de si près. Ils étaient d'une élégance immaculée dans leurs uniformes sur mesure, de vraies stars de cinéma. L'un était grand et athlétique, avec des cheveux blond-roux, l'autre plus petit, boutonneux mais avec un gentil sourire. Après les présentations embarrassées, les deux invités s'étaient mis à distribuer des présents à n'en plus finir, un tel faste que Ruby en avait eu le tournis : cigarettes, magazines, jambon cuit, chocolats, bas de soie. Père s'était déridé un peu à la vue du paquet de Lucky Strike, l'avait tapoté pour en extraire une cigarette qu'il avait allumée. Aucun détail n'échappait au regard étonné des Américains : le plafond bas aux poutres noircies par des années de fumée, la bouilloire suspendue dans l'âtre au-dessus des flammes…

Ruby était restée silencieuse pendant le repas. Elle avait écouté et observé, s'était levée pour aller chercher de la bière ou d'autres pommes de terre. La conversation avait porté sur des sujets masculins, la guerre qui semblait à un tournant favorable en pleine bataille des Ardennes, la victoire promise aux Alliés, l'affaire de quelques semaines. Son frère semblait apprécier les deux étrangers, au point même d'échanger des plaisanteries. Ruby sentait que ça lui plaisait de pouvoir discuter de stratégie militaire avec de vrais pilotes. Il avait évoqué le bombardement de Norwich, les sans-abri réfugiés à la campagne, obligés de dormir dans des cabanons ou des granges pendant des mois. Les Américains avaient parlé du général Eisenhower, du débarquement du 6 juin et des raisons qui avaient empêché l'aviation de contre-attaquer le 16 décembre.

« Le brouillard, avait dit le plus petit des deux. Impossible de décoller dans cette purée de pois. Voilà ce qui a laissé l'avantage aux Boches. »

Un ange était passé et Ruby avait réalisé que tous l'observaient. Le grand Américain avait dit quelque chose. Rouge comme une tomate, elle avait bredouillé :

« Je vous demande pardon ?

— Vous aimez danser ? » avait-il répété.

Elle s'était retenue à la table pour ne pas basculer au fond de la brèche qu'il venait d'ouvrir dans la conversation. Immobile, elle avait veillé à ne pas croiser les yeux de son père et de son frère. Elle avait fixé le lieutenant Delaney, les petits avions dorés qui scintillaient au revers de sa veste. Puis elle l'avait regardé en face et était parvenue à esquisser un hochement de tête.

« C'est vraiment triste ce qui est arrivé à Glenn Miller, avait-il dit d'un ton grave. Il devait jouer à notre base en janvier. Mais nous organisons tout de même un bal à sa mémoire. Un autre orchestre swing y jouera. Je serais ravi d'être votre cavalier, si votre père y consent. »

C'était comme s'il venait de jeter une passerelle par-dessus les douves. L'occasion de s'échapper au nez et à la barbe de l'ennemi. Il arrivait qu'une voiture passe prendre des filles du village pour une escapade, à leur retour elles s'extasiaient sur les tables débordant de nourriture, les orchestres et les beaux Américains, mais Ruby n'avait jamais eu la permission d'y aller. Sauf que cette fois-ci, son père et son frère ne pouvaient pas s'y opposer. Ils avaient laissé les choses se tramer devant eux, entre les assiettes sales, les verres à moitié vides et la carcasse de l'oie.

« Nous prendrons bien soin d'elle, monsieur, avait promis le sous-lieutenant Pulaski. N'ayez crainte.

— J'imagine que c'est possible, avait répondu son père en fronçant les sourcils. Juste cette fois. »

Todd lui avait fait un clin d'œil, peut-être conscient de sa prouesse, et Ruby avait senti quelque chose s'ouvrir en elle, comme une fenêtre par laquelle s'engouffrait le soleil.

Le coiffeur revient et l'aide à se dégager du séchoir, lourd globe métallique semblable aux casques d'astronautes des bandes dessinées de Christopher. Il indique un siège face à la glace. Elle pose le magazine, s'abandonne docilement au confort du fauteuil en cuir avec accoudoirs et, tandis que les doigts experts retirent les rouleaux, se regarde dans le miroir en éprouvant une sensation de flottement.

— Encore deux heures de ma vie passées chez le coiffeur !

La voix de Betty, qui a pris place dans le siège voisin, vient la tirer de sa rêverie. Ruby regarde son reflet en cillant. Elle va devoir lui faire la conversation.

— Ta permanente est ravissante, la complimente Betty. Tes enfants s'adaptent bien à leur nouvelle école ?

— Oui, merci.

— Et pour Christopher… ça se passe comment ? Il s'intègre facilement parmi les autres enfants ?

Ruby serre les dents.

— Christopher est très intelligent. Il ne peut pas courir et jouer au ballon. Mais il a les meilleures notes en rédaction.

— Oh, je n'en doute pas une seconde, dit Betty en plissant le front. Seulement… je sais que les enfants ne sont pas toujours tendres entre eux, et vu son infirmité…

Elle se tait le temps que le coiffeur inspecte ses cheveux.

— Tu prévois de rendre visite à ta famille pendant votre séjour au Royaume-Uni ? reprend-elle. On m'a dit que tu étais originaire de l'East Anglia, c'est ça ?

— Je n'ai plus de famille, répond Ruby en secouant la tête. Mes parents sont morts.

— Oh, je suis sincèrement désolée.

Ruby fixe Betty sans sourciller et ajoute :

— Ayant épousé un militaire, je suis soulagée de n'avoir à m'occuper que de mon mari et de mes enfants.

— Très judicieusement dit, ma chère. Des parents en mauvaise santé, c'est un vrai souci. Et la plupart des membres de nos familles, on n'en voudrait pas si on avait le choix ! Certains d'entre nous doivent faire contre mauvaise fortune bon cœur.

Le coiffeur invite Betty à se lever en agitant les mains comme pour guider des poules.

— Si madame veut bien s'installer à un bac. Michelle va s'occuper sans tarder de vous masser le cuir chevelu et de vous faire votre shampoing.

Betty pousse un soupir. Elle décroise lentement les jambes et s'extrait du fauteuil en cuir pivotant. Même affublée d'une blouse rose avec *La Beauté au rendez-vous* en lettres dorées sur la poitrine, elle parvient à être élégante. Elle s'arrête derrière Ruby et lui effleure l'épaule.

— Scott parle sans arrêt de Hedy. Ça ne m'étonnerait pas qu'une amourette soit en train de fleurir sous nos yeux !

— Hedy ? s'étonne Ruby. Je ne pense pas qu'elle s'intéresse déjà aux garçons, pas de cette façon. Elle préfère jouer au softball. Elle me parle à longueur de journée de son ancienne équipe. Elle jouait au poste de lanceur.

— Je m'explique les atomes crochus ! s'esclaffe Betty. Scott est dingue de sports.

Dehors, Ruby observe sa jumelle transparente dans la vitrine. Privée des rituels rassurants et de l'odeur ammoniaquée du salon, elle ne sait pas vraiment quoi faire. On croirait qu'elle s'est pomponnée pour sortir, avec sa nouvelle veste en laine, sa jupe à carreaux et sa mise en plis impeccable, et elle éprouve soudain l'envie d'être à un bal, d'entendre de la musique et des rires, de s'abandonner aux bras de Todd, la joue contre son uniforme, comme pendant la guerre.

« Reste près de moi », lui avait conseillé le lieutenant Delaney la première fois.

Elle voyait bien qu'elle était mal fagotée. Les autres filles portaient de jolies robes en crêpe de Chine aux épaules rembourrées et à taille cintrée, qui se soulevaient quand elles dansaient et laissaient voir la couture des bas sur leurs mollets. Mais quelle joie que cette musique, un vrai bonheur, l'envie irrépressible de bouger les hanches et les membres, de plonger au cœur du son comme dans un océan, ou de s'y envoler comme un oiseau en plein ciel. Aux yeux de Todd, peu importait qu'elle soit novice.

« Tu es la plus jolie fille du bal ! »

Il l'avait enserrée de ses bras experts, lui avait enseigné quelques pas et, dès qu'elle s'était sentie suffisamment à l'aise, l'avait fait tournoyer jusqu'au centre de la piste où ça jouait des coudes. On dansait le jitterbug et le quickstep. Il y avait là des militaires en kilt, des marins britanniques, des engagées volontaires de la WAAF, des jeunes filles en robe à fleurs, des Yankees dans leurs uniformes impeccables, et tout ce petit monde se bousculait gaiement.

« C'est quoi ce morceau ? avait-elle demandé à l'oreille de Todd, obligée de crier. J'adore !

— C'est "Take the A Train" ! avait-il répondu en la faisant passer sous son bras. Dis donc, on dirait que tu as dansé toute ta vie ! »

Le filet à ballons s'était ouvert au-dessus de leurs têtes et l'air s'était empli de boules colorées. Ils tombaient doucement, pluie bariolée, effleuraient la tête et les épaules de Ruby, claquaient sous les pieds des gens. On riait beaucoup en frappant les baudruches, on s'amusait, excités comme des gamins, à se les renvoyer. Après la danse, on avait mangé. Ruby n'avait jamais vu pareil festin : sur de longues tables à tréteaux s'alignaient poulets, gigots de mouton et jambons entiers. Il y avait une profusion de desserts, des pâtisseries comme des fruits en gelée. Des vasques de punch coloré et des bassines remplies de bières fraîches à souhait. Tout ça gratis, il n'y avait qu'à se servir.

« À table ! avait lancé un soldat britannique qui se

tenait à côté d'elle. C'est pas tous les jours qu'on a droit à pareille pitance ! »

Mais Ruby était beaucoup trop nerveuse pour avaler quoi que ce fût. La fébrilité lui nouait l'estomac.

Elle prend soudain conscience qu'elle est là depuis un moment, seule sur le trottoir, souriant bêtement ; peut-être même parlait-elle tout haut. Elle s'assure que personne ne l'observe et s'écarte de la devanture du salon de coiffure. Elle n'a pas envie de rentrer immédiatement au bungalow. Les enfants sont à l'école, Todd est au travail. Elle a une heure devant elle avant de s'occuper du dîner. Elle se promène sans but précis, son sac se balançant à son coude, sifflote « Take the A Train » et hume les odeurs de végétation. Le printemps est là. Elle remarque à quel point le feuillage s'est épaissi ces dernières semaines et la quantité de fleurs écloses. Elle est restée trop enfermée. Elle n'est sortie qu'une seule fois, à l'hôpital d'Ipswich pour le suivi de Christopher, un simple aller et retour en taxi. À quand remonte son dernier fou rire ? Sa dernière balade avec Todd ? Elle n'ose même pas profiter du jardin, craignant de revoir le visage inconnu. Elle a entendu des coups de feu dans la forêt, des chasseurs se déplaçant dans les fourrés. Sans doute des braconniers. Il ne faut surtout pas que les enfants s'y aventurent. Les bois obscurs grouillent de dangers.

Un rugissement familier retentit. Ruby porte son regard vers le terrain d'aviation. Elle change de direction et oblique vers le bruit d'un pas prudent, en vacillant sur ses talons aiguilles rouges. Elle s'approche au plus près de la clôture, contemple l'espace dégagé des pistes, les signes d'activité, les Jeep et les avions au sol, les petites silhouettes en tenue bleue ou kaki qui se déplacent d'un air des plus résolus. Derrière les hangars se dressent les étranges buttes herbeuses que Hank leur a signalées pendant leur première visite. Depuis que Todd s'est emporté, elle se garde de l'interroger, mais elle sait qu'il a un bureau enfoui sous terre, sous ces bunkers, où il peut accomplir sa tâche loin de toute fenêtre, à l'abri des regards indiscrets. Une tâche secrète pour aider l'Amérique à l'emporter sur les cocos. Quand il s'envolait pour des missions au-dessus de l'Allemagne, c'était aussi top secret. Il ne pouvait dévoiler ni l'heure ni la destination. Elle comprenait bien évidemment que l'idée générale était de vaincre Hitler à coups de bombardements, mais elle ne savait rien de la façon dont on s'y prenait. Peu lui importait, elle se contentait de voir décoller et atterrir ces grands avions balourds. Todd l'avait fait monter à bord du *Ciel peut attendre*, il lui avait montré où s'installait chaque membre d'équipage et expliqué le rôle de chacun. Elle l'avait bien fait rire en demandant pourquoi ça s'appelait une Flying Fortress et, en guise de réponse, il avait indiqué les six mitrailleuses. Il l'avait fait asseoir à sa place au poste de pilotage, s'était glissé à côté d'elle et avait attrapé son visage à deux mains pour l'embrasser sur la bouche. Elle pouvait s'imaginer ce que l'on éprouvait en avion pendant les missions : Todd lui avait décrit la température qui pouvait tomber à moins soixante, un froid tel qu'ils ne sentaient plus leurs pieds dans leurs bottes chauffées et doublées, que des glaçons se formaient dans leurs sourcils et leurs narines. Elle savait la terreur et l'adrénaline, les vibrations des moteurs, les virages soudains et les décrochages pour éviter les rafales de la DCA.

En revanche, elle ignore tout de la vie dans ce bunker mal éclairé, ne sait rien de ce que Todd fait à son bureau toute la journée et des secrets dont il ne doit surtout pas parler.

— Vous cherchez quelqu'un ?

L'accent anglais fait sursauter Ruby. Une femme se tient à côté d'elle, la main agrippée au grillage. Elle est jolie, dans le genre blonde platine, vêtue d'une jupe courte et d'un chemisier un peu trop échancré pour cette heure de la journée.

— Non, dit Ruby en secouant la tête.

— Au fait, moi c'est Joan, se présente la femme en souriant. Joan Brown.

— Ruby Delaney.

— Vous êtes anglaise ?

— Non, je ne le suis plus. J'ai épousé un Américain.

— La chanceuse ! s'exclame Joan en croisant les bras. Et vous venez d'où ?

— De l'Iowa.

— Vous savez très bien que ce n'était pas le sens de ma question ! s'amuse Joan. Vous n'êtes pas obligée de me répondre si ça vous embête. Moi, je suis de Felixstowe.

— Comment avez-vous fait pour entrer ?

Ruby serre un peu plus fort la poignée de son sac et jette un regard en direction de la route, vers l'endroit où elle sait que se tient un garde armé chargé de vérifier les papiers et de scruter l'intérieur des véhicules, au besoin de regarder sous les sièges.

— Je ne suis pas une espionne, se défend Joan en

brandissant les mains. J'ai un laissez-passer. Je connais une des huiles. Il bosse là-bas, explique-t-elle en pointant du menton les bunkers. Pratique quand j'ai envie de quelque chose de joli à me mettre.

Elle tend le pied, fait pivoter son fin mollet dans un sens puis dans l'autre pour que Ruby puisse admirer son bas luisant coloris miel.

— Eh bien, dit Ruby en s'effleurant les cheveux, il faut que je rentre chez moi. Je dois préparer le dîner pour mes enfants. Pour mon mari.

— Ah, le devoir vous appelle.

Joan sort un poudrier et examine son reflet, le tenant de telle manière que son visage semble incrusté dans le ciel.

— Bonne chance ! lance-t-elle à Ruby. Peut-être se croisera-t-on à nouveau ?

Ruby s'éloigne, ses talons s'enfonçant dans l'herbe, pressée de fuir cette femme. Elle a entendu parler de ces filles qui font du stop en direction de la base aérienne, affublées de boucles d'oreilles clinquantes et de jupes serrées qui épousent les formes de leurs hanches et de leurs cuisses. Des Anglaises qui vont à la pêche au Yankee, bien décidées à mettre le grappin sur l'un d'entre eux.

8

Hedy va devenir folle. Les autres enfants ont tous la permission d'aller à Woodbridge ou à Ipswich, même à la plage du coin – un simple ruban de galets et une étendue d'eau marronnasse, d'après ce qu'on lui en a dit, mais ce serait la première fois qu'ils verraient la mer depuis la Floride, ce dont elle n'a pas de vrais souvenirs vu qu'elle était encore bébé. Maman ne leur avait même pas dit que leur grand-père était mort. Sournoise comme elle sait l'être, elle n'arrête pas de reporter la visite dans le Norfolk. Hedy en a assez des prétextes. Pourquoi on n'irait pas à la ferme dès ce week-end ? Elle se demande à quoi peut ressembler son oncle. Elle l'imagine grand et large d'épaules, le visage tanné à force de trimer dur dans les champs. Il doit avoir des cheveux blond pâle, comme elle, Chris et maman. Ernest, c'est très anglais comme prénom. On a parlé de Sir Ernest Shackleton à l'école, un explorateur énergique et courageux qui avançait coûte que coûte dans la neige en Antarctique. Si l'oncle Ernest est sportif, il pourra peut-être lui apprendre les règles du cricket. Papa dit que tous les Anglais y jouent. Dommage que l'oncle Ernest ne soit pas marié et qu'il n'y ait pas une tribu de cousins à rencontrer. Mais un oncle, c'est mieux que rien. Maintenant qu'on a traversé l'Atlantique, la ferme n'est plus qu'à deux heures. Maman se sert toujours de Chris comme excuse pour refuser qu'on aille où que ce soit, mais le vol transatlantique s'est bien passé et son frère prend le taxi pour aller à l'hôpital, alors Hedy se dit qu'il pourrait supporter le trajet en voiture.

Le softball manque beaucoup à Hedy. Papa n'a plus le temps de tirer des paniers de basket avec elle, plus jamais il ne tripote ses couettes ni ne lui demande, taquin, si elle a un amoureux. Elle se doute que ça ne doit pas être facile de chercher une solution pour battre les communistes.

La forêt est attirante, avec ses enfants violets, ses arbres enchevêtrés et ses fourrés que Hedy imagine comme un vaste univers sauvage. Chris pense qu'on y trouve également des extraterrestres, cachés sous une pierre ronde. Elle doit parfois tourner sa langue sept fois dans sa bouche pour se retenir de dire ce qu'elle pense vraiment : pas toujours facile de faire semblant de croire à la science-fiction ! Mais tant qu'elle est là pour l'écouter, au moins il ne raconte pas ses histoires à d'autres personnes qui le blesseraient en se moquant. Chris souffre déjà assez comme ça. Hedy a pour mission de le protéger : si elle peut le rendre heureux en croyant à ses fables, tant mieux.

L'appât a fonctionné, l'histoire des lumières dans le ciel. Un pieux mensonge. Hedy savait qu'il ne pourrait pas résister à l'attraction d'un ovni.

Elle n'imaginait pas que la forêt était aussi grande. C'est impossible de s'y orienter, tout se ressemble : des arbres à n'en plus finir, des sentiers n'aboutissant nulle part, la lumière tamisée, les bruissements des créatures tapies dans les fourrés. Invisibles, les avions hurlent au-dessus des pins et l'écho de leur cri sonique se propage entre les branches comme les imprécations de dieux en colère. Chris ouvre la marche en claudiquant, excité à l'idée de retrouver son disque de pierre.

— C'est le bon chemin, annonce-t-il en accélérant le pas.

Vingt minutes plus tard, il s'arrête et se frotte les joues.

— Non, non… ça doit être par là…

Ils repartent en sens inverse. Chris s'immobilise et jette un regard à la ronde.

— Je ne comprends pas…, balbutie-t-il, au bord des larmes.

— Décris-le-moi encore, dit Hedy pour faire diversion. C'est quoi, à ton avis ?

— Au début, explique-t-il en clignant des yeux, j'ai pensé que c'était tombé d'un vaisseau spatial. Mais comme j'ai entendu du bruit, ça doit être une sorte de porte. Il y avait quelqu'un, ou quelque chose, qui se déplaçait en dessous, très en profondeur, comme s'il existait une salle ou un monde sous terre. Si on pouvait l'ouvrir… Scott pourrait nous aider, il est musclé.

Hedy lève les yeux au ciel. Elle ne peut pas supporter Scott, ses biscoteaux pointant sous une peau malodorante, son sourire prétentieux, son pas nonchalant et son mépris de l'avis des autres.

— On ne veut pas de lui ici, tranche-t-elle. C'est notre endroit à nous. Scott viendrait tout gâcher. Tu sais comment il est.

Elle imite sa démarche fière et lente, mime à la

perfection sa façon de hausser un sourcil. Elle cherche à faire sourire Chris, mais il boude.

— Scott ne croira jamais à un ovni, insiste-t-elle en soupirant. Il se moquera de toi.

— Mais non.

Chris peine à respirer, Hedy entend le cliquetis asthmatique.

— Scott ne se moquera pas de moi, s'entête-t-il.

— On l'aurait tout le temps dans les pattes, dit-elle en haussant les épaules. Moi, je ne veux pas faire partie de son gang stupide.

— T'es méchante.

Ils se remettent en marche, le non-dit créant une tension dans l'air. Hedy scrute l'herbe au bord du sentier, mais n'y repère rien qui ressemble à un gros disque de pierre. Ce serait curieux de trouver ce genre de truc par ici, si loin des habitations. Chris l'a peut-être seulement vu en rêve. Lui-même a reconnu qu'il s'était endormi sur place. Hedy voit qu'il fatigue. Il traîne les jambes, lève à peine les pieds. Son visage luit de transpiration.

Devant eux, un cerf traverse le sentier d'un bond, croupe pâle tachetée et petite queue frétillante. Hedy n'a pas le temps de se précipiter pour l'apercevoir entre les arbres qu'il a déjà disparu. Elle s'attendait à croiser un tas d'animaux, mais la forêt est effroyablement déserte, mis à part des bourdonnements d'insectes et quelques battements d'ailes d'oiseaux. Elle a le sentiment qu'on les observe. Elle se fige et fait volte-face, espérant à la fois surprendre quelqu'un ou quelque chose et ne rien surprendre du tout. Qu'apercevrait-elle ? Quelle créature tapie dans l'ombre ? Ça lui fait mal au cœur de voir Chris peiner à mettre un pied devant l'autre, lutter pour maintenir droit son lourd torse et ne pas basculer en avant. Jamais il ne se plaint. Elle-même serait incapable de rester prisonnière de ce machin, elle cracherait et se débattrait jusqu'à ce qu'on la libère. Il faut qu'elle ramène Chris à la maison. Mais elle n'a aucune idée de la direction à prendre. Peut-être bien qu'ils tournent en rond depuis le début. Les chemins sont tous identiques. Un nouvel avion passe en l'air. Soulagée, Hedy se rappelle que Chris a pu regagner la base grâce au bruit des chasseurs. Elle prend son frère par la main.

— Allez, on cherchera une autre fois. Maman va nous tuer si on arrive en retard au dîner, insiste-t-elle en exerçant une pression sur les doigts de Chris. Il ne faut surtout pas qu'elle sache qu'on est venus ici.

— On reste encore un peu, dit-il en retirant sa main.

Une pomme de pin atterrit à côté du pied de Hedy. Le temps qu'elle relève la tête, une autre vient frôler son oreille.

— Non mais, qu'est-ce… ?

Elle serre les poings, prête à en découdre.

Trois enfants se tiennent à l'ombre d'un chêne. Deux garçons et une fille. La colère de Hedy s'évapore. Elle donne un coup de coude à Chris.

— Ça ne serait pas tes enfants violets ?

Il inspire vivement quand il les aperçoit.

— Je crois que c'est eux !

— Hé ! les hèle Hedy. Vous vous appelez comment ?

Le trio reste figé. Les pommes de pin ont cessé de voler. Hedy s'approche doucement, comme face à des bêtes sauvages qui pourraient prendre peur. Chris la suit tant bien que mal, respirant fort. Arrivée près d'eux, quand ses yeux se sont faits à l'obscurité, elle est déçue de constater qu'ils n'ont pas la peau violette, même s'ils ont effectivement le crâne rasé, comme l'a dit Chris. Ils portent des habits sales et rapiécés avec des bouts de tissus de couleurs différentes, comme des Gitans. Un des garçons de la base leur a conseillé de se méfier des Gitans parce que, en Angleterre, ils kidnappent les enfants blonds. Mais ceux-là sont minus, elle pourrait se battre avec eux en cas de besoin.

— Je m'appelle Hedy.

Elle tend les paumes pour leur montrer que ses intentions ne sont pas mauvaises.

— T'as un chewing-gum, l'Amerloque ? lance un des garçons.

Tous trois pouffent et gloussent, tordus de rire.

— Ça suffit, dit Hedy d'un ton sec de grande personne.

Elle ne voit pas ce qu'il y a de drôle et ne tient pas à ce qu'on se moque d'elle et de Chris.

— Qu'est-ce que vous avez à la tête ? demande-t-elle.

On dirait qu'ils se sont taillé les cheveux tout seuls avec des ciseaux, rien à voir avec une coupe en brosse de militaire. Il leur reste quelques mèches duveteuses ici et là, la peau se voit par endroits et des coupures ont laissé des cicatrices foncées.

— On avait des poux, explique la fille en se touchant la tête.

— Des poux ? s'inquiète Hedy.

Amusée, la fille agite les doigts.

— Ça grouillait de partout ! renchérit-elle.

Hedy recule d'un pas. Sa tête la démange soudain. Incapable de résister, elle se gratte.

— La dernière fois, remarque Chris, vous étiez violets.

— C'est pour l'impétigo. Maman nous met du bleu de méthylène.

— Vous connaissez un gros disque de pierre, quelque part dans la forêt ? De la taille d'une roue de charrette ? précise Chris en déglutissant. Vous ne l'auriez pas vu ? À côté d'un chêne et d'un bosquet d'arbres argentés ?

Les trois enfants échangent des regards.

— Peut-être, dit l'un des garçons.

Puis il se penche vers Chris et ajoute :

— T'as la polio, c'est ça ?

— C'est malpoli de demander ça, intervient Hedy. Si vous tenez à le savoir, il a un problème à la colonne vertébrale. C'est pas contagieux.

Chris n'a pas mis son écharpe. Sa mentonnière est visible, qui épouse la courbe de la gorge et l'oblige à redresser la tête. Les trois enfants ont les yeux rivés sur la tige métallique qui disparaît sous les vêtements.

— C'est quoi en dessous ? s'enquiert la fille en cherchant à voir de plus près.

Le regard noir, Hedy serre les poings – il pourrait bien y avoir de la bagarre. Chris humecte ses lèvres sèches et articule lentement :

— Si je vous montre, vous nous conduirez à la pierre ?

La fille fait oui de la tête. Hedy inspire vivement tandis que Chris déboutonne son pantalon et le baisse le long de ses cuisses, puis relève son chandail et retrousse enfin son maillot de corps. Il attend, impassible et à moitié dévêtu, tenant ses habits bouchonnés à deux mains et le plus loin possible du cou. Hedy trouve ce spectacle insupportable. Elle voudrait se placer devant Chris et tendre les bras pour faire écran à leur curiosité. La prison rigide de la gaine en cuir est exposée. Ébahis, les trois spectateurs fixent les fines côtes qui se soulèvent par intermittence sous les tiges métalliques. Ils observent le collet, le coussinet qui l'empêche de baisser le menton. La fille s'avance d'un pas, la main tendue comme pour toucher le corset, ou la peau en dessous. Chris tressaille, laisse échapper son chandail. Hedy s'interpose entre eux, mais la fille se contente d'un petit hochement de tête.

— Moi, c'est Nell. Eux deux, c'est mes frangins.

— Mon frère Chris, dit Hedy en le pointant du menton.

Il s'est retourné, remet ses vêtements en ordre et remonte sa braguette.

Les trois enfants s'éloignent déjà en file indienne dans les fourrés.

Chris l'avait bien décrite : ça ressemble en effet à une roue de charrette qu'on aurait couchée. C'est de la même taille, mais en pierre. Hedy y flanque un coup de pied. Il y a une poignée et une grille rouillée encastrée dans la partie supérieure. Elle se penche, retire des aiguilles de pin mortes, attrape la poignée et se redresse en tirant de toutes ses forces.

— Tu n'arriveras pas à la soulever ! pouffe un des garçons.

— Approche ton oreille, Hedy ! l'incite Chris, tout excité. Dis-moi ce que tu entends !

Se sentant un peu bête, Hedy s'agenouille dans l'herbe haute et s'exécute. Elle n'entend que les battements de son propre cœur et un vague craquement, sans doute des insectes farfouillant dans les feuilles mortes.

— Vous pensez que vous allez entendre quoi ? demande Nell qui s'accroupit à côté d'elle.

— Des voix, répond Chris d'un ton tendu. Du mouvement. Des bruits sous la pierre.

L'un des garçons fait une mimique incrédule.

— Tu crois aux fées ?

Chris se rembrunit, sa lèvre inférieure parcourue d'un tremblement.

— Alors ? demande-t-il à Hedy.

Elle fait signe que non.

— Peu importe, dit-elle en se relevant prestement. En plus, c'est l'heure de rentrer à la maison.

Il s'agit en fait d'un banal disque de ciment de fabrication humaine. Destiné à boucher quelque chose, peut-être des canalisations ou des égouts. L'imagination de Chris s'est emballée. Interloquée, elle lance un regard à son frère, mais il garde le visage tourné dans l'autre sens.

Ils suivent les enfants dans un dédale de chemins. Hedy perd le sens de l'orientation. Elle hume l'air, flairant une odeur désagréable de cendres et de brûlé. L'un des garçons se retourne vers eux, les yeux écarquillés, gesticule nerveusement et porte l'index à sa bouche. Nell tire sur la manche de Hedy et indique, entre les pins, une sorte de cabane hérissée constituée de branches. Hedy comprend que la fumée vient de là, nuage hideux s'élevant parmi le feuillage. Une silhouette lourde et gauche, vêtue d'un manteau élimé, se lève et s'enveloppe le visage dans un châle. On entend un murmure de voix masculines, un éclat de rire guttural. Hedy parvient à distinguer plusieurs personnes voûtées et accroupies autour du feu. Une flasque passe de main en main. Une bête dépecée, embrochée sur un bâton, luit au-dessus des flammes.

— Dis à ton frère de ne pas faire un bruit ! chuchote Nell, les traits contorsionnés.

Elle avance d'un pas et lui fait signe de la suivre.

— Vite !

Hedy attrape la main de Chris et la serre très fort.

— Reste bien derrière moi !

Elle ne quitte pas des yeux les silhouettes sombres recroquevillées devant l'abri de fortune. Si jamais ils se retournent et les aperçoivent, elle s'interposera entre eux et Chris. Elle s'emparera d'une branche et les frappera à la tête, aussi fort qu'elle le pourra.

Les enfants avancent silencieusement, en file indienne. Le campement a bientôt disparu derrière eux, seule persiste une légère odeur de brûlé. Les garçons rigolent et plaisantent : le soulagement les rend bêtas. On aperçoit soudain une espèce d'édifice, comme la tourelle d'un château. Ils sortent bientôt de la forêt, la clôture se dressant devant eux. Hedy caresse le grillage froid. À travers, on distingue les avions de chasse qui se dirigent en bout de piste avant de décoller. Tout est comme d'habitude : les Jeep qui vont et viennent, les soldats qui s'activent du côté des hangars, les monticules herbeux au loin. Puis Hedy comprend que la perspective est différente parce qu'on se trouve de l'autre côté de la piste d'aviation. La tourelle appartient à une petite église contre laquelle vient s'appuyer le grillage, le barbelé raclant les murs anciens. Ronces et plantes rampantes ont envahi le cimetière, les pierres tombales de guingois donnent l'impression d'avoir ployé sous le vacarme des avions qui passent très bas. Des herbes folles jaunes et bleues ajoutent une note festive.

— L'église ne sert plus, explique un des garçons. Pas depuis que les Yankees ont installé leur base.

Nell indique un cottage au toit affaissé, un peu plus loin dans le chemin.

— Notre maison.

Hedy aperçoit du linge qui sèche sur un fil, des poules brunes qui picorent, une vieille bassine en fer-blanc et une roue de tracteur qui rouillent au milieu des chardons. À côté d'une pompe à eau se trouve un landau au-dessus duquel est penchée une femme aux manches retroussées. Elle se redresse et fait un signe aux enfants, le regard courroucé, ses mots étouffés par les réacteurs des B-47.

— Y'a une autre entrée de la base par là-bas, indique un garçon en pointant du doigt la direction. À cinq minutes. Impossible de la rater.

— Et si vous croisez le vieux Joe, ajoute Nell en souriant, n'ayez pas peur. Il ne vous fera pas de mal. Il n'est pas comme les autres.

— Qui ça ? demande Hedy.

Mais les trois enfants courent déjà vers leur mère qui trépigne à côté du landau et Nell se contente de se retourner pour lui adresser un petit sourire amusé avant de disparaître à l'intérieur du cottage.

Hedy veut ramener Christopher au plus vite à la maison. Il est tout pâle et ses cheveux sont collés à son front comme de la paille humide. Elle aimerait avoir la force de le porter jusqu'à l'entrée de la base, mais ce n'est vraiment pas possible.

— On va s'asseoir une minute, décide-t-elle.

Il se laisse faire quand elle le prend par le bras et le mène à un banc en partie recouvert de végétation et au dossier vermoulu. Elle écarte une ronce et soutient son frère pour l'aider à s'asseoir. Il ferme les yeux. Il a l'air vidé.

Hedy a de nouveau la sensation qu'on les observe : un picotement sur sa nuque la met en alerte. Elle se retourne vers le cottage : personne aux fenêtres, le jardin est désert, à l'exception des poules et du landau. Un autre chasseur décolle, comprimant l'air, ses ailes projetant leur ombre au sol. Elle grimace à cause du bruit et sent une bouffée de kérosène et de caoutchouc brûlé. Mettant sa main en visière, elle suit la trace en spirale qui grimpe vers les nuages. Quand l'avion n'est plus qu'une tache lumineuse au loin, elle porte son regard sur l'église : la toiture percée, les simples losanges de verre aux fenêtres, la croix en pierre. Son cœur tressaille quand elle distingue quelque chose qui bouge dans l'obscurité du porche. Une tache pâle, déployée comme une étoile de mer. Elle comprend qu'il s'agit d'une main, contrastant avec un long manteau foncé, au-dessus duquel se balance une longue tignasse emmêlée. La silhouette se dresse, telle une bête se cabrant lentement dans la fumée. Hedy plante fermement ses pieds dans le sol, prête à défendre son frère. Chris, qui tourne le dos à l'église, n'a conscience de rien. La créature émerge du porche, épouvantail titubant qui avance par à-coups et s'arrête, un pied en l'air, pour les observer. Son menton oscille et s'agite comme un oiseau. Il a l'air indécis, apeuré. Hedy détend les épaules. Elle repense au conseil de Nell.

— Joe ? dit-elle à tout hasard.

L'homme regarde autour de lui, comme si elle lui tendait un piège. D'un doigt noirci et crochu comme une serre, il gratte sa mâchoire crasseuse. Chris ouvre les yeux et porte un regard interrogateur sur sa sœur. Elle lui fait signe de se taire et chuchote :

— Nell a dit de ne pas avoir peur.

Chris cherchant à se lever, elle se penche pour le hisser. Le temps qu'elle se redresse, l'homme s'est approché. Elle sent sa saleté pestilentielle et son haleine de champignons sauvages. Réflexe protecteur, ses doigts se referment autour du bras de Chris. Celui-ci dévisage le clochard avec la vague impression de le reconnaître ; il sent une sorte de frisson, de fourmillement dans les veines. L'homme le fixe d'un regard intense et scintillant sous ses sourcils noirs. Chris lui sourit.

— Vous habitez ici ?

— Ici et là. Sous les arbres.

L'homme a la voix qui vacille et grésille, comme s'il ne s'en servait pas souvent.

— Je me plais mieux sous les arbres, ajoute-t-il.

— Alors vous avez dû entendre les bruits dans la forêt ? Sous la pierre ?

Hedy a le sentiment qu'ils communiquent dans une langue qu'elle ne peut ni entendre, ni comprendre. Des mots flottent à la surface comme du bois mort, mais la vraie conversation, obscure et brillante, a lieu entre deux eaux ; seuls quelques éclats fugaces lui sont perceptibles par instants.

— Vous avez aperçu des lumières dans le ciel ? demande Chris, la voix chargée d'espoir. Pas les avions. Autre chose, des lumières rouges et vertes.

Hedy voudrait lui dire qu'elle a tout inventé, que c'était un mensonge. Mais impossible car Joe opine déjà du chef.

— Oui, des lumières rouges. Ça brûle. Ça me brûle les yeux. Des démons. Des démons dans la nuit. On les entend mugir sous terre.

— Non, pas des démons, dit patiemment Chris. Ils viennent d'une autre planète. Des extraterrestres.

L'homme recule, tête baissée, le visage en partie dissimulé derrière ses cheveux gras. Des sons étranges s'échappent de sa bouche qu'il ne cesse d'ouvrir et de refermer.

— Allez, on y va, dit Hedy en tirant Chris par la manche.

Il fait l'effort de pivoter vers elle.

— Le vieux Joe sait que c'est vrai ! s'exclame-t-il, le regard enfiévré. Lui aussi les a entendues, Hedy ! Les voix sous la pierre ! Comme moi ! Je t'avais bien dit que j'avais entendu quelque chose !

Comment ne voit-il pas que le vagabond est fou ? Elle a envie de répondre à son jumeau que ce ne sont là que des fables, des mensonges. Qu'il n'y a pas d'extraterrestres. Elle ouvre la bouche, mais ne peut se résoudre à briser ses rêves. Que lui resterait-il ?

Un nouvel avion passe, si bas qu'elle ressent la chaleur sur ses joues. Le rugissement les enveloppe, elle ferme les paupières et retient sa respiration. Quand le chasseur s'est éloigné, Joe lui aussi a disparu. Hedy entend autre chose. Elle reconnaît les vagissements suraigus d'un bébé impatient. Elle jette un regard en direction du cottage : le landau se balance sur ses grosses roues, et la maman est penchée pour regarder sous la capote. Hedy imagine leur propre mère qui les guette à la fenêtre dans la cuisine. Maman est tout le temps en train de cligner des yeux, les nerfs à fleur de peau, les lèvres tremblantes comme si elle était sur le point de fondre en larmes. Hedy sait qu'elle prend des cachets pour se calmer. Ça n'a plus l'air d'agir.

— On doit y aller, insiste-t-elle en touchant l'épaule de son frère.

Il acquiesce d'un léger signe du menton, mais ne bouge pas. Elle voit que les pensées fusent dans sa tête, en devine quelques fragments qui traversent fugacement son regard immobile. Sous sa main, elle sent son corps trembler. Maman avait raison, songe-t-elle. Cet endroit est dangereux pour Chris. Ils ne reviendront plus dans la forêt. Ses doigts s'entrecroisent avec ceux de son frère et les serrent très fort. Il est perdu dans ses pensées. Le froid se transmet de la main de Chris à la sienne, se répand comme du givre le long de son bras, comme si la scoliose s'infiltrait par leurs peaux soudées, s'insinuait dans ses propres os. Hedy voudrait tant pouvoir le guérir ! Elle serre sa main encore plus fort, désireuse de lui transmettre sa chaleur, sa force.

Ils se dirigent vers l'entrée de la base, surveillée par un garde armé.

9

Ruby craint que ça ne fasse peur aux enfants. Mais bon, il faut bien se détendre le samedi soir, et c'est quelque chose que Todd et Christopher peuvent partager – jamais ils ne joueront ensemble au base-ball ni au basket, mais ils peuvent aller voir des extraterrestres au cinéma, et peu importe si Todd le prend à la rigolade. La petite famille est donc installée au premier rang dans des fauteuils de velours rouge, face au grand écran où des cosses géantes recrachent des clones d'humains dans une profusion de bulles. *L'Invasion des profanateurs de sépultures* a déjà remporté un grand succès en Amérique. Christopher, qui a lu des articles dans ses fanzines, a insisté pour y aller. Ruby observe le profil de son fils assis trois sièges plus loin, pour s'assurer qu'il est confortablement installé. Le visage illuminé par le film, il est captivé et a son pouce dans sa bouche. Ruby a mal à la tête à cause des cris et de la musique agressive. Todd rapproche sa jambe de la sienne, elle sent la chaleur de sa cuisse à travers le tissu de la jupe. Du bout des doigts, il imprime des petites caresses circulaires à sa main posée sur l'accoudoir. Ruby sent son cœur chavirer, une bouffée de joie l'envahit tout entière. Elle ne s'intéresse plus au film. Elle observe la main de son mari qui va et vient sur la sienne, le contraste des deux peaux éclairées par intermittence.

Après la projection, Ruby reconnaît presque tout le monde dans le foyer bondé. Des femmes croisées au club des épouses lui sourient et lui font un petit signe, Lucy, l'enseignante de Chris et de Hedy, vient les saluer. Et voici Betty, coiffée d'un béret jaune assorti à son manteau, au bras d'Ed, suivis de Scott avec son petit rictus de la lèvre supérieure qui rappelle à Ruby le chanteur Elvis Presley. Ed et Todd échangent une poignée de main virile. Accrochée au bras de son mari, Betty lui tapote affectueusement la manche de ses doigts gantés. Une fois de plus, Ruby est jalouse de sa grande taille.

— Ça t'a plu ? demande Betty avec un sourire aimable. Moi, ce n'est pas trop mon genre de film. Une bonne comédie musicale, c'est autre chose. Bing Crosby, Doris Day.

— Au moins, ça a plu aux enfants, répond Ruby en hochant la tête.

Scott, Christopher et Hedy bavardent ensemble. Repensant à la confidence que Betty lui a faite au salon de coiffure, Ruby tente de déceler des signes d'attirance entre sa fille et ce beau gaillard. Le jour viendra certainement où Hedy s'amourachera d'un garçon, mais pour l'heure elle a plus l'air de s'ennuyer que de chercher à séduire. C'est Christopher qui s'intéresse à Scott, pour compenser l'impolitesse de sa sœur. D'une profonde gentillesse, il ne supporte pas de voir quelqu'un mal à l'aise, ne serait-ce qu'un léger embarras. Lui qui a été prisonnier du corset toute la journée, la routine perturbée par cette sortie nocturne, jamais il ne montrerait qu'il souffre. Ruby donne un petit coup de coude à Todd.

— Il est temps que Christopher rentre à la maison, chéri.

Une légère crispation transparaît sur les lèvres de Todd, mais il serre la main de son collègue.

— C'est l'heure d'aller coucher les enfants. On se voit demain.

Ils se dirigent vers la sortie quand Ruby s'avise soudain de ce que Todd vient de dire.

— Demain ? Mais c'est ton jour de congé ! On a prévu de passer le dimanche ensemble.

— Pas le choix, chérie. Des huiles arrivent lundi d'Europe et des États-Unis. Ils viennent inspecter le programme.

C'est quoi, au juste, ce programme ? songe Ruby. Elle repense alors à la blonde platine croisée devant la clôture, qui exhibait des bas soyeux sur ses jambes sveltes et se vantait d'avoir un bon ami, quelqu'un haut placé en zone interdite. Elle ferme les yeux et se masse les tempes. Il faut se maîtriser. Cette femme ne parlait pas de Todd. Elle s'éclaircit la gorge et s'oblige à sourire.

— C'est pas de chance, mon chéri. Mais je sais que tu vas les impressionner.

Pendant que Christopher se prélasse dans son bain, elle ouvre le placard et avale un comprimé… Et un deuxième. Betty a raison, une épouse de militaire a bien droit à un petit remontant. Mais quand elle se baisse pour ramasser la serviette, le sang déserte sa tête et la pièce bascule. Elle se retient au rebord de la baignoire, respire pour faire passer le vertige.

— Maman ? s'inquiète Christopher.

Ruby se met à genoux et enserre la figure de son fils de ses deux mains. Sa jeune peau est tiède et souple. Elle y dépose des baisers, pour s'imprégner de son innocence autant que pour apaiser ses douleurs. Les cils humides de Christopher effleurent ses joues.

— Tout va bien tant que je t'ai, mon chéri, dit-elle d'une voix tremblante.

Si elle avait vécu, sa propre mère aurait-elle autant aimé Ernest ? Il y a une part de souffrance dans son amour pour Christopher, une blessure profonde, et pourtant Ruby ne saurait vivre sans.

Quand elle s'écarte enfin, elle perçoit la confusion sur le visage de son fils. Elle est consciente d'avoir franchi une limite et qu'elle n'aurait pas dû. Mais Christopher lui pardonnera. Il comprendra.

— C'est l'heure de sortir, dit-elle.

Elle déploie la serviette et, par habitude, se penche pour l'aider à se relever.

— Je peux me débrouiller, proteste-t-il en se dégageant délicatement. J'aime bien faire tout seul quand je n'ai pas le corset.

— Bien sûr. J'avais oublié.

Elle se redresse et détourne les yeux de sa nudité. Penaude, elle enveloppe les frêles épaules de son fils dans la serviette.

— Le film t'a plu, hein ? C'était chouette d'aller au cinéma tous ensemble.

Une idée lui vient pendant qu'elle le sèche.

— Tu sais quoi ? On devrait y aller tous les samedis soir, en famille.

— Peut-être, répond-il d'un ton hésitant. Le film était

super. L'impensable devient réalité ! ajoute-t-il en la fixant, un sourire aux lèvres.

Elle met une seconde à comprendre qu'il cite une réplique du film. Elle sourit à son tour et se fait des yeux de zombie, agitant la tête.

— Qui te dit que je suis vraiment ta maman ? parodie-t-elle d'une voix inexpressive. Attention ! On arrive pour te dévorer !

Elle brandit ses poings comme des serres, l'emprisonne dans ses bras et ouvre une grande bouche. Quand elle entend ses petits gloussements se muer en fou rire, elle a le réflexe de porter la main à sa poitrine parce que son cœur semble prêt à en jaillir.

Le réveil sonne à six heures. Todd le fait taire d'un geste maladroit. Il gémit et dépose un baiser sur l'épaule de Ruby, plus exactement sur la dentelle de sa nuisette, puis se masse le crâne en bâillant. Le matelas penche brièvement et reprend sa forme quand Todd sort du lit. Son oreiller demeure tiède et incurvé, à l'emplacement de sa tête. Ruby y pose sa main.

— Tu veux que je te prépare un petit déjeuner ?

Todd ne trouve pas sa ceinture. Il cherche sous le lit. Il se retourne et lance un regard à Ruby.

— C'est bon, je prendrai quelque chose au mess. Rendors-toi, chérie.

Elle entend le bruit du jet d'urine sur la paroi de la cuvette. La chasse d'eau et les grincements de la tuyauterie. Un robinet ouvert. Le tintement du rasoir que Todd tapote sur le lavabo. On dirait que les murs sont en carton. Ruby suit les gestes de Todd dans les autres pièces : il tire une chaise dont les pieds raclent le sol, farfouille dans un placard, se penche pour nouer ses lacets, referme le couvercle de la boîte à cirage qu'il a sortie pour donner un petit coup rapide à l'extrémité de ses chaussures. Ruby reste blottie sous les draps, espérant qu'il viendra déposer un dernier baiser sur son front. Mais non, la porte d'entrée claque. Dehors, ses talons résonnent sur le trottoir.

Elle se lève et s'habille sans prendre le temps de faire sa toilette ni même de se regarder dans le miroir. Elle noue un foulard sur sa tête, chausse des lunettes de soleil et ouvre la porte d'entrée. Todd a déjà disparu. Ruby se précipite en direction des bunkers, mais n'arrive pas à le rattraper. Serait-ce lui à qui le garde vient de faire signe de franchir le check-point ? Elle est trop loin pour en être sûre. En uniforme, son mari n'est plus qu'un militaire parmi d'autres. Elle quitte l'allée, marche dans l'herbe mouillée par la rosée, plaque son visage contre la clôture et agrippe le grillage. Elle observe les silhouettes bleues ou marron qui s'affairent au loin. Au moment où elle se retourne pour rentrer chez elle, Ruby s'attend presque à se retrouver nez à nez avec cette Joan Brown. Elle redresse les épaules, se compose une expression polie et impénétrable derrière ses lunettes noires. Mais aucun civil n'est présent à cette heure matinale. Pas même une femme de petite vertu.

Le dimanche soir, Ruby renifle la chemise de Todd pour y déceler la trace d'un parfum inconnu. Elle ne repère qu'une auréole de transpiration à l'intérieur du col et ce qui ressemble à une petite tache de ketchup sur la manche. Il pourrait être plus soigneux, pense-t-elle. Avec son grand cœur, sa dégaine dégingandée et son franc-parler, il a tout du cow-boy du Far West. Dans le camp des bons, pas des méchants. Elle met la chemise dans le panier à linge sale.

Ce serait difficile de lui pardonner une infidélité, mais pas impossible. Une épouse doit faire preuve d'indulgence envers les faiblesses de la nature masculine. Ruby comprime les lèvres et prend l'air résolu. Issue d'une lignée paysanne, elle ne doit pas oublier qu'elle est née pour endurer la faim et les corvées. Pourtant, elle a le sentiment d'avoir perdu cette force, la résistance de ses ancêtres, ou que celle-ci n'était pas bien ancrée en elle au départ. Elle repense à son père, à sa longue silhouette noueuse bravant le vent iodé, aux paroles bibliques s'échappant de ses lèvres. Il n'avait aucun contact physique avec Ernest et Ruby, sauf pour les fouetter avec son ceinturon en cuir. Il y avait chez leur père une force dure et nerveuse, intraitable. Il n'avait que les mots « honte » et « châtiment » à la bouche, leur répétait qu'ils brûleraient dans les flammes du Seigneur. Rien d'étonnant qu'Ernest et elle n'aient pas su s'aimer : personne ne leur avait montré l'exemple. Son cœur se serre quand elle repense aux deux enfants qui ont grandi dans cette ferme glauque, privés de leur mère, isolés de tout, dans le froid et le fumier. Il n'y avait pas d'argent, jamais le moindre extra. Il fallait toujours économiser, racler les fonds de tiroir, tout réparer et raccommoder. Ruby a pu s'échapper. Pas Ernest. Quand elle voit Hedy s'occuper de Christopher, elle a conscience d'avoir abandonné son propre frère. Mais les regrets ne servent à rien. Ernest refusait d'être aidé.

D'où lui vient ce sentiment que sa vie part à vau-l'eau ? Trop choyée en Amérique, elle est devenue une femme fragile. C'est un charivari de peurs dans sa tête, comme des truies échappées de leur enclos. Elle enfouit son visage dans ses mains. Elle devrait consulter un médecin pour savoir si c'est normal, les vertiges et les sautes d'humeur, les migraines, l'impression que la menace est partout. Peut-être faudrait-il changer de traitement. Il doit exister d'autres médicaments que le Miltown. « Ce n'est qu'un léger calmant, avait dit le docteur, un petit quelque chose pour calmer les nerfs. »

Le lundi matin, Todd se lève de bonne heure. En maillot de corps et penché vers le miroir de la salle de bains, il se rase avec concentration et application, tapote et rince son rasoir encore et encore, comme s'il cherchait à retirer la couche supérieure de son visage, à décoller quelque chose qui le gêne. Il passe ensuite une demi-heure à cirer ses chaussures. Elles brillent tant que Ruby en distingue à peine la couleur noire. Il a refusé qu'elle s'en occupe.

« Une tâche masculine », a-t-il rétorqué.

Elle lui tend une chemise propre et amidonnée, le regarde enfiler son uniforme bleu. Elle ajuste rapidement son nœud de cravate et ses poignets.

— Tu es magnifique ! dit-elle en retirant une poussière imaginaire sur son épaule. Tu vas tous les épater !

La paupière gauche de Todd se met à trembler, une sorte de tic. Ça lui donne subitement un air peu fiable. Ruby appuie son index sur le nerf palpitant. Il se rembrunit et écarte sa main.

— La journée promet d'être longue, dit-il.

— Où dois-tu rencontrer ces messieurs importants ?

— Au quartier général, répond-il en relevant sa

manche pour consulter sa montre, puis au bunker pour les choses sérieuses.

— Les épouses ne sont pas conviées ?

Il secoue la tête.

— On va parler boutique, chérie. Strictement entre militaires. Ces gars sont très haut placés, ils n'ont pas le temps de faire du relationnel.

Todd est parti. Hedy et Christopher s'en vont à l'école, leur boîte à sandwich se balançant au bout de leur bras. Ruby sent venir une migraine tenace, des élancements à la base du crâne comme si un corbeau perché sur son épaule lui flanquait des coups de bec. Elle tente de l'ignorer et termine la vaisselle du petit déjeuner. Elle passe ensuite l'aspirateur, fait les lits, époussette les bibelots et écrit une liste de commissions, malgré les coups de bec qui continuent dans sa tête. Elle observe la lumière matinale sur les feuilles des lauriers, qui ont épaissi et forment maintenant quasiment une haie. Ruby se demande ce que Todd fait à cet instant. Elle imagine Joan Brown qui lui retire sa veste, déboutonne le col de sa chemise et dépose un baiser dans le creux de sa gorge, sur la tache de naissance semblable à un bleu. Elle se ressaisit : Todd est amoureux d'elle, et puis il n'inventerait jamais un mensonge aussi énorme. Très facile à vérifier, vu que le quartier général est situé au cœur de la base.

Les élancements ont disparu, l'oiseau s'est envolé. Il a été remplacé par un type musclé qui attaque à la pioche la fine paroi osseuse et la matière spongieuse en dessous. Ruby serre les dents et cligne des yeux pour chasser les fils noirs et rouges qui parasitent sa vue. Elle a dû prendre trop de tranquillisants. Elle a avalé la dose prescrite, sans avoir pris son petit déjeuner, puis deux ou trois cachets supplémentaires, toujours l'estomac vide. Ça va passer. Elle devrait manger quelque chose. Au lieu de quoi elle s'installe à sa coiffeuse, se poudre le nez et s'applique du rouge à lèvres. Elle retire sa robe de chambre, attache sa gaine, enfile délicatement des bas, puis son jupon en tulle et sa robe vichy.

Son panier à commissions accroché au bras et ses gants blancs enfilés, elle prend la direction de l'économat d'un pas hésitant, s'efforçant de ne pas bouger la tête ni regarder le ciel. Elle se dégourdit les doigts. Le quartier général est sur son chemin. Elle a oublié sa liste. Plissant les yeux, elle récite dans sa tête : paleron de bœuf, lait en boîte, bouillie de maïs, confiture de raisin, céréales au blé complet…

Voilà qu'elle aperçoit Todd, parmi un groupe d'hommes où elle reconnaît aussi Ed et le colonel Anderson. Une longue Packard noire est garée le long du trottoir ; elle brille comme un scarabée et un drapeau américain flotte sur le capot. Quatre hommes en costume foncé en descendent et gravissent les marches du perron. Ce qu'elle peut avoir mal à la tête ! Même son chapeau de paille lui paraît trop lourd, elle est tentée de l'arracher. La douleur est devenue comme une boîte noire dans son cerveau, où disparaissent toutes ses pensées. Ruby cherche désespérément à se remémorer sa liste : lait en boîte, bouillie de maïs… Il y avait d'autres articles, mais elle n'arrive pas à s'en souvenir. Ils ont été happés par le trou noir. Elle ne poursuit pas son chemin vers l'économat. Elle s'arrête et observe Todd qui se penche pour serrer une main. Le visage de son mari devient net, elle distingue sa paupière qui tremble et palpite par saccades. Elle ne voit plus que cet œil qui flotte vers elle, gros comme un ballon de foot, tressaillant convulsivement. L'envie la démange d'appuyer son index sur le nerf, de lisser la peau, de parfaire Todd. Debout au milieu de la chaussée, elle ne peut pas l'atteindre. Il a rapetissé, n'est plus qu'une jolie figurine, un petit soldat en haut des marches. Elle caresse sa robe et passe la main sur sa taille comprimée ; son jupon froufroute sur ses genoux. Ces détails sont des canots de sauvetage sur une mer ténébreuse. Elle veut que Todd remarque la façon dont son chapeau de paille est élégamment penché sur son front, combien elle est irréprochable, efficace, alors même que sa tête menace d'exploser. Elle s'avance délicatement, comme si elle marchait sur des œufs. Le moindre à-coup est une souffrance, chaque gravier et chaque fissure du trottoir un danger, elle doit flotter au lieu de marcher, avec cette douleur noire dans le crâne.

— Je suis là, mon chéri, chuchote-t-elle à Todd.

Elle a réussi à gravir les marches et se tient à côté de son mari, plissant les paupières à cause de la luminosité.

— Qu'est-ce que tu fais ici ? dit Todd d'une voix étranglée.

Le colonel intervient en parfait gentleman.

— Je vous prie de nous excuser, madame Delaney. Nous avons des affaires à régler. Des affaires militaires.

— Mais je veux faire la connaissance de vos invités importants.

Ruby tente de fixer son regard sur les têtes inconnues qui oscillent autour d'elle, mais les visages restent flous et approximatifs, des traits fluctuants et vacillants.

— Chuck Peters et Ted Saunders. Le Dr Klaus Haugwitz. Henry Sargent.

Les noms défilent vite. Todd lui attrape le bras et le serre si fort qu'elle a mal.

— Il est temps que tu rentres à la maison, Ruby. Je vais demander à quelqu'un de te raccompagner.

— Haugwitz ? bredouille Ruby, s'accrochant au seul nom qui sortait du lot. Klaus ? C'est quoi ce nom ?

Elle s'éloigne, escortée par un soldat qui lui tient le coude d'une main gantée. Elle déglutit et le passage de la salive dans sa gorge déloge la douleur, une salve de poignards au cerveau qui la fait gémir. Derrière elle, ce sont des paroles précipitées, un rire nerveux et une porte qui claque. Elle jette un regard à l'homme à sa droite. Il est armé. Sa bouche reste fermée en une ligne crispée. C'est mauvais signe. Elle a dû faire quelque chose de mal.

Elle se réveille dans son lit. Hedy est assise sur le bord, l'air inquiète. Le Dr Rowland, imposante silhouette aux bajoues flasques, pose une grosse main sèche sur le front de Ruby.

— J'ai donné un sédatif léger à ta mère, explique-t-il à Hedy.

Ruby voudrait lui parler de son traitement, des maux de tête et des frayeurs qu'elle éprouve, mais elle a la gorge sèche. Les phrases ne veulent pas se détacher de sa langue pâteuse. Le martèlement s'est apaisé dans sa tête et la chambre est plus jolie que dans son souvenir, d'un jaune doux et vaporeux. Hedy est un ange baigné de lumière dorée. Ruby voudrait serrer sa fille dans ses bras, enlacer ses épaules anguleuses, effacer les plis sur son front soucieux. « Tu es mon ange, et je te demande pardon de ne pas te le dire assez souvent », a-t-elle envie de lui susurrer.

— Quoi ? demande Hedy en ramenant une mèche derrière son oreille et en se rapprochant d'elle. Tu as dit quelque chose, maman ?

Ruby ferme les yeux et s'abandonne à l'épuisement.

10

— Qui aurait cru qu'il puisse y avoir un été dans un pays aussi pluvieux ! soupire Betty en agitant son éventail japonais, des fanfreluches rouges et dorées frôlant son nez. Et très chaud, qui plus est ! Puis-je apporter un pichet de mon cocktail maison ce soir ?

— Oui, merci, répond Ruby. Sandy prépare une salade de pommes de terre et Joyce un cake aux pommes. Les gens sont adorables.

— Nous sommes là pour toi, Ruby, dit Betty en lui touchant le bras. Nous nous faisons toutes du souci.

Ruby déglutit.

— Il ne faut pas. Je vais bien. Comme tu peux le voir.

— Peut-être que le Miltown ne te réussit pas… Je connais plusieurs cas…

— Oui, c'est sans doute ça, la coupe Ruby en dégageant son bras de la main de Betty. Un simple malaise. Ça ne se reproduira pas.

— Ne sois pas embarrassée, reprend Betty en souriant. C'est comme ça ici. On vit les uns sur les autres. Pas de petits secrets coupables, tout se sait. Mais on est aussi là pour s'entraider.

Trois mois. Ruby inscrit chaque jour un petit trait noir

sur une des pages blanches à la fin de son agenda, les coche par séries de sept et additionne les semaines par lots de quatre, comptabilisant les jours et les mois jusqu'au moment où ils pourront enfin quitter cet endroit pour rentrer aux États-Unis ou partir ailleurs. N'importe où plutôt qu'ici. Le Dr Rowland a modifié son ordonnance après l'incident. « Une dépression nerveuse exacerbée par une surdose de Miltown », a-t-il diagnostiqué. Les maux de tête se sont espacés et atténués. Elle a toujours des vertiges et la peur reste lovée dans son ventre comme un serpent, mais elle n'en parle ni à Todd, ni au Dr Rowland. De crainte qu'on ne lui supprime les cachets.

Quand elle s'est réveillée de son sommeil sous sédatif, c'était la nuit et Todd avait remplacé Hedy au bord du lit.

« Merde, Ruby. Ta scène d'aujourd'hui aurait pu me coûter mon poste. »

La lumière dorée avait disparu. La chambre était plongée dans une pénombre lugubre. Ruby avait un goût amer dans la bouche. L'après-midi lui revenait par bribes : sa migraine, la longue volée de marches, les quatre hommes descendant d'une voiture.

« Klaus Haugwitz, a-t-elle murmuré. C'est un nom allemand, non ?

— Quoi ?

— Je pensais que les nazis étaient nos ennemis.

— C'était une autre guerre, ma chérie, a répondu Todd d'un ton las. À moins que tu ne l'aies oublié, nous avons un nouvel ennemi. Nous nous battons contre les Russes. Les Allemands sont dans notre camp. »

Il s'est allumé une cigarette d'une main tremblante et a recraché une volute de fumée.

« La moitié des Allemands, du moins. Le Dr Haugwitz est un chercheur réputé. C'est une chance de l'avoir.

— Pardon », a-t-elle murmuré.

Todd a hoché la tête en continuant de fumer, le regard détourné.

« Nom d'un chien, a-t-il marmonné en plaquant son visage dans ses mains. Tu m'as fait peur, Ruby. Tu m'as fichu une sacrée trouille. Je ne pourrais pas m'en sortir sans toi. Dis, tu sais ça ?

— Oui, et moi non plus. »

Elle a tendu la main vers lui, mais ses doigts sont restés suspendus dans le vide car Todd s'est levé brusquement.

« Je t'aime », a-t-elle murmuré dans son dos.

Todd s'est posté devant la fenêtre, encerclé par des rubans de fumée.

« Quelle heure est-il ? a-t-elle demandé en se relevant péniblement sur un coude. Et Christopher… Il faut que je me lève… ça doit être l'heure de son bain… son corset… »

Todd a secoué la tête. Les épaules contractées, il a écrasé sa cigarette.

« Ne bouge pas. Tu dois te reposer. Hedy peut l'aider. »

Ruby n'a pas été à la hauteur. La déception s'entendait dans la voix de son mari. Elle aurait voulu prendre sa main et la porter à ses lèvres, implorer son pardon, mais il n'était plus là.

Les enfants ont obtenu l'autorisation de se coucher plus tard pour participer au barbecue. Ils se sont faits chics. Christopher embaume le savon Camay et ses cheveux sont encore humides. C'est Todd qui a eu l'idée d'organiser une petite fête pour présenter un front uni, montrer à tout le monde que Ruby va bien. Le colonel Anderson était d'avis qu'il fallait couper court aux rumeurs et faire comme si de rien n'était.

Ruby va ouvrir aux premiers invités. Hank pénètre dans le vestibule, un bouquet d'œillets dans une main et un carton de bières dans l'autre.

— Ça me fait tellement plaisir de te voir ! dit-elle en l'embrassant. C'est gentil de venir de bonne heure. Merci pour les fleurs, ajoute-t-elle en prenant le bouquet et en humant les pétales dentés. On est tous à l'arrière. Todd n'a pas arrêté de jardiner et de couper du bois, on croirait qu'il auditionne pour *Les Sept Femmes de Barberousse* !

— Il ferait un bon montagnard ! s'esclaffe Hank. Si tu veux, je vais mettre les bières au frais.

Pince à la main, Todd s'occupe du barbecue fumant. Il en est déjà à sa troisième Budweiser. Des odeurs d'herbe coupée et de viande grillée flottent dans l'air. Il flanque une tape amicale à Hank, tous deux allument une cigarette et trinquent avec leur bouteille de bière.

— Dis donc, t'as prévu pour un régiment ! commente Hank en contemplant les cuisses de poulet, travers de porc et steaks hachés alignés sur la grille.

— On a invité les habituels.

Arrivent ensuite Betty et Ed. Comme promis, elle tient dans ses bras un pichet de son cocktail maison. Elle entraîne Ruby dans la cuisine et leur sert deux verres du breuvage rose.

— Santé ! lance-t-elle en y goûtant. Même si c'est

moi qui l'ai fait, je dois dire que c'est diablement bon ! Comment te sens-tu ? s'enquiert-elle en affichant une mine concernée, la tête légèrement penchée.

— Très bien, merci.

Betty prend une nouvelle gorgée, ses lèvres laissant une trace orange sur le verre.

— Il faut sortir de la base. Tu es à l'étroit. Woodbridge est tout près en voiture, c'est vraiment typique. On y trouve d'authentiques maisons de l'époque élisabéthaine. À Ipswich, il y a Leman, une charmante boutique de vêtements féminins. Le grand magasin Footman est d'une taille à peu près comparable à ce qui se fait chez nous. J'ai emmené Scott nager aux anciens bains publics d'Ipswich et ensuite on est allés manger un *fish and chips*. Il était ravi. Tes enfants adoreraient. Ça vous dirait de nous accompagner ce week-end, toi et Todd ? Ed et moi prévoyons de passer la journée à Southwold, en emportant un pique-nique. C'est un peu plus loin sur la côte, il y a une vraie plage de sable.

— Quand je suis arrivée, répond Ruby en secouant la tête, tu m'as expliqué qu'il n'était pas nécessaire de quitter la base. Tu te souviens ? Tu m'as dit que l'Oncle Sam s'occupait de tout.

— Oui, certes… mais…

Ruby déglutit et s'oblige à regarder Betty droit dans les yeux.

— Ça nous convient de rester ici. Voyager n'est pas l'idéal pour Christopher. C'est inconfortable pour lui de rester assis dans une voiture ou dans un car. Il y a aussi le regard des gens.

— Oui, bien sûr, dit Betty en terminant son verre d'un trait. Tu es la mieux placée pour en juger.

— En effet. Bon, je vais proposer ce plateau de petits canapés aux invités.

Il y a beaucoup de monde dans le petit jardin. Les gens sont debout, certains fument, la plupart ont une bière à la main et une assiette de salade de pommes de terre et de viande grillée. Scott, Christopher et Hedy se sont réfugiés dans le séjour. La voix de Sinatra s'échappe par la fenêtre ouverte. Ruby craint que sa fille, plutôt maladroite, ne raye *Songs for Swingin' Lovers*, un trente-trois tours auquel elle tient beaucoup. Ed attrape Betty par la taille et la fait danser sur l'herbe, en fredonnant les paroles dans ses cheveux :

— *You make me feel so young !*

Ruby se crispe en voyant à quel point Betty s'amuse. Elle entend son père la sermonner en brandissant sa bible : « Car la jalousie et les rivalités mènent au désordre et à toutes sortes d'actions malfaisantes. » Elle se dépêche de s'éloigner, ramasse les assiettes sales et sourit à ses invités.

— Je vais perdre l'appétit si je dois voir ces visages noirs une seconde de plus ! confie Sandy à une autre femme dans un chuchotement peu discret. Des nègres invités à une fête ? Et puis quoi encore !

Wilson Lester et son épouse Jessie sirotent un verre, à l'écart des autres. Ruby lance un regard dédaigneux à Sandy et se dirige vers le couple d'un pas décidé, avec son expression la plus chaleureuse.

— Bonsoir ! Je suis ravie que vous ayez pu venir ! N'hésitez pas à vous servir, dit-elle en tendant la main vers le barbecue. Vous avez ce qu'il faut à boire ?

Jessie pose sa main sur son bras.

— Oui, merci, dit-elle. Votre fête est très réussie !

Ruby sent comme un mur de désapprobation dans son dos et sait qu'il émane d'un petit groupe d'invités, autour de Sandy. Elle adresse un sourire reconnaissant à Hank qui la rejoint auprès des Lester. Les mains chargées d'une pile d'assiettes sales, elle bavarde encore une ou deux minutes, puis les prie de l'excuser, l'air désolée. Avant de rentrer à l'intérieur, elle jette un dernier coup d'œil dans le jardin enfumé. Ed a délaissé Betty pour discuter avec quelques hommes réunis autour de Todd. À voir comment il gesticule et parle fort, elle comprend que son mari est ivre. Il s'est mis à boire depuis leur installation sur la base et, maintenant, c'est devenu systématique : il ouvre une canette dès qu'il rentre du travail et passe son temps à se lever du canapé pour aller se servir dans le frigo.

Elle met les verres dans le lave-vaisselle, jette les os à la poubelle et rince les assiettes. Elle ne sait pas comment se racheter après s'être comportée comme si elle avait perdu la tête. Todd et elle n'ont pas fait l'amour depuis l'incident. S'il n'est pas comblé à la maison, Ruby sait que traînent autour de la base des femmes comme Joan Brown, avec leur décolleté et leur regard gourmand.

— Besoin d'un coup de main ?

Se retournant, elle découvre Hank qui pose de la vaisselle sale sur le comptoir.

— Pas question ! proteste-t-elle en s'emparant de la pile et en lui faisant signe de déguerpir. Tu es là pour te détendre.

— Tout va très bien. Je préfère être ici.

— Ça se passe comment pour les Lester ?

— Mieux, ils parlent à d'autres gens. Je les ai laissés en pleine conversation avec les Jackson.

— Je pensais que la guerre avait mis fin à ce genre de préjugés racistes. Il y avait bien un escadron composé exclusivement de Noirs dans l'armée américaine, n'est-ce pas ? Et même originaires de l'Alabama, c'est dire !

— Oui, les aviateurs de Tuskegee. Une escorte de bombardiers. Des hommes courageux et de bons pilotes. Ils n'ont pas perdu un seul avion.

— Je pensais que ça serait différent ici. En plus, la décision de Truman remonte à des années. Tu sais, celle qui impose l'égalité des chances et de traitement dans l'armée américaine. C'est Todd qui m'en a parlé.

— Ouaip, et comme tu peux t'en douter, ça a provoqué un tollé. Malgré tout, la situation s'est améliorée pendant la guerre. C'est juste que les sudistes de la base voudraient en rester aux lois Jim Crow. La ségrégation style vieux Sud a la vie dure, lâche-t-il avec un soupir désapprobateur.

Des cris et des rires retentissent à l'extérieur. Tous deux se tournent vers l'embrasure de la salle à manger dont la fenêtre donne sur le jardin. Des silhouettes se tiennent autour du barbecue dans l'obscurité, quelques personnes dansent.

— Ça chahute un peu, observe Hank.

— La faute à Todd, malheureusement, soupire Ruby. Mais bon, il a sans doute besoin de se défouler.

— Je suis quand même assez surpris qu'il boive autant. Ça ne lui ressemble pas. Même entre les missions, Todd n'a jamais été un gros buveur. Il veillait à ce qu'on garde la raison. J'y ai souvent réfléchi, dit-il d'un ton pensif. C'est le type le plus courageux que je connaisse. Mais le courage n'est pas tout, c'est vraiment sa nature. Jamais rien ne le perturbe, hein ? Même pas se faire tirer dessus par les Boches.

— Je sais, murmure Ruby en se séchant les mains avec un torchon. Je suis fière de mon mari qui est un vrai héros. Le problème vient de moi, avoue-t-elle en baissant les yeux. C'est ma faute. Je l'ai déçu.

— Pourquoi tu dis ça ? s'étonne-t-il en la prenant par les bras.

Ruby relève la tête, déconcertée de le sentir si proche. Hank est à peine plus grand qu'elle, ils se regardent les yeux dans les yeux. Elle peut distinguer les minuscules cicatrices sur ses joues, vestiges de boutons d'acné depuis longtemps guéris.

— Je l'ai embarrassé l'autre jour, dit-elle d'une voix tremblante. Depuis qu'on s'est rencontrés, je sais que je ne suis pas assez bien pour lui. Je ne l'ai jamais été.

L'envie de pleurer lui noue la gorge. La voix de son père résonne dans sa tête : *c'est toi que le Seigneur aurait dû maudire, pas mon fils !*

— Chasse ce genre de pensées, Ruby. Todd a beaucoup de chance de t'avoir. Il est très amoureux de toi. Peut-être a-t-il besoin d'un peu de temps pour s'acclimater au travail dans un bureau ? Il est habitué, comme pilote, à être le héros. Quand on participe à un projet top secret, il faut apprendre à faire profil bas. Rester le plus possible dans l'anonymat. On n'est pas auréolé de gloire. Il finira par trouver ses marques.

Elle parvient à hocher la tête et s'écarte de Hank.

— Tu sais ce qu'ils font au juste dans les bunkers ? demande-t-elle en sortant un mouchoir. C'est quoi, tous ces trucs secrets ? Todd ne me dit rien.

— Je ne fais pas partie du programme, répond-il après avoir allumé une cigarette. Et même si je le savais, je n'aurais pas le droit de t'en parler.

— Oui, oui, bien sûr.

Ruby se sert encore un verre du cocktail de Betty et y porte les lèvres. Le goût de cerise et de vodka est écœurant, mais elle le boit malgré tout.

— J'ai entendu dire que les bunkers s'enfonçaient sous terre, reprend-elle. On m'a raconté qu'il y a des tunnels, un tas de tunnels, qui se prolongent directement sous le terrain d'aviation.

— Une personne qui aime fabuler ! s'esclaffe Hank. C'est vrai que les bunkers sont en partie souterrains. Mais je serais au courant s'il existait un réseau de tunnels.

— Les gens imaginent n'importe quoi pour satisfaire leur curiosité. Bon, conclut-elle en inspirant profondément et en s'accrochant au coude de Hank. Retournons auprès des invités.

— À votre service ! dit-il en tapotant sa main.

Ils sortent dans le jardin, enfin gagné par l'obscurité en cette longue soirée d'été. Les braises rougeoient sous la grille encore fumante. Les gens ont des gestes déliés et insouciants, les bouts incandescents des cigarettes volettent comme des lucioles. Des bribes de voix pâteuses viennent effleurer Hank et Ruby alors qu'ils circulent parmi les groupes de silhouettes sombres. Todd et Betty dansent dans les dernières lueurs du barbecue, se balançant l'un contre l'autre, bien trop serrés. Ruby sent son ventre se contracter. Ed les observe aussi, et le voilà qui s'approche, les sépare et tire sa femme par le bras. Mais Todd reste accroché à elle. Une curieuse lutte s'engage,

Betty écartelée entre les deux hommes. Puis Todd la relâche subitement et Ed rattrape sa femme qui vacille.

— Tu as trop bu, Delaney, grogne Ed.

Todd lui rit au nez.

— C'est défendu de s'amuser, Lansens ? On mérite bien ça, non ?

Betty reste bouche bée quand son mari, qu'elle tentait de calmer d'un geste apaisant, la repousse brutalement. Ruby voudrait atteindre Todd, mais n'arrive pas à accélérer le pas. C'est comme si elle marchait dans de la glu. Les deux hommes se toisent du regard, l'air mauvais. Betty est oubliée. Todd ramène l'épaule droite en arrière, le poing armé. Ruby retient son souffle. Mais Hank s'interpose juste à temps.

— Hé, Todd, viens donc à l'intérieur. On s'est à peine vus ce soir, mon ami.

Todd ne cherche pas à résister. Comme si la voix de Hank lui avait fait oublier le face-à-face. Il se détourne d'Ed d'un pas mal assuré.

Ruby suit les deux hommes dans le salon, la silhouette longiligne de Todd appuyée sur celle, trapue, de Hank. Elle s'en veut d'avoir négligé Christopher à cause de cette fête idiote, de ces gens ridicules. Elle a hâte qu'ils débarrassent le plancher. Dans la cuisine, Hank sert un verre d'eau à Todd.

— Je vais faire du café, dit-il à Ruby. Va t'occuper des enfants. Tout va bien, n'est-ce pas, mon pote ?

Il se penche vers Todd et porte le verre à ses lèvres.

Ruby trouve Hedy, Scott et Christopher dans le séjour, la lumière de la télévision se reflétant sur leurs visages. Christopher est installé à l'écart, bien droit, une pile de coussins dans son dos. Hedy et Scott sont vautrés par terre, un saladier posé entre eux, où il ne reste que des miettes de chips.

— Éteins la télé, Hedy.

Ruby aperçoit une bouteille de bière vide, se penche pour la ramasser.

— J'espère que vous n'avez pas bu d'alcool, Scott…

— Non, madame, répond-il en se relevant tranquillement.

— Je crois que tes parents vont y aller, dit-elle d'un ton brusque.

Elle s'empare du saladier et allume les lampes.

— Christopher, mon chéri, c'est l'heure d'aller se coucher. Tu dois être épuisé.

— Ça va.

Mais on sent que parler lui demande un effort. La lumière du plafonnier dévoile ses traits tirés et les cernes sous ses yeux. Quand elle se penche pour le redresser, il tremble de tout son corps.

— Laisse-moi t'aider, mon chéri, murmure-t-elle. Je suis vraiment désolée. Je n'aurais pas dû te laisser ici aussi longtemps.

Scott s'attarde près de la porte. Avec ses longs os parfaitement droits, il insupporte Ruby. Son regard paresseux et sa moue ironique ne lui inspirent pas confiance. Elle ne veut pas qu'il voie Christopher quitter la pièce en marchant de travers.

— C'est l'heure d'y aller, Scott, lance-t-elle sèchement. Il est tard.

— On se verra en classe, Hedy, lâche-t-il d'un air nonchalant.

Et il s'en va d'un pas tranquille, en sifflotant.

Ruby ressort de la chambre de Christopher et referme délicatement la porte quand elle aperçoit Hank qui émerge de la sienne.

— Todd s'est écroulé. Je l'ai déshabillé.

— Merci, murmure-t-elle. Tu me sauves la vie.

— Ce n'est pas grand-chose, dit-il en se rapprochant. À ta place, j'irais aussi dormir. Tout le monde est parti, tu dois être claquée.

— Oui, ce n'est pas faux.

Ni l'un ni l'autre ne bouge. Le silence s'intensifie. Ruby entend les bruits qui se cachent derrière : le souffle s'échappant du corps de Hank, les bruits de succion de sa langue. Elle doit à tout prix rompre ce moment avant qu'il ne bascule dans l'irréparable. Mais la main de Hank se pose sur sa taille, puis ses lèvres effleurent sa joue. Sa bouche s'attarde, elle sent sa barbe naissante contre sa peau. Elle s'écarte brusquement.

— Eh bien…, dit-elle en se touchant les cheveux. Bonsoir, Hank.

Elle a conscience que sa voix est trop forte, trop enjouée.

— Oui, il se fait tard, répond-il, baissant les yeux et se caressant le menton. Bonsoir, Ruby.

Elle attend dans le couloir que la porte d'entrée se referme. Une fois de plus, Hank est venu à son secours. Comme un soir, il y a des années, sur une autre base aérienne. Elle se revoit à la descente du « camion de la passion », rajustant l'encolure de sa robe et vérifiant sa coiffure. Le ciel était étoilé, un vent piquant balayait la plaine sombre, mais elle ne le sentait pas. L'anxiété la réchauffait tout entière. C'était leur troisième rendez-vous et Todd était censé l'attendre à l'arrivée.

« Hé, Ruby ! »

La voix de Hank l'avait fait sursauter et se retourner.

Alors qu'elle s'apprêtait à sortir de la ferme, Ernest lui avait tordu le bras de sa poigne de fer.

« Le Yankee est pas encore lassé de toi ? avait-il craché d'une voix sifflante en approchant son visage du sien. Ça vaudrait peut-être mieux, Ruby. Si ça va plus loin, faudra que tu lui dises la vérité. Sur la famille. Sur moi. »

Ruby avait réussi à se dégager. Son frère était jaloux. Mais maintenant qu'elle était là, elle ne devait plus penser à Ernest, ne pas le laisser tout gâcher entre elle et Todd.

Les autres filles se dirigeaient vers le hangar, bras dessus, bras dessous. Les robes virevoltaient sur les hanches et des rubans de respiration s'élevaient dans l'air.

« J'attends Todd, avait-elle expliqué à Hank. On devait se retrouver ici. »

Elle avait observé la silhouette obscure des bombardiers garés et les petits groupes de militaires. La flamme d'une allumette apparaissait ici et là, l'extrémité des cigarettes rougeoyait. De la musique s'échappait du hangar ; elle avait reconnu l'air de « Chattanooga Choo Choo ». Elle était pressée de retrouver la salle éclairée, de plonger dans le joyeux tapage de l'orchestre, de virevolter entre les bras de Todd, sa main posée dans son dos. Mais Ernest avait peut-être raison : le bel Américain s'était peut-être lassé d'elle. Il ne viendrait pas. Hank était là pour lui annoncer la mauvaise nouvelle.

« Todd a été retenu, avait-il dit. Il m'a demandé de t'escorter à l'intérieur. »

Elle avait cessé de triturer sa robe et avait souri.

« Désolée. Je suis un peu nerveuse. »

Il avait glissé son bras dans le sien et tapoté sa main.

« Tu n'as aucune raison de l'être. Je veille sur toi. »

Ils avaient marché vers la musique, les rires et le cliquetis des verres.

« Todd t'a dit qu'on en pinçait tous les deux pour toi ? lui avait demandé Hank. C'est bien une expression d'ici, non ? »

Il avait sorti ça en riant. Elle avait cherché à voir son visage dans la pénombre. Il devait plaisanter.

« Sérieusement ?

— Tout à fait. »

Il s'était arrêté et avait pris un paquet de Camel dans sa poche. Il en avait sorti une cigarette, l'avait protégée de sa paume incurvée et avait gratté une allumette d'un coup de poignet.

« On a joué à pile ou face pour savoir qui te proposerait d'aller au bal, avait-il dit après avoir tiré une longue bouffée. Todd a eu plus de veine. Comme toujours.

— Tu plaisantes ? » avait répondu Ruby, incrédule.

Hank avait expiré une nouvelle volute.

« Je ne plaisante jamais au sujet de la guerre et de l'amour. Allons, avait-il repris en lui caressant la joue, ne fais pas cette tête ! J'aurais mieux fait de me taire, mais je voulais juste que tu saches qu'il existe un autre gars qui t'aime.

— Je n'avais pas idée…

— Oublie ça, avait-il ajouté avec une jovialité forcée qui n'avait pas échappé à Ruby. Il n'y a pas mort d'homme, hein ? »

Il avait tiré encore une fois sur sa cigarette, avant de la jeter au sol et de l'écraser sous son talon.

« Regarde-moi cette lune ! avait-il dit en penchant la tête en arrière. C'est pas un bel endroit ? Par une nuit comme celle-ci, j'en oublie la prochaine mission. »

Ils étaient restés là, figés dans l'obscurité. Les voix et la musique paraissaient lointaines. Il n'y avait qu'eux deux sous l'immense ciel bleu nuit, verglacé d'étoiles. Ruby sentait les battements de son cœur dans ses tempes. Hank et Todd étaient les meilleurs amis du monde depuis des années, bien avant de la rencontrer. Ils partageaient, dans le ciel glacial, des expériences épouvantables dont elle ne saurait jamais rien. Un frisson l'avait parcourue.

« Dis donc, tu es gelée et moi je pérore comme si de rien n'était ! Il faut qu'on te mette au chaud ! »

Il avait posé les mains sur ses bras et frotté vigoureusement l'étoffe du manteau pour la réchauffer. Elle avait apprécié la gentillesse de son geste et la tiédeur qui gagnait sa peau. Comme il était moins grand que Todd, elle n'avait pas eu à se mettre sur la pointe des pieds pour atteindre sa bouche. Elle avait fermé les yeux. Les lèvres de Hank étaient fraîches. Il avait un goût de nicotine. Prenant conscience de ce qu'elle faisait, elle s'était sentie défaillir. Elle avait voulu s'écarter, mais les bras de Hank lui enserraient la taille. Elle avait plaqué ses paumes sur son torse et poussé vivement. Il l'avait relâchée, la rattrapant par le coude quand elle avait trébuché en arrière.

« Ça faisait longtemps que j'en rêvais », avait-il dit en battant des paupières.

Le souffle court, tripotant la fermeture de son sac à main, elle s'était sentie incapable de le regarder en face.

« Tu sais, Ruby, si j'avais lancé la pièce autrement, ce

serait toi et moi qui sortirions ensemble, avait-il observé à mi-voix. Le beau gosse, c'est Todd, mais l'ambitieux, c'est moi. »

Ruby s'était remise à marcher dans l'herbe boueuse, ses talons se prenant dans les touffes. Elle s'était essuyé la bouche. Où avait-elle la tête ? S'imaginait-elle que Hank avait droit à un lot de consolation ? Ce baiser serait toujours là, un petit mensonge entre elle et Todd.

Les mains luisantes de crème, Ruby se glisse à côté de son mari. Il ronfle, allongé sur le dos. Au clair de lune qui s'infiltre entre les rideaux, ses traits sont granuleux et monochromes, une star de cinéma en noir et blanc. Il est beau comme Burt Lancaster. Son visage endormi est fermé, distant comme celui d'un acteur du grand écran. Ses paupières s'agitent. Elle pose sa paume collante sur son front et tressaille quand il ouvre soudain les yeux. Il plisse les paupières pour la distinguer dans la pénombre.

— Pardon, Ruby, bafouille-t-il. J'ai fait le con.

— Mais non, dit-elle en se penchant vers lui.

— J'ai… j'ai fait quelque chose de mal.

— Ce n'est pas grave, chéri…

Mais Todd sombre à nouveau et lui tourne le dos en marmonnant. Il plie les genoux et se met en position fœtale.

— On a eu tort de venir en Angleterre, murmure-t-elle à sa silhouette endormie. Je savais que c'était une erreur.

Todd a déjà enduré les horreurs d'une guerre. Elle repense au jour où elle a compris quelle force il lui avait fallu rien que pour ne pas sombrer dans la folie.

Elle avait vu *Le ciel peut attendre* rentrer à bon port et dénombrait les autres B-17 quand le dernier était apparu à l'horizon, deux moteurs en feu, un panache de fumée noire dans son sillage. Debout au milieu d'un champ labouré, elle avait vu l'avion endommagé se figer, comme suspendu dans le ciel bleu hivernal, avant d'exploser. La détonation lui avait crevé les tympans. Elle s'était laissée tomber à genoux sur le sol, la tête cachée sous ses bras. C'était une pluie de débris métalliques et de morceaux de verre, de choses qu'elle ne parvenait pas à identifier. Persuadée d'être embrochée d'un moment à l'autre, elle avait soudain compris que des bouts de corps atterrissaient lourdement par terre, des jeunes gens déchiquetés comme des marionnettes et projetés dans les airs. La cruauté banalisée. Elle ne voulait pas se relever. Elle gardait le visage plaqué contre le sol humide, implorait le ciel et enfonçait ses doigts dans les mottes brunes comme pour s'y enterrer. Todd connaissait chacun de ces hommes, comme il en avait connu d'autres qui avaient été abattus au-dessus de l'Allemagne, ou dont l'appareil avait volé en éclats en traversant la Manche ou à l'approche du Norfolk, comme cette fois-ci, si près du but. Elle avait commencé à comprendre que faire face au danger et à la mort, cela s'apprenait. Todd avait acquis cette compétence. Mais sa guerre comme chasseur était un combat mené en l'air. Voilà qu'il doit se battre sous terre contre une chose invisible, avec des armes dont il ne peut rien dévoiler. Il travaille même avec des Allemands.

Ruby s'allonge à côté de son mari, en proie au vertige de l'incertitude et de l'inconnu. Elle voudrait parcourir un champ sous un ciel sans avion, s'y agenouiller, serrer la terre, matière bien réelle, entre ses doigts. Elle veut aimer son mari avec certitude, simplement, comprendre qui sont ses ennemis et comment les combattre.

11

Christopher a des lits superposés dans sa chambre. Il dort sur celui du bas – une barre métallique fixée en hauteur l'aide à se déplacer. Il ne peut ni se retourner, ni se mettre sur le côté. Avant de porter un corset, il adorait s'allonger sur le ventre, les membres déployés comme une étoile de mer, à faire des sons bizarres en plaquant sa bouche sur l'oreiller. Il a dû apprendre à sombrer dans le sommeil en arrière, privé de tout mouvement par l'étau de cuir et de métal. Hedy lui a raconté qu'au Japon les geishas sont aussi obligées de dormir sur le dos, la tête relevée par une cale en bois, parce qu'elles doivent garder plusieurs semaines leurs coiffures raffinées et compliquées et ne peuvent pas défaire chaque jour leurs cheveux noirs entortillés, épinglés et laqués. Du coup, Christopher a passé beaucoup de temps à regarder des photos de geishas : il est fasciné par leur teint pâle et leurs joues fardées, l'arc rouge parfait de leurs lèvres, le plissé des kimonos et leurs motifs somptueux. Ces femmes se déplacent aussi comme lui, à petits pas, la tête relevée de façon peu naturelle.

Maman n'a pas fermé les rideaux, il aperçoit quelques étoiles au-dessus de la cime des arbres. Incapable de dormir parce qu'il ne cesse de penser à la soirée et à Scott, il observe la nuit d'encre derrière la fenêtre. Son regard s'arrête sur la lune. Un jour, un homme y posera le pied et ça ne sera que le début. Il y a tellement de planètes et d'étoiles à explorer ! Christopher scrute les cieux à la recherche de la trace lumineuse d'un ovni. Il y a forcément de la vie ailleurs. Ce n'est pas parce qu'on ne voit pas quelque chose que ça n'existe pas. Parfois, c'est une certitude qui résonne très fort en lui, comme un appel ou un accès de nostalgie. Il se demande si c'est ça dont papa s'occupe au bunker, si l'armée américaine n'aurait pas établi le contact avec des extraterrestres. Peut-être des discussions ont-elles lieu en ce moment même entre les militaires et des visiteurs d'une autre étoile. Peut-être le disque dans la forêt protège-t-il l'endroit où on les abrite. Cette pensée lui donne un frisson d'excitation.

Mais son esprit retourne encore une fois à la soirée, quand ils étaient tous les trois dans le séjour : les assiettes de poulet grillé, les bavardages insignifiants des adultes derrière la vitre, Hedy à genoux en train de fouiner parmi les trente-trois tours de maman. Christopher voudrait revivre un moment précis, l'instant où Scott s'est avancé pour l'aider à s'installer dans le fauteuil profond. Il l'a tenu par la main et l'a fait asseoir doucement. Leurs paumes se touchaient. Il a perçu, quand Scott supportait son poids, la contraction des muscles de son épaule et le tremblement de son biceps. Après, Christopher était trop troublé pour se concentrer sur la télé. Tranquille derrière les deux autres, il pouvait observer Scott à loisir et rêver d'avoir la même silhouette longue et déliée, de connaître lui aussi cette grâce facile, celle d'un corps en bonne santé et vautré par terre. Mais il ressentait autre chose encore, une émotion qu'il s'en voulait d'éprouver, qui lui donnait chaud aux joues. Il avait envie de poser ses lèvres sur celles de Scott.

Christopher se concentre sur les étoiles scintillantes, guettant l'apparition d'une plus grosse lumière qui viendrait lui changer les idées. Une vague de culpabilité le submerge. Il ne doit pas avoir ce genre de pensées. Un garçon ne peut pas avoir des sentiments pareils pour un autre garçon. Que dirait papa s'il l'apprenait ? Comment réagirait Scott ? Christopher repense au papier qu'on a épinglé sur son chandail – *monstre*. L'envie de bouger le démange. Mais son corps est captif. Emprisonné. Son esprit se réfugie dans le cahier posé sur le bureau, dans la nouvelle histoire qu'il a commencée. C'est son échappatoire. Quand il est occupé à imaginer une intrigue, il vit sur une autre planète, très lointaine. Son héros est un jeune garçon que des extraterrestres ont kidnappé pour le ramener dans leur monde agonisant car lui seul pourra sauver leur race menacée d'extinction. Il se remémore les dernières phrases et réfléchit à ce qui doit arriver ensuite. Il imagine les feux du vaisseau spatial qui clignotent, rouge et vert. Le héros, c'est lui. Il flotte tout là-haut, loin d'ici, loin du corset où son corps dépérit, car le vrai Christopher voyage d'étoile en étoile, s'entretient avec des créatures d'une intelligence supérieure et sauve des mondes.

12

Hedy est réveillée de bonne heure par les parents qui se disputent. Elle se retourne paresseusement, des bribes de phrases étouffées parviennent à ses oreilles depuis la chambre voisine, les voix de papa et de maman flottent dans l'air, puis elle comprend soudain l'enjeu. Elle s'extirpe aussitôt des draps et se met à genoux sur le matelas, aux aguets, comme une louve. Maman n'a pas envie d'y aller, mais papa insiste. Il s'agit d'aller passer la journée à Southwold en compagnie des Lansens.

— On va devenir dingues à toujours rester enfermés, Ruby. Hank a dit qu'on ne risquait rien à sortir en ville, on peut bien aller à la plage.

— Avec eux ? Tu proposes qu'on passe la journée ensemble, après ce qui s'est passé hier soir ?

— Rien de très grave. J'avais trop bu. Raison de plus pour se réconcilier grâce à cette sortie. Ed et moi faisons partie de la même équipe. Nous devons préserver une bonne entente. Le programme est plus important que nos petites personnes…

Hedy ne parvient pas à distinguer la suite. Elle plaque son oreille contre le mur, croit entendre maman qui pleure, puis un silence.

— Christopher ne risque rien si on est là…

La voix de papa est douce, Hedy doit se concentrer pour comprendre ce qu'il dit.

— Une sortie en famille. T'en dis quoi ? Allez, chérie. Je dois te supplier à genoux ?

Hedy retient son souffle, attend la réponse. Elle est tentée de se faufiler dans le couloir pour espionner à la porte de la chambre des parents, mais papa arrive.

— Aide ton frère à se préparer, dit-il en ouvrant les rideaux. On va passer la journée à la plage.

— Vite, lève-toi ! lance-t-elle à Chris. Devine quoi ? On va se promener avec papa et maman. On va à la mer ! Scott sera là aussi.

Chris ne manifeste pas l'enthousiasme auquel elle s'attendait. Dès qu'il agrippe fermement la barre métallique, elle se penche pour le soulever et il fait basculer ses jambes vers le sol. Un grognement d'effort et le voilà debout. Elle s'assied au bord du lit pendant qu'il est aux toilettes. À son retour, elle s'agenouille pour lui passer les pieds dans un caleçon propre, veillant bien à détourner le regard quand elle l'aide à l'enfiler par-dessus la ceinture du harnais. Elle se fait la réflexion qu'il ne doit pas y avoir beaucoup de filles de douze ans qui voient leur frère nu d'aussi près.

— Tu es sûr que tu veux mettre un pantalon ? Ça va cogner.

Il fait oui de la tête. Elle sait que c'est parce qu'il a honte de ses jambes maigres. Il lève docilement les bras pour qu'elle lui enfile son tee-shirt. Elle sent sa joie retomber l'espace d'une seconde, songeant que Chris, lui, ne pourra pas nager. Des grains de sable se glisseront dans le corset, ça le grattera et il aura trop chaud. Mais ce n'est pas sa faute, et elle a le droit d'être tout excitée, pressée de humer l'air salé et de sauter dans les vagues de la mer.

Maman prépare le pique-nique dans la cuisine. Elle coupe des rondelles de tomates qu'elle dispose avec du corned-beef sur des tranches de pain. Ses doigts sont agiles et rapides. Elle porte une robe bain de soleil verte et des boucles d'oreilles assorties.

— Je vous laisse vous débrouiller pour le petit déjeuner, dit-elle sans relever la tête.

Le dos tourné, elle continue de manier son couteau, emballe les sandwichs dans du papier paraffiné. Ses yeux rougis et ses traits marqués n'ont pas échappé à Hedy qui, le regard fixé sur son bol de céréales, verse trop de lait. « Les autres cherchent à tout gâcher, pense Hedy. Mais je ne vais pas les laisser faire. Ça va être une belle journée. Vraiment super. »

Les deux familles voyagent en convoi, les Lansens en tête. Scott se retourne pour leur adresser un sourire narquois par la vitre de la Chevrolet. Hedy et Chris sont installés à l'arrière de la Buick Roadmaster de papa, laquelle n'a pas subi la moindre égratignure au cours du transport depuis les États-Unis.

— Sortie des mêmes usines où l'on fabrique le chasseur Mustang P51, murmure Chris à l'oreille de Hedy en imitant le ton de papa, sourcils écarquillés.

Ravie qu'il se laisse enfin gagner par l'ambiance, Hedy chuchote à son tour :

— Ah bon ? Tu m'en diras tant !

Au moment de franchir le poste de garde, Hedy colle son nez au carreau pour voir la sentinelle.

— On s'est enfin évadés ! s'écrie-t-elle en flanquant un coup de coude à Chris.

— C'est pas trop tôt ! lance papa par-dessus son épaule, maniant le volant de ses grandes mains.

— Exact, mon capitaine ! répond Hedy en mimant un salut militaire.

Elle se demande si papa imagine parfois en conduisant qu'il est aux commandes de sa Flying Fortress. Elle est fière de lui et se sent en sécurité, certaine qu'il saurait les protéger en toutes circonstances. Elle observe l'arrière de sa tête, la lumière qui transperce l'arcade délicate de ses oreilles en dévoilant un gribouillis rose sous la surface, des tourbillons de sang caché.

Quand maman baisse sa vitre, Hedy s'emplit avidement les poumons d'une bouffée d'air chargé d'odeurs de macadam brûlant, de terre sèche et de cochons en liberté. Maman se noue un foulard sur la tête et glisse quelques mèches rebelles sous la soie orange.

— Il fait assez chaud à ton goût ? crie papa pour se faire entendre par-dessus le courant d'air et la circulation. C'est le jour où aller à la plage !

— Il fait quand même moins chaud que dans l'Iowa ! rétorque Hedy.

Papa éclate de rire.

— Nulle part il ne fait aussi chaud que dans l'Iowa !

Il se penche pour déposer un baiser sur la joue de maman et elle se met à rire elle aussi, avec ce bruit adorable de clapotis qu'on ne lui a plus entendu depuis longtemps. Folle de bonheur, Hedy s'approche du bord de son siège et passe les bras autour du cou de papa. Surpris, il dévie vers le centre de la route. Maman pousse un cri.

— Hé ! Attention, princesse ! dit papa d'un ton indulgent. Tu aurais pu nous tuer tous !

Il détache une main du volant pour serrer ses doigts affectueusement. Hedy se laisse aller contre son dossier, chérissant au fond de son cœur le plaisir coupable d'être sa préférée. Ça faisait une éternité qu'il ne l'avait pas appelée « princesse ».

En tournant difficilement la tête, Chris observe la campagne qui défile sous ses yeux. Hedy sait qu'il s'imprègne du moindre détail et mémorise tout : le long groin des cochons et leur ventre glabre, les oiseaux qui s'envolent des haies enchevêtrées, un couple sur un tandem ; la femme à l'arrière, chapeau rouge et jambes bronzées, les salue d'un geste quand la Roadmaster les dépasse.

La plage est une vaste étendue jaune où reposent une dizaine de barques de pêcheurs, comme jetées là par une tempête. Il y a une foule de vacanciers : des enfants léchant leur glace, des hommes allongés sur des transats, le maillot de corps déformé par la bedaine et le visage rouge comme une écrevisse, des femmes agenouillées sur des couvertures, qui servent du thé gardé au chaud dans une Thermos, tendent des serviettes à leurs bambins dégoulinants ou chassent les chiens.

Papa part devant avec Ed, Betty et Scott, les bras chargés de nattes, de paravents, de la glacière et du parasol. Hedy voudrait se précipiter pour voir la mer avant les autres, s'emplir les yeux du spectacle, mais elle doit aider maman qui s'occupe de son frère. Les pieds de Chris peinent à trouver un appui sur le sable fluide. Sa façon de marcher, qui rappelle Robby le robot, ne passe pas inaperçue. Les gens se retournent et chuchotent, observent sa colonne vertébrale rectiligne et la mentonnière qui dépasse du tee-shirt. Hedy lance des regards noirs aux visages curieux.

Quand ils atteignent enfin l'emplacement choisi pour pique-niquer, Scott est déjà en maillot de bain. Le soleil confère un éclat doré aux poils de son grand corps bronzé. Tout d'un coup, il a l'air plus âgé. Hedy baisse la tête et se déshabille à toute vitesse, ayant déjà enfilé son maillot en dessous.

— Le premier à l'eau ! s'écrie-t-elle.

Ses pieds martèlent le sable sec puis des galets humides, elle se jette dans la première vague et se laisse entraîner vers le fond, saisie par le froid. La mer la tient dans sa poigne verte. Elle bat des pieds pour remonter vers la lumière, s'emplit les poumons d'oxygène dès qu'elle ressort à la surface. Scott est juste à côté. Il secoue la tête, des gouttelettes volant de ses mèches, s'ébroue comme un cheval et s'apprête à se jeter sur elle, la main tendue vers son visage. Elle l'esquive et nage vers le large, tournant le dos au rivage et à la figure ovale de son frère, à sa silhouette prisonnière d'un fauteuil pliant installé à l'ombre d'un parasol, les adultes à ses pieds sur des serviettes.

Hedy et Scott font la planche, ballottés au gré de la houle. Des mouettes planent dans le ciel, fouettant l'air de leurs longues ailes. Hedy distingue leurs pattes incurvées qui font penser au train d'atterrissage des avions.

— Qu'est-ce qu'elle a ta mère ? demande Scott.

— Rien.

— Ma mère dit qu'elle fait une dépression nerveuse.

— Je ne sais pas de quoi tu parles.

Hedy se retourne et nage vers la plage en battant très fort des pieds pour essayer de lui envoyer de l'eau salée dans les yeux. Ses mains creusent un sillon vers l'avant, la propulsent à travers les flots. Elle-même se fait du souci pour maman, mais ne veut surtout pas que Scott le sache. Récemment, elle l'a découverte qui se tenait seule dans le jardin, contemplait la forêt par le grillage et bougeait les lèvres, comme si elle parlait à quelqu'un. La sensation que procure cette eau n'a rien à voir avec la piscine, elle oppose une résistance, se tortille et s'entête comme un animal énergique, comparable peut-être à un phoque. Il faudra que Hedy trouve les mots justes pour le décrire à Christopher. Elle ne voit pas le fond, ni même ses mains qui fendent la vague suivante. Alors qu'elle ne s'y attend pas, ses genoux heurtent le sol et s'éraflent sur des rochers. Elle rampe, tirée par les vagues dans un sens puis dans l'autre, et parvient à s'extraire de l'eau. Sortis de l'apesanteur magique, ses membres lui paraissent lourds. Pantelante, elle atteint l'îlot de serviettes de plage et se laisse tomber, toute dégoulinante, à côté de son frère.

— Tu t'es écorché les genoux, note maman d'un ton crispé.

Hedy s'enveloppe dans une serviette et se penche pour attraper une pomme dans un panier.

— Ça fait pas mal.

Elle déplie le canif de papa et épluche le fruit, détachant de longs rubans verts. Elle ignore Scott qui revient, ses grands pieds ensablés, et raconte qu'il a vu une méduse. Elle découpe la pomme en quartiers et tend le premier à Christopher. Elle croque dans le sien. Ses égratignures la piquent un peu plus maintenant que le sel sèche au soleil. Elle crache sur ses genoux, regarde rosir les bulles de bave avant de les essuyer.

— Tu veux aller mettre les pieds dans l'eau, Chris ? propose-t-elle à son frère. Dis, maman, il peut, hein ? Si je l'accompagne ?

Coincé sur son siège, Christopher a l'impression d'être un arbitre à un match de tennis. Il doit sans cesse tourner la tête à droite et à gauche pour glaner quelques détails de cette journée qui appartient aux autres. Plissant les paupières, il a pu apercevoir sa sœur et Scott qui se laissaient porter par les vagues. Betty est allongée par terre, vêtue d'un maillot deux pièces. Ses seins sont comprimés, la peau de sa gorge est parsemée de taches de rousseur et froissée, comme un mouchoir que l'on aurait roulé en boule puis déplié. Il détourne le regard quand elle se relève pour s'appliquer de la crème solaire sur les épaules. L'odeur lui rappelle celle d'un steak sur le gril. Heureusement que maman, elle, a une tenue décente, un maillot une pièce et une jupe. De retour de sa baignade, Hedy rapporte un parfum iodé. Essoufflée et mouillée, elle a les genoux marbrés de sang. Il y a dans ses yeux cette colère sauvage que Christopher connaît si bien. Elle épluche une pomme avec une concentration rageuse, puis lui propose d'aller tremper ses pieds. Il la suit et remarque l'écume qui forme comme un filet sur le sable humide, emprisonnant dans ses mailles des petits cailloux et de minuscules crabes morts. Il l'enjambe délicatement. L'eau glaciale effleure ses orteils. Il se tient au bord comme un vieillard ou un bambin, les jambes du pantalon retroussées, Hedy à ses côtés. Ça n'a rien à voir avec ce qu'il imaginait quand il se voyait pénétrer dans la mer. Il s'étonne de sentir le sable ondulé qui se déplace, tour à tour dur et mou, formant des creux qui se remplissent ensuite sous la courbure de ses pieds. Il ne s'attendait pas à la force du reflux, cette traction sur ses talons, ni à sentir les vaguelettes lui lécher les pieds comme une langue. Il veut éprouver pleinement les choses, ne laisser échapper aucun détail, mais n'y parvient pas. Il n'arrive pas à oublier que Scott est là, allongé sur une natte quelque part derrière lui. Aux yeux de Scott, il n'est probablement qu'un infirme qui vacille dans dix centimètres d'eau, avec ses chevilles décharnées et sa colonne vertébrale difforme.

— Je veux retourner m'asseoir, dit-il à Hedy, plus sèchement qu'il ne l'aurait souhaité.

Après le déjeuner, les hommes et Betty allument des Chesterfield, le ciel se voilant des volutes de fumée. Maman est aux petits soins, elle déplace le parasol pour que Christopher ne soit jamais au soleil. Au-delà des contours de l'ombre, l'étendue d'océan et de ciel forme une trouée lumineuse. Il en a le cœur lourd. À gauche, on entend la musique d'un manège et le chahut des attractions au bout de la digue.

— Qu'est-ce qui est arrivé à l'extrémité de la jetée ? demande Hedy. On dirait qu'il en manque un bout.

— Euh ? dit Ed en se grattant la tête. Je crois me souvenir qu'une tempête en a emporté un morceau l'année dernière. Faut croire qu'on n'a pas encore obtenu les fonds pour la réparer.

Scott se lève et s'étire. Il sort une batte de softball d'un sac et l'agite en direction des autres.

— Qui veut faire une partie ?

Ed, Scott, Hedy et papa tracent les limites du terrain. Quelques instants plus tard, deux hommes et trois enfants se joignent à eux. Christopher observe les contours flous de la balle qui s'envole, le jaillissement des joueurs qui courent d'une base à l'autre. Papa et Ed sont plus pâles que les autres. À force de rester enfermés dans leur bunker, suppose Christopher. Une fois encore, il se demande ce qu'il peut bien y avoir dans les pièces souterraines dépourvues de fenêtres. Il aimerait s'évader en pensant aux extraterrestres, à l'histoire qu'il est en train d'écrire, ou en griffonnant dans son cahier, mais il a trop chaud et ne peut s'empêcher de contempler Scott en maillot de bain, qui pousse un cri et brandit un poing victorieux après avoir frappé un coup de circuit.

— Bravo, Scott ! lance Betty en applaudissant. Tu vois, Ruby ? Ils s'amusent tous comme des petits fous !

— Peut-être, répond maman du bout des lèvres, mais la plage n'est pas idéale pour tout le monde.

— Voyons, Christopher s'amuse aussi. N'est-ce pas, mon chéri ? Il n'y a pas besoin de se baigner ou de courir sur la plage pour se plaire à la mer.

Betty tourne ses yeux d'insecte vers lui et il voit dans les verres le reflet de sa mine honteuse.

— Il n'est pas sourd, Betty…

La partie est terminée. Papa prend Scott par l'épaule et le félicite :

— T'es un sacré lanceur, mon garçon ! On te doit la victoire !

— C'est juste la chance.

Le visage en nage, Scott a l'air ravi. Il prend la bouteille de Coca que lui tend sa mère et boit goulûment.

— Petit, il y a un temps pour la modestie. Et ce n'est pas maintenant !

Papa ébouriffe affectueusement les cheveux de Scott. Christopher n'en peut plus, il détourne la tête pour ne plus les voir appuyés l'un contre l'autre ni l'expression niaise de papa. Ce n'est pas la faute de Scott si papa rêve d'avoir un fils exactement comme lui.

— Tiens, dit Scott en posant une main moite et chaude sur l'épaule de Christopher. Tu n'as qu'à la finir, mon gars.

Christopher porte la bouteille à ses lèvres, le verre heurtant ses dents alors que la dernière gorgée s'écoule dans sa bouche. Le soleil est bas dans le ciel. L'eau a perdu son bleu étincelant de l'après-midi, la mer a viré au gris-brun. La brise se lève et projette des rafales de sable qui picotent les chevilles ; des grains se répandent sur les restes de sandwichs et viennent se loger dans les yeux avant qu'on puisse ciller. Christopher a mal au cou, c'est un gros effort de rester assis aussi longtemps. Sa colonne vertébrale l'élance. Il adresse un regard implorant à maman qui opine du chef et commence à rassembler les affaires.

— Ça vous tente d'aller voir la jetée de plus près ? propose Ed. Y a-t-il des amateurs de barbe à papa ?

Christopher sent une boule d'angoisse dans sa gorge. Il aimerait vraiment rentrer à la maison.

— Non, je suis claqué, dit Scott.

Il reste allongé, sa casquette de base-ball posée sur le visage. À croire qu'il a lu dans les pensées de Christopher.

— Dis, maman ? demande Hedy en roulant une serviette. On est loin du Norfolk ?

Maman, qui remballe le pique-nique, se fige et lui décoche un regard menaçant.

— J'ai regardé la carte, insiste Hedy. On est plus au nord sur la côte, non ? Il faudrait faire encore combien de kilomètres pour arriver à la ferme ?

— La ferme ? dit Betty qui se retourne, sa curiosité piquée.

— Celle du frère de maman, explique Hedy. On ne l'a jamais rencontré.

— Je croyais que tu n'avais plus aucune famille, s'étonne Betty en retirant ses lunettes. Tu ne m'as rien dit d'un frère.

— L'oncle Ernest, précise Hedy.

Maman porte son regard vers l'extrémité tronquée de la jetée, le front plissé par la concentration. Christopher se demande si elle ne serait pas en train d'évaluer la distance, de calculer combien de temps ça lui prendrait de s'y précipiter pour plonger dans l'océan. Papa s'éclaircit la gorge et dit :

— Ruby ne s'entend pas bien avec son frère. Tu sais ce que c'est, les familles !

— Oh, que oui ! glousse Betty. Mais ça fait des années que tu es partie aux États-Unis. Le moment est peut-être venu que les enfants fassent la connaissance de leur oncle, non ?

Maman braque les yeux sur Betty. Elle se redresse difficilement.

— Arrête… de te… mêler de tout !

Elle laisse pendre ses bras, comme si elle était très lasse. Elle vacille légèrement.

— C'est quand même dingue, Betty, poursuit-elle, jamais tu ne lâches le morceau !

Ed se relève à son tour, le visage cramoisi.

— Holà, pas la peine de s'énerver. Todd, tu ferais bien de maîtriser ta femme.

— Allez, on se calme, tempère papa en tendant le bras comme pour contenir une foule. Ruby est désolée. N'est-ce pas, ma chérie ? Il se fait tard.

Il regarde Christopher et fronce les sourcils, comme s'il venait de se souvenir de son état. Il ajoute :

— Christopher a besoin de rentrer.

— Sans rancune, dit Betty en touchant le bras de papa. Nous comprenons. Allez-y. On s'occupe de remballer les affaires. Ruby, ajoute-t-elle d'un air charmant, je t'appellerai demain pour prendre de tes nouvelles. Si tu as besoin de moi d'ici là, tu sais où me trouver.

Sur le chemin du retour, Christopher chante des airs de comédie musicale dans sa tête pour couvrir la dispute des parents. Mais rien n'y fait, leurs voix résonnent.

— Elle fait comme si elle était attentionnée, mais c'est faux. Je me méfie d'elle. Et je t'ai dit…

— Je n'en peux plus. Tu me rends dingue.

I'm singing in the rain. Just singing… Non, ça ne marche pas. Si seulement ils pouvaient arrêter de s'engueuler. Leurs paroles sont chargées d'une souffrance épouvantable. Il ne supporte pas de les voir se rendre malheureux. Son corps n'est que douleur. Il a beau rester parfaitement immobile, impossible d'échapper au calvaire imprimé dans ses os. Il se repasse en boucle le souvenir de Scott, l'image de ses dents étincelantes quand son sourire a irradié sur lui, encore et encore. Son refus d'aller sur la jetée, la bonté de son ton à cet instant, une façon d'être son allié.

Hedy glisse sa main dans la sienne et la serre doucement. Christopher n'a pas la force de tourner la tête vers elle. Il se concentre sur les doigts de sa sœur, tout collants de sable et de sel. La texture de sa peau lui est aussi familière que la sienne. Penser à Scott n'est d'aucun secours, ni les extraterrestres, la douleur est trop vive. Il ne reste que Hedy. Elle seule fait barrage au gouffre. Il agrippe sa main très fort et se transporte en ce lieu où ils ne font plus qu'un, peau contre peau, soudés l'un à l'autre, la force de Hedy s'écoulant en lui.

13

Ruby contemple son fils à travers les panaches de vapeur. Il est plongé dans son bain jusqu'au menton. Elle se laisse tomber sur le siège des W.-C., sa peau la brûle. Elle ne s'est pas rendu compte qu'elle prenait un coup de soleil, mais peut voir dans la glace ses joues et son nez rouges et irrités. Christopher, qui a passé presque toute la journée sous le parasol et entièrement vêtu, est un enchevêtrement de formes laiteuses sous l'eau. Il ne se lave pas. La tête en arrière, il a l'air épuisé. Il ouvre les yeux quand elle plonge la main pour tremper le gant de toilette.

— S'il te plaît, maman. J'ai juste envie de rester un moment dans mon bain.

Elle l'a rarement vu dans un tel état. Elle savait qu'il aurait du mal à supporter la plage. Ruby en veut à Todd. Elle en veut surtout à Betty. La colère lui fait du bien, comme d'avaler une vodka cul sec et de sentir une boule de feu dans son ventre. Mais une petite voix lui souffle qu'elle est responsable. Après tout, elle est sa mère. Si elle n'est pas capable de le protéger, qui le fera ? Elle se rassied, prise d'un vertige, et porte la main à sa bouche. Elle aurait dû insister davantage pour que Christopher reste à la maison. Par son refus de quitter la base, par son attitude braquée, elle a abouti à ce qu'on mélange les problèmes, à ce que Todd soit persuadé d'avoir raison en imposant cette sortie.

Quand elle se penche pour ramasser les vêtements de Christopher, la pièce commence à tourner. Elle cligne des yeux pour repousser la pluie d'étoiles, arrêter la glissade du sol, du lavabo et de ses pieds. Elle respire lentement, par le nez, jusqu'à ce que la salle de bains se fige, et parvient alors à plier le tee-shirt et le pantalon avant de les mettre dans le panier à linge sale.

— C'est l'heure de sortir, mon chéri.

Christopher agrippe les rebords de la baignoire et se redresse, l'eau dégoulinant le long de sa colonne vertébrale et de ses jambes maigres. En voyant ses hanches tordues et ses petites fesses d'enfant, Ruby entend en elle l'habituelle plainte silencieuse. Il enjambe lentement la paroi, un pied puis l'autre. Une fois qu'il a trouvé ses appuis sur le tapis de sol humide, elle l'enveloppe dans une serviette et le prend dans ses bras. Il se laisse faire, elle ferme les yeux, son menton appuyé sur ses cheveux secs.

Dans la chambre, elle procède au rituel quotidien : Christopher s'allonge sur son lit pour qu'elle lui masse le dos. Elle espère, par le simple contact physique de ses doigts sur sa peau, parvenir à lui exprimer ses excuses.

Dieu a choisi les choses faibles du monde pour confondre les fortes. Ruby se souvient de son père brandissant sa ceinture en cuir et de la douleur dans sa chair. Dans ses brefs courriers, elle avait informé son père de la naissance des jumeaux, indiquant les prénoms et le poids. La maladie de Christopher ne s'était manifestée que plus tard, après qu'elle avait cessé d'écrire. Elle n'avait jamais reçu de réponse. Elle n'en attendait pas vraiment. C'est Todd qui avait insisté pour qu'elle leur donne des nouvelles. Son père avait probablement jeté les enveloppes au feu sans les ouvrir. En quittant la ferme pour épouser Todd, elle avait cessé d'être la fille de son père et la sœur de son frère. Depuis la mort de leur père, Ernest doit certainement se débrouiller seul pour subsister avec le troupeau de vaches et les champs boueux. Elle se demande s'il lui en veut encore, à supposer qu'il ne l'ait pas entièrement oubliée.

Le bungalow est silencieux. Hedy est couchée et Ruby ne sait pas où est passé Todd. L'ambiance était glaciale à l'arrivée, il a balancé les restes du pique-nique, les fauteuils pliants, le parasol et les couvertures par terre dans l'entrée tandis que Ruby emmenait Christopher directement à la salle de bains. Elle ajuste la gaine, serre les sangles et attache le collet. Son fils s'allonge, prisonnier de sa cage. Elle dépose un baiser sur sa joue et décèle un changement dans sa peau, légèrement râpeuse et musquée, les débuts de l'adolescence. Il lui sourit, mais il n'est plus là. Il a déjà la tête dans les rêves, ou dans une de ses histoires. Il est parti loin de son quotidien, loin de sa mère, et Ruby en est soulagée pour lui. Porter le corset est comme une peine de prison. Mais elle est convaincue d'agir pour son bien. Elle ne permettra pas qu'il souffre toute sa vie comme Ernest.

Elle retourne dans la salle de bains, vide la baignoire et se sert d'une serpillière pour évacuer le sable par la bonde. Elle s'arrête un instant devant la glace, efface un peu de buée pour appliquer de la poudre de riz sur son visage luisant et se remettre du rouge à lèvres. Ses yeux la fixent en retour, bleu pâle autour d'un pépin foncé, la pupille recroquevillée comme un hérisson apeuré. Elle répète sa tirade dans sa tête, tout ce qu'elle veut dire à Todd. Elle est désolée qu'ils se soient disputés. Désolée d'avoir été agressive envers Betty, même si c'était mérité, parce qu'elle ne veut pas attirer d'ennuis à Todd. Elle est très amoureuse de lui. C'est ça le plus important. Mais elle a aussi besoin de lui dire à quel point elle se sent seule. Cela n'a rien à voir avec la solitude habituelle des épouses de militaires. Même quand il est avec elle, Todd n'est pas là. Il est perdu dans ses pensées, accaparé par des tracas qu'il ne peut pas, ou ne veut pas, partager avec elle. Son mari lui manque. Elle étouffe dans la base, y souffre de claustrophobie. Les autres femmes s'ennuient elles aussi, il n'y a qu'à voir leur expression figée. Et elles ont peur. Derrière leur sourire trop radieux, elles sont terrifiées de ce que la guerre froide pourrait amener : la mort de leur mari et de leurs enfants, la bombe qui détruirait tout ce à quoi elles tiennent. Ils s'épient les uns les autres parce qu'ils n'ont rien de mieux à faire, et parce que n'importe qui pourrait être un traître, un communiste masqué. Et ils subissent en permanence la sombre présence de la forêt qui les enferme, comme des moutons parqués dans leur enclos.

Ruby est inquiète pour Christopher. Sans pouvoir se l'expliquer. C'est quelque chose d'autre que les dangers en dehors de la base, ou sa santé qui la préoccupe tant. Elle a un pressentiment diffus, comme l'arrière-goût qu'on sent dans la bouche quand on a une carie.

Elle a peur de bafouiller devant Todd. Elle marque

un temps d'arrêt à la porte du séjour, la main posée sur la poignée. Elle affiche un sourire sur son visage et se sèche la commissure des paupières avec un mouchoir. Todd s'est sans doute assoupi dans son fauteuil, une bière à la main. Mais quand elle pousse le battant, il n'y a personne. Rien n'indique que Todd soit venu dans cette pièce. Dans la cuisine, elle allume la lumière et inspecte la poubelle : pas la moindre canette. Nouvelle surprise, bonne celle-ci. Ruby se rend dans leur chambre, le cœur plus léger… il doit être en train de se déshabiller, avec une haleine fraîche de dentifrice… peut-être même qu'il l'accueillera à bras ouverts : « Viens ici, ma chérie ! Tu sais à quel point je t'aime ! » La pièce déserte est comme un pied de nez. Ruby a la gorge sèche. Elle fouille le bungalow, va même voir chez les enfants en se déplaçant sur la pointe des pieds pour ne pas troubler leur respiration rêveuse ; elle soupçonne malgré tout Hedy de faire semblant. Todd n'est pas dans la salle de bains. Ni dans le jardin ténébreux où elle guette en vain le bout incandescent de sa cigarette. Les arbres se serrent près du grillage, enchevêtrement obscur de troncs étroits. Elle repense au visage de l'inconnu qui l'épiait.

— Va-t'en ! lance-t-elle d'une voix sifflante dans la nuit. Je n'ai pas peur de toi ! Mes enfants ne craignent rien !

Immobile dans l'herbe jaunie qu'éclaire une lune d'or, elle sent la chaleur de la journée sur ses pieds nus comme la caresse d'un chat. Un avion de chasse fend le ciel qui commence à s'étoiler. Ruby relève la tête, s'attendant presque à voir les astres chuter dans son sillage.

Comment trouver le sommeil alors qu'elle ignore où est Todd ? Elle veut son mari à ses côtés, à la place qui est la sienne. Quand elle lui avait dit « oui » cet après-midi-là sur la colline, elle savait que son père et Ernest ne la laisseraient jamais partir. Ils voulaient la garder à la ferme, dans le rôle qui lui était assigné – préparer la pâtée et la distribuer aux cochons, s'occuper de la lessive et des repas, frotter le dos bossu de son frère avec une éponge et de l'eau trouble. C'était bien plus qu'une vie qu'on aurait troquée comme une vieille robe, c'était des chaînes dont il fallait se libérer. Son cœur débordait d'espoir par cette belle soirée d'été, puis Ernest était arrivé et s'était approché en claudiquant de la cuisinière où elle préparait le souper. Elle n'a pas oublié le regard aigri qu'il lui avait décoché avant de humer ce qui mijotait dans le faitout.

« Encore du ragoût de lapin ? » avait-il grommelé en y plongeant une spatule avec un rictus désapprobateur.

Ruby avait contemplé le torchon dans ses mains. Elle avait insisté pour que Todd la ramène à la ferme, écourtant le pique-nique agréable afin de s'acquitter de ses corvées domestiques. La question de Todd défilait en boucle dans sa tête, l'emplissant d'une joie qui la rendait imprudente : *Veux-tu m'épouser ?* Ruby sentait une pression croissante derrière ses yeux. Elle pouvait déjà goûter à sa future liberté.

« Si t'es pas content, avait-elle répondu en déglutissant et en le regardant, c'est du pareil au même. Bientôt, je ne serai plus ta bonne, ni ta cuisinière.

— Qu'est-ce que tu racontes ? » avait-il grogné en cessant de remuer la sauce.

Il avait posé sur elle son regard méfiant, l'avait détaillée et avait détecté du changement.

« Je vais partir avec Todd, avait-elle déclaré en croisant les bras.

— Pas très loin, avait répliqué Ernest. La guerre sera bientôt finie, les Yankees vont rentrer chez eux. On sera de nouveau entre nous, juste toi et moi.

— Non… »

Elle sentait la chaleur de la cuisinière dans son dos. La silhouette d'Ernest se détachait, sombre et tordue, dans le contre-jour de la fenêtre.

« En fait, je pars avec lui. On va se marier. Il m'a demandé de l'épouser. Cet après-midi.

— Menteuse ! »

Elle avait brandi sa main gauche, la chevalière de Todd passée à l'annulaire, et observé la réaction de son frère, sa bouche qui s'affaissait et son regard qui se durcissait.

« Tu ne peux pas, avait-il éructé. Père ne le permettra pas.

— Je ne suis pas son esclave, avait-elle rétorqué en redressant fièrement le menton. Todd est sidéré que je sois obligée de travailler si dur, qu'on en soit encore au Moyen Âge. En Amérique, il y a des machines à laver. Même des réfrigérateurs. »

Ernest lui avait ri au nez.

« Tu rêves, Ruby ! Jamais il ne te choisira ! Tu crois vraiment qu'il va miser sur toi, que ton joli minois lui fera oublier le reste ? »

Avec un sourire cruel, il avait désigné la cuisine d'un geste du bras, puis s'était pointé lui-même.

« Todd m'aime !

— Mais non, il cherche juste une pute. Jamais il n'épousera une fille de la campagne complètement ignare. T'es jamais allée au-delà de Norwich. T'es qu'une traînée, Ruby, avait-il dit en se rapprochant d'elle. T'écartes tes cuisses pour un Yankee, tu te vends pour une boîte de chocolats et une paire de bas. »

Elle l'avait giflé, si fort qu'elle en avait eu mal à la main. Ernest avait écarquillé les yeux, estomaqué. Il avait empoigné sa robe et tiré sur le tissu, arrachant des boutons qui avaient rebondi sur le carrelage. Fixant la peau visible au-dessus du sein en partie dénudé, les traits déformés et la bouche ouverte, il avait tendu les doigts vers les rondeurs de sa poitrine. Elle l'avait frappé encore, sous le coup de la peur, son poing atteignant la partie extérieure du menton. Il avait titubé en arrière, lâchant un gémissement proche du sanglot, ses yeux exorbités sur son visage squelettique.

« Je suis enceinte », avait-elle dit.

Sa voix était légère comme une plume, mais les mots étaient lourds comme un rocher s'écrasant entre elle et son frère. Les lèvres d'Ernest s'étaient ouvertes et refermées, émettant un borborygme d'ivrogne.

« Je vais avoir un bébé », avait-elle insisté.

Elle savait qu'il fallait surtout ne rien dévoiler, mais les paroles se déversaient toutes seules.

« Je pars. Je ne veux pas gâcher ma vie ici. J'y suis pour rien. Pourquoi je serais obligée de m'occuper de toi ? Pourquoi ce serait moi ta seule amie ? Je vais donner un avenir à mon bébé, avait-elle renchéri en plaquant sa main sur son abdomen. En Amérique.

— Père va te tuer, avait dit Ernest en fixant son ventre. Il tuera aussi Todd.

— Père n'en saura rien parce que je pars ce soir. Todd vient me chercher.

— Ton bébé pourrait bien être comme moi. Il se passera quoi, alors ? Tu crois que ton héros américain restera avec toi ? »

Une pointe de doute s'était insinuée dans le cœur de Ruby. Elle avait plaqué sa paume sur son ventre, senti le léger renflement sous sa robe et relevé le menton.

« Mon bébé sera en parfaite santé !

— Il n'est pas au courant, hein ? Je vais le prévenir, Ruby. Il faut bien que quelqu'un l'avertisse.

— Non ! s'était-elle emportée en brandissant le poing. Tu ne reverras jamais Todd, ni moi ! Je te déteste ! avait-elle crié, la gorge palpitante, serrant dans sa main les deux parties de l'encolure de sa robe. Je déteste ce trou paumé ! Tu ne peux pas comprendre. Comment pourrais-tu ? Todd, lui, est un homme, un vrai ! Quand il me tient dans ses bras… je me sens en sécurité ! avait-elle lâché en riant. Être avec lui, c'est… c'est magique ! Comme si je marchais sans toucher le sol ! Je veux seulement être sa femme et le rendre heureux. Le monde devient beau quand il est là, alors que je n'ai connu que la laideur ! Il veut prendre soin de moi… même mieux que ça… il m'aime, avait-elle ajouté en baissant la voix. Je le sens. Quelqu'un m'aime. Pour la première fois de ma vie. Je suis désolée pour toi, Ernest, avait-elle dit, battant nerveusement des paupières. Tu ne partiras jamais d'ici. Personne ne t'aimera. Tu ne connaîtras jamais des émotions pareilles… tellement merveilleuses… »

Avant qu'elle ait pu dire ouf, il avait fondu sur elle avec une rapidité dont elle ne le savait pas capable. Il avait attrapé sa tête entre ses mains, lui comprimant le crâne. Elle l'avait criblé de coups de poing. Il avait de la force, grâce au dur labeur de la ferme, et une détermination implacable qui compensait son infirmité. Il penchait le visage de Ruby vers la cuisinière. Elle voyait s'approcher la plaque en fonte. Un grésillement s'était produit quand une larme y était tombée. Ruby était parvenue à se dégager, y perdant une touffe de cheveux, mais il avait agrippé son poignet et tiré sa main vers la bouilloire fumante. La lutte se poursuivait en silence. Leurs efforts produisaient des ahanements, des grognements et des gémissements, un furieux mélange où Ruby était incapable de distinguer si les bruits venaient d'elle ou de lui. Ernest. Son frère. Son semblable. Il ne lâchait pas prise. La paume gauche de Ruby, plate comme un pancake, avait atterri sur la plaque brûlante. Ernest l'avait maintenue là, à côté de la bouilloire. Elle avait hurlé. Une douleur fulgurante avait envahi son bras. Son corps n'était plus que fureur. Son autre main avait tâtonné sur le plan de travail, s'emparant du couteau dont elle se servait pour éviscérer les lapins. Ruby avait brandi la lame d'un bras vacillant, assené un violent coup et la pointe s'était plantée dans l'index d'Ernest, telle une fléchette transperçant peau et os. Lui aussi s'était mis à hurler. Tous deux avaient la bouche ouverte, se gorgeant de la douleur de l'autre, ingurgitant ses cris. Se mêlaient l'odeur de la chair brûlée de Ruby et celle du sang d'Ernest. Elle avait reculé, serrant sa paume mutilée contre sa poitrine, observant son frère qui se tenait prostré au-dessus de son index. Des gouttes rouges s'écoulaient de la lame, tombaient sur le dallage.

Ernest avait raison. La maladie était présente dans son sang et pourtant Ruby l'avait caché à Todd. Elle aurait dû lui expliquer les choses, lui laisser le choix. Mais elle ne comptait pas tomber enceinte. Elle était complètement naïve : elle ne savait même pas ce qu'était un préservatif ! Todd était son premier amant, son seul amant. Elle n'avait pas conscience de l'enjeu. Elle devrait peut-être écrire à Ernest. Pour lui dire quoi ? La dernière fois qu'ils se sont vus, il a tenté de la brûler au visage pour gâcher son avenir. Au bout du compte, il l'a blessée à la main, une cicatrice qu'elle gardera toujours. Et pourtant, un seul mot lui vient à l'esprit. Elle écrit « pardon » sur une feuille de papier imaginaire. Mais elle la roule aussitôt en boule et la jette. Jamais il ne lui pardonnera.

Quand la porte s'ouvre brusquement et heurte le mur, les chiffres luisants du réveil indiquent trois heures du matin. Elle entend les pas titubants et maladroits de Todd qui s'approche du lit, le froissement des vêtements qu'il retire et le tintement de la boucle de son ceinturon heurtant une surface dure. Avant même qu'il ne se laisse tomber sur le matelas, elle sent qu'il empeste l'alcool. Elle feint d'être endormie, mais de toute façon la respiration de Todd ralentit déjà, d'abord léger chuintement et bientôt ronflement.

Pas besoin d'être Sherlock Holmes pour deviner qu'il a passé sa soirée avec la garce. Ruby se met en position assise, encerclant ses genoux de ses bras. Dehors, les oiseaux ont commencé à chanter. Leur gazouillis est recouvert par le rugissement d'un B-47 dans le ciel ; la vitre tremble et les bibelots s'entrechoquent sur la commode. Ruby observe Todd. La lueur granuleuse de l'aube se répand sur ses traits, les altère au début puis les définit avec précision : ils sont comme ceux d'une statue remontée des profondeurs dans un filet. Soudain, il gesticule et donne des coups de pied sous les draps. Il marmonne une série de mots inintelligibles. Ruby n'y comprend rien. Les traits crispés, Todd tourne la tête dans tous les sens sur l'oreiller. Elle retient son souffle. Il ahane comme s'il courait un marathon. Voilà qu'il se fige, complètement rigide, et laisse échapper un cri étranglé. Le même mot, répété à n'en plus finir :

— Non ! Non ! Non ! Non !

Ruby se penche au-dessus de lui et l'attrape par les épaules. Il parvient à se dégager et se redresse brusquement. De sa bouche grande ouverte s'échappe un cri suraigu comme Ruby n'en a jamais entendu de comparable. Elle se plaque les mains sur les oreilles, affolée. Il se tait, écarquille les yeux et sursaute comme s'il ne la reconnaissait pas. Avant qu'elle puisse comprendre ce qui lui arrive, le plat de la main de Todd lui fouette le visage. Sa tête rebondit, pesante sur la colonne de son cou. La violence du coup a déporté Ruby sur le côté et lui a coupé le souffle. Elle s'affaisse, portant la main à sa joue. Voulant s'extirper du lit, elle se prend le pied dans les draps et se retrouve à quatre pattes sur la moquette. Elle regarde par-dessus son épaule, persuadée qu'il va la poursuivre. Mais Todd s'est laissé retomber sur l'oreiller. Elle se relève tant bien que mal. Il la contemple entre ses paupières mi-closes, tel un enfant endormi. Elle soutient son regard, la joue endolorie, une sensation de brûlure sur la peau. Todd finit par détourner les yeux. Elle inspire profondément. Il n'a pas conscience de ce qu'il vient de faire. Jamais il n'a porté la main sur elle. Elle patiente un moment, attend d'entendre ses ronflements.

Dans la salle de bains, elle s'asperge le visage d'eau fraîche et applique un gant de toilette mouillé sur sa joue qui l'élance. Elle n'arrive pas à maîtriser ses tremblements.

Au petit déjeuner, Christopher est le premier à remarquer sa joue. Un bleu violacé, pas du tout discret, s'étend sur la partie gauche de son visage. L'œil est injecté de sang.

— Ça va, maman ? demande-t-il, inquiet.

Hedy se penche par-dessus son bol de céréales et examine attentivement la figure de sa mère.

— Waouh, maman ! Tu devrais mettre un glaçon dessus. Tu es tombée ?

— Oui, j'ai trébuché, répond Ruby en s'obligeant à sourire. Ne vous en faites pas, ça va.

Todd arrive dans la cuisine, va directement à la cafetière, puis se laisse tomber sur une chaise, ses deux mains serrées autour du mug.

— Papa, t'as vu le visage de maman ? dit Hedy.

Il relève la tête et concentre son regard sur elle.

— Oh la, la, Ruby ! Qu'est-ce qui t'es arrivé ? Rien de grave ?

Sa voix est encore rauque des excès de la veille. Elle caresse l'ecchymose comme si c'était une trace qui pouvait s'essuyer.

— J'ai glissé dans la salle de bains hier soir. Pas très malin de ma part. C'est surtout impressionnant à voir.

— Ce n'était pas…, reprend Todd en posant doucement sa tasse, l'air préoccupé. Dis, tu n'as pas fait une nouvelle crise ?

Elle soutient son regard, mais c'est elle qui, la première, détourne les yeux.

— Non. Rien de la sorte.

14

Ils lui sont apparus en rêve et lui enjoignaient de se réveiller. Ils émettaient des sons qui résonnaient comme une cloche dans sa tête, un appel vif et clair. Christopher sait qu'ils l'attendent dans la forêt. Malgré sa hâte, il patiente au bord de la route et observe les véhicules qui franchissent l'entrée de la base. Trop lent pour traverser sans risque, il laisse passer une Jeep, une Cadillac et un car vert. Des visages sont visibles aux vitres du car. La tête ailleurs, il songe au chemin qu'il devra retrouver pour retourner au cercle de pierre, mais le spectacle insolite de ces figures le ramène à l'instant présent, à son corps cloué sur le trottoir, et à ces enfants qui le regardent à travers un carreau. Quelques détails le frappent et se logent dans son cerveau : une bouche difforme, une langue pointée, une main pâle appuyée contre le verre, les doigts potelés semblables aux ventouses d'une créature marine. Il cligne des yeux et le véhicule a disparu. Christopher pivote, le voit ralentir, puis s'engager dans la zone d'accès restreint quand le garde fait signe au chauffeur d'y aller. Il a déjà croisé ce genre d'enfants quand il se rendait à l'hôpital, et même une fois à Sioux City, une fillette qui le fixait de ses grands yeux inexpressifs, tandis qu'un adulte la tirait par la main pour l'éloigner.

La voie libre, il descend du trottoir et traverse le macadam tiède. Quand il se retrouve à l'ombre des arbres, une puissante odeur de pins lui emplit la bouche. Il gravit péniblement le talus herbeux vers le trou dans le grillage, gêné par la gaine qui lui pince les hanches et le collet métallique qui lui comprime la gorge.

Il s'enfonce à l'intérieur de la forêt, foulant des feuilles brunes en décomposition, avec l'impression d'avoir déjà parcouru des kilomètres bien qu'il sache que la clôture est encore proche derrière lui. Les arbres modifient la perspective et la luminosité, l'empêchent de voir au loin et altèrent sa perception du temps. Il n'a pas prévenu Hedy et Scott de cette nouvelle expédition. Ils n'aiment pas aller dans la forêt et Hedy n'a pas cru aux bruits de pas sous terre. Il l'a vu sur son visage quand elle s'est baissée pour écouter. Pour elle, le disque est un truc banal. Christopher a peur que Scott n'y croie pas davantage et il ne veut pas subir cette trahison, l'expression de Scott qui détourne le regard, ou, pire encore, lâche une plaisanterie d'un air méprisant. Mieux vaut y aller seul. Ce qu'il trouvera, chose ou créature, ne pourra pas se sentir menacé par sa présence. Au cinéma et dans les bandes dessinées, les extraterrestres sont représentés comme des sortes de gros insectes, avec des yeux exorbités et un corps blindé, ou bien ce sont des espèces de mucosités sans forme précise, qui rampent comme des limaces. Christopher sait parfaitement que la limace est un genre de mollusque, et pas un insecte. Mais lui voit les choses différemment : il imagine que les créatures sous la pierre sont douces et bienveillantes, avec la peau argentée et un long cou comme celui du héron.

Il sourit, soulagé, en reconnaissant d'abord un certain tronc pourri, puis un endroit parcouru d'ornières et où l'herbe est écrasée parce que des pins abattus ont été empilés là et ensuite emportés. Il continue d'avancer, boitant plus vite. Il est maintenant certain d'aller dans la bonne direction. Un bruit l'arrête. Pas les voix mélodieuses et cristallines de son imaginaire. Quelque chose d'étrange, d'incongru, comme la pluie sur un toit en tôle, un martèlement soudain et précipité, et des craquements de végétation morte, d'abord au loin puis tout proches, mais cela s'enchaîne si vite que les sons effleurent seulement sa conscience comme des souvenirs enfouis. Au moment où il se retourne, dérouté, un troupeau de cerfs émerge des arbres et fonce vers lui. Des dizaines d'animaux passent sous ses yeux, le frôlent presque, si proches qu'il pourrait les toucher. Il distingue parfaitement leur poil épais, leurs yeux sauvages, foncés et luisants. La harde se divise pour l'éviter, les bêtes bondissent autour de lui comme elles contourneraient un rocher au milieu d'une rivière. Christopher patiente, retenant son souffle. C'est terminé en un clin d'œil, alors que ça lui a semblé une éternité. Quand les petites queues blanches ont disparu dans les pins, le silence revient, plus profond qu'avant, et il se sent seul pour la première fois. Il repart sur le sentier et sent son pied qui heurte quelque chose. Dans le coin de son regard, il aperçoit un scintillement cuivré et une tache rouge. Il se sert d'une fine branche pour atteindre le sol, l'agite à l'aveugle jusqu'à toucher l'objet. Ce n'est qu'à la troisième tentative qu'il parvient à le remonter le long de sa cuisse – comme il a pu l'apprendre, la réussite est affaire de stratégie et de persévérance. Il tend l'objet devant ses yeux, le faisant tourner entre ses doigts. Un étui de cartouche vide. Il le renifle et trouve désagréable l'odeur âcre et chimique. Ça lui laisse un arrière-goût métallique sur le palais. Il le laisse tomber et repart, inquiet pour les cerfs au doux flanc et à la tête inclinée. Il aurait eu envie de poser ses lèvres sur leur museau délicat, de caresser leurs longues oreilles. Quelque part dans la forêt attend un chasseur, la crosse calée contre son épaule, une peau tachetée dans le viseur. Christopher a beau tendre l'oreille, il n'entend ni la cavalcade des sabots sur la terre, ni la détonation d'un fusil. Il ne revoit pas le troupeau.

Au virage suivant, il sait qu'il est arrivé au bon endroit. Il reconnaît le chêne solitaire au tronc tortueux et le bosquet de bouleaux argentés se détachant sur les pins sombres. Il a retrouvé la pierre. Mais c'est le chêne qui retient son attention : l'arbre grouille de vie, des choses s'agitent et se balancent à ses branches. S'en approchant, il constate que de petites croix y sont accrochées. Elles flottent au-dessus de sa tête. Certaines sont faites de plumes foncées habilement assemblées avec du fil de fer. Il tend la main pour toucher la plus proche, constituée de brins d'herbe tressés et de brindilles. Quand il la relâche, elle oscille au bout de son fil. Christopher repense au vieux Joe qui parlait de démons. Peut-être est-ce là sa façon de repousser les forces maléfiques, de chasser les mauvais esprits.

Sous les branches du chêne, le disque de pierre repose lourdement au sol. Il est recouvert d'une épaisse couche d'aiguilles de pin et de terre, ses contours sont pris dans une herbe dense. Les croix se balancent en l'air, tels des pendus en miniature. Il fait froid ici parmi les arbres. La lueur verdâtre est comme un crépuscule éternel. Christopher est soudain assailli par le doute : et s'il se trompait ? Ce lieu est peut-être maudit, comme le prétend le vieux Joe. Et si les voix sous la pierre étaient celles de créatures dangereuses ?

Pour écouter par l'interstice sous le disque, il doit s'allonger par terre. Sa méthode est de se pencher sur le côté jusqu'à perdre l'équilibre et partir à la renverse. Il se réceptionne sur le disque, d'une seule paume, et ressent à l'épaule un choc épouvantable qui lui arrache un grognement. Le souffle court, il parvient à se mettre à genoux en se retenant à la pierre. Rien ne lui est impossible, songe-t-il, dès lors qu'il peut prendre son temps, à l'abri des regards curieux, pour s'adapter à la contrainte de son torse rigide et de ses membres entravés. Fier de se retrouver à quatre pattes, il cherche la meilleure position, sans vraiment pouvoir tourner la tête à cause de la mentonnière. Un air souterrain, humide et froid, s'échappe par la grille. Il croit distinguer un bruissement de fourmis, un froissement d'élytres de hanneton, des cliquetis de cloportes se roulant en boule. L'effort de concentration fait palpiter son crâne. Il a le cœur qui cogne, le sang coule à flots dans ses veines et un gargouillis s'échappe du plus profond de son ventre. Un autre son étouffé se manifeste, qui pourrait également provenir de son corps : une plainte distante et prolongée, comme celle d'un train dans un tunnel. Ça lui évoque un frottement d'acier, la morsure du métal sur sa colonne vertébrale tordue. En fait, c'est un bruit différent et extérieur, venu des entrailles de la terre en franchissant l'épaisse pierre et la grille. Christopher l'entend à nouveau, plus proche. Un cri. Un rugissement primitif. Produit par un animal plutôt que par une machine. Un coyote pris dans un piège ? Une bête aux abois ?

Il recule, affolé, perd l'équilibre en voulant se redresser et chute lourdement dans l'herbe. Gisant sur le dos, il a le souffle coupé. Il fixe les cimes lointaines des arbres qui s'agitent parmi les taches bleutées. La plainte continue de retentir dans sa tête, cauchemardesque. Il a envie de s'enfuir, le plus loin possible. Ses jambes piétinent furieusement le sol et ses mains cherchent vainement à agripper quelque chose qui lui permette de se retourner. Ses yeux se posent sur le haut de la pierre – il s'attend à la voir se soulever, à ce qu'un truc épouvantable en surgisse. Mais le disque reste en place. Rien ne bouge. Christopher s'efforce de maîtriser ses poumons et de calmer sa respiration.

— Hedy ! s'écrie-t-il en silence. Au secours !

Il adresse sa plainte au-delà des arbres, veut croire qu'elle résonnera avec insistance dans la tête de sa sœur, où qu'elle soit. Il cille et scrute les alentours autant que sa posture le permet. Comment faire pour se redresser malgré le corset qui l'entrave ? Rien n'assure qu'il sera secouru par Hedy ou quelqu'un d'autre. Il doit se débrouiller seul. Aucune raison de paniquer, il est doué pour résoudre les problèmes.

Mais il y a bien une présence, quelque chose qui l'observe. Cela se manifeste à la périphérie de son champ visuel : un mouvement éclair, une ombre qui sort des arbres et s'accroupit à côté de lui, le plongeant dans l'obscurité. Des mains agrippent ses épaules.

Christopher a trop peur pour crier, seul un vague raclement s'échappe de sa gorge. Il cille et contemple la figure au-dessus de lui : des cheveux hirsutes pendent dans le vide et encadrent un visage à l'envers, mais qui a l'air familier. La bouche entourée de barbe s'entrouvre pour émettre des grognements d'efforts, ou peut-être des mots qui ont perdu leur sens. Des doigts empoignent ses bras, le monde bascule et se remet à l'endroit, et le voilà de nouveau sur ses pieds. Christopher se retourne pour remercier le vieux Joe, mais celui-ci a déjà disparu. Seule demeure son odeur de moisi, relent de cave mal aérée. Christopher ouvre son poing et y découvre une nouvelle croix : une tresse de fougères, vrilles et jeunes tiges maintenues en place par de petits bouts de laine. Il la garde précieusement dans sa main.

Il s'est fait mal aux côtes en tombant. Ses jambes sont toutes flageolantes. Si seulement Hedy ou Scott était là ! Christopher se demande comment il va faire pour regagner la base tout seul.

Les voix se sont tues. Il ne comprend pas pourquoi on ne l'a pas attendu. Pourquoi ils ne se sont pas montrés, les extraterrestres qui l'appelaient de leurs inflexions cristallines. La déception reflue dans ses veines. Son visage cherche en vain le réconfort d'un rayon de soleil. Des effluves de résine irritent sa gorge, il toussote et sent un picotement d'asthme dans ses poumons. Ce serait un soulagement si les arbres pouvaient disparaître et le ciel se déployer. Il hume l'air, à l'affût des fins rubans de lumière qui s'enlacent entre les branches et dans lesquels volettent grains de poussière et particules de pollen. L'un d'eux baigne son visage. Christopher ferme les yeux, s'en imprègne et profite de sa chaleur. Le rai commence à enfler, devient rivière, déferle sur lui comme une cascade, l'embrase de son éclat comme si Christopher avait plongé dans le soleil, et il sent crépiter une force qui s'infiltre dans ses os. Le corset métallique fond, il n'est plus prisonnier, il a la vigueur d'un jeune tigre. Derrière ses paupières closes, il se voit courir, sauter et danser. Quand il rouvre les yeux, la chaleur est ardente, la réverbération aveuglante. Mais il garde les yeux rivés dessus, et c'est une bouffée réparatrice d'une pureté éclatante qui se déverse en lui. Émerveillé, il en reste pantois.

Puis le rayon glisse sur lui et disparaît, comme si une porte s'était brusquement refermée, l'excluant. Étourdi et désorienté, il jette un regard à la ronde. Il fait froid et sombre dans la forêt. Quand il tente de bouger, les barres métalliques qui pincent sa peau l'en empêchent. Il porte la main à sa poitrine, intrigué du poids du corset. Dans la lumière, il était libre. Il sanglote et se frotte les yeux. Il n'y a pas d'autre solution que de rentrer à la base, un pas pesant après l'autre. Le rayon de soleil lui a fait oublier sa peur, mais il repense subitement au cri et se tourne vers le disque de pierre, inquiet, pour s'assurer qu'il est toujours en place. Christopher s'éloigne en boitant, serrant dans sa main la croix en fougère.

Il finit par regagner la brèche dans la clôture et presse sa figure contre le grillage. La base se déploie devant lui. La route qu'il a traversée, celle qui mène à la sortie, est maintenant déserte. Au-delà, se trouvent les bungalows et le terrain de jeux. Des militaires vont et viennent. Derrière les grilles, un avion roule sur la piste. La route croise la rue principale où il aperçoit le cinéma et le bowling. Un peu plus loin, des femmes entrent dans l'économat ou en sortent dans leurs tenues estivales colorées. Tout a l'air on ne peut plus normal. Il s'accorde un moment de répit avant de se faufiler par le trou dans le grillage au bord du talus herbeux. Il prend conscience du silence ambiant, une pause dans le rugissement des avions, même pas un moteur de voiture. Les oiseaux ont cessé de chanter. Seule persiste sa respiration sifflante. Dans ce calme lui reviennent les mots marmonnés par le vieux Joe. Quelque chose qu'il a dit en le relevant. Christopher les réentend comme si le vagabond se tenait encore à ses côtés, sa barbe lui chatouillant l'oreille : « Tu as été choisi. »

Christopher est presque arrivé à la maison quand il se fait la réflexion qu'il devrait informer quelqu'un, un responsable, du cri sous le disque de pierre. Mais pas de la merveilleuse lumière qu'il serait incapable de décrire à quiconque. Il en sent toujours l'effet qui perdure en lui, comme l'écho des voix cristallines, et veut le conserver précieusement. En revanche, il doit vraiment parler de la plainte. En temps normal, il se confierait à papa, mais celui-ci a un comportement bizarre ces derniers temps. Ses joues grattent maintenant comme du papier de verre, il a une haleine de bière, le regard flou, les yeux chassieux et rosis. Maman dit qu'il a attrapé un gros rhume, ou qu'il a très mal à la tête, ou qu'il est occupé et qu'on ne doit pas le déranger. Une Jeep s'arrête devant le dispensaire et Christopher reconnaît l'officier qui en descend : le colonel Anderson, le personnage le plus important de la base.

— Monsieur ? dit-il en s'humectant les lèvres. Excusez-moi, monsieur…

Grand et large d'épaules, le colonel a des cheveux gris acier coupés court ; on dirait une moquette légèrement argentée sur son crâne. Christopher se souvient de son attitude sympathique la fois où il l'a croisé avec papa. Dans un premier temps, il a l'impression que le colonel va l'ignorer.

— Monsieur, insiste Christopher d'une voix plus forte et plus énergique.

Le colonel s'arrête, fronce les sourcils et le reconnaît immédiatement.

— Tu es le fils du capitaine Delaney, c'est bien ça ?

Il écoute le récit de Christopher, un déluge de mots qui se bousculent, pose la main sur son épaule et opine du chef, la mine grave.

— Des extraterrestres ? dit-il en dressant ses épais sourcils, sans se moquer de lui. Tu as eu raison de le signaler. Sois tranquille. Nous allons envoyer les gens qu'il faut pour mener l'enquête. En attendant, dit-il en se caressant le nez, mieux vaut que ça reste entre nous. Inutile de déclencher la panique.

Le colonel Anderson demande à son chauffeur de raccompagner Christopher. Les lunettes de soleil du militaire au volant sont comme des miroirs. L'homme descend pour aider Christopher à s'installer à l'avant de la Jeep. Il prend un chewing-gum dans sa poche de poitrine et le lui tend avec un clin d'œil, comme si c'était défendu. Il sifflote en conduisant et lui adresse un salut militaire après l'avoir déposé au bungalow.

Christopher se souvient subitement qu'il a toujours la croix en fougère dans son poing gauche. Il écarte les doigts et contemple le crucifix écrabouillé, la tache vert couleuvre sur sa peau.

15

Ruby se réveille et s'aperçoit qu'elle est seule dans le lit. Le drap est encore tiède du côté de Todd. Elle se lève, marche sur la moquette éclairée par la lune et ouvre la porte pour regarder dans le couloir. À tout hasard, elle jette un coup d'œil dans la salle de bains – le robinet du lavabo est sec, la chasse d'eau silencieuse. Quand elle tourne dans le couloir, elle sursaute en voyant Todd assis à la table du vestibule, tête baissée. Elle s'approche prudemment.

— Todd ? dit-elle doucement. Ça va, mon chéri ?

Depuis qu'il l'a frappée en faisant un cauchemar, elle s'est promis de le surveiller de plus près.

Christopher aussi. Il a encore disparu l'autre jour, à son retour il avait des taches d'herbe sur ses vêtements et une odeur de pin dans les cheveux. Il empestait vraiment la forêt, Ruby en a eu des haut-le-cœur. Elle l'a regardé droit dans les yeux et lui a ordonné d'un ton aussi ferme que possible de ne plus jamais s'aventurer en dehors de la base. Sinon… Sinon quoi ? Elle se voit mal lui confisquer ses bandes dessinées ou lui supprimer son argent de poche. Comment punir un enfant qui vit déjà en prison ? D'habitude, Christopher est un garçon très obéissant. Ruby s'est emportée contre Hedy qui a laissé son frère échapper à sa surveillance une deuxième fois. Elle aimerait en discuter avec Todd. Mais il est absorbé par ses soucis. Depuis qu'il a pris ce nouveau poste, il est distant et préoccupé. Il a cessé de se confier à elle. Ruby se sent désemparée.

— Todd ? répète-t-elle un peu plus fort.

Il n'a pas l'air de l'entendre. Peut-être est-il somnambule. Il a la main posée sur le combiné du téléphone, comme s'il s'apprêtait à décrocher. Elle ressent une bouffée de vertige. L'a-t-elle surpris juste après, ou avant, qu'il n'appelle cette Joan Brown ? À moins que ça ne soit la voix de Betty qu'il souhaite entendre. Ruby les revoit dans la pénombre du jardin enfumé, Betty enlaçant Todd par le cou. Là, ce serait l'humiliation de trop. Todd relève lentement la tête.

— Ruby ? s'étonne-t-il comme s'il découvrait sa présence.

— Qu'est-ce que tu fais ? demande-t-elle en s'efforçant de garder un ton aimable. Tu veux appeler quelqu'un ?

— Non, répond-il en retirant sa main du combiné.

— Reviens te coucher, alors.

Il se lève péniblement, comme s'il avait mal aux articulations, et la suit d'un pas incertain. Elle ne reconnaît plus l'homme qu'elle a épousé, capable d'enchaîner pompes et flexions au réveil, fier de son corps d'athlète. Une fois couché, Todd pivote sur lui-même et se retrouve nez à nez avec elle. Ruby se blottit dans ses bras. Ils restent serrés l'un contre l'autre, leurs haleines chargées se mêlant. Todd l'étreint très fort, elle a l'impression qu'il va lui briser les côtes. Elle peine à respirer, son œil au beurre noir plaqué contre sa pommette, mais c'est un tel soulagement qu'elle en a les larmes aux yeux. Elle sent comme une boule ardente logée dans sa poitrine, amour et peur enchevêtrés, qui prive ses poumons d'oxygène. Appuyées contre une joue mal rasée, ses lèvres goûtent le sel sur la peau et le goût rassurant du tabac. Elle dégage difficilement sa tête pour exprimer ses sentiments.

— Je t'aime, murmure-t-elle.

— Si tu savais, tu ne m'aimerais plus…

Il se tait, un trémolo dans la voix.

— Si je savais quoi ?

— J'ai fait des trucs…, chuchote-t-il en enfouissant son visage dans ses cheveux, sa voix à peine audible. J'ai honte, Ruby. Je ne suis pas l'homme que je croyais être.

— Quoi que tu aies fait, lui assure-t-elle en agrippant son bras, je t'aimerai toujours. Tu peux tout me dire.

Elle pense à sa propre culpabilité, se dit qu'elle trouvera peut-être la force de demander pardon d'abord à Todd, puis à Ernest.

— Je ne peux pas t'en parler, dit-il d'une voix étranglée.

Elle lui susurre son amour et le caresse d'un geste circulaire. Elle voudrait pouvoir lui offrir autre chose que ces mots doux, des mots qui tombent comme des flocons de neige sur le paysage brûlant et mystérieux de sa douleur, fondant sans y laisser la moindre trace. Il renifle, se met en position assise et s'essuie le nez avec le coin du drap.

— J'espère que tu pourras me pardonner. Je ne le mérite pas, mais j'espère quand même.

— Je t'ai déjà pardonné. Je me fiche de ce que tu as pu faire.

Les larmes s'écoulent en biais sur le visage de Ruby, traversent sa joue jusqu'à l'oreille. Todd lui fait peur. Ce n'est pas son genre de dire des choses pareilles. Son pilote intrépide. Son cow-boy. Jamais désarçonné. Il se frotte les yeux avec ses paumes.

— Putain… Je te demande pardon… Oublie ce que j'ai dit, O.K. ? Faut croire que j'ai moins de cran que je ne le pensais.

Son petit rire sec se transforme en quinte de toux. Ruby voudrait qu'il l'étreigne comme avant. Elle brûle d'envie qu'il la serre dans ses bras. Elle veut qu'il sache combien elle l'aime, qu'elle lui pardonnerait n'importe quoi et serait prête à tout pour lui prouver sa loyauté. Elle veut qu'il la teste, qu'il la mette au défi : une épreuve physique et dangereuse, qu'elle puisse se dépasser, se montrer courageuse et triompher pour lui. Mais il pivote, cale son oreiller et lui tourne le dos pour s'endormir. Elle se rapproche et se love dans la courbe rigide de sa colonne vertébrale.

16

Ruby a beau se maquiller, le bleu reste visible. La tache colorée – noire au début, puis violette et enfin d'un jaune verdâtre – transparaît sous la poudre Coty et lui donne un teint livide. Les gens le remarquent. On y jette furtivement un deuxième regard, puis on détourne les yeux et on commente la météo. Ruby décide d'entamer les conversations en évoquant sa chute, explique qu'elle a trébuché dans le noir et que son visage a heurté la porte de la salle de bains. Il lui semble préférable d'en parler plutôt que ne rien dire. Mais ses interlocuteurs s'empressent de changer de sujet. Todd est le seul à ne pas se poser de questions. Quant à Hank, il refuse de passer à autre chose et l'interroge avec insistance, l'air alarmé.

— J'ai vu beaucoup de coquards dans ma vie et la plupart avaient été faits par un poing.

Elle tente de tourner ça à la rigolade :

— Oserais-tu suggérer que je me suis battue, bagarrée dans un bar ?

— Écoute, loin de moi l'envie d'interférer, mais tu peux me le dire.

Il pose une main prévenante sur son bras.

— C'était un accident, s'entête-t-elle.

Il y a un petit attroupement devant le dispensaire, quelques femmes qui contemplent un avis affiché sur la vitre. Elles sont comme figées sur place, mais aussi en proie à une certaine nervosité qui leur fait serrer plus fort leur sac à main et rajuster leur chapeau, et c'est dans un parfait silence qu'elles gardent les yeux rivés sur la feuille. Ruby regarde par-dessus leurs épaules. *Mesdames, nous sommes au regret de vous informer que nous sommes à court de Miltown.* Elle relit plusieurs fois l'inscription et articule les mots du bout des lèvres, comme si sa bouche avait le pouvoir de les modifier. Elle fixe les visages perplexes autour d'elle.

— Comment ça ? bredouille-t-elle. Pour combien de temps ?

Ses questions semblent mettre un terme au sortilège.

— C'en est fini de ma santé mentale ! lance Sandy Peters, tout sourire, décrivant des cercles avec l'index contre sa tempe.

— Ils devraient être livrés bientôt, non ? dit une autre femme aux cheveux foncés bien dégagés sur le front.

Ruby pénètre dans le dispensaire où un autre groupe fait le siège de l'accueil.

— La pénurie est mondiale, explique la réceptionniste en haussant les épaules.

Pleine de sa propre importance, la jeune fille regarde par-dessus ses lunettes.

— Vous ne pouvez pas faire quelque chose ? s'indigne Betty. Sinon, vous risquez d'avoir une émeute.

À sa façon d'indiquer la porte, on croirait que se trouve à l'extérieur une bande d'insurgées plutôt qu'une poignée de mères de famille. Ses gants blancs battent l'air comme un policier réglant la circulation.

— Selon le Dr Rowland, la pénurie touche aussi les États-Unis, bafouille la secrétaire.

Elle plisse le nez, moins sûre d'elle, et s'écarte de son bureau, craignant sans doute de voir déferler l'insurrection annoncée.

Ruby évite de croiser le regard de Betty et rentre chez elle. Ses talons foulent le trottoir à un rythme soutenu, mais elle résiste à l'envie de courir. À peine arrivée à la maison, elle vide l'armoire à pharmacie, regarde derrière le moindre flacon, les crèmes de beauté comme le sirop contre la toux. Elle verse le contenu de ses divers sacs à main sur la table de la cuisine, cherche dans le fatras de mouchoirs, de peignes et de dollars. Il lui reste deux cachets. Seulement deux. *Merci, Seigneur, pour tous vos bienfaits.*

Quelques jours plus tard, Ruby est à genoux, mais pas pour prier : elle vomit une substance âcre et jaune dans la cuvette des toilettes. Son estomac continue de se tordre et de se contracter alors qu'elle n'a plus le moindre aliment digéré dans le ventre. Les crampes sont plus douloureuses qu'un accouchement. Elle reste vautrée par terre, la joue appuyée sur le couvercle du siège. L'odeur d'eau de Javel lui donne des haut-le-cœur. Elle a peur de mourir. Il est minuit passé et Todd n'est toujours pas rentré. Elle ne veut surtout pas que son mari ou ses enfants retrouvent son corps sans vie dans la salle de bains. Elle pose ses mains à plat sur le tapis vert et blanc – une de ses réalisations au crochet –, rassemble ses dernières forces et parvient à se mettre debout. Elle vacille, porte ses paumes à son front humide et froid, comme pour repousser le tintamarre dans sa tête. Elle se retient un moment au lavabo, évitant de regarder son reflet dans la glace, puis se penche vers le robinet, se rince la bouche et s'asperge le visage.

Hank est venu dès qu'elle l'a appelé. Ils s'installent dans le séjour, leur café en équilibre sur les genoux. Ruby prend une gorgée du breuvage brûlant ; la tasse s'entrechoque avec la soucoupe quand elle la repose de ses doigts tremblants. Un frisson la parcourt. Moins désagréable que les premiers qui lui glaçaient les os, mais elle claque quand même des mâchoires.

— Désolée, dit-elle en serrant les dents.

— De quoi voulais-tu me parler ? demande Hank en remontant légèrement les jambes de son pantalon. Ce n'est pas que je veuille te presser, mais…

Son regard glisse vers l'horloge murale.

— Oui, bien sûr.

Ruby laisse passer un B-47 dans le ciel. Elle s'efforce de trouver les bons mots et de les placer dans le bon ordre. Elle s'est préparée en attendant que Hank arrive.

— Je m'inquiète pour Todd… Il…

Elle cligne des yeux, chassant les taches noires qui flottent dans l'air entre eux.

— Tu te souviens qu'on s'est fait la réflexion qu'il buvait plus qu'avant ? poursuit-elle. Eh bien, ça ne fait qu'empirer. C'est à cause de cet endroit. Il n'est pas heureux ici. Je suis sûre que l'explication vient de là.

Elle se rend compte qu'elle parle trop vite, mais ne peut s'en empêcher, les mots se bousculant et s'emmêlant dans sa bouche.

— Ça ne va plus depuis qu'on est ici. Sans doute que ça lui rappelle la guerre, les nombreux hommes qu'il a perdus, les avions abattus en plein ciel. Tout le monde pense que Todd est très courageux, qu'il peut toujours faire face. Mais il est humain… Tu t'en rends compte, non ? Ce n'est pas bon pour lui, pour nous. J'ai besoin de savoir : serait-il envisageable que Todd obtienne une nouvelle affectation ?

L'air perplexe, Hank soupire en pinçant les lèvres.

— Doucement, Ruby. Ça fait beaucoup à digérer.

— Il y a autre chose, reprend-elle en se penchant vers lui et en baissant la voix. Je pense… je pense que Todd a une maîtresse.

— Tu plaisantes ? dit-il en secouant la tête. Le Todd que je connais n'est pas comme ça. Il est fou amoureux de toi, Ruby. Jamais il ne te tromperait. Ce n'est vraiment pas son genre.

Les taches noires s'assemblent devant Ruby pour former le visage de Joan Brown.

— J'ai vu sa maîtresse, insiste-t-elle en baissant les paupières. J'en suis sûre. Mais bon, peu importe. Notre couple peut être sauvé. À condition qu'on parte d'ici. Loin de la base. Loin de l'Angleterre. Il faut que tu nous aides, Hank.

Elle rouvre les yeux pour le regarder, consciente de ne plus maîtriser sa voix qui a changé de registre, devenue stridente comme une alarme. Hank ne cille pas.

— Ruby, dit-il doucement. Je sais que tu te plaisais mieux en Amérique. Comme nous tous. Mais demander une mutation serait dommageable pour la carrière de Todd.

Il la fixe calmement. Elle se sent tout juste capable de soutenir son regard.

— Pour changer de poste, soupire-t-il, la première chose serait que Todd en fasse la demande. Mais tu sais comment ça marche, Ruby. Il n'y a aucun motif pour justifier un retour aux États-Unis. Pas d'urgence personnelle ni familiale. Le fait d'être perturbé par des souvenirs de la guerre, l'armée n'en tiendra pas compte. Todd s'est engagé en sachant qu'on pouvait l'envoyer n'importe où dans le monde. Ça fait partie du contrat, c'est pour ça qu'il touche un salaire. Désolé de ne pas pouvoir vous aider.

Devant la mine défaite de Ruby, il adoucit le ton.

— Je peux lui parler, si tu veux. Tâter le terrain, voir si on peut faire quelque chose pour le rendre plus heureux.

— Ne lui dis pas que ça vient de moi. Ne lui parle pas de sa maîtresse.

— Bien sûr que non. Mais sors-toi de la tête ces histoires d'infidélités. Todd est très attaché à sa famille.

Ruby opine du chef. Elle espérait plus de Hank. Mais c'est mieux que rien, veut-elle croire. Elle a un goût métallique dans la bouche. Du sang. Elle a dû se mordre la langue.

— Il y a autre chose qui te tracasse ? demande-t-il.

C'est l'occasion de continuer à parler du curieux état d'esprit dans lequel se trouve Todd. Malgré la douleur qui lui vrille les tempes, Ruby tient à fournir à Hank les éléments pertinents, à trouver le bon argument pour qu'il comprenne la gravité de la situation. Il l'écoute, la main posée sur son bras. Puis il se caresse le menton, se lève et lui tend sa tasse vide. Leurs doigts se frôlent. Elle s'écarte. Ce serait si facile de poser sa tête sur l'épaule de Hank.

— J'ai aussi un petit problème, dit-elle lentement. Je prends du Miltown. Pour mes nerfs. Le dispensaire est à court. J'ai du mal à tenir le coup sans mes cachets. Le Dr Rowland prétend qu'il n'y en a nulle part. Connaîtrais-tu par hasard un moyen de s'en procurer ?

Elle est fière d'elle-même d'avoir su aborder le sujet calmement, une demande banale.

— Hum, temporise Hank en plissant le front. Je n'ai pas trop l'occasion de fréquenter les médecins. Mais je sens que tu subis un gros stress. Je vais me renseigner, voir ce qui est possible. J'arriverai peut-être à faire jouer mes relations.

Elle le raccompagne dans le vestibule. Il prend ses deux mains fraîches dans les siennes, les frotte pour les réchauffer.

— Je me fais du souci pour toi, Ruby. Pour vous quatre. Je suis désolé que ça ne se passe pas bien, ajoute-t-il en faisant coulisser l'alliance sur l'annulaire de Ruby. Je me sens responsable. C'est moi qui ai recommandé Todd. Ça me paraissait une bonne idée de reconstituer l'équipe. Il faut croire que j'avais tort.

Il affiche une moue triste.

— Rien de tout ça n'est ta faute, Hank.

Elle se penche en avant et dépose un baiser, lèvres sèches, sur sa joue. À la manière d'un moineau picorant un grain de blé, songe-t-elle, et non d'une femme habitée par la grâce de l'amour. Elle perçoit sur le visage de Hank, dans ses traits loyaux, une trace furtive de dégoût, de crainte ou de pitié.

Trois jours plus tard, on dépose par la fente à courrier un paquet en papier kraft, adressé à son nom. Elle s'enferme dans la salle de bains pour l'ouvrir. Aucun mot ne l'accompagne. Trois flacons de comprimés tombent sur ses genoux. Ils ne sont pas étiquetés, mais elle sait parfaitement ce que c'est.

17

Christopher écrit la phrase dans son cahier : *Tu as été choisi.* Il mâchonne son stylo.

— J'ai été choisi…, dit-il à voix haute dans la chambre déserte.

Installé à son bureau, il note tout ce qui lui est arrivé, à la manière d'une histoire inventée pour ne pas rompre sa promesse au colonel. Il a décidé de la raconter d'un autre point de vue, celui d'un garçon en bonne santé qui n'a pas la colonne vertébrale tordue. Mais il conserve la chronologie : le chêne aux croix, le disque de pierre, le moment où il se met à genoux pour tendre l'oreille à la grille. Il décrit le hurlement, comme surgi des tréfonds de la terre, plein de rage et de douleur. Il relate comment il a alerté le colonel. Il cherche ensuite à dépeindre la sensation de la lumière sur son visage. Quelque chose d'étrange et de merveilleux. Venu d'ailleurs. Les mots lui manquent. Il se souvient juste que c'était vraiment magique. Il écrit *Le Merveilleux* et le souligne. Le hurlement sous la pierre était terrifiant. Alors que la lumière était agréable, comme un bienfait. Il ne parvient pas à relier les deux, à en comprendre le sens. Il se demande quand le colonel Anderson enverra ses hommes sur place et ce que donnera l'enquête. Il ne peut pas en parler à Hedy ni à Scott. Il a donné sa parole. Il note aussi dans son cahier que le colonel lui a fait jurer de ne rien dévoiler.

Les jours passent, personne ne fait allusion à la forêt, à la pierre ni aux bruits que Christopher a entendus. Il en déduit que ce qu'on a découvert relève du secret militaire, comme le travail de papa.

Hedy rajuste la visière de sa casquette et foule le sol d'un pied déterminé, tel un taureau dans l'arène. Face à elle, la fille qui tient la batte semble nerveuse ; elle répète plusieurs fois son geste, sans trop y croire, le bois caressant l'air plus qu'il ne le fend. Christopher compatit à la déception de sa sœur. L'équipe de softball qu'elle est parvenue à monter n'est pas de son niveau, tant s'en faut. En coach exigeante, elle veut améliorer leurs performances en vue d'un match contre une autre équipe américaine.

Hedy se frappe la cuisse et se livre à une petite courbette assez étrange, puis son bras effectue deux rotations rapides et la balle fuse vers la cible. La fille qui est censée essayer de la frapper pousse un cri quand elle la prend dans la cuisse gauche. Elle s'éloigne à cloche-pied, en pleurs, la batte raclant le sol. Hedy secoue la tête, découragée.

— Deuxième prise, annonce Scott en faisant claquer son chewing-gum entre ses dents.

Christopher reste encore un peu pour les regarder jouer, par solidarité. Mais le match s'éternise, et puis ce n'est qu'un entraînement. Il commence à fatiguer, d'autant qu'il n'y a pas de coin à l'ombre où s'abriter.

Il pointe le pouce pour indiquer à Hedy qu'il rentre à la maison. Scott lui emboîte le pas. Ils marchent ensemble dans un silence complice, Scott se calant sur l'allure de Christopher.

— Plutôt sympa, ta sœur, finit-il par dire. Pour une fille. Maligne comme lanceuse. Elle met beaucoup de *spin* dans la balle.

Il crache adroitement, laissant un joli mollard sur le trottoir.

— Ouais…, acquiesce Christopher.

Il aimerait pouvoir ajouter quelque chose d'intéressant et regrette de ne pas avoir été plus attentif toutes les fois où Hedy et papa parlaient base-ball.

— Ça te dit, un soda ? propose Scott en pointant le menton vers l'économat.

Sous le soleil implacable de cette fin d'été, le gazon est tout rabougri et les feuilles poussiéreuses s'étiolent sur les arbres. Les voitures garées étincellent comme des miroirs, le métal brûlant au toucher. Christopher sue à grosses gouttes dans son corset. Sa peau moite frotte le cuir, ravivant les plaies. Il a peur de sentir la pourriture. Ils s'arrêtent devant l'économat où Scott achète deux sodas. Le givre sur le verre se dissout entre leurs doigts tièdes. Ils trinquent.

— Santé ! lance Scott en imitant l'accent anglais.

Christopher ne boit pas tout de suite. Il observe Scott, son menton redressé, sa gorge qui ondule au passage du liquide. Un filet de boisson s'échappe du goulot, coule sur sa peau et forme une gouttelette luisante à la base du cou. Scott cesse de déglutir et pousse un soupir de satisfaction.

— Juste ce qu'il me fallait !

Il sourit à Christopher. Ses grandes dents brillent dans sa bouche où s'exprime le simple bonheur d'être en vie, de boire une boisson fraîche par une journée torride. Christopher savoure l'agréable rayonnement du plaisir de Scott, et c'est presque aussi magnifique que d'avoir baigné dans la lumière merveilleuse. « J'ai été choisi », songe-t-il. Et à cet instant précis, tout semble possible. Sa main se pose sur la joue de Scott. Ses doigts épousent parfaitement la forme de la pommette, il en a le cœur bouleversé. La peau de Scott est bouillante au toucher. Délicatement, il essuie la traînée de boisson, caressant au passage les lèvres entrouvertes de Scott.

18

Hedy remonte la rue principale en balançant le gant de base-ball qu'elle tient par le tressage et qui heurte parfois ses genoux. Elle relève sa casquette au-dessus de son front en sueur. Une inscription en lettres rouges et blanches figure sur le devant : *Diamonds Flash, club de softball, 1955*. Cette année-là, ils avaient une équipe sensationnelle qui était restée invaincue. Quelques mèches lui chatouillent le cou et sa natte en partie défaite lui pend dans le dos. Elle voudrait la couper, mais maman n'acceptera jamais. Hedy sent qu'elle a bien joué aujourd'hui. Elle maîtrise mieux le petit mouvement de poignet, coude relevé, qui donne du *backspin* à la balle. Le ruban noir est visible chaque fois. C'est son coach dans l'Iowa qui lui a appris le truc : « Si tu vois la ligne noire au moment où la balle quitte ta main, c'est que ça gicle bien. » Mais si Hedy ne trouve pas de solution pour que ces mauviettes jouent mieux, elles sont sûres de perdre leur match la semaine prochaine. Elle en parlera à papa. Il pourrait peut-être les entraîner. Sauf qu'il ne sera peut-être pas à la maison, même si on est samedi. Maman dit qu'il fait des heures supplémentaires. Elle raconte qu'il part de bonne heure et rentre tard, mais sa brosse à dents est toujours sèche comme de la paille et son savon à barbe intact.

Voilà Scott qui apparaît au bout de la rue avec son étrange démarche entre poussée et traction, ses pieds comme enchaînés tandis que le haut du corps progresse vers l'avant, fend l'air à coups d'épaules. Il a au moins une qualité : il est bon en base-ball et s'y connaît en sport. Hedy veut lui demander ce qu'il a pensé du match ; son avis sur l'équipe serait utile. Il se fige sur le trottoir quand il l'aperçoit et, chose bizarre, semble tenté de traverser pour l'éviter, mais se ravise et vient à sa rencontre. Quand il arrive à sa hauteur, Hedy voit qu'il est de méchante humeur. Elle retire sa casquette et se passe la main dans ses cheveux moites.

— Qu'est-ce qui se passe ?

— Dis à ton frangin que si jamais il s'approche encore de moi, je le tue.

Hedy cherche une trace de moquerie sous sa mine renfrognée, c'est forcément une plaisanterie. Elle affiche un air interloqué et hausse les épaules.

— Je suis un peu lente, si tu pouvais en venir tout de suite à la chute de ta blague.

— Tu sais que ton frère est un pervers ?

Hedy sent une boule dans sa gorge. Elle déglutit et dit :

— Qu'est-ce que tu racontes ?

— Ton frère est un sale pervers. Un pédé. Il faut l'enfermer.

Scott a des taches rouges sur le visage et ses yeux ne sont plus que des fentes.

— Je te défends de parler comme ça de mon frère.

— Laisse-moi passer !

Il l'écarte d'un coup de coude dans les côtes.

— C'est toi qui as un problème ! lance-t-elle. T'es complètement cinglé !

Il se retourne, les bras écartés.

— Je vais raconter à tout le monde ce que ton frère a fait ! Dis-lui aussi ça de ma part ! Peut-être même qu'il se fera lyncher ! Bien fait pour sa gueule ! J'ai envie de prévenir les flics. Qu'ils foutent ce boiteux en tôle. C'est un criminel.

Il se fige, semble chercher un mot et finit par le cracher :

— C'est un déviant !

Hedy a le souffle coupé, comme si Scott lui avait flanqué un coup de poing dans le ventre. Elle jette un coup d'œil à la ronde pour s'assurer que personne n'a entendu, puis s'éloigne d'un pas rapide et se met bientôt à courir. Elle ne s'arrête même pas pour ramasser sa casquette que ses doigts ont laissée tomber.

Chris est installé à son bureau. Il n'est pas en train d'écrire, il rêvasse.

— Qu'est-ce qui s'est passé ? demande Hedy en refermant la porte derrière elle. J'ai croisé Scott.

Il reste immobile.

— Chris ? Tu peux me répondre ? Qu'est-ce qui se passe ?

Elle s'approche et lui tapote l'épaule. Il relève la tête et la regarde avec une vague surprise, indifférent à sa présence. Il a le teint pâle, ses taches de rousseur ont disparu.

— Tu te sens malade ? insiste Hedy.

Il agite la tête, agacé par ses paroles comme par une nuée de moustiques.

— Qu'est-ce que tu as fait ? demande-t-elle en haussant le ton.

— Laisse-moi tranquille, murmure-t-il.

Quelqu'un crie dans le couloir. Maman. Hedy tend l'oreille, attentive. Une autre voix, grave et masculine, interrompt la première.

— Papa est rentré, dit Hedy.

Elle a envie de pleurer et pourtant son cœur s'envole comme un ballon.

— Je voudrais qu'elle tombe, énonce Chris d'une voix atone.

— Quoi donc ?

— La bombe atomique. Je voudrais qu'elle tombe maintenant.

— Arrête un peu, Chris ! s'emporte-t-elle. Tais-toi !

Papa va régler ça, songe-t-elle en traversant la chambre en trois enjambées.

Papa est dans la cuisine. Mais quelque chose ne va pas. Son uniforme est tout froissé, son nœud de cravate défait. Il se tient parfaitement immobile, les pieds plantés au sol, le corps rigide comme celui d'un funambule qui doit résister à un vent puissant. Son visage affiche une expression de terreur.

— Todd ? dit maman. Todd ? Qu'est-ce qui se passe ?

— Ne bouge pas ! s'exclame papa d'une voix sifflante. Ne bouge pas ou tu vas tomber ! Le sol… a disparu !

Hedy ne comprend pas. S'agit-il d'une de ses plaisanteries ? Maman s'approche de papa et touche son bras.

— Todd ? Arrête, tu me fais peur. Regarde, le sol est bien là où il a toujours été.

Papa repousse maman et fixe un point dans l'angle de la pièce. Ses yeux rougis semblent aveuglés, mais une vision plus profonde se niche dans ses pupilles voilées, comme s'il contemplait en lui-même un autre monde, une réalité épouvantable, la vie ordinaire n'étant qu'une hallucination.

— La chose…, lâche-t-il dans un souffle. La créature… Elle m'espionne.

— Quelle créature, papa ? demande Hedy d'une petite voix.

— S'il te plaît, Todd…, insiste maman d'un ton implorant. Je ne comprends pas… De quoi parles-tu ?

Papa titube en avant, se laisse tomber à genoux et tend les mains pour tâter prudemment le sol, comme s'il doutait de son existence. Il relève la tête, les yeux affolés, et tressaille à cause d'une chose qu'il est seul à voir.

— Ils sont à mes trousses…

Il crapahute soudain, de biais étonnamment, se réfugie sous la table, se recroqueville et commence à geindre.

— Empêchez-les ! Je vous en supplie, empêchez-les !

Maman se met à genoux et le tire par la manche pour l'obliger à se relever. Mission impossible. Papa ne veut pas bouger. Il reste tapi là, la tête dans ses bras, la posture qu'on apprend à l'école en cas d'alerte.

— Faites-les partir ! hurle-t-il.

— Arrête, Todd ! crie maman.

La sonnette de la porte d'entrée retentit. Son grésillement strident se prolonge. La personne garde le doigt appuyé sur le bouton. Maman et papa ne semblent pas l'entendre, pris dans une curieuse danse, étreinte confuse, leurs visages tout proches, presque assez pour s'embrasser. Elle cherche toujours à le tirer à l'écart de la table, mais lui ne se laisse pas faire.

— Je sais qu'ils sont là, susurre-t-il d'une voix qui vire à l'hystérie. Ils me suivent… ils me surveillent…

— Voyons, mon chéri. Il n'y a personne d'autre que nous ici, Todd.

Accroupie à côté de lui, maman l'enlace d'un bras et s'exprime d'une voix douce.

— Laisse-moi appeler Hank. Il saura quoi faire.

Papa se relève brusquement, sa tête heurte la table. Il se passe la main dans les cheveux et recule face à maman. Il a le front brillant de sueur et ses pupilles foncées forment deux têtes d'épingle dans le blanc de ses yeux.

— Des monstres ! bredouille-t-il. Ce sont des monstres !

Elle avance vers lui, mains tendues.

— Laisse-moi ! hurle-t-il. Va-t'en ! Tu es avec eux !

Il se tait soudain, secoue la tête et se frotte les yeux.

— Est-ce que je suis fou ? murmure-t-il d'une voix démunie d'enfant. Est-ce que je deviens fou ?

La sonnette n'arrête pas de retentir. Hedy va ouvrir. Quatre hommes en uniforme bleu, arme à la hanche, se tiennent serrés face à la porte. La police de l'US Air Force. Elle tente de leur claquer la porte au nez, mais ils exhibent leur badge et s'engouffrent à l'intérieur. Ils attrapent papa, tentent de le séparer de maman qui s'accroche à lui comme une noyée à une bouée. Les mains menottées dans le dos, papa est escorté jusqu'à la voiture qui attend à l'extérieur, flanqué d'une paire de policiers de chaque côté. Papa se débat comme un beau diable.

— À l'aide ! hurle-t-il. À l'aide !

Il y a des visages à tous les carreaux environnants. Hedy n'arrive pas à comprendre. Le comportement de papa est effarant, franchement gênant. Elle ne l'a jamais vu, ni personne d'autre, aussi soûl. Papa doit leur expliquer que c'est un malentendu, qu'on s'est trompé de personne, mais dans un état pareil, personne ne le croira.

Assise par terre, maman est prostrée sur elle-même. Elle gémit, une longue plainte animale, et tire ses cheveux à deux mains. Elle garde les yeux rivés, par la porte ouverte, sur l'endroit où se trouvait la voiture. La voiture qui a emmené papa. Chris n'est même pas sorti de sa chambre, alors qu'il a forcément dû entendre les cris et l'agitation. Hedy va le voir.

— Papa a été arrêté, mais peut-être que tu t'en fiches.

Elle s'adresse au dos de son frère, aux barres métalliques du corset. Christopher tourne lentement le visage, tel un automate, son cou pivotant avec la mentonnière. Il la regarde sans rien dire, sans la voir ; aucune trace de surprise ni d'inquiétude sur son visage. Hedy a les mains qui tremblent. En voyant papa dans cet état, quelque chose s'est fracturé en elle. Elle sent jaillir de cette brèche un emportement violent et douloureux, une bouffée de colère et d'angoisse.

— C'est à cause de toi ! lâche-t-elle en plantant l'index dans le dos de Chris. Le problème, c'est toi. Tout est ta faute ! Scott te déteste ! Moi aussi, je te déteste ! Tu es dégoûtant !

Comment a-t-elle pu ne pas voir son anormalité, son côté fleur bleue, cette tendance à verser une larme comme une fille ? Même sans l'excuse de la colonne vertébrale difforme, du corset, il aurait toujours été la déception de papa, la honte de la famille. Quelque chose cloche chez lui, dans sa tête. Un déviant. « Je le déteste ! songe-t-elle. C'est sa faute ! »

Hedy n'en peut plus. Elle quitte la chambre de Christopher et s'adosse à la porte, agrippant la poignée comme pour l'empêcher de la suivre. Son cœur est en proie à la colère et à la tristesse. Maman est toujours avachie par terre. Hedy sait qu'elle devrait s'occuper d'elle, mais elle en est incapable. Son corps est bloqué. Ses jambes refusent de bouger. Elle voit maman frapper sa tête sur le rebord de la gazinière, un bruit atroce, encore et encore.

19

Hank prend maman dans ses bras et la porte comme une poupée. Hedy n'imaginait pas qu'il était aussi fort. Il allonge délicatement maman sur le lit et lui retire ses chaussures, sans cesser de parler d'un ton rassurant.

— Tout ira bien, Ruby. Repose-toi. Une bonne nuit de sommeil et tu te sentiras mieux.

Des larmes ruissellent sur les joues de maman. Ses seins s'agitent sous sa robe, tirant sur la fine étoffe. La forme de ses pieds, les orteils repliés, est parfaitement visible à travers le Nylon des bas transparents. Hedy détourne le regard.

C'est un soulagement quand arrive le Dr Rowland muni de sa sacoche noire, obligeant Hank et Hedy à quitter la chambre. Ils vont dans la cuisine où Hank se sert un verre d'eau qu'il vide d'un trait.

— Je suis désolé que tu aies vu ton père dans cet état.

— Où est-il ?

— À la prison militaire.

— Pourquoi ?

Il rince le verre et le pose sur l'égouttoir.

— Malheureusement, il n'a pas respecté son

engagement vis-à-vis du gouvernement américain et de l'US Air Force.

— Papa ne ferait jamais une chose pareille.

— Il était épuisé nerveusement ces derniers temps. Il s'est mis à boire.

— Épuisé nerveusement ? Comme maman, tu veux dire ?

Hank opine du chef. Son expression est grave et triste.

Maman a toujours eu ses coups de fatigue, besoin de s'allonger l'après-midi et de prendre ses cachets, mais pas papa, lui qui plaisante et adore le base-ball, lui qui s'attache aux faits objectifs, lui qui est solide et courageux, parfois fanfaron, mais jamais fou.

Le Dr Rowland sort de la chambre. Il s'avance d'un pas lourd, ses chaussures ploient sous son poids et laissent des empreintes sur la moquette.

— J'ai donné quelque chose à Ruby pour l'aider à dormir. Un petit sédatif.

— Ça va aller, Hedy ? l'interroge Hank. Je peux demander à l'une des épouses de venir préparer à manger et s'occuper de vous. Betty est une bonne amie de ta mère, je crois ?

— On n'a besoin de personne. Je peux m'occuper de Chris, et de maman, dit-elle en se mordillant l'ongle du pouce. Et papa ? Quand va-t-il rentrer ?

Hank ne répond pas immédiatement. Il s'éclaircit la gorge et lance un regard au médecin.

— Les charges sont sérieuses, Hedy. Je préfère ne pas te mentir. Il travaillait sur un dossier important, un sujet qui intéresse nos ennemis. Tout manquement aux règles de sécurité entraîne une enquête approfondie. Essaie de ne pas t'inquiéter, dit-il en posant sa main sur l'épaule de Hedy. Sois sage et occupe-toi bien de ta mère.

Hedy retourne dans la cuisine et se poste à la fenêtre pour observer Hank et le Dr Rowland qui s'en vont. Leurs chuchotements lui parviennent en un murmure indistinct. Ils se serrent la main et se séparent sur le trottoir, partant l'un à gauche et l'autre à droite. Alourdi par sa bedaine, le médecin a l'allure dandinante, sa sacoche noire au bout du bras. Hank, lui, s'éloigne d'un pas décidé comme s'il était attendu en haut lieu, l'uniforme impeccable et la casquette bien droite. Hedy regrette qu'il ne soit pas resté. Elle s'attarde à la fenêtre, contemplant la rue. Elle repense à une vignette offerte dans un paquet de chewing-gum : il y était écrit qu'en Russie, les gens pouvaient se faire arrêter n'importe quand, qu'on les envoyait en prison pour rien, sans procès équitable ni possibilité de faire appel. Il n'y a pas de justice en URSS. *Voilà comment on vit sous le communisme*, pouvait-on lire. Mais eux vivent en Angleterre et sont soumis à la loi militaire américaine, un système bon et juste où l'on ne condamne pas les gens sans raison. Papa ne ferait jamais rien de mal. Il va être jugé, on finira par se rendre compte qu'une grave erreur a été commise.

Les heures ont passé sans qu'elle s'en aperçoive, le soleil incandescent a disparu derrière les pins. Le crépuscule modifie l'apparence des choses : les contours deviennent flous, les couleurs s'estompent, un chat noir tapi sous une voiture a l'air d'une petite panthère. Hedy sursaute en entendant des voix de garçons. Ils sont trois à apparaître au milieu de la chaussée déserte, d'un pas traînant qui frotte le sol. Ils parlent fort et se lancent une balle. Hedy reconnaît Billy, Frank et George, tous de la bande de Scott. La fois où Frank a essayé de l'embrasser, elle lui a mis son poing dans la figure. Elle a eu super mal à la main, mais ça valait le coup. Ils jettent un regard à leur bungalow, trois têtes pivotant d'un même mouvement, regards curieux à l'affût. Billy flanque une tape sur l'épaule de Frank qui chancelle. Hedy entend leurs rires. Elle se fait toute petite et s'accroupit sous la fenêtre, guettant leurs pas qui s'éloignent et leurs voix qui diminuent. Une mouche s'élève pesamment et bourdonne autour d'elle. L'insecte se cogne à son front avant de voler vers le carreau.

Pourquoi papa pensait-il que quelque chose se cachait dans la cuisine ? Elle ne l'a jamais vu dans un état pareil, on aurait dit qu'il faisait un cauchemar, sauf qu'il était éveillé. Il avait l'air fou, ou complètement soûl, mais elle n'a pas senti d'haleine de bière. Rassurée quand les garçons se sont enfin éloignés, Hedy s'aperçoit qu'elle a faim. Elle ouvre le frigo, prend une bouteille de lait et boit directement au goulot, ses dents heurtant le verre et un filet lui coulant sur le menton. Elle attrape un pilon de poulet, mord dedans à pleines dents et avale sans mâcher. Elle repose l'os sur la clayette du réfrigérateur. Elle hésite à apporter quelque chose à Chris. S'il a faim, il n'a qu'à se servir. Il n'est pas impotent. Ce n'est pas un bébé. Papa le répète sans cesse à maman.

Hedy espère que maman est réveillée. Non, elle est allongée sur le flanc, les genoux repliés et la main posée sur l'oreiller à côté de sa joue. Elle n'a pas enfilé sa chemise de nuit, ne s'est pas brossé les dents et n'a pas mis sa crème du soir. Hedy s'agenouille près du lit et lui secoue l'épaule.

— Maman ? Maman ?

Elle ne réagit pas. Et si elle était morte ? Prise de panique, Hedy devient toute flageolante. Elle attrape le bras de maman et tire dessus. Les lèvres gercées et la langue boursouflée marmonnent quelque chose, une bouffée fétide envahit les narines de Hedy. Elle ouvre la fenêtre. L'air stagnant plane dehors comme un nuage. Hormis les avions dans le ciel, rien ne bouge. Hedy se précipite dans la salle de bains, son estomac se vide d'un jet, puis elle s'allonge sur le lit à côté de maman, encore dans sa tenue de softball, et pose sa tête sur l'oreiller de papa. Elle a le visage collant de transpiration séchée. Son maillot dégage une odeur de lait caillé. Elle observe les dernières lueurs du jour qui paillettent le plafond, puis les taches jaune pâle s'effacent et la chambre se retrouve plongée dans l'obscurité. Au-dessus des arbres, la lune a l'air d'un visage noyé.

Les oiseaux chantent. Hedy écoute leur gazouillis en contemplant le même plafond que la veille, à présent baigné d'une lumière jaune vif. Réveillée à l'aube, elle a entendu un premier merle solitaire, auquel d'autres se sont bientôt joints. Un avion rugit au-dessus du toit et n'est déjà plus qu'un point scintillant dans le vaste azur. Dans le monde extérieur, c'est une nouvelle journée qui commence, comme si de rien n'était.

À côté d'elle, maman soupire et tourne sa tête sur l'oreiller. Elle toussote et s'humecte les lèvres. Elle ouvre ses yeux, injectés de sang, et fixe Hedy, interloquée. Elle inspire une petite bouffée.

— Non, bredouille-t-elle. Non…

— Tu veux manger quelque chose ? propose Hedy en sortant du lit. Tu veux un café ? Je sais comment le préparer.

— Mes cachets, murmure maman en portant les doigts à ses yeux. Apporte-moi mes cachets.

— Mais ça fait longtemps que tu dors.

Maman tend la main en silence, telle une mendiante. Hedy aperçoit le flacon marron posé par terre. Elle l'inspecte, mais il n'y a pas d'étiquette précisant la posologie. Elle se souvient que d'habitude, maman en prend deux.

— Tiens…

Elle laisse tomber deux cachets jaunes dans sa paume et lui tend le verre qui était posé sur la table de nuit. Maman les gobe et avale une gorgée d'eau. Puis elle extrait ses pieds des draps et quitte la chambre en titubant. Hedy l'entend faire pipi et tirer la chaîne de la chasse d'eau. Elle revient et chancelle jusqu'au lit, ses pieds mal assurés se soulevant à peine du sol. Sa robe, dans laquelle elle a dormi, est toute froissée et de travers. Elle a le teint cireux et des mèches de cheveux sont collées à ses joues. Elle se laisse retomber sur l'oreiller.

— Et Christopher ? demande-t-elle.

— Ça va, dit Hedy. Je vais l'habiller et lui préparer son petit déjeuner.

Maman hoche la tête, cligne des paupières et ferme les yeux. Elle sombre à nouveau dans le sommeil. Hedy voudrait la forcer à sortir du lit, la secouer pour qu'elle agisse normalement. Il faut que maman se comporte comme si les choses allaient s'arranger, ce qui sera le cas dès que papa sera relâché. Maman devrait être debout et habillée, joliment maquillée. Elle devrait gronder Hedy d'avoir dormi dans ses vêtements, elle devrait nouer son tablier et leur préparer à manger.

Hedy se fige un instant devant la porte de la chambre de Christopher, la main sur la poignée. Elle s'en veut de lui avoir dit ces choses horribles. Elle n'en pensait rien. Elle culpabilise de ne pas l'avoir aidé à se coucher hier soir. Tout seul, ça n'a pas dû être simple. Il n'a pas pu prendre son bain. C'était stupide d'embêter Scott, mais plus rien de tout ça n'a aucune importance. Quoi qu'il ait fait, Christopher est son frère. La seule chose qui compte, c'est que papa revienne au plus vite, que la famille soit de nouveau au complet. Elle tourne la poignée. Elle va lui demander pardon. Elle préparera le milkshake préféré de Chris et lui lira à voix haute la fin du *Jour des Triffides*. Ils riront de ce qui est arrivé avec Scott, peut-être pas aujourd'hui, mais un jour prochain, dès que papa sera de retour et que maman ira mieux.

Mais le lit du bas est vide, les draps encore faits. Hedy se laisse tomber sur le matelas, pose la main sur l'oreiller blanc et lisse. Personne n'a dormi là. Elle refuse de céder à la panique. « Réfléchis ! se dit-elle. Réfléchis ! » Elle a le cœur serré et la poitrine comprimée. Elle porte son regard vers la forêt derrière la fenêtre, la cime des pins illuminée de soleil, le ciel strié de traces d'avion.

Hedy frappe d'un poing ferme à la porte du numéro 5. Betty vient ouvrir et, passé la surprise initiale, l'écoute avec intérêt. Hedy voit qu'elle est au courant pour papa, mais espère que Scott ne lui a pas parlé de l'incident d'hier avec Christopher. La radio est allumée quelque part dans la maison, Elvis chante « Don't be cruel » avec des trémolos dans la voix. Il y a une odeur de café et d'œufs sur le plat.

— Où est ma chemise verte ? lance Scott, obligé de crier pour se faire entendre par-dessus la musique.

Hedy recule d'un pas, le regard toujours fixé sur l'intérieur sombre.

— Vous pourriez venir chez nous pour surveiller maman ? demande-t-elle d'un ton précipité. Elle ne va pas bien.

— Encore une de ses crises ? Mon Dieu, j'imagine ce que c'est ! Veux-tu que je vienne tout de suite ?

Hedy fait oui de la tête.

— Elle est dans ton tiroir, mon chéri ! lance Betty par-dessus son épaule. Comment se fait-il que les hommes soient incapables de trouver quoi que ce soit ? (Elle fait claquer sa langue et papillonne des cils.) Je suis navrée pour ton papa, dit-elle d'une voix feutrée, comme s'il était mort. Une seconde, je prends mes affaires.

Elle attrape derrière elle un sac à main rouge, sort une paire de lunettes de soleil qu'elle chausse.

— Je vais faire un saut chez Ruby ! crie-t-elle vers l'intérieur de la maison. Tu n'as pas faim, Hedy ? Vous avez pris un petit déjeuner, toi et ton frère ? Veux-tu que je fasse des pancakes ?

Hedy la voit qui observe, par-dessus ses verres foncés, le maillot crasseux et taché, sa natte défaite et emmêlée.

— Non merci. J'ai un truc à faire.

— Voyons, Hedy…

Hedy pivote et s'éloigne. Elle sent dans son dos l'écueil des mots que Betty n'a pas pu dire, sait que celle-ci reste sur les marches du perron à l'observer.

Mais Hedy ne se soucie plus de Betty, de Scott et des autres : sa foulée s'allonge et elle se met à courir de plus en plus vite sur le trottoir en direction de la clôture d'enceinte.

Avant de s'engouffrer entre les arbres, Hedy jette un dernier regard en arrière. Au-delà des barbelés, l'air ondoie et miroite au-dessus du terrain d'aviation, chargé de vapeurs de kérosène, et les avions garés se reflètent sur la piste. La forêt se referme autour d'elle, fraîche et tachetée de lumière. Elle imaginait qu'elle retrouverait facilement la pierre, mais les arbres se ressemblent tous. Elle écoute le murmure vert de leur respiration, les sent qui se penchent vers elle et l'observent de leurs yeux de bois. Désorientée à cause des troncs qui lui bouchent la vue, Hedy tourne en rond comme la fois précédente. Elle appelle Chris, mais seul l'écho de sa voix lui revient dans le silence. Remarquant des cartouches vides par terre, elle les touche du pied et se demande qui a bien pu passer ici armé d'un fusil. Qu'y a-t-il à chasser ? Des lapins ? Elle espère croiser les trois enfants qui pourraient l'aider. Chris est peut-être avec eux. Elle consulte sa montre. Ça fait plus d'une heure qu'elle se trouve dans la forêt. Sa gorge se serre de panique. Elle se demande si maman est réveillée, si Hank est passé leur donner des nouvelles de papa.

— Chris ! crie-t-elle. C'est pas drôle ! Il faut que tu rentres à la maison ! Je te demande pardon, O.K. ? Je ne pensais pas ce que j'ai dit ! Allez, Chris…

Par ici poussent des hêtres. Dans l'air flotte une lumière dorée, la mousse est d'un vert étincelant sous ses pieds. Hedy ne reconnaît pas cette partie de la forêt.

Soudain, la clôture d'enceinte se dresse devant elle. Zut. Elle l'agrippe et se rappelle que la maison des enfants en est toute proche, mais de l'autre côté du terrain d'aviation. Elle n'a qu'à suivre le grillage en le gardant à sa main gauche. Le chemin bordant la base est bosselé de racines qui la font plusieurs fois trébucher. Elle sursaute quand un lapin bondit devant elle et détale. Elle regarde une fois de plus sa montre et, relevant la tête, aperçoit l'extrémité du clocher au-dessus du grillage. La maison des enfants se trouve après le prochain virage. Ses jambes s'activent dans son pantalon de softball rouge et blanc tout poussiéreux.

Avec son toit affaissé au centre, le cottage a l'air d'avoir le dos cassé. Hedy détache une boucle de corde, pousse un portillon et pénètre dans un jardin. Plusieurs cabanons sont regroupés le long d'une haie mal entretenue. Des engins démontés, dont un petit tracteur, jonchent le sol où des taches d'huile leur font comme des ombres. L'endroit paraît à l'abandon, il y a des crottes d'oiseau un peu partout, mais le potager est bien entretenu ; elle distingue des filets et des treillages sur lesquels poussent des haricots et de belles framboises visibles sous les feuilles vertes. On dirait qu'il n'y a personne.

— Bonjour…, dit-elle d'une voix hésitante.

L'épaisse chaleur est entrelacée du bourdonnement des abeilles. Obligée de plisser les paupières à cause du soleil, Hedy observe les fenêtres sombres et les poules qui grattent le sol à l'ombre. Elle a l'étrange sensation d'être invisible, et elle a aussi très soif. Apercevant une pompe, elle ressent l'envie irrépressible de s'asperger le visage et de boire dans le creux de ses mains. Elle s'en approche et agrippe le levier incurvé. La porte d'un cabanon à toit de goudron s'ouvre alors et un homme chauve en sort. Hedy s'écarte vivement de la pompe. L'homme a les mains luisantes de rouge et les tient en l'air devant lui. Des coulures écarlates encerclent ses doigts et se prolongent jusqu'aux poignets, tels des rubans. Le tablier noué à sa taille est lui aussi taché. Médusée, Hedy est incapable de bouger. Manifestement, elle n'est pas invisible : l'homme la fixe de ses yeux méfiants, plantés en elle comme un hameçon. Des relents de boucherie le précèdent. Il s'arrête devant la pompe, actionne le levier avec son coude et tend ses mains sous le jet, sans cesser de la regarder comme si elle avait une inscription sur le front. L'eau gicle et gargouille, devient rose pâle sous les rayons de soleil, s'ajoute dans l'auge à la flaque noire parsemée de plumes. Puis l'homme lance un coup d'œil en arrière, vers l'embrasure du cabanon. Dans la pénombre à l'intérieur, Hedy distingue une grosse forme charnue. Un nuage de mouches affamées a suivi l'homme ; elles zigzaguent absurdement autour de lui, l'une d'elles se heurte à son crâne brillant où une goutte de sang a l'air d'une éclaboussure de peinture.

— Tu cherches quoi ? demande-t-il en séchant ses mains sur son pantalon.

Hedy n'arrive pas à se rappeler le prénom des enfants. Serait-ce leur père ?

— Mon frère, balbutie-t-elle, la gorge nouée.

— L'est pas ici.

L'homme cache le soleil. Hedy est prisonnière de son ombre. Baissant les yeux, elle remarque le couteau accroché à sa ceinture. Elle franchit le portillon d'un bond, dépasse en courant l'église abandonnée et se rue vers la clôture. Au-delà du grillage, la base semble un mirage inaccessible. Impossible de s'y réfugier. Ça grouille de soldats, mais aucun d'entre eux ne peut la secourir. Un cri retentit derrière elle. Hedy hésite, ralentit le pas et jette un coup d'œil par-dessus son épaule car ce n'est pas la voix de l'homme. C'est la fille qui la suit… son prénom lui revient : Nell. Celle-ci avale les mètres sans que ses pieds paraissent toucher le sol. Elle finit par la rattraper, à peine essoufflée.

— T'as peur du sang ? lance Nell d'un air narquois.

Hedy porte son regard vers le cottage et le cabanon.

— Mon père, explique Nell. Il dépèce un cerf. Il est sorti braconner hier soir. C'est pour ça qu'il voulait pas que tu viennes fouiner. Savait pas si tu nous dénoncerais.

Avec un sursaut d'effroi, Hedy se souvient soudain de la raison qui l'a amenée là.

— T'aurais pas vu mon frère ?

— Le bossu ?

Les cheveux de Nell ont repoussé et forment une auréole sur son crâne. Elle enroule une mèche autour de son index.

— Non, dit-elle en faisant la moue.

Hedy sent ses poumons se comprimer. La panique monte en elle. Elle se tourne vers la forêt, les couleurs s'embrouillant.

— Il faut que je le retrouve… Emmène-moi à la pierre ! Je t'en supplie !

— Laquelle ? demande Nell en croisant les bras.

Hedy la dévisage. Son expression n'a rien de moqueur.

— Tu parles de celle qu'on vous a montrée l'autre fois ? ajoute Nell en penchant son minois. Près du chêne ?

Les bras ballants, Hedy baisse la tête.

— Je ne savais pas qu'il y en avait plusieurs.

— Suis-moi, dit Nell.

Elle s'éloigne d'un pas décidé, les pieds nus striés d'éraflures, ses petits orteils droits pointant le chemin.

— Il y en a quelques-unes par-ci, par-là, explique-t-elle. Celle près du chêne est la préférée du vieux Joe. Ça lui arrive de dormir à côté toute la nuit, comme s'il montait la garde.

— Et les vagabonds qu'on a vus ? Ils pourraient s'en prendre à Chris ?

Nell ne répond pas, se met à courir à petites foulées. Hedy ne se laisse pas semer. À un moment, Nell quitte le sentier pour s'engager entre les arbres. Elle écarte les fougères et enjambe les souches pourries, son corps évite les obstacles qu'elle effleure au passage d'une main affectueuse. Ses pieds nus, comme des pattes animales, sont parfaitement silencieux. Hedy lui envie sa confiance et son aisance. Un écureuil se fige, les griffes plantées dans l'écorce d'un tronc, la tête vers le bas et le panache frémissant. Il les observe, pivote soudain et disparaît dans les hauteurs de l'arbre. Elles continuent de s'enfoncer dans la forêt. Les pins cèdent temporairement la place à des hêtres brillants. Les branches basses s'accrochent à leurs jambes, le sol est durci et inerte dans l'obscurité du sous-bois. Elles rejoignent un nouveau sentier.

— Par là ! annonce Nell.

Hedy reconnaît les bouleaux argentés, leurs feuilles

comme des pièces rutilantes parmi les pins sombres. Elle a le cœur qui tambourine à chaque pas, et l'écho de ce martèlement, assourdi par la terre, résonne tel un pouls dans ses os. Une poche d'air les enveloppe, pareille à une eau stagnante qui engloutirait leurs têtes. Hedy a la gorge serrée, elle parvient tout juste à respirer. Nell le ressent aussi, ce malaise, car elle s'arrête et la laisse poursuivre seule.

Il y a un enchevêtrement d'ombres au pied du chêne et Hedy s'aperçoit avec stupeur que le vieux Joe se tient là, accroupi parmi les racines. Il gémit en la voyant, se prend le visage à deux mains et se balance sur ses pieds. En l'air, quelque chose tourne et grince. Hedy frissonne quand une ombre passe sur elle, obscurcissant l'espace, tache noire dans la pénombre. Elle lève la tête et découvre un garçon qui semble fixer le sol. Ses yeux sont des boutons arrachés, sa bouche une entaille. Sa tête forme un angle anormal avec le cou, une corde l'étrangle sous le menton, son visage gonflé et tacheté de violet a l'air d'une caricature cruelle. Chris… Comment pourrait-ce être Christopher ? Suspendu parmi les feuilles… Tout autour de lui, des petites croix sont accrochées aux branches. Une de ses chaussures est tombée par terre. La corde se balance en grinçant. Hedy ouvre la bouche et pousse un hurlement. Un cri strident qui fend l'air. Le nom de son jumeau s'arrache à sa gorge, encore et encore, se répète comme un bégaiement maladif parmi le feuillage, faisant s'envoler les oiseaux. Hedy se laisse tomber à genoux, autour d'elle les arbres vacillent et tournoient. Le sol bascule et se dérobe. Elle se déplace à quatre pattes sur le tapis de feuilles mortes et d'aiguilles de pin séchées, perçoit les fourmis sous ses doigts. Arrivée sous le corps, Hedy se relève en partie, tend le bras pour agripper le pied et sent la raideur des orteils sous le tissu rouge et glissant. Il faut qu'elle le libère. La chaussette lui reste dans la main, un machin flasque entre ses doigts, dévoilant la peau d'un blanc laiteux. Un pied nu et délicat oscille dans l'air au-dessus d'elle.

— À l'aide ! s'écrie-t-elle.

Hedy regarde en arrière – Nell a disparu. Le vieux Joe écarte ses doigts de ses yeux et contemple la scène entre ses mèches hirsutes, mais ne bouge pas. Il reste bouche bée.

— Aidez-moi à le descendre !

Joe vient enfin vers elle, paumes tendues. Elle remarque qu'il a des rougeurs récentes aux mains. De sa bouche ouverte s'échappent d'étranges borborygmes et des braillements qui n'ont rien d'humain. Prise de nausée, elle observe ses mains enflées, la peau irritée. Ce sont des brûlures comme en produit une corde. Un sanglot lui échappe au moment où elle comprend et elle s'éloigne doucement du vieillard, dérapant sur les feuilles mortes et les racines. Sous la détresse palpite la peur, roulement sourd dans son crâne.

On entend alors le crachotement d'une radio, des craquements et froissements de pas dans les fourrés. Joe bat des paupières, avec une lenteur de tortue, et se retourne pour voir arriver des hommes en enfilade. Ils émergent des arbres, des feuilles accrochées à leurs casques. Ils se déplacent en formation, ont des gestes rapides pour communiquer entre eux. Il règne soudain dans l'air une autorité militaire, non moins palpable que les ordres aboyés et transmis de façon hachée par le talkie-walkie, qui rend l'instant à la fois réel et très distant. Un homme en uniforme, le visage maquillé de noir, attrape Hedy par les bras et l'entraîne à l'écart. Elle regarde un soldat dénouer la corde attachée à l'arbre pendant que deux autres descendent doucement Chris : ils n'ont pas trop de leurs quatre mains pour le faire passer entre les branches et les feuilles, le recueillent dans leurs bras tendus et le portent délicatement. Des questions concrètes sont posées, gentiment. Hedy ne répond pas, incapable de parler. L'acier scintille quand on passe les menottes au vieux Joe. Il ne cherche pas à résister, garde ses yeux pâles rivés sur elle, les mêmes sons incompréhensibles s'échappant de la bouche au milieu de la tignasse. Quatre hommes emportent Chris. Ça s'embrouille dans la tête de Hedy : ce corps mou, cette colonne vertébrale flasque entre les bras qui la soutiennent, ne lui sont pas familiers. Les hommes en treillis avancent en contournant les pins, procession solennelle, jusqu'à deux Jeep garées devant la clôture. Hedy ne détache pas les yeux de Chris. On l'allonge sur un brancard. Étendu sur la toile, il a l'air endormi, les lignes de son corps sont souples comme elles ne l'ont jamais été de son vivant. Son menton repose sur sa poitrine. On place le long du torse un bras qui pendait dans le vide. Quelqu'un a détaché le collet, desserré la gaine et les barres métalliques. Quelqu'un lui a retiré son corset.

Le vieux Joe. Le vieux Joe a tué son frère.

20

Betty passe souvent, ainsi que d'autres épouses de militaires. Elles se relayent, viennent frapper à la porte à tour de rôle, apportant qui un ragoût, qui du poulet frit et une mayonnaise. Ces femmes préparent du café ou du thé, passent l'aspirateur sur la moquette et déballent les commissions dans la cuisine. Maman ne se lève pas. Elle reste allongée sur son lit, dans le noir. Le Dr Rowland dépose de temps à autre des flacons remplis de cachets. Par la porte entrouverte, Hedy le regarde planter une seringue fine dans l'avant-bras de maman. La peau autour du réseau de veines est marronnasse comme une pêche abîmée. Les narcotiques la font sombrer à nouveau, elle dort tout le temps.

Hank aussi lui rend parfois visite. Il reste assis à son chevet, lui parle doucement quand elle ouvre les yeux. Elle gémit et ses doigts cherchent à attraper le drap pour le ramener sur sa tête. Hedy comprend qu'elle a envie de disparaître, pour rejoindre la part d'elle-même déjà perdue.

Les adultes chuchotent souvent entre eux, porte close, mais les conversations cessent dès que Hedy apparaît. Elle sent bien qu'on la considère comme un problème à régler. Betty démêle la natte défaite de Hedy, puis lui fait couler un bain fumant. Elle s'agenouille au bord de la baignoire, veille à ce qu'elle se frotte partout avec la mousse parfumée à la rose et lui tend ensuite des vêtements propres.

— Voilà qui est beaucoup mieux ! Tu es tellement plus mignonne en robe !

Pendant qu'elle sèche ses cheveux et lui fait une nouvelle tresse, régulière et serrée, elle dit :

— Ils sont vraiment d'un joli blond…

Plus tard, Hedy demande à Hank :

— Et papa ? Je peux le voir ?

Il prend ses poignets.

— Non, désolé. Il va être jugé en cour martiale. Il ne peut voir personne.

— Il sait… il sait ce qui est arrivé à Chris ?

Hank fait oui de la tête.

— Je veux voir papa, murmure-t-elle.

— C'est normal, dit Hank en posant la main sur son épaule. Je vais quand même essayer d'arranger une visite.

— Comment les soldats étaient au courant ? demande-t-elle.

— Au courant de quoi ?

— Que Chris était mort. Qu'on se trouvait près du chêne.

— Ils étaient en manœuvre. Un exercice de routine. Une chance pour toi. Pour ton frère, c'était trop tard. Mais sans l'arrivée des soldats…, ajoute-t-il en secouant la tête. Ce type s'en serait pris à toi aussi.

C'est elle qui aurait dû se retrouver avec cette corde

autour du cou. Pas son frère. Il n'a jamais rien fait ni dit de méchant de toute sa vie. Hedy ne peut pas croire qu'il soit mort. Elle s'attend toujours à le voir franchir le seuil de son pas claudicant. Elle sort les cahiers remplis de l'écriture régulière de Chris et lit ses textes. Des histoires de vaisseaux spatiaux et d'extraterrestres. Elle se laisse happer par ses mots, en oublie pendant de longs moments où elle se trouve et ce qui est arrivé. Elle s'installe dans la chambre de Chris pour feuilleter ses *comics* de science-fiction. Elle laisse courir ses doigts sur les dessins colorés, sur le papier que les doigts de Chris ont touché. Elle s'allonge sur le lit du bas, serrant contre elle leur exemplaire du *Jour des Triffides*. Il ne leur restait plus qu'un chapitre à lire. Elle contemple la barre métallique au-dessus d'elle, à laquelle il pouvait se tenir. Ses vêtements pliés sont rangés dans les tiroirs. Elle y plonge les bras et les balance sur la moquette, n'importe comment. Il ne les portera plus jamais. L'image de Chris pendu dans l'arbre lui revient soudain, la langue bleue protubérante. Elle pousse un cri et se laisse tomber à genoux, comme frappée aux mollets avec une batte de base-ball. Comment a-t-elle pu être aussi méchante ? Dire ça à Chris… La culpabilité lui ronge les entrailles, ses os et ses organes se dégonflent comme des baudruches, s'aplatissent et s'effritent. Elle s'empare d'un tee-shirt et le plaque sur ses yeux. Accablée de chagrin, elle s'allonge sur le côté, se roule en boule au milieu des habits, y enfouit son visage et cherche l'odeur de son frère. Elle parvient à s'assoupir un certain temps, enveloppée dans un polo de Chris, sa main serrant une de ses histoires. Quand elle se réveille, un filet de bave a coulé sur son menton, elle est tout ankylosée et elle a mal à l'épaule. Elle retire sa robe et la fourre dans la corbeille à papiers sous le bureau. Elle ramasse un chandail, le bleu indigo reprisé aux coudes, puis le jean préféré de Chris qu'elle enfile par-dessus un caleçon. Le pantalon lui va très bien, le pull est un peu déformé à force d'avoir été porté par-dessus le corset. Elle enfile ses tennis – celles de son frère sont trop grandes. Elle choisit le foulard rouge à pois blancs et le noue autour de son cou. Il garde l'odeur métallique du collet, de la transpiration de Chris et de sa peau parsemée de taches de son. Hedy passe discrètement dans la salle de bains où elle s'enferme à double tour. Munie du rasoir de papa, elle empoigne sa natte propre et lisse, la ramène par-dessus son épaule et la scie à coups de lame, brin par brin, jusqu'à ce qu'elle lui reste dans la main, tel un petit scalp. Elle la fiche à la poubelle et se sert des ciseaux à ongles de maman pour égaliser les extrémités et dégager les oreilles. Elle se penche par-dessus le lavabo et colle son nez à la glace pour que Chris soit le plus près possible d'elle. Il est là, à quelques centimètres, l'air sérieux et fatigué, très ressemblant. L'haleine de Hedy embue le miroir, floute les traits de Chris. Elle pose ses lèvres sur la bouche dure et froide de son jumeau.

— Pardon, murmure-t-elle. Pardon. Pardon. Pardon.

Sandy est dans la cuisine ; elle prépare le dîner. La radio est allumée. Hedy sent une odeur d'oignon et de graillon. Elle pénètre dans la chambre de maman. Elle s'approche doucement et s'assoit à côté de la silhouette que dessine le couvre-lit rose.

— Maman ? dit-elle en lui touchant la cuisse. Réveille-toi, maman. Allez…

Elle se penche vers sa mère et parle plus fort. Le visage de maman se plisse sur l'oreiller ; elle fronce les sourcils et garde les yeux fermés. Hedy prend sa main, toute chaude, sous le drap et la serre, ses ongles pinçant la chair fiévreuse. Maman bouge, s'arrache péniblement aux profondeurs, nageuse au bord de la noyade ramenée à la surface. Ses yeux éteints s'ouvrent lentement. Elle contemple Hedy et son expression se modifie, s'illumine de joie à mesure que la compréhension la gagne. Elle ouvre la bouche et le son qui en sort est mi-sanglot, mi-hoquet. Leurs doigts s'entrelacent. Maman s'assied tant bien que mal et tend les bras pour l'attirer vers elle. Hedy appuie sa joue sur son épaule. Puis se blottit un peu plus, enfonçant son nez dans les plis de la chemise de nuit. La peau de maman a une odeur tenace et médicamenteuse. Hedy s'abandonne aux mains qui caressent son cou dénudé et ses cheveux taillés. Elle sait que maman est persuadée de tenir Chris dans ses bras, et elle voudrait tellement pouvoir se transformer en son frère, qu'il soit encore de ce monde comme il le mériterait, ce qui comblerait maman parce que Chris a toujours été son préféré. La poitrine de maman est secouée de sanglots convulsifs. Le sifflement de sa gorge irritée s'insinue dans l'oreille de Hedy alors qu'elle murmure le nom de son fils.

— Christopher, fredonne-t-elle. Mon bébé.

Hedy lui tapote le dos.

— Mais oui, maman chérie. Tout va bien. C'est moi. Je suis là.

Ils sont jumeaux. C'est une relation dont les autres n'ont pas idée : elle est bien plus forte que ce qu'on peut imaginer. Ils faisaient les mêmes rêves, exactement les mêmes. Hedy partageait la douleur de Chris, sa propre colonne vertébrale la faisait souffrir. Quand leurs peaux étaient en contact, il puisait de la force en elle, l'énergie circulant comme du lait entre leurs mains jointes. Hedy terminait les phrases de Chris et devinait ses craintes. Elle était sa protectrice. La mort ne saurait les séparer. Elle le gardera au fond d'elle-même, l'emmènera partout. Elle peut modifier le cours des choses. Faire en sorte qu'il soit toujours là.

21

Hank s'accroupit à côté d'elle et dit :

— Il est préférable que tu ailles habiter chez les Lansens, en attendant que ta maman aille mieux.

— J'ai pas envie.

— Je sais que c'est compliqué. Mais tu ne peux pas rester seule ici. Betty a proposé de t'accueillir.

Elle est trop lasse pour lutter. Ça ne sera pas pour longtemps, se dit-elle.

Betty arrive, tout sourire et pleine d'énergie ; elle ouvre tiroirs et placards, prépare une valise pour Hedy. À peine est-elle ressortie de la chambre que Hedy rouvre la valise, balance culottes et jupes à la poubelle et les remplace par les affaires de Chris. Betty affiche une mine crispée quand elle découvre les tenues écartées.

— Allons, ma chérie. On peut aussi mettre quelques-uns de ces jolis vêtements. Dis, tu ne veux tout de même pas ressembler à un garçon ?

Quand Hank arrive pour les raccompagner en voiture, il prend sa défense :

— Si elle a envie de porter les habits de son frère,

laisse-la faire. Quel mal y a-t-il ? La vie ne l'a pas épargnée ces derniers temps.

Au 5, Lincoln Avenue, Betty montre sa nouvelle chambre à Hedy et lui indique où ranger ses affaires ; elle tire les tiroirs de la commode blanche et ouvre l'armoire. Mais Hedy n'a pas l'intention de déballer quoi que ce soit. Elle ne compte pas s'éterniser dans la chambre d'ami des Lansens, avec son dessus-de-lit abricot et ses abat-jour assortis. Dès que papa sera jugé et acquitté, elle rentrera à la maison. Outre les vêtements de Chris, elle a apporté le poste transistor de papa, les romans de science-fiction préférés de son frère et les cahiers où il notait ses histoires de sa belle écriture. Le premier soir, elle prétexte des maux de ventre pour échapper au dîner, s'allonge sur le couvre-lit et lit à voix haute le dernier chapitre du *Jour des Triffides*. Après, elle se tourne sur le côté et pleure à chaudes larmes. Elle sanglote jusqu'à ne plus pouvoir respirer et finit par se relever, haletante, les yeux tellement bouffis qu'elle n'y voit plus rien.

— On est en train de déménager vos affaires, annonce Scott en se bâfrant de gaufres. Je les ai vus ce matin quand je suis allé à l'économat à vélo.

Hedy court à toutes jambes jusqu'à Roosevelt Road et constate que c'est la vérité : une camionnette de déménagement est garée à l'extérieur et un tas de militaires s'activent dans le bungalow. Elle essaie de les en empêcher, commence par cribler de coups de poing l'homme qui passe de pièce en pièce, un bloc-notes à la main, puis deux autres en bleu de travail qui transportent le fauteuil de papa et la coiffeuse de maman dehors sur le trottoir. L'homme au bloc-notes empoigne ses bras et la tient à l'écart quand elle tente de lui donner des coups de pied dans les tibias. Les autres s'esclaffent jusqu'au moment où ils comprennent qui elle est.

— Désolée, petite, dit le responsable. Une autre famille doit emménager ici. Vos affaires seront mises au garde-meubles. Il n'y a rien à craindre.

Betty arrive, essoufflée. Elle a chaussé ses lunettes de soleil, son sac à main se balance au bout de son bras. Elle attrape fermement la main de Hedy et prend sa voix de grande personne pour s'excuser auprès des militaires.

— Laisse-les faire leur travail, ma chérie, dit-elle en l'entraînant. C'est juste la procédure. Il y a une liste d'attente pour les familles qui ont besoin d'être logées. Si on allait à l'économat ? C'est quoi tes bonbons préférés ?

— Je n'ai pas cinq ans ! proteste Hedy en retirant sa main.

De retour au 5, Lincoln Avenue, Hedy se rend directement dans la chambre d'ami et ferme la porte. Elle a une tâche à accomplir. Elle arrache une feuille vierge dans un cahier de Chris, s'installe sur le lit et écrit au président Eisenhower à la Maison Blanche. Elle explique que son père a été arrêté injustement, qu'il est un héros de guerre qui ne ferait jamais de tort à son pays. Elle demande à Betty une enveloppe et un timbre pour l'étranger et celle-ci, occupée à se maquiller devant sa glace, les lui donne sans poser de questions. Hedy va ensuite poster sa lettre au bout de la rue. Elle ne sait pas combien de temps elle mettra pour arriver en Amérique, mais le simple fait de l'avoir envoyée lui met du baume au cœur. Comme elle n'a pas la possibilité de voir papa, elle va lui écrire un mot pour l'informer de cette démarche qui devrait permettre son prochain retour. Elle le confiera à Hank qui le transmettra.

Ce soir-là, il y a des boulettes de viande au dîner et de la tarte aux pommes en dessert. Hedy est assise en face de Scott. Il l'ignore, les yeux rivés sur son assiette. À un moment, on frappe à la porte et Ed se lève pour aller ouvrir. Hedy reconnaît la voix de Hank. Ed appelle Betty et tous trois s'enferment dans le séjour.

— Quoi, cette fois ? dit Scott en secouant la tête. Je parie que ça concerne ton père ou ta mère.

Hedy reste figée. Elle a le même sentiment, mais elle ne l'admettrait jamais devant Scott. Elle ressent un vertige jusqu'à la moelle des os.

— Pourquoi t'es méchant ? demande-t-elle.

Il se cure les dents et plisse le front comme s'il réfléchissait à la question.

— Écoute, je suis désolé que ton frère soit mort. Mais c'était un monstre. C'est la vérité, insiste-t-il en haussant un sourcil. Toi, ça va. Mais ta famille, rien que des cinglés.

— Tu as fait du mal à Chris ? Si j'apprends ça, je te tue.

— Tout doux ! dit-il avec un petit air narquois qui la fait bouillir encore plus. Je ne lui ai rien fait, qu'est-ce que tu crois ? Je lui ai juste sorti ses quatre vérités.

Hedy commence à se lever, les poings serrés. Elle tremble de rage. Mais les adultes sont de retour, se tenant proches les uns des autres, et Betty dit à Scott :

— Mon chéri, tu veux bien aller dans ta chambre un instant ? Il faut que nous parlions à Hedy.

Scott pousse un long soupir. On l'entend s'éloigner

dans le couloir d'un pas mécontent et claquer sa porte. Hank approche une chaise et s'assied en face de Hedy, si proche que leurs genoux se frôlent. Elle n'a qu'à voir son expression pour comprendre que c'est très grave. Elle ferme les yeux et se plaque les mains sur les oreilles. Hank les écarte doucement.

Après, le Dr Rowland est passé. Il lui a fait une piqûre au bras. Hedy s'est endormie sous le couvre-lit abricot, elle a sombré en elle-même, de plus en plus profond, et la dernière image qui lui est venue est celle de la bombe atomique, parce que ça lui est tombé dessus sans prévenir, comme on leur racontait à l'école. Boum ! Son monde s'embrase et elle se retrouve à quatre pattes parmi les décombres calcinés, seule survivante.

L'incinération de papa a lieu quelques jours plus tard. Betty l'oblige à porter une robe bleu marine, Hedy est trop sonnée et a la langue trop pâteuse pour protester. Le tissu la gratte et lui donne l'impression d'être quelqu'un d'autre. Flanquée de Betty et d'Ed, elle regarde le cercueil disparaître derrière le rideau. Betty pose sa main sur l'épaule de Hedy qui sent le gros solitaire s'enfoncer dans sa peau. Un coin du drapeau américain se prend dans le mécanisme du tapis roulant, une personne le retire, le plie et le garde dans ses bras. La bannière étoilée n'est pas destinée à brûler. Juste papa.

— Ton père ne méritait pas les honneurs militaires ! lance Scott d'un ton persifleur après la cérémonie. C'était un traître !

De retour chez les Lansens où les adultes chuchotent

entre eux en buvant du scotch, Hedy pose la question à Hank :

— Pourquoi Scott dit-il que papa était un traître ?

Hank soupire et se penche vers elle.

— Rien n'a été prouvé. La seule chose qu'on sache avec certitude, c'est que ton papa était un héros de guerre. Voilà ce que tu dois garder en mémoire.

Un héros de guerre qui s'est pendu dans sa cellule. Tous les soirs, Hedy allume le transistor de papa, celui qui lui servait pour écouter les matchs de base-ball, ou mettre de la musique après le dîner quand maman et lui dansaient et piquaient des fous rires. Hedy fait défiler les scènes derrière ses paupières closes, elle ne choisit que les souvenirs les plus heureux. Elle relit les livres préférés de Chris aux pages bien cornées. Elle écoute le base-ball à la radio. Elle croit voir le reflet de son frère dans la glace. Mais rien ne peut les ramener à la vie.

C'est déjà septembre, mais maman ne va toujours pas mieux. Hedy ne l'a pas revue. Elle se repose à l'asile psychiatrique. On oblige Hedy à retourner à l'école. Une barrière invisible se dresse autour d'elle et tient les autres à l'écart : c'est sa clôture à elle, hérissée des barbelés de la honte et du malheur. Habillée comme Chris, elle garde les yeux fixés sur son pupitre à longueur de journée.

22

Une porte s'ouvre. Ruby relève péniblement la tête. Son crâne est très lourd. Un visage parsemé de taches de rousseur la regarde.

— C'est l'heure de votre traitement, dit la jeune femme.

Elle tend la main pour aider Ruby à descendre du lit. Elles enfilent un couloir aux murs vert d'eau. Épuisée, Ruby peine à lever les pieds ; chaque fois qu'elle menace de trébucher, la jeune femme agrippe son coude un peu plus fort. Toutes deux pénètrent dans une petite pièce et la porte se referme derrière elles. Il y a un lit à roulettes et une foule d'hommes en blouse blanche, l'air aimable. Rien que des sourires. On tapote le lit comme s'il s'agissait d'une récompense, l'occasion de faire une petite sieste. Ruby s'y allonge avec bonheur. Elle aimerait bien dormir. Le visage aux taches de rousseur s'approche d'elle.

— N'ayez pas peur, ouvrez la bouche…

Délicatement, la jeune femme place un caoutchouc entre ses lèvres. Mais Ruby a la sensation d'avoir une pierre dans la bouche et ça l'empêche de respirer. On veut l'attacher et l'entraver. Les liens se resserrent.

Paniquée, elle se débat. Non ! Non ! Non ! On la retient. Des mains se plaquent sur ses épaules, ses bras et ses poignets, la maintenant en place. Elle sent quelque chose de froid et collant sur ses tempes, une voix lui demande de compter à rebours. Bam ! Toutes les terminaisons nerveuses de son corps sont en feu. Elle est dans un avion qui fuse dans les airs, mais c'est l'horreur : ils ont été touchés, des éclats de métal volent en tous sens, lui arrachent les bras et les jambes, lui déchirent les muscles, embrasent ses cheveux, tandis qu'elle chute à n'en plus finir dans l'azur assourdissant. « Todd ! » veut-elle crier, mais elle a une pierre dans la bouche et la langue en sang.

Des maux de tête épouvantables, débilitants. Le corps fourbu et endolori comme si on l'avait projetée au bas d'un escalier très raide. Des pensées apparaissent dans sa tête comme des bulles à la surface d'une mare. Quelle bêtise Hedy a-t-elle encore faite ? Où est passé Chris ? Qu'attend Todd pour la ramener à la maison ? Quand elle pose ces questions à voix haute, on lui donne des cachets ou un bain glacé. Quoi qu'elle dise ou fasse, on la ramène sans cesse dans la petite pièce pour poursuivre le traitement, pour la soigner. Chaque fois, c'est la même chute en plein ciel qui recommence, jusqu'à ce qu'elle soit obéissante. Elle avale ses médicaments et garde le bras bien immobile pour la piqûre.

Quand elle se rend dans la salle commune en empruntant le couloir aux murs vert d'eau où ses chaussons claquent sur le lino, elle se garde de jeter un regard à la porte. Elle ne veut surtout pas y retourner. Elle a encore dans les narines l'odeur de caoutchouc fondu et de chair brûlée. Ruby fouille sa mémoire, y cherche des pistes à suivre, mais ne lui reviennent que le vacarme des chasseurs et les pins foncés à l'arrière d'un bungalow, le ruban d'arbres qui encerclait la base militaire, sorte de clôture immense et impénétrable, qui semblait se resserrer chaque jour un peu plus. Elle a perdu là-bas sa famille, son mari et ses enfants. Elle ignore comment c'est arrivé, où ils sont aujourd'hui et pourquoi ils ne viennent pas la voir.

23

Les pins derrière la clôture gardent leurs aiguilles vert foncé, mais dans Lincoln Avenue les feuilles des arbres virent déjà à l'orange. Après l'école, au lieu de rentrer au bungalow des Lansens, Hedy suit la rue principale jusqu'au bout, puis traverse la route et se dirige vers la brèche dans le grillage. Il lui a fallu tout ce temps pour trouver le courage de revenir dans la forêt. Malgré sa peur, elle est décidée à retrouver le disque de pierre. Quelque chose la perturbe quand elle repense à ce jour funeste : au-delà de l'horreur de ce souvenir, elle ressent une impression diffuse, à la lisière de sa conscience. Elle gravit le talus et se fige à l'endroit où devrait se trouver l'ouverture. Interloquée, elle effleure du bout des doigts le grillage neuf étincelant : on a remplacé une section entière de clôture, entre deux pylônes en béton. Ses doigts repliés autour du fil de fer, elle contemple les arbres. Elle est sur le point de faire demi-tour quand un cri retentit. Il y a du mouvement parmi la végétation et en émerge bientôt une fillette aux jambes nues, vêtue d'un vieux manteau.

— Tu m'as fichu une sacrée frousse ! s'exclame Nell. J'ai cru voir un fantôme ! On dirait ton frère.

Nell a les cheveux plus longs que la dernière fois et le visage plus effilé que dans le souvenir de Hedy. Prise de court, celle-ci ne sait pas quoi dire.

— Pourquoi tu t'habilles comme lui ? insiste Nell en la dévisageant.

Hedy a la gorge sèche. Elle a beau déglutir, les mots ne veulent pas sortir.

— Je passe presque tous les jours après la classe, poursuit Nell. J'espérais que tu viendrais, ou t'apercevoir au loin et t'appeler. Je voulais m'introduire dans la base, mais ils ont réparé la clôture dès le lendemain.

— T'introduire dans la base ? répète Hedy, incrédule.

— J'ai un truc à te dire…

Les doigts de Nell s'accrochent au grillage à côté de ceux de Hedy et elle approche son visage tout près du sien.

— Sur ton frère…

Les mots jaillissent soudain de la bouche de Hedy, accompagnés d'un sanglot qui enfle et reste coincé dans sa gorge.

— Je hais le vieux Joe ! Pourquoi il a fait ça ? Je le déteste ! Je le déteste !

— C'est pas le vieux Joe qui l'a tué.

Le cœur de Hedy s'agite dans sa poitrine.

— Si. C'est lui. Il est en prison.

— Non, s'obstine Nell en secouant la tête. Je t'ai dit, le vieux Joe est inoffensif.

— Tu te trompes, s'entête Hedy en s'écartant du grillage, l'air contrariée. Il est fou. C'est lui qui a tué Chris.

Les fous. Les ivrognes. On n'est jamais à l'abri nulle part. Maman le répétait tout le temps. Maintenant, Hedy comprend mieux.

— J'étais là… J'ai vu ce qu'il a fait à mon frère ! s'emporte-t-elle en frappant le grillage. Toi, tu ne sais rien ! Je te défends de parler de Chris ! Tu n'as pas le droit de dire ça !

— D'accord, s'empresse d'acquiescer Nell. C'est juste que… j'arrive pas à croire que Joe ait fait ça.

— Je sais que si, tranche Hedy en croisant les bras.

— Eh bien, c'est rudement bizarre, dit Nell en se mordillant la lèvre, la mine perplexe. Il faudrait que je me sois trompée rudement sur lui ! J'ai aussi appris ce qui est arrivé à ton père, ajoute-t-elle dans un chuchotement.

— Comment t'es au courant ? demande Hedy, stupéfaite.

— Par ma mémé. Elle fait le ménage au bowling.

— Elle t'a dit quoi ?

Nell baisse encore la voix.

— Elle m'a dit… qu'il s'est suicidé. Probablement pour échapper à la chaise électrique.

— La chaise électrique ?

— Oui. Ton père était un espion. Pour les Russes, c'est bien ça ?

Hedy recule. Le sol menace de se dérober sous ses pieds.

— Non… c'est faux. Mon père n'aurait jamais fait ça !

Entre les tempes de Hedy, c'est un roulement de tonnerre en continu. Elle n'a plus de salive.

— Retire ce que tu viens de dire, grogne-t-elle.

— Je répète juste ce que j'ai entendu, répond Nell sans se démonter.

— Retire ce que tu as dit.

— D'accord, c'était pas un espion, lâche Nell avec un haussement d'épaules. C'est ton père, t'es mieux placée pour le savoir.

— Dis à ta grand-mère que ce qu'elle a entendu est faux. Et d'arrêter de répandre des mensonges.

Hedy sent une boule d'écœurement dans la gorge. Elle crache par terre et rentre les épaules. Elle a mal au ventre.

— Je dois y aller. Je vais être en retard pour le dîner.

Elle s'éloigne, dérapant sur le talus herbeux. Nell lui crie quelque chose, mais ses mots sont couverts par le rugissement d'un avion. Hedy ressent le vrombissement dans ses os, comme si son squelette se disloquait. Il ne faut pas prêter attention à Nell. Elle a vu le vieux Joe de ses propres yeux, les marques de brûlures laissées par la corde sur ses paumes. Papa était quelqu'un de bien, un héros. Celui qui prétendra le contraire aura affaire à elle.

Scott est enfermé dans sa chambre avec sa bande de copains. Hedy s'allonge sur son lit et allume la radio. Elle écoute les informations d'une oreille distraite, son but étant surtout de couvrir le vacarme des garçons dans la pièce voisine. *Antonio Villas Boas, un paysan brésilien, prétend avoir été séquestré par des extra-terrestres,* explique le présentateur. *Boas a déclaré qu'il avait aperçu une étoile rouge dans le ciel alors qu'il labourait un champ de nuit pour échapper aux fortes chaleurs. Il déclare avoir été emmené à bord d'un vaisseau spatial et avoir rencontré des êtres venus d'une autre planète.* Hedy se redresse et monte le son. Elle n'en revient pas. Elle imagine la réaction de Chris, comme si elle l'entendait : *Je t'ai dit que les extraterrestres existaient !*

Personne ne connaissait Chris mieux qu'elle. Nell ignore tout de son frère. Elle n'était pas au pied du chêne ce jour-là. Si ce n'est pas le vieux Joe qui a tué Chris, la seule explication possible est qu'il s'est suicidé. Et ce serait alors la faute de Hedy, parce qu'elle n'est pas venue à son secours, parce qu'elle l'a laissé seul le soir où papa a été arrêté. Parce qu'elle lui a dit un tas de méchancetés. Hedy voudrait pouvoir enrouler le temps comme un tapis, pour revenir au moment où elle n'a pas été là pour Chris, et elle pourrait alors agir différemment, être une vraie sœur, la sœur qu'il méritait.

Elle entend Scott et ses amis sortir de la chambre, puis la porte d'entrée claque et Betty leur crie quelque chose. Hedy s'approche de la fenêtre, soulève le rideau et les regarde qui s'éloignent dans la rue. Frank, Billy et Scott, parfaitement à l'aise ensemble, les mains fourrées dans les poches, échangeant des bourrades amicales. Betty et Ed regardent la télé dans le séjour. Hedy n'a aucune envie de se joindre à eux. Il suffit qu'elle soit présente pour qu'ils adoptent une posture moins décontractée sur le canapé et lui jettent des regards en coin, Betty lâchant des bêtises d'un ton enjoué, comme si la vie de Hedy n'avait pas volé en éclats. Elle serait prête à promettre ou à échanger n'importe quoi pour retrouver les soirées d'autrefois : papa et maman ensemble dans le séjour, Chris sentant bon le savon après son bain, les cheveux encore mouillés, allongé sur son lit pour qu'elle lui fasse la lecture. Elle sort dans le couloir et entend les rires tonitruants du public d'un jeu télévisé. Après avoir patienté un instant, elle s'approche de la chambre de Scott, tourne discrètement la poignée et s'y introduit. Jamais il ne l'autorise à en franchir le seuil. Le sol est jonché de canettes de Coca vides et de papiers de bonbons. Ça empeste la transpiration et la chaussette sale. Des gants de base-ball sont accrochés au dossier d'une chaise. Hedy voudrait se défouler sur quelque chose à quoi Scott tient, déchirer une bande dessinée ou mettre un de ses trophées ridicules à la poubelle. Elle aperçoit un genre de classeur par terre, en partie caché sous le lit. Elle se met à genoux et le tire vers elle. On dirait une sorte d'album. Elle ne pensait pas que Scott et sa bande étaient du genre à collectionner les timbres ni même les cartes de base-ball. Elle le feuillette. Sur les pages, on a collé de vieux tracts et des articles arrachés dans des journaux. Elle commence à lire. Immédiatement, son pouls se ralentit et son sang se glace dans ses veines. Il est question de passages à tabac, d'incendies volontaires et de lynchages. Sur des photos floues, on distingue des Noirs pendus à des arbres et à des lampadaires. Des hommes coiffés de cagoules blanches. Hedy a déjà entendu des adultes se livrer à des blagues et à des remarques racistes, elle a bien vu qu'on harcelait Jimmy et les autres enfants noirs. Il n'y a pas de ségrégation dans la base, ce qui déplaît à certains, en particulier les sudistes, Hedy en a conscience. Mais ce cahier est plus révoltant que tout. C'est abominable. Elle le renvoie sous le lit d'un coup de pied et s'assied sur le matelas. Elle voudrait punir Scott pour avoir été cruel envers Chris, pour avoir dit des méchancetés sur lui après sa mort, pour avoir sorti des mensonges sur papa. Mais ce n'est pas un meurtrier. Scott n'a tué ni son frère ni son père. On les lui a arrachés et elle ne peut rien y faire. Il n'y a personne contre qui s'emporter. Hedy se laisse glisser par terre. Le front appuyé sur ses genoux pliés et la tête enfouie dans ses bras, elle sanglote dans la caverne sombre que forme son corps.

DEUXIÈME PARTIE

La ferme

24

1958

Hedy contemple le paysage par la vitre du train. Une campagne verte et vallonnée, des vaches dans des prés, quelques bosquets d'arbres. Des corbeaux freux s'envolent des grands chênes, leurs ailes noires battent le ciel comme la pluie. Le reflet du visage de Hedy flotte dans les airs – le spectre de Chris, comme en surimpression par-dessus plumes et feuilles. Elle cille et observe ses mains agrippées l'une à l'autre sur ses genoux. Elle caresse l'extrémité de ses cheveux coupés au ras du cou, puis le col de sa chemise à carreaux.

« On espérait que ta maman irait mieux, lui a dit Hank à Noël. Mais il lui faut encore un peu de temps et je pense qu'il serait préférable, en attendant, que tu ailles habiter chez quelqu'un de ta famille. Ton oncle du Norfolk a accepté de te prendre. Pour l'instant, nous n'avons pas réussi à localiser d'autres membres de ta famille, mais si tu préfères…

— Non. »

Au moins, elle ne sera pas trop loin de maman. Et puis, l'oncle Ernest n'est pas un étranger. Dans sa tête, elle a l'impression de très bien le connaître. Hank l'a accompagnée à la gare et il a patienté avec elle. Quand son train est arrivé, il lui a trouvé une place et a hissé sa valise sur le porte-bagages. Le chef de gare a donné un premier coup de sifflet. Avant de descendre, Hank a mis un sachet de bonbons au citron dans sa main et s'est penché pour déposer un baiser sur ses cheveux courts.

« Bon courage, petite. »

Elle aurait voulu s'accrocher à sa taille, le supplier de l'héberger chez lui. Elle ne dérangerait pas. Mais elle est restée muette, assise sur son siège. Quand le train s'est ébranlé, elle a baissé la vitre en tirant sur la sangle et s'est penchée dehors pour voir Hank le plus longtemps possible.

Arrivée à destination, elle est quasiment seule à descendre sur le quai. L'employé agite déjà son drapeau et le train repart en direction de King's Lynn. Hedy se dit qu'il ne devrait pas être trop difficile de repérer un homme de grande taille aux cheveux blond pâle. Un fermier chaussé de grosses bottes, ayant un air de famille avec maman, et une carrure d'explorateur polaire capable de tirer un traîneau sur les champs de glace. Elle scrute l'entrée, aux aguets. Un porteur s'engouffre par une porte, un paquet emballé de papier kraft dans les bras. Adossé au mur, un garçon fume une cigarette. Il a l'air un peu plus âgé qu'elle. Il l'observe longuement, puis jette son mégot sur les rails et s'éloigne. Elle s'assied sur un banc, sa valise posée à côté d'elle. Elle agrippe fermement la poignée. Grelottant de froid, elle boutonne son manteau. Les minutes passent, le crépuscule succède à l'après-midi. Hedy ferme les yeux.

— Je m'attendais à une fille.

Son regard se pose en premier sur une paire de bottes crottées. Les vieilles bottes en caoutchouc de son oncle. L'homme qui les porte s'appuie de tout son poids sur une canne. Il a le corps penché et une épaule plus haute que l'autre. Enveloppé dans un blouson fatigué, son torse donne la curieuse impression d'avoir été raccourci. Il a les hanches de guingois, comme une barque inclinée, et la jambe gauche plus longue que la droite. Ses cheveux sont couleur de paille. Dans ses yeux pâles, Hedy reconnaît maman. Il pousse un grognement et lui tapote la jambe avec sa canne.

— C'est quoi ton nom, mon garçon.

— Je ne suis pas Chris, répond-elle doucement. Je suis Hedy.

— Quoi ? dit-il en lui lançant un regard mauvais.

— Mon frère est mort. Je suis la sœur. La fille.

— T'as l'air d'un garçon.

— Je porte ses habits.

— Un garçon m'aurait été plus utile, marmonne-t-il en lui tournant le dos. Bon, on va pas y passer la journée.

Il s'éloigne d'un pas claudicant. Elle attrape sa valise et se dépêche de le suivre, mal assurée sur ses pieds engourdis. Il ouvre la portière d'une petite voiture carrée stationnée devant la gare. Elle se dirige vers le coffre pour y mettre sa valise, mais voilà que son oncle lui tend une barre en métal, coudée comme un vieux morceau de tuyauterie. Elle la prend et la regarde distraitement, le cerveau occupé à déchiffrer une autre énigme : comment l'oncle Ernest a-t-il pu la prendre pour Chris ? Une seule explication possible : il ignore que son frère souffrait d'une scoliose et portait un corset. Ce qui signifie que maman n'a eu aucun échange avec son frère depuis qu'elle a quitté l'Angleterre. Pas la moindre nouvelle depuis toutes ces années.

— T'as jamais vu une manivelle ? Insère-la à l'avant et donne un bon coup.

Après avoir tâtonné autour du capot, Hedy finit par trouver l'emplacement sous le pare-chocs. Elle plie les genoux pour assurer ses appuis, introduit la manivelle et l'agrippe à deux mains.

— Fais attention de bien garder le pouce en l'air ! lance-t-il.

Le métal est froid entre ses doigts. Elle exerce une pression, mais ça résiste et ça tourne à peine.

— Faut tirer vers toi ! Puis lâcher !

Hedy y parvient à la troisième tentative, le moteur toussote et démarre. Elle prend place à l'avant, sa valise tient tout juste à ses pieds. Elle est obligée de garder les jambes en l'air. Ne sachant quoi faire de la manivelle, elle la pose sur ses genoux et s'aperçoit, trop tard, qu'elle a mis du cambouis sur le jean préféré de Chris. Son oncle embraye et la voiture avance. Une sorte de plastique marron qui crépite au vent tient lieu de vitre. Hedy ne distingue donc rien des alentours. Un trou découpé au niveau du pare-brise permet à son oncle de voir la route, mais il doit plisser les yeux à cause du courant d'air. Hedy s'efforce d'épier en coin sa silhouette voûtée sur le volant. Elle n'en revient toujours pas de n'avoir rien su de sa maladie. Voilà qui explique pourquoi maman obligeait Chris à mettre le collet et le harnais, pourquoi elle se montrait intransigeante quand il pleurait et la suppliait de le libérer. Pourquoi ne leur a-t-elle rien dit ?

La voiture se met à cahoter. Hedy en déduit qu'ils ont quitté la route et roulent à présent sur un chemin défoncé. L'air qui s'engouffre par le trou du pare-brise est chargé d'odeurs nouvelles : des senteurs iodées, de puissants relents de fumier. Hedy doit descendre pour ouvrir une barrière. Une fois que la voiture est passée, elle la referme et veille à glisser le crochet de fer dans l'anneau. Elle jette un coup d'œil à la ronde : un paysage humide et plat, comme le Suffolk. Peut-être bien encore plus plat. Les champs sont séparés par des canaux remplis d'une eau glauque. Le ciel semble plus vaste que la terre et il y a très peu d'arbres pour rompre la monotonie ; contre toute attente, ça lui rappelle l'Iowa. Elle aperçoit au loin deux chevaux, la queue au vent. Derrière une clôture, des vaches rousses la saluent d'un hochement de tête. La voiture s'immobilise à nouveau et son oncle lui fait signe de descendre. C'est une cour toute boueuse. Dans le jour déclinant, Hedy parvient à distinguer une maison en briques rouges entourée de plusieurs granges et bâtiments. Rien n'est rectiligne. Le toit, affaissé comme celui du cottage de Nell, penche vers le bas puis repique vers le haut. Les fenêtres sont de tailles et de formes différentes. Les dépendances sont biscornues elles aussi : murs de guingois rafistolés avec du grillage et de la tôle ondulée rouillée. Plusieurs gros cochons roses dorment dans une porcherie. Hedy entend des corbeaux croasser et le vent bruisser dans les arbres. Un chien surgit soudain de l'obscurité et fonce vers elle en aboyant férocement. Il a la gorge rousse et montre ses crocs. Elle brandit ses mains.

— Pas bouger ! ordonne son oncle.

Hedy pense que le commandement s'adresse à elle,

mais le chien moucheté se couche immédiatement. Il se tient à plat ventre, une sorte de grognement plaintif s'échappant de son puissant poitrail.

— Ne le caresse pas, dit son oncle. Il n'apprécie pas les inconnus.

Hedy ne distingue pas grand-chose dans la cuisine sombre et son oncle n'allume pas la lumière. Il y a une odeur de fumée. Des braises rougeoient dans une grande cheminée, éclairant les contours d'une bouilloire. Suivant son oncle vers une porte, elle se cogne le tibia contre un meuble. Le sol sous ses pieds est glissant et inégal.

— Il y a de la soupe sur la cuisinière. Sers-toi si tu as faim. Moi, je vais me coucher. Viens, que je te montre ta chambre.

Il gravit une première volée de marches, traverse un palier et s'engage dans un escalier en colimaçon. Il monte prudemment, tenant fermement la rampe et inspirant de grandes bouffées d'air comme si on venait de le repêcher. Hedy redoute de le voir s'effondrer devant ses yeux. Comment ferait-elle pour le déplacer ?

C'est une chambre mansardée ; les poutres au plafond sont noircies et les fenêtres minuscules. Le lit est en fer, garni de draps blancs et d'une couverture bleue. Une commode esquintée penche sur le sol affaissé. Une cuvette en faïence et une cruche métallique sont posées sur une table. Il fait froid. Hedy frissonne.

— C'était la chambre de ta mère, dit l'oncle Ernest entre deux respirations sifflantes.

La chambre de *maman*… Hedy pose sa valise sur le matelas peu épais et s'assied à côté. Elle ne tient plus sur ses jambes et n'est pas certaine d'arriver à se déshabiller.

— Je compte sur toi à cinq heures demain matin. Cinq heures précises si tu veux un petit déjeuner.

Elle imaginait une ferme bien différente. Elle s'attendait à une jolie clôture de piquets blancs, à des meules de foin au doux parfum. Un lieu charmant et accueillant comme dans *Anne, la maison aux pignons verts*. Grelottant de froid, elle sort le transistor et le pose sur un tabouret près du lit. Elle l'allume pour entendre quelque chose de réconfortant. Mais elle n'obtient que des sifflements et des crachotements, de curieuses voix déformées qui vont et viennent, se fondant en une bouillie incompréhensible. Elle se glisse sous les draps glacés, ramène ses pieds sous elle et serre ses genoux contre sa poitrine. Le tissu a une odeur de renfermé et lui gratte la peau. Le matelas mou l'attire en son centre incurvé où elle sent un truc rigide se planter dans l'os de sa hanche – un ressort cassé. Hedy enfonce ses doigts dans sa bouche pour s'empêcher de hurler. Elle voudrait s'endormir pour se réveiller chez elle, avec maman qui prépare des pancakes, papa qui sifflote dans la salle de bains et Chris qui attend son aide pour s'habiller. Mais l'image de papa dans sa cellule, de ses jambes qui s'agitent au-dessus du sol froid, s'insère sous ses paupières et Hedy se contracte pour résister au soudain vertige, consciente que plus jamais papa n'enfilera son pyjama à rayures avant d'aller se coucher, que plus jamais il ne se lèvera en bâillant pour aller ouvrir la fenêtre d'un pas mal assuré et humer l'air du matin. Papa a été décoré pour son courage, mais le chagrin ne se combat pas aux commandes d'un bombardier. Il a dû se tuer après avoir appris la mort de Chris. Le jour de l'incinération, Hank a dit que son père était un héros.

Mais il lui a aussi confié que papa projetait de dévoiler ses travaux secrets. Du moins, elle pense qu'il y a fait allusion. Mais tout ça s'emmêle dans sa tête, elle ne se souvient plus très bien. Quand elle imagine un espion, elle voit un type au regard fuyant sous un feutre, un communiste avec l'accent russe.

Hedy enfonce son visage dans l'oreiller. Le tissu est rêche sur sa joue. De petits sanglots comprimés s'échappent du fond de son ventre. Les larmes commencent à couler, ses yeux s'irritent et la taie est vite trempée.

Quand elle se réveille, il fait toujours nuit dans la chambre. Il n'y a pas de réverbères ici, pas de voitures qui passent au ralenti ni de talons qui résonnent sur le trottoir. Mais elle entend du mouvement au rez-de-chaussée. Dehors, un coq chante. Ce doit être le matin, pourtant elle a l'impression qu'elle vient à peine de s'endormir.

25

Il fait meilleur dans la cuisine. Quelque chose mijote dans une casserole dont dépasse le manche d'une spatule en bois. Aucun signe de son oncle. Hedy hume un parfum de bouillie d'avoine et son estomac se met à gargouiller. En fin de compte, elle n'a pas pris de soupe hier soir. Elle s'apprête à contourner la table pour s'approcher de la cuisinière quand un grognement se fait entendre : le chien est allongé par terre, au plus près de la chaleur. Il relève la tête, les oreilles pointées en arrière, et retrousse les babines, dévoilant de longs crocs et des gencives marbrées. La faim donne du courage à Hedy.

— Bon chien.

L'animal renifle sa main tendue. Puis se lève et s'éloigne d'un pas raide, un faible grondement mécontent s'échappant de sa gorge. Elle se sert un bol de porridge pâteux et le mange debout sans y ajouter ni lait ni sucre, gardant le chien à l'œil. L'oncle Ernest rentre de dehors et se tape les pieds sur le paillasson. Il adresse un bref salut de la tête à Hedy. Le chien s'approche timidement de son maître.

— Tu sais te servir d'une pelle ? Y'a des gars qui sont en train de creuser des fossés, dit-il en indiquant la porte. Tu peux leur filer un coup de main. D'abord, tu vas nourrir les bêtes.

— Et l'école ?

— Tu commences lundi. Le car t'y déposera, y'a un arrêt au bout du chemin. Mais faudra t'occuper des corvées avant et après la classe. Pour gagner ton pain. L'US Air Force ne me verse rien.

— C'est juste le temps que maman aille mieux. Je ne vais pas rester très longtemps.

— Peut-être ou peut-être pas, maugrée-t-il.

Hedy grelotte dans le blouson à carreaux de Chris. Si seulement elle avait un chapeau et des gants… Il flotte au loin un brouillard épais et humide qui enveloppe les champs dans un voile blanc ; on dirait une réunion de fantômes venus scruter les environs. Le chien les suit, lève la patte sur une roue de la voiture et renifle le sol dans la cour. Ernest se dirige en boitant vers un tas de paille et pointe du doigt une brouette.

— Remplis-la de rutabagas et de betteraves fourragères, ensuite je te montre où l'emmener. Plus vite que ça !

Il ne porte pas de gants et a les mains rougies. Son index droit, auquel manquent les deux dernières phalanges, se termine en un moignon aplati et arrondi. Hedy détourne vite les yeux, avant qu'il ne s'aperçoive de sa curiosité ; elle s'empare d'une fourche : le bois du manche est rugueux et l'outil plus lourd qu'elle ne s'y attendait. Elle s'en sert pour fouiller la paille où elle déniche des légumes ratatinés. Elle les attrape avec la fourche et les balance dans la brouette. Certains se réduisent en bouillie en retombant. Hedy a des relents de pourriture plein les narines. Quand la brouette est pleine, elle empoigne les deux bras et suit Ernest jusqu'à la grange. Les bêtes se pressent vers la porte, le regard doux et impatient. La vapeur de leur souffle flotte dans l'air. Ce sont des vaches noires et blanches, pas les rousses qu'elle a aperçues en arrivant. Ernest lui indique la mangeoire. Elle y fait basculer les légumes et observe les animaux qui se bousculent pour plonger leur museau dans l'auge.

— Tu fais ça tous les matins. D'abord les rutabagas et les betteraves, puis du fourrage et des céréales là-bas. Dépêche, les bêtes comptent sur toi. T'apprendras aussi à les traire.

De près, les vaches sont plus impressionnantes qu'elle ne l'imaginait. Puissantes et massives. L'une d'elles approche sa tête énorme et penchée, renifle bruyamment par ses naseaux humides. Hedy a un mouvement de recul.

— Des frisonnes, dit Ernest. De bonnes laitières. Elle, c'est Betsy, ajoute-t-il d'un ton adouci.

Hedy pose une main hésitante sur le cou épais de l'animal, sent la tiédeur et les poils sous ses doigts frigorifiés. Elle se tourne vers son oncle, un sourire aux lèvres, mais déjà il traverse la cour d'un pas claudicant.

Hedy passe le reste de la matinée à creuser un fossé avec trois garçons. Plus âgés qu'elle, ils sont baraqués et larges d'épaules. Réchauffés par l'effort physique, ils ont retiré leurs manteaux et retroussé les manches de leurs chandails. Ils se montrent peu diserts au début, l'observent qui peine à manier la bêche.

— C'est tout Cole de confier un boulot de gars à une gamine ! s'esclaffe un rouquin. On dirait que c'est la première fois que tu fais ça.

— T'es pas bien grasse ! renchérit celui aux cheveux noirs.

Il lui pince le bras, parvient quasiment à encercler son biceps de sa main.

— Et pourquoi tu t'habilles en garçon ?

— Parce que j'ai envie, rétorque-t-elle en lui décochant un regard noir.

— T'as quel âge ?

— Treize ans.

— T'as beau être une mioche, commente le rouquin, au moins t'as pas la colonne vertébrale de traviole.

— Mon père dit que d'autres Cole étaient bossus, lance le garçon aux cheveux noirs. C'est une sorcière qu'a jeté un sort à la famille.

— Mon grand-père dit que le père et la mère de Cole étaient cousins germains, intervient le plus petit des trois. C'est pour ça qu'il est comme il est.

Le rouquin fait non de la tête. Il semble diriger les opérations. Les autres l'appellent Peter.

— Rien que des racontars, dit-il. En fait, c'est une maladie. Elle a un nom compliqué, je ne m'en souviens plus. Ça se transmet de génération en génération. On peut dire qu'elle a eu de la chance.

Il pointe Hedy du menton. Elle reste muette, continue de planter le fer dans la terre dure.

— Je te plains quand même, ajoute Peter en s'appuyant sur le manche de sa pelle. Quel ours mal léché, ce Cole ! dit-il en indiquant la maison d'un mouvement de tête.

Affamée, Hedy n'a plus de forces. Elle a des ampoules aux mains, la chair rose est visible sous celles qui ont percé. Agripper le manche est un calvaire. Le sol est froid et dur, autant piocher dans du béton. Son corps tout entier tressaille à chaque coup.

— C'est pas l'heure de déjeuner ? demande-t-elle.

Les trois garçons pouffent.

— Cole est de la vieille école. On bosse jusqu'à quatre heures. Mrs Rose nous appellera. Ne te ménage pas, sinon ça va barder.

Les deux fossés qu'ils ont creusés sont comme des tombes profondes ouvertes dans le sol. Mais le travail est loin d'être terminé : il faut encore tailler des bouts de bois dont on tapisse le fond des tranchées, puis les recouvrir de paille.

— Pourquoi on fait ça ? demande Hedy en lançant une brassée de paille sur les branches.

— Pour le drainage, répond Peter. Sinon, on serait au milieu d'un marais. Il y a eu des inondations l'an passé. Faut croire que la mer veut récupérer cette terre.

Une cloche retentit à la nuit tombée. Les garçons récupèrent leurs manteaux et se dirigent vers le tintement et les fenêtres illuminées au bout du champ. Dans la cuisine, une grande femme au corps anguleux pose une marmite fumante sur la table. Elle porte un tablier à fleurs. Hedy suppose qu'il s'agit de Mrs Rose. Impossible de lui donner un âge. Sa figure évoque tout sauf une rose : on la dirait taillée dans la pierre, un roc endurci par le temps. Mais dès qu'elle sourit, son visage en silex se métamorphose en bouton de rose.

— C'est donc toi Hedy, dit-elle en distribuant des beignets de pomme de terre nappés de sauce brune, accompagnés d'une tranche de pain. N'y avait-il pas une actrice qui portait ce prénom ?

Les garçons mangent goulûment. On n'entend pas le moindre mot, rien que des bruits de déglutition et les cuillers qui raclent le fond des bols. Hedy avale sa nourriture sans y goûter et se brûle la langue. Ensuite, les garçons remontent sur leur bicyclette pour rentrer à la ville. Mrs Rose pose un mug de thé sur la table, puis retourne à l'évier faire la vaisselle. Hedy l'observe : ses bras énergiques s'activent, ses cheveux gris sont retenus par une pince. Maman lui manque beaucoup. C'est une douleur qui lui comprime la gorge, très différente des nouvelles douleurs qu'elle ressent dans ses os et dans ses muscles. Jamais elle ne s'est sentie aussi fatiguée. Elle contemple ses paumes abîmées et à vif.

— T'es dans un bel état ! constate Mrs Rose. On va mettre de l'iode sur tes ampoules. Je pense qu'un bain te ferait le plus grand bien, jeune demoiselle.

Hedy acquiesce d'un hochement de tête. Elle songe au plaisir d'un bon bain moussant avec les sels à la lavande de maman.

— Je vais monter…, dit-elle.

Mais Mrs Rose éclate de rire.

— Il n'y a pas de salle de bains dans cette maison ! On a tout de même une baignoire sabot dans le lavoir et de l'eau chaude grâce à la cuisinière. Je peux te préparer un bain ici devant la cheminée, vu que t'as pas encore tes repères. Ça ne me dérange pas.

Hedy n'a pas envie de se mettre toute nue dans la cuisine. Et si son oncle débarquait ? Elle secoue la tête. Mrs Rose émet un son guttural.

— J'ai eu trois enfants. Je suis même grand-mère. Ne

fais pas la timide. Et puis, ajoute-t-elle en souriant, j'en ai terminé pour aujourd'hui. Je passe tous les après-midi pour préparer le souper du vieil Ernest et faire un peu de ménage. Je vais rentrer chez moi. Ton oncle est déjà au lit, c'est un couche-tôt, il ne descendra pas avant demain matin. Tu peux te baigner un long moment sans qu'on vienne t'embêter.

La petite baignoire en tôle est munie d'un dossier. Mrs Rose la traîne depuis l'extérieur et la place devant la cuisinière. Elle se sert d'un seau pour la remplir d'eau chaude, puis tend un bout de savon vert et une serviette à Hedy avant de s'en aller. Hedy se déshabille en vitesse, balançant ses habits n'importe où, et monte dans la baignoire. Elle s'immerge dans l'eau fumante, s'assied et ramène ses genoux contre sa poitrine. Le fond rugueux lui chatouille les fesses. Mrs Rose a laissé ouverte la porte de la cuisinière : les braises de charbon sont l'unique source de lumière, un rougeoiement enfumé. Hedy reste immobile et ne se lave pas. Elle laisse l'eau tiédir, guettant le pas irrégulier de son oncle. Elle a placé une chaise sous la poignée, par précaution. Mais elle n'entend que les charbons qui crépitent ou s'affaissent, et les ronflements du chien. Elle serre ses genoux un peu plus fort et s'en sert comme d'une étagère osseuse où poser son front. L'épuisement atténue la tristesse d'avoir quitté la base aérienne. Elle finit par sortir quand l'eau a refroidi et se sèche avec la serviette râpeuse. Le chien relève la tête pour l'observer, mais reste dans son panier devant la cheminée.

Dans sa chambre, un petit miroir est accroché en hauteur. La nuit a aussi transformé la fenêtre en glace :

le reflet de Hedy la contemple depuis l'obscurité. Elle regarde son visage flou, y discerne aussi les traits de Chris, leurs deux figures se confondant, l'original et son calque. Quand elle cherche à mieux discerner les détails, les deux têtes s'estompent et se fondent dans le paysage nocturne.

Si elle était arrivée plus tôt au chêne, aurait-elle pu sauver Chris ? Empêcher le vieux Joe de lui passer la corde autour du cou ? Et si Chris n'était pas mort, papa serait-il toujours en vie ? Elle ignore la réponse à ces questions, sait seulement que si elle avait été gentille, si elle avait été une meilleure sœur, alors tout aurait été différent. Recroquevillée sous les draps humides, ayant gardé ses chaussettes et son chandail, elle approche ses paumes arrondies de sa bouche et souffle doucement sur les plaies. Les larmes viennent dès qu'elle pose la tête sur l'oreiller, un ruissellement d'eau salée. Elle remonte le drap sur son visage, se mouche sur le bord. Elle ne sait pas comment elle va faire pour endurer les journées ici, mais elle se dit que c'est peut-être une punition méritée.

Le clair de lune baigne la chambre d'une lumière laiteuse quand Hedy est tirée en sursaut d'un profond sommeil, le cœur battant la chamade. Elle sent une tache humide sous elle, comme si elle avait fait pipi. Ça lui est arrivé une fois, elle a rêvé qu'elle allait aux toilettes et était trempée à son réveil. Elle allume la lampe et rabat le drap : une tache rouge luit au centre du lit. Elle porte la main entre ses cuisses, tâte le pantalon du pyjama de Chris et sent quelque chose de visqueux sur ses doigts.

26

La baignoire sabot en tôle est toujours là, remplie d'eau froide et trouble. Le chien dort, couché sur le flanc devant la cuisinière. Il doit s'habituer à Hedy, vu qu'il ne se lève même pas et se contente de l'observer en gardant la paupière mi-close. Le porridge est au chaud dans la casserole. Elle en avale quelques bouchées directement à la spatule, guettant son oncle par la fenêtre et tendant l'oreille au cas où son pas traînant retentirait dans l'escalier. Dehors, il pleut à verse dans la pénombre du petit matin. Ça n'a pas l'air de se calmer. Elle attrape un ciré suspendu dans la remise à bottes. La toile imperméable bruisse au moindre geste. Elle met la capuche et tâte la poche arrière de son pantalon – tout l'argent que lui a donné Hank est là, largement de quoi payer un billet de train. Hedy connaît l'adresse de l'établissement où maman est soignée. Elle imagine que sa mère y passe les après-midi à faire la sieste, pieds nus et stores baissés.

Hedy sort de la maison, s'assurant que la voie est libre. Elle n'a pas atteint le milieu de la cour que ses baskets sont déjà trempées. Une puissante odeur de bétail lui rappelle qu'elle a négligé ses devoirs. Ça l'embête pour les vaches, mais elle ne peut pas s'arrêter. Elle rentre les épaules pour se donner du courage, persuadée à chaque pas d'entendre les cris furieux de son oncle. Il a parlé d'un car qui allait à la ville. On le prend au bout du chemin. Le givre argenté a disparu, englouti par la boue et les flaques fangeuses, mais l'air pince et le sol demeure hérissé. Hedy suit le chemin défoncé, la tête baissée pour braver le déluge. Elle a des crampes d'estomac. La pluie ruisselle le long de la capuche et s'insinue sous ses vêtements. Elle a déchiré un tee-shirt en plusieurs morceaux qu'elle a pliés et mis en protection dans son caleçon. Des filles à l'école employaient l'expression « la malédiction » pour désigner leurs règles. Elle comprend maintenant pourquoi. Ça fait mal, une douleur insistante et profonde. Hedy veut voir sa mère. Elle a besoin d'elle. Elle ne veut pas rester à la ferme avec l'oncle Ernest. L'idée lui est insupportable : c'est une autre forme de malédiction. Son oncle ne l'aime même pas. Il faut qu'elle aide maman à guérir.

La chance lui sourit quand un camion s'arrête à l'arrêt de bus. Le chauffeur propose de la déposer quelque part. Ça fait dix minutes qu'elle patiente au bord de cette route de campagne déserte, même pas certaine de se trouver au bon endroit ; plus le temps passe et plus elle risque d'être rattrapée par son oncle. L'homme au volant a un mégot fiché entre les lèvres et une casquette enfoncée très bas sur les yeux. Il l'appelle « mon petit », lui dit de monter en indiquant l'arrière d'un mouvement de tête.

Quand le train arrive en gare d'Ipswich, Hedy est sur le point de s'endormir ; le chauffage sous son siège l'a séchée et engourdie. Frissonnant de froid sur le quai, elle compte l'argent qu'il lui reste en poche et estime qu'elle peut se payer le taxi pour se rendre à l'asile psychiatrique St Peter.

Le vaste édifice de briques rouges lui apparaît entre les feuilles jaunies des arbres. Le taxi la dépose à l'entrée. Hedy contemple les murs nus, les barreaux aux fenêtres, le ciel gris foncé au-dessus du toit et traverse un moment de doute. Elle passe la main sur la laine humide de son blouson et de son pantalon, caresse ses cheveux courts sur sa nuque et ses tempes, décidée à se faire passer pour son frère : si maman la prend pour Chris, comme la dernière fois, le choc suffira peut-être à la sortir de sa folie. Elles ne peuvent plus compter que l'une sur l'autre.

Hedy appuie sur la sonnette. L'infirmière qui vient ouvrir a l'air étonnée. Une montre de gousset est accrochée à son uniforme bleu, par-dessus lequel elle porte un tablier blanc.

— Je suis venue rendre visite à ma mère. Mrs Delaney.

— Malheureusement, répond l'infirmière en agitant le trousseau de clés qui pend à sa taille, Mrs Delaney ne reçoit pas de visites.

Hedy cherche désespérément un argument convaincant.

— Je suis son fils. Maman a forcément envie de me voir. Je viens de très, très loin. Je n'ai pas assez d'argent pour mon billet de retour. S'il vous plaît !

Elle a prononcé ce dernier mot d'une voix tremblante, se tait et se mordille la lèvre inférieure. L'infirmière lui indique un banc en bois sur le côté du vestibule.

— Ne bouge pas d'ici.

Elle déverrouille une porte derrière laquelle elle disparaît. Hedy observe les lieux. Le sol est carrelé en damier, les murs sont habillés de boiseries sombres. Deux paysages sont accrochés en vis-à-vis aux extrémités de la pièce. Elle remarque que chacune des trois portes fermées à clé dispose de son propre bouton d'appel. Il y a aussi une petite vitre grillagée. Au bout de quelques minutes, Hedy se lève et regarde par le carreau. Elle aperçoit un long corridor par lequel revient l'infirmière, d'un pas efficace dans ses souliers brillants.

— On t'autorise une visite courte et supervisée, annonce-t-elle en affichant une moue désapprobatrice. Le Dr Ashby permet qu'on utilise son bureau. Mais il ne faudra plus venir sans prévenir. C'est perturbant pour les patients. Dès que Mrs Delaney sera en état de recevoir de la visite, tu seras informé des horaires officiels. Allez, suis-moi.

Elle la précède dans le long couloir blanc. D'autres corridors partent sur la gauche et sur la droite, avec une multitude de portes. C'est un univers où se perdre, comme le pays des merveilles d'Alice. Elles passent devant une salle remplie de lits comme un vrai hôpital. Une vieille dame approche dans l'autre sens, d'un pas traînant. Elle est encore en robe de chambre alors que c'est le milieu d'après-midi. Une infirmière grassouillette lui tient le bras. Quand elles arrivent à leur hauteur, la patiente relève les yeux. Elle est vraiment très âgée, le visage ratatiné comme une pomme pourrie.

— Je suis la reine des États-Unis d'Amérique ! déclare-t-elle d'une voix étonnamment autoritaire. Il vous est défendu de m'adresser la parole, mon enfant ! Attention à ce que vous dites !

— Allons, allons, Joyce, dit la grosse infirmière.

Elle lève les yeux au ciel et tire la folle par le bras pour l'obliger à avancer. Hedy doit accélérer le pas pour suivre son escorte. Derrière elles retentissent de petits cris d'excitation, comme ceux d'une enfant. Hedy en a la chair de poule. L'infirmière sévère s'arrête devant une porte en chêne verni, frappe et la prie d'entrer.

Hedy remarque les deux beaux bouquets de fleurs, une explosion de roses et de violets, puis la fenêtre en vitrail qui parsème dans la pièce des petites taches lumineuses rondes et triangulaires dans des tons jaunes et bleus, et l'homme moustachu installé derrière un imposant bureau qui se lève et lui tend la main. C'est seulement en s'avançant qu'elle remarque la présence d'une autre personne : une femme assise sur une chaise dans un angle, qui n'arrête pas de se tripoter les mains. Elle aussi est en robe de chambre. Ses cheveux, si jolis autrefois, sont ternes et pendent mollement sur ses joues. Elle ne regarde pas Hedy. Elle fixe les fleurs, la mine éteinte.

— Madame Delaney, annonce doucement le médecin, votre fils Christopher est venu vous rendre visite.

Maman ne semble pas l'avoir entendu, même si ses lèvres parcheminées s'animent comme si elle se murmurait quelque chose à elle-même. Ses yeux demeurent rivés sur le même point.

— Tu peux te mettre plus près d'elle, dit le médecin. Essaye de lui parler. Mais son traitement provoque de la somnolence.

Hedy approche une chaise et s'assied au bord, si bien que ses genoux effleurent ceux de sa mère.

— Maman ? C'est moi, Christopher.

Elle repense au jour où ce prénom l'a sauvée une première fois, quand maman l'a bercée dans ses bras en s'imaginant tenir son fils, pleinement vivante et expressive, les mains débordantes d'amour. Hedy sent le regard du médecin posé sur elle. Elle redresse les épaules, fait abstraction de sa présence. Maman ne veut pas la regarder. D'aussi près, Hedy peut distinguer ses mèches fatiguées et fourchues, les saletés accumulées à la commissure des paupières. Elle a mauvaise haleine, comme si elle avait les dents gâtées.

— Maman, j'ai besoin que tu ailles mieux pour qu'on puisse retourner dans l'Iowa. On est là pour se soutenir, hein ?

En désespoir de cause, Hedy s'empare de la main gauche de maman. Se retrouvant isolée, la droite cesse d'accomplir les gestes auxquels sa mère se livrait depuis son arrivée, comme si elle se les lavait ou se les réchauffait.

— Je ne peux pas m'en sortir sans toi, murmure Hedy en serrant fort la main de maman. J'ai besoin de toi. Regarde-moi. Je t'en supplie !

Maman écarquille les yeux et retire sa main d'un mouvement violent. Son cou pivote et elle regarde Hedy, fixement, avec une dureté qui lui serre le cœur.

— Qu'as-tu fait ? demande doucement maman.

Hedy recule le torse et fronce les sourcils.

— Qu'as-tu fait de lui ? insiste maman d'une voix rauque.

Avec une soudaine énergie, elle attrape les bras de Hedy.

— Où est-il ? Où est mon fils ?

Une mèche de cheveux pend devant ses yeux. Dans sa bouche entrouverte, Hedy aperçoit une langue grisâtre et pâteuse. Maman a une poigne d'acier.

Deux hommes accourent dans la pièce. Chacun retient maman par un bras. De toute façon, elle est flasque comme une morte, ses lèvres sont distendues et son regard est vide.

— Je suis désolé, s'excuse le médecin. Il est préférable que tu t'en ailles. Malheureusement, ta mère n'était pas tout à fait prête pour une émotion pareille.

Les deux hommes emmènent maman qui traîne les jambes comme une poupée désarticulée. Elle a la tête en arrière, sa tignasse pâle et crasseuse se déploie sur sa robe de chambre.

Hedy suit l'infirmière dans le couloir. Elle a peur de s'effondrer ; ses genoux refusent de se plier et ses chevilles sont fragiles comme du papier. Dans le vestibule, un homme en uniforme se lève d'un banc.

— Salut, Hedy.

Elle ne peut pas retenir ses larmes, surprise de trouver Hank ici. Elle est soulagée de voir qu'il est égal à lui-même. Son visage calme et familier et son accent américain la rassurent. Il la prend dans ses bras.

— Viens, je suis en voiture.

La pluie a cessé. La campagne a des couleurs d'automne. La Cadillac occupe presque toute la largeur de la chaussée et projette des éclaboussures boueuses sur les haies chaque fois qu'elle traverse une flaque.

— Comment t'as su ? demande Hedy d'une petite voix.

— On m'a appelé quand tu t'es présentée. Je peux te dire que ça m'a fait un choc d'entendre qu'un garçon du nom de Christopher Delaney était venu rendre visite à sa mère.

— Je me suis dit qu'en m'habillant comme Chris… en prenant son apparence… peut-être qu'elle me prendrait pour lui. Et que ça l'aiderait à guérir.

— Qu'est-ce qui t'a fait croire ça ?

— Parce que Chris était son préféré.

— Je suis sûr que non.

Hedy hausse les épaules et explique :

— Elle l'aimait parce qu'il avait plus besoin d'elle. J'étais censée m'occuper de lui. Mais je n'étais pas là quand…

— Voyons, Hedy, intervient Hank d'une voix douce, tu ne l'aurais pas trompée très longtemps. C'est ta mère. Elle sait parfaitement distinguer ses enfants.

— Cette fois, elle a su que c'était moi… Elle était en colère. Elle m'en veut, dit-elle en avalant sa salive.

— Il ne faut pas penser des choses comme ça, tempère Hank en secouant la tête. Ta maman a les idées confuses en ce moment. Elle ne sait pas ce qu'elle dit.

Hedy contemple le flou marron et gris des haies qui défilent derrière son carreau. Elle espère que Hank a raison et ne demande pas mieux que de le croire.

— On va où ?

— Je te ramène à la ferme, chez ton oncle. Il doit se faire du souci. Je n'ai pas pu l'avoir au téléphone, il ne sait pas que tu es saine et sauve. Je présume que tu as fait cette visite sans sa permission ? dit-il en la regardant.

— Ne me ramène pas là-bas, s'il te plaît. Je déteste cet endroit.

Elle pose la main sur le bras de Hank, le sent agripper plus fort le volant.

— Tout doit te sembler assez étrange, concède-t-il d'un ton faussement enjoué qui ne parvient pas à masquer une légère tension dans sa voix. C'est normal au début. Tu vas t'habituer.

— Non…, affirme-t-elle, la gorge nouée. Jamais. Mon oncle ne m'aime pas.

Elle observe le profil contrarié de Hank. Ses yeux ne quittent pas la route, mais de petites contractions agitent sa paupière.

— Je n'ai personne d'autre à qui te confier.

— Pourquoi tu ne me ramènerais pas à la base ? propose-t-elle en se redressant, les mains croisées sur les genoux. Je pourrais habiter chez toi. Je serais sage.

Hank se racle la gorge.

— Désolé, Hedy. Ça n'est pas possible. Ton oncle est prêt à t'accueillir. Écoute, il n'a pas l'habitude des enfants. Sans doute lui faut-il un temps d'adaptation. Tu peux lui laisser sa chance, non ? Fais-le pour moi, ajoute-t-il en se tournant vers elle.

— Je ne veux pas y rester longtemps, lâche-t-elle d'une voix éteinte. Je ne peux pas vivre là-bas pour toujours.

— Promis, pas pour toujours. Et lui, il sait que tu n'es pas Christopher ? s'enquiert-il en la regardant à nouveau, un sourcil dressé.

Elle fait oui de la tête.

— O.K., dit-il en lui tapotant le genou. Ça vaut mieux. Tu ne dois pas mentir sur ton identité. Mieux vaut démarrer sur de bonnes bases.

Il se met à pianoter sur le volant avec sa main gauche. Hedy observe le paysage plat et boueux, les arbres rabougris. Le seul bruit est celui des pneus sur la route.

— Est-ce que maman va guérir ?

— Elle est très malade, répond-il au bout d'un moment. Mais ils font tout leur possible pour la soigner.

Hedy s'enfonce un peu plus dans son siège et se ronge les ongles jusqu'au sang.

— Ça fait presque quinze ans, reprend Hank en recrachant une volute de fumée de cigarette. Mince, je pensais que je retrouverais mon chemin. Avec la boue, soupire-t-il en secouant la tête, tout se ressemble.

— Vous étiez postés ici pendant la guerre, papa et toi ?

— À quelques kilomètres. On circulait à bicyclette. On connaissait par cœur tous les chemins, même de nuit. Interdiction d'allumer les phares. Et on allait à la ferme, bien entendu. La première fois que ton père et moi nous sommes rendus chez les Cole, c'était pour le déjeuner de Noël. On s'est faits tout beaux et on est arrivés les bras chargés de cadeaux, curieux de découvrir une vraie famille anglaise, et bingo ! c'est Ruby qui nous accueille, les joues roses et vraiment jolie. Tu connais l'histoire, j'imagine ? sourit-il en se frottant le nez.

Hedy se tourne vers sa vitre. Elle a entendu l'épisode un nombre incalculable de fois. Papa adorait raconter que la première fois qu'il avait vu maman, elle préparait une oie et avait la tête dans le four. Hank était le meilleur ami de papa. On sait tout de son meilleur ami.

— Pourquoi est-ce que papa s'est tué ?

— Euh…, élude Hank en affichant une mimique perplexe. Franchement, je ne sais pas.

— Pourquoi l'a-t-on arrêté ?

— J'aimerais pouvoir te répondre, mais l'information

est confidentielle. Il y a une enquête en cours. Désolée, petite.

— Mais… Tu ne crois quand même pas…, bredouille-t-elle d'un filet de voix. Mon papa n'aurait jamais été un espion pour les Russes, hein ?

Hank fait la grimace et jette son mégot par la fenêtre.

— Ça, rien dans cette histoire ne lui ressemble. Mais les gens ne sont plus les mêmes en temps de guerre, soupire-t-il.

— Papa était un héros. Tu me l'as dit toi-même. Jamais il ne se serait mal conduit.

— Non, bien sûr que non, dit Hank en prenant sa main dans la sienne. Garde le souvenir du super-papa qu'il était. Il t'adorait.

La conversation en reste là. Hank arrive enfin à se repérer à partir du moment où il reconnaît le pub local, le *Hare and Hounds*. On emprunte un pont par-dessus un canal lisse et profond, puis c'est le chemin cabossé de la ferme. Hedy descend pour ouvrir la grille et salue les vaches rousses d'un sifflotement. Peter lui a expliqué que ce sont des *red polls*, une race à viande arrivée dans le Norfolk avec les Romains. Hank s'engage dans la cour et coupe le moteur. Il se tourne vers elle et lui annonce de but en blanc qu'il ne peut pas rester.

— Allez, s'il te plaît, insiste Hedy. Tu peux bien entrer une seconde.

Elle se dit que son oncle se fâchera moins si Hank est là, dans toute son autorité de militaire.

— Je suis de service. Il faut que je rentre à la base. À toi de jouer, maintenant !

Il exerce une petite pression amicale sur le bout de son nez. Sortir de la voiture lui donne l'impression de s'arracher une nouvelle fois à sa famille. L'odeur des sièges en cuir et de la cigarette lui rappelle papa. Elle regarde Hank faire demi-tour devant le tas de fumier, maniant le volant du plat de sa seule main droite. Elle voudrait courir après la Cadillac, frapper à la vitre et l'obliger à l'emmener. Mais il s'éloigne déjà, lui adressant un salut de la main dans le rétroviseur. Le véhicule noir et argenté a l'air d'un vaisseau spatial filant à travers un paysage hostile de bourbe et d'eau stagnante.

27

Aux aguets, le chien aboie quand Hedy pénètre dans la cuisine, puis il se couche en soupirant. Mrs Rose plante ses mains savonneuses sur ses hanches et la dévisage, l'air étonnée.

— Je me demandais qui ça pouvait bien être dans cette belle voiture. Où étais-tu passée ? Mr Cole n'était pas très ravi que tu disparaisses sans prévenir.

— Hank… enfin, le commandant Pulaski… a appelé pour dire où j'étais.

— Ton oncle a encore dû décrocher le combiné, soupire Mrs Rose en regardant vers le couloir. Comme il trouve la sonnerie trop bruyante, il ne le remet pas en place.

— Je suis allée voir maman, murmure Hedy.

— Il n'y a pas de mal à ça, approuve Mrs Rose en attrapant la bouilloire dans la cheminée. Je suis sûre qu'une tasse de thé te fera le plus grand bien. Et quelque chose à manger.

L'assiette qu'elle pose devant Hedy embaume la mer.

— C'est une tourte aux moules. Bon appétit. On a toujours meilleur moral avec le ventre plein.

Ernest arrive dans la cuisine. Il se poste de l'autre

côté de la table et la fixe dans un silence pesant, comme il contemplerait un lapin voué à passer à la casserole. Hedy cesse de mastiquer. Il tire une chaise, les pieds raclant le sol en pierre, et s'assied lourdement.

— Je pensais être débarrassé de toi, grommelle-t-il.

— Hedy est allée rendre visite à sa mère, l'informe Mrs Rose en posant une assiette devant lui.

— Je t'ai expliqué, gamine. Si tu veux qu'on te nourrisse, faut gagner ta croûte.

— J'ai vu maman, dit Hedy. Elle ne va toujours pas mieux. Elle était comme une somnambule, murmure-t-elle en baissant les yeux, la gorge nouée. Elle avait les yeux rouges et les cheveux sales. Elle était à peine reconnaissable.

L'oncle Ernest s'écarte brusquement de la table.

— La gamine me coupe l'appétit, avec ses jérémiades.

Il se lève, repoussant la main de Mrs Rose qui cherche à l'aider.

— T'as quand même tes corvées à faire, lance-t-il à Hedy, d'un ton glacial. Tu peux aussi aider Mrs Rose dans la cuisine.

Une fois qu'il est parti, Mrs Rose se tourne vers Hedy :

— Ne fais pas attention à lui. La douleur physique rend les gens agressifs, ils s'emportent sans le vouloir.

Elle se lève pour débarrasser, s'arrête à côté de Hedy et pose sa main sur son épaule.

— Ta pauvre mère. Elle doit te manquer.

Hedy est tout juste capable de hocher la tête. Mrs Rose s'assied à côté d'elle et prend sa main entre ses doigts parcheminés.

— Ton oncle n'est pas méchant, soupire-t-elle. Il n'a pas l'habitude des enfants. On ne reçoit personne à la ferme. Il n'aime pas la compagnie. Et puis, tant pis si c'est pas à moi de t'en parler, mais je crois qu'il s'est fâché avec sa sœur, ta mère, avant qu'elle parte en Amérique. C'est ce qui se dit, que lui et ton grand-père étaient contre, mais Ruby est quand même partie et ça a entraîné beaucoup d'animosité, de la rancœur.

— C'est pour ça qu'il ne m'aime pas ?

— Voyons, mon enfant, il n'a rien contre toi. Donne-lui le temps. Il se laissera amadouer.

Hank a prétendu la même chose. Hedy imagine difficilement qu'Ernest s'adoucisse, elle ne voit pas comment ça pourrait arriver, mais elle n'a pas d'autre choix que de rester ici pour l'instant.

Le chien se lève et s'étire, vient effleurer sa main de sa truffe humide et se dirige vers la porte pour lui faire comprendre qu'il veut sortir. Appuyée au chambranle, elle le regarde s'éloigner et renifler la fange. Méfiantes, les poules agitent la tête et l'observent. Il les ignore, lève la patte sur le mur de la grange. Hedy contemple les flaques d'eau dans la cour, les poules qui fouillent la boue, la porcherie et le cabanon au toit goudronné, les toitures de guingois et le ciel grisâtre. Elle inspire profondément, sent l'air iodé et le parfum âcre du fourrage. Jamais elle ne se sentira chez elle ici. Le chien moucheté revient, tout pantelant, et rentre à l'intérieur en la heurtant au passage de son flanc musclé. Mais elle reste là, la main appuyée au chambranle. Disque pâle punaisé aux nuages, la lune a l'air d'un fantôme. Hedy scrute le ciel en plissant les paupières, imagine qu'elle y aperçoit leur bungalow, la haie de lauriers à l'avant et les pins à l'arrière, le barbecue de papa, comme des jouets miniatures collés sous la lune et vus à l'envers.

Hedy aide Mrs Rose à préparer le souper. Elle rapporte du cellier, dans un grand sac en toile de jute, des pommes de terre incrustées de mottes noires et grasses qui collent aux doigts. Elles les nettoient dans l'évier, à l'eau courante.

— C'est la récolte de l'an passé, explique Mrs Rose. Elles se conservent plusieurs mois à condition de les garder dans un endroit frais. L'idéal, c'est de planter les pommes de terre le Vendredi saint. Moins de risque que ça gèle. Avant de commencer un potager, la tradition veut qu'on y enterre la carcasse d'un animal. Comme ça, vois-tu, la terre sera bien riche. Ça fait de l'engrais pour des années.

— On a enterré quoi, ici ? demande Hedy en contemplant la pomme de terre qu'elle tient dans sa main.

— Un cheval de trait. Il s'appelait Star.

— Un cheval entier ?

— C'est un grand potager.

Le lendemain matin, Mrs Rose apporte des vêtements dont sa nièce ne veut plus. Elle les sort de son sac comme un magicien des mouchoirs de coloris différents. Des robes de coton reprisées, aux motifs floraux passés. Les étoffes usées sont douces au toucher, mais Hedy ne veut pas se séparer des habits de Chris, tant qu'ils restent imprégnés de son odeur. Elle aime porter des pantalons, ça lui paraît plus naturel pour se déplacer et s'asseoir sans craindre de montrer sa culotte.

Avant de s'endormir, elle lit une autre histoire de

Chris dans son cahier, intitulée *Le Merveilleux*. Il est question d'un garçon qui entend un cri sous une pierre circulaire dans le sol, la plainte d'une créature fantastique prisonnière sous terre. Il aperçoit ensuite une lumière blanche merveilleuse, émise par un vaisseau spatial. Il confie à un colonel que des extraterrestres ont sûrement atterri sur Terre. Mais le texte s'arrête là, comme si Chris ne l'avait pas terminé. Allongée dans son lit, Hedy se fait la réflexion que cette histoire est différente. Dans les autres, il est toujours question de mondes lointains et de monstres imaginaires. Dans celle-ci, Chris a choisi un cadre bien réel : la pierre au pied du chêne, l'endroit où les enfants les ont menés, où il a demandé à Hedy si elle entendait quelque chose sous terre. Elle referme le cahier. Ça lui donne le vertige de penser que Christopher s'est inspiré du lieu où il allait mourir.

28

Hedy est inscrite à l'école de la ville. Elle adopte une attitude discrète et préfère rester dans son coin. Les autres enfants la verront toujours comme une Yankee, une étrangère, la fille qui s'habille en garçon et parle avec un accent bizarre. Elle s'en fiche. C'est risqué d'avoir des amis. Les gens peuvent disparaître à tout moment. Hedy n'a que deux amis ici, Peter et Mrs Rose. Surtout pas Ernest. Il ne se comporte même pas en oncle : il répond par un simple grognement à ses questions et quitte la cuisine dès qu'elle y entre.

Un matin, après le petit déjeuner, il demande à Peter d'apprendre à Hedy à conduire le Fordson Major.

— Elle a les jambes assez longues pour atteindre les pédales, dit-il en regardant Peter et non Hedy. Elle peut enfin fournir sa part de travail.

Hedy suit Peter dans la cour, jusqu'au hangar où est garé le tracteur vert. Quelques poules sont perchées sur le siège, d'autres gloussent autour des roues. Peter les chasse et montre à Hedy comment s'y prendre : purger l'arrivée de paraffine, vérifier le tuyau d'essence, tirer la manette du starter et ajuster le mélange de carburants. Elle l'observe attentivement. Elle aimait aider papa quand il bricolait la Buick Roadmaster. La tête enfouie sous le capot, il avait l'air si heureux. Il lui répétait toujours la même chose : « Sais-tu qu'elle sort des usines de la compagnie qui fabrique le chasseur Mustang P51 ? »

Peter lui donne quelques conseils :

— Il peine à démarrer par temps froid. Faut de la poigne. Montrer à cette vieille canaille qui est le patron.

Hedy se penche et attrape la manivelle à l'avant d'une main experte, comme elle a appris à le faire avec la voiture d'Ernest, espérant épater Peter. Mais le mécanisme est récalcitrant ; le moteur cliquette sans démarrer. Elle serre les dents et tourne plus fort. Au troisième essai, l'engin se met en marche dans un rugissement assourdissant.

— Je n'aurais pas mieux fait, approuve Peter en hochant la tête. De nos jours, un fermier doit être bon mécanicien. Allez, au volant !

Il indique le siège recouvert de grosse toile. Une fois installée en l'air, Hedy le toise du regard. Les boucles rousses de Peter encadrent un large sourire.

— Cette machine serait plus à sa place au musée, observe-t-il en appuyant un coude sur un pneu incrusté de boue. Essaie de convaincre le vieux d'investir dans un tracteur moderne. Ça nous simplifierait la vie.

— Il ne m'écoute pas, répond-elle d'un ton dubitatif. Quand bien même, je crois qu'il n'a pas d'argent.

Peter tapote le capot bourdonnant et s'essuie les mains sur sa salopette, ajoutant de nouvelles taches de cambouis à celles déjà incrustées dans le tissu bleu usé.

— On gagne mal sa vie dans l'agriculture, soupire-t-il. Ça n'interdit pas de rêver ! Tiens le volant à deux mains et place ton pied sur la pédale. Allez, fais un peu chauffer les cylindres !

Elle enfonce le pied d'un coup et sent le moteur réagir immédiatement, l'engin s'animant sous elle.

— Un peu moins ! crie Peter. Passe la première et avance doucement…

Le tracteur commence soudain à rouler et Hedy panique.

— Fais gaffe à tes orteils !

— J'ai dit doucement ! lâche Peter en s'écartant du passage.

Hedy hume les effluves entêtants d'essence et de graisse.

Assise en hauteur, elle parvient à distinguer la mer scintillante à l'horizon, au-delà des champs marron et plats. Le tracteur tremble et gémit ; elle jette un coup d'œil sur la jauge entre ses cuisses pour s'assurer que le moteur n'est pas en surchauffe. Peter la suit sur le chemin et crie des instructions qu'elle n'entend pas. Elle n'a pas besoin qu'on lui dise comment s'y prendre – c'est instinctif chez elle. Les épaules détendues, elle agrippe le volant fermement à deux mains. Pour la première fois depuis la mort de Chris et de papa, elle sent s'ouvrir un peu sa poitrine refermée comme un poing serré.

Il fait sombre de bonne heure dans la cuisine où l'air est mêlé de fumée. Une chouette blanche passe devant la fenêtre, silhouette fantomatique, et oriente sa tête ronde vers le sol. Les croassements agacés des corbeaux freux cessent subitement quand la dernière lueur de jour quitte le ciel. Mrs Rose est rentrée chez elle. Ernest arrive en claudiquant, flanqué du chien, et le froid s'engouffre derrière eux. Il retire ses bottes crottées sur le seuil. Hedy détourne le regard pour ne pas le voir peiner. Elle attend d'entendre les deux bottes tomber sur le dallage. Elle se penche pour les ramasser et les aligner avec les autres à droite de la porte.

— Peter vous a dit ? demande Hedy, souriant malgré elle. J'ai eu ma première leçon de conduite. D'après lui, on a l'impression que j'ai fait ça toute ma vie ! Il trouve que j'ai un vrai don.

— On verra ce que ça donne, grommelle Ernest d'une voix étranglée.

Il se sert un verre d'eau, continuant de lui tourner le dos.

— Je pensais que ça vous ferait plaisir, dit-elle en fixant ses mains sales, dépitée. Je vais me coucher.

Il ne réagit pas quand elle se dirige vers la porte. « Parfait, pense-t-elle. Tu n'es qu'un vieillard méchant, je ne ferai plus aucun effort pour te plaire… » Elle se retourne malgré tout lorsqu'il est pris d'une quinte de toux. Les yeux liquides d'Ernest la fixent sans la voir ; ses mains s'agitent, impuissantes, devant les boutons de sa chemise. Elle sent son pouls s'accélérer en entendant sa respiration caverneuse – ça lui rappelle les crises d'asthme de Chris. Ernest ferme les yeux, des toussotements sifflants s'échappent de sa gorge, et le voilà qui se plie soudain en deux, ses doigts cherchant maladroitement le rebord de la table. Il parvient enfin à s'y appuyer ; ses côtes difformes sont agitées de tremblements. Hedy s'apprête à toucher son épaule, mais elle retire vivement sa main. Ça ne lui semble pas convenable.

— Je peux faire quelque chose ? demande-t-elle.

Il indique sa gorge. Ses lèvres bougent, mais aucun son n'en sort au début, puis :

— Peux pas… respirer…

Elle s'approche, s'escrime avec les boutons, parvient à défaire ceux du haut pour dégager le tissu autour du cou. Elle place une main sous son coude et le mène à une chaise.

— Asseyez-vous. Essayez de respirer lentement.

Elle se rappelle les fois où Chris avait du mal à respirer. « Apaise-le, disait maman. Parle-lui. Dis-lui d'inspirer par le nez et d'expirer par la bouche. » Comme Chris était allergique aux poils d'animaux, Hedy ne pouvait pas avoir de chat. Elle ne comprend pas comment elle a pu y attacher autant d'importance et jalouser son frère.

Un peu de bave a coulé à la commissure des lèvres gercées d'Ernest. Sa poitrine siffle comme une bouilloire. Ses yeux apeurés regardent en direction du buffet.

— Potter, parvient-il à balbutier.

Elle farfouille sur les étagères du meuble, ses doigts écartent des boîtes de thé, des liasses de courrier et des bouts de chandelle. Elle finit par dénicher une boîte verte sur laquelle figure une inscription en lettres noires : *Poudre de Potter, remède contre l'asthme.* Elle s'oblige à lire les instructions au dos, puis, d'une main tremblante, verse de la poudre aromatisée dans une cuiller. Une boîte d'allumettes est posée à côté de la cuisinière. Elle en gratte une, qui s'éteint aussitôt dans un chuintement. Hedy se mord la lèvre et fait un deuxième essai. Elle porte la petite flamme bleue sous la partie incurvée de la cuiller. Ernest approche son visage d'un mouvement heurté et se penche au-dessus des vapeurs, les yeux fermés. Il prend de l'air par saccades, inspire et expire dans un sifflement, ses bronches s'emplissant. Le pire de la crise est passé ; il reste vautré sur la table, la respiration laborieuse, mais ses poumons reçoivent de l'oxygène. Hedy remplit la bouilloire.

— Maman donnait toujours une boisson chaude à Chris après ses crises, dit-elle en posant le mug sur la table. Pour le réconfort.

Ernest relève la tête. Une pellicule de sueur tapisse son front.

— Ruby ? dit-il. Ton frère faisait aussi de l'asthme ?

Elle hoche la tête. Il grimace en prenant une gorgée de thé brûlant. Le chien s'approche de lui et pose son museau sur sa cuisse en agitant doucement la queue. Ernest lui touche le flanc. L'horloge fait entendre son tic-tac. Hedy constate, stupéfaite, qu'une heure a passé depuis le déclenchement de la crise. Elle se tourne vers son oncle.

— Me regarde pas comme ça, petite, lance-t-il d'un ton bourru. Qu'est-ce que t'as à m'observer comme une bête curieuse ? Je ne veux pas de ta pitié.

Elle se plaque contre son dossier, comme s'il l'avait giflée. Les traits contorsionnés, il caresse le chien.

— Mais je ne…, bredouille-t-elle en se penchant en avant. C'est pas du tout ça… Chris souffrait lui aussi d'une scoliose très sévère. Il était obligé de porter un corset.

Ernest relève brusquement la tête et, pour la première fois, la regarde vraiment.

— Le fils de Ruby ?

Elle hoche la tête.

— Maman ne vous l'avait pas dit ?

Ernest prend une mine renfrognée.

— Je ne lui ai pas parlé depuis le jour où elle a quitté la ferme. Elle était enceinte de toi et de ton frère.

Il contemple la table, l'air pensif, et caresse du pouce les nœuds dans le bois.

— Ainsi, finit-il par dire, elle a bel et bien mis au monde un enfant comme moi. Et ton père ? dit-il en relevant la tête. Il est resté ?

— Papa ? Bien sûr.

— Certains hommes n'assument pas d'avoir un fils… un fils différent des autres.

— Votre père l'a mal vécu ?

Ernest se frotte la joue avec son moignon d'index.

— Il ne voulait pas que je me montre. Je devais rester enfermé. J'étais sa malédiction. Je n'avais pas le droit de quitter la ferme.

— C'est horrible ! C'est vraiment triste.

Hedy pose les coudes sur la table. Ernest laisse échapper un borborygme.

— C'était il y a longtemps. Inutile d'en parler.

— Et si vous veniez aussi, la prochaine fois que je rends visite à maman à l'asile psychiatrique ? dit-elle en joignant les mains. Ça l'aiderait peut-être que vous soyez là.

Il secoue la tête.

— Je ne quitte jamais la ferme. C'est trop difficile.

— Mais je…

— J'ai dit non, lâche-t-il en se levant. Je vais me coucher.

Ernest s'arrête sur le seuil, s'éclaircit la gorge et garde les yeux fixés sur le sol.

— Merci, Hedy.

Elle suit la progression de son pas claudiquant dans le couloir. Le chien va se coucher dans son panier près de la cuisinière. Lui aussi guette les bruits de son maître, l'oreille tendue vers la porte. Dès que cessent les frottements et les coups sourds, l'animal soupire et se love sur lui-même, le museau glissé sous la queue.

29

1959

Perchée sur le siège en métal du tracteur, Hedy rentre du champ de navets quand elle aperçoit les hirondelles. Les rugissements du moteur l'empêchent de les entendre, mais elles sont bien là comme Peter l'avait prédit : les premières hirondelles du printemps volent dans la fraîcheur du début de soirée, rasent l'herbe et s'élancent dans le ciel, se réfugient enfin sous l'avant-toit. Avant de venir dans le Norfolk, jamais elle ne prêtait attention aux différentes espèces d'oiseaux. La connaissance modifie notre univers : des détails qui étaient là depuis toujours deviennent soudain visibles, comme une photographie qui apparaît dans le bac de développement. Peter lui a appris beaucoup de choses, comme le nom des oiseaux et leur chant distinctif : la grive, le rouge-gorge, le merle, la fauvette des haies, le pinson. L'an dernier, il a soulevé les piquants d'un chardon dans le verger pour lui montrer des taches blanches.

« Des œufs de papillon, a-t-il expliqué. Ce buisson grouillera bientôt de paons du jour. »

Le corps de Hedy se transforme. Elle s'est étoffée des épaules et a les biceps bien fermes. Ses mains sont calleuses et égratignées, son teint est toujours hâlé et parsemé de taches de son parce qu'elle est le plus souvent à l'extérieur. Quand elle grimpe dans la baignoire en métal les soirs de toilette, elle prend conscience de sa poitrine naissante et de la courbe qui se dessine entre ses hanches et sa taille. Ces changements ne lui plaisent pas, elle se sent mal à l'aise dans ce nouveau corps. Elle n'ose pas demander un premier soutien-gorge. Les chemises de Chris lui vont encore, mais pas les pantalons ; elle en a récupéré de plus grands qui appartenaient aux garçons de Mrs Rose. Elle les porte avec une ceinture, en retroussant le bas des jambes. Mrs Rose la supplie de laisser pousser ses cheveux, mais Hedy les préfère au ras du cou, doux au toucher comme une fourrure.

Accaparée par les corvées, Hedy a peu de temps pour elle. Il y a toujours quelque chose à faire : ramasser les œufs, donner du grain aux poules, traire les vaches, récupérer la crème et la baratter. Elle participe aussi aux travaux de la ferme à proprement parler, après l'école et le week-end. Elle donne un coup de main là où il y a besoin : elle sarcle et sème, elle conduit le tracteur avec assurance, trace un sillon droit et effectue un parfait demi-tour au bout du champ, comme un fermier aguerri.

Les côtes d'Ernest compriment ses poumons. Il suffoque lentement. Mais, toujours aussi laconique, il ouvre rarement la bouche et jamais pour se plaindre. Ses lèvres pâlissent, prennent un teint cireux tant il les serre fort. Mrs Rose confie à Hedy, en chuchotant, davantage de détails sur sa santé défaillante.

— Il n'y a pas que les poumons. Son cœur est comme pris dans un casse-noix. Il a déjà vécu bien plus longtemps qu'on ne le pensait. « Ma faiblesse », c'est son expression. Mais plus d'un solide gaillard ne supporterait jamais la douleur qu'il endure.

Mrs Rose coupe des pommes de terre et surveille en même temps un bouillon qui mijote. Un délicieux fumet d'oignons et de romarin flotte dans la cuisine. Les coudes plantés sur la table astiquée, les trois garçons de ferme font un sort à leur assiette de coques et de tartines beurrées, accompagnée d'un mug de thé. Mrs Rose a préparé du pain perdu à la Nelson. Hedy en a l'eau à la bouche ; elle adore ce dessert à base de rhum et de marmelade.

— Alors, t'as vu les hirondelles, Hedy ? l'interroge Peter en relevant la tête.

— Leur arrivée annonce vraiment le printemps, dit Mrs Rose. Mais mon vieux père disait toujours : « Plus tard elles arrivent et plus beau sera l'été. »

Hedy prend la bouilloire accrochée dans l'âtre et ressert du breuvage foncé aux garçons. Pendant qu'elle se penche au-dessus de la table, Peter toussote et dit :

— Il y a *Les Trente-Neuf Marches* qui passe ce week-end au cinéma en ville…

Il contemple ses mains, sa gorge et son cou s'empourprent.

— Ça te dirait d'y aller avec moi ?

Hedy songe aux corvées qui l'attendent, aux devoirs pour l'école. Elle ouvre la bouche, prête à refuser.

— Évidemment que ça lui dit, gros bêta ! lance Mrs Rose. La pauvre fille a besoin de se détendre. Ça te fera le plus grand bien, Hedy.

Rouge comme une pivoine, Peter relève les yeux.

— Je passerai te chercher. Samedi soir à sept heures.

Les deux autres garçons gloussent et échangent des coups de coude, mais s'arrêtent net quand Ernest pénètre dans la cuisine.

— Toujours là ? grogne-t-il. Je ne vous paye pas pour paresser chez moi !

Les garçons se lèvent tout de go, s'essuient la bouche avec le dos de la main et foulent précipitamment le dallage de leurs chaussettes reprisées, se bousculant dans leur hâte d'enfiler les bottes laissées à l'extérieur. Hedy débarrasse la vaisselle sale et la plonge dans la bassine. Tout en frottant les miettes collées, elle pense aux hirondelles qui reviennent chaque année pour nicher dans les mêmes nids de boue et de salive si longs à construire. Ces petites créatures vont et viennent entre le Norfolk et l'Afrique, capables de retrouver exactement la même ferme. Elles doivent être persuadées que leur nid sera encore là : une sorte de foi inébranlable en l'ordre du monde.

Ils sont installés au premier rang sur des sièges rouges qui grattent. L'écran est tout proche et le son résonne fort, les acteurs les toisent comme des géants au visage énorme. Hedy, n'ayant pas vu la version de Hitchcock en noir et blanc, ignorait qu'il était question d'un réseau d'espionnage. Quand elle le comprend, elle se sent mal à l'aise en pensant à papa. Elle ne peut pas l'identifier à ces personnages louches qui volent des secrets militaires au gouvernement. Captivée par l'histoire, elle sursaute quand Peter prend gauchement sa main. C'est inconfortable, leurs doigts comprimés ensemble, tièdes et moites. Sous prétexte de se moucher, Hedy se libère. Après, elle garde les deux mains au fond de ses poches. Elle sent, dans le coin de son regard, l'expression perplexe de Peter. Heureusement qu'elle ne lui a pas parlé de papa. Il serait gêné à cause du sujet du film. À la fin, ils sortent doucement de la salle. Au dernier rang, deux amoureux restent enlacés, bouches collées, alors que les lumières se sont rallumées. Ils n'ont que faire des regards désapprobateurs des gens qui passent. Hedy détourne rapidement les yeux, pensant encore au film et à papa. Quand Peter cherche à prendre sa main, elle la retire vivement.

— Arrête.

L'air d'abord stupéfait, puis blessé, il baisse la tête.

— Je…, dit Hedy. Je veux qu'on reste juste des amis. Je ne veux pas être… ta petite amie. Ne m'en veux pas.

Peter toussote et rougit.

— Je pensais que…

— Non, explique-t-elle en s'efforçant d'adoucir le ton pour ménager ses sentiments. Ce n'est pas toi. Je ne veux être la petite amie de personne.

Quand il vient la chercher dans la cuisine le lendemain, Hedy a peur qu'il veuille une nouvelle fois tenter sa chance. Elle le suit à contrecœur vers le pré. Peter s'arrête devant les chardons.

— Regarde, dit-il en pointant le doigt. Ils ont fini d'hiberner.

C'est une explosion de rouges et de violets qui scintillent à travers le champ ensoleillé. Partout s'envolent des papillons. Peter lui explique que la couleur brune du dessous des ailes, comme une feuille morte, est une protection contre les oiseaux. L'un d'eux se pose sur la main de Hedy, palpitant et léger comme un souffle.

— T'as vu le motif sur le dessus ? chuchote Peter. On dirait une tête de hibou à l'envers, non ?

Ils s'allongent dans l'herbe haute. Peter arrache un brin et lui chatouille le nez avec. Hedy repousse sa main en riant. Elle est soulagée qu'il se comporte normalement avec elle. Elle tient à son amitié.

— Tu veux bien me parler de ta famille ? demande-t-il d'un ton hésitant.

Elle redevient aussitôt sérieuse.

— Qu'est-ce que tu veux savoir ?

— Eh bien… tu sais, il y a des rumeurs qui circulent. J'ai entendu dire… que ton frère a été assassiné, ajoute-t-il tout bas. C'est vrai ?

Elle se redresse, rentre les épaules et s'écarte un peu de lui.

— Je n'aurais pas dû, s'excuse-t-il en se voûtant, appuyant son menton sur son large torse. Ne m'en parle pas si t'as pas envie.

Hedy reste silencieuse un moment, les images épouvantables de cet après-midi-là se superposant dans son regard, le désarroi refoulé depuis des mois remontant à la surface. Elle inspire profondément et plaque ses paumes sur son visage, laisse grossir la vague d'émotion, les eaux agitées qui débordent et menacent de l'engloutir.

— Oublie ma question…

La voix inquiète de Peter lui parvient. Hedy sent la chaleur d'un rayon de soleil sur sa nuque. Elle prend une nouvelle inspiration et rouvre les yeux.

— C'est bon, dit-elle en cillant, éblouie. Ça va aller.

Les mots déferlent. Pour la première fois depuis qu'elle a quitté la base, elle prononce le nom du vieux Joe à voix haute. Elle lui parle de leur rencontre avec le vagabond devant l'église désaffectée : son visage âgé, ridé et brûlé par le vent, sa folle tignasse, son existence à la dure dans la forêt. Elle répète ce que le vieux Joe a dit à Chris, les lumières dans le ciel et les démons. Elle lui raconte qu'elle a retrouvé son frère pendu à la branche d'un chêne. Qu'une de ses chaussures gisait par terre. Elle décrit l'arrivée des militaires, qui ont dû s'y mettre à trois pour descendre Chris et le recueillir dans leurs bras. Quand Hedy s'arrête enfin, elle est épuisée mais soulagée d'avoir pu se confier à quelqu'un. Peter fixe ses genoux. À force d'arracher des brins d'herbe et de les déchiqueter avec ses ongles, il a le bout des doigts tout vert. Il affiche une mine intriguée.

— Mais, ce vieux type, Joe… où s'est-il procuré la corde ?

Hedy le dévisage. Ce n'était pas la réaction à laquelle elle s'attendait.

— Je ne sais pas. Quelle importance ça peut avoir ?

Peter gonfle les joues, comme il le fait toujours quand il réfléchit.

— C'est juste que… enfin, une longue corde, ça coûte cher. Et c'est lourd. Je me demande comment il a fait pour se la procurer, la trimballer dans la forêt et… s'en servir comme tu dis. Quand même, un type pauvre et âgé…

Hedy a la bouche sèche. Elle sent battre son pouls dans sa gorge. Jamais elle n'a envisagé la pendaison de

Chris sous l'angle pratique. Pas une fois elle ne s'est demandé où le vieux Joe avait déniché la corde.

— Il a dû se débrouiller, maugrée-t-elle. Il l'a peut-être volée. Qu'est-ce que tu veux que j'en sache ? Il avait des traces de brûlures sur les mains, provoquées par la corde.

— Tu penses donc qu'il a tout prémédité ? poursuit Peter en se caressant le menton. Il guettait ton frère ? Il savait que Chris allait venir ?

Hedy a la poitrine comprimée comme un torchon essoré. Les questions de Peter sont de véritables coups de poing. Elle voudrait se recroqueviller.

— Tu l'as vu ? insiste-t-il à voix basse. Tu l'as pris sur le fait ?

— Arrête, proteste-t-elle en secouant la tête. Je n'en sais rien. Je ne veux plus en parler.

Elle se déplace et se rassied un peu plus loin, croise les bras. Les idées s'affolent dans sa tête, volent en tous sens. C'est la confusion totale, elle se sent comme l'oiseau qui ne sait plus s'il a en face de lui une feuille ou un papillon. *Le vieux Joe est inoffensif,* répète la voix de Nell. Hedy avait refusé de la croire car c'était admettre que son frère s'était suicidé. Mais maintenant que Peter lui a démontré les incohérences matérielles de la culpabilité du vieux Joe, elle comprend que Chris n'a pas pu, pour les mêmes raisons, se suicider. Seulement, songe-t-elle, qui d'autre aurait voulu s'en prendre à lui ? Qui, mis à part un fou, s'attaquerait à un gamin infirme ? Dans sa tête défilent les personnages du film d'hier soir : le professeur respectable qui se fait surprendre avec un revolver fumant à la main, le faux policier qui pousse le héros dans une voiture… Elle se lève brusquement et frotte son jean plein de pollen.

— Il faut qu'on y retourne. J'ai les vaches à traire.

— Je suis désolé, bafouille-t-il en se précipitant derrière elle. Je ne voulais pas t'embêter.

Hedy accélère le pas pour être seule avec ses pensées affolées, pour tenter de les analyser et faire la part des choses.

30

Hedy s'est habituée à l'horizon vaste et plat, où se détache seulement la silhouette d'un arbre ici et là. Malgré le dénuement, cette beauté âpre et pure a pour elle quelque chose d'étrangement apaisant. Elle n'est plus nerveuse en présence des vaches. Elle les trouve attachants, ces ruminants placides, massifs et solidement charpentés, ancrés dans la terre, avec leurs longs cils et leur museau gris qui cherche sa main, naseaux retroussés, et la langue râpeuse des veaux qui lèchent avidement ses doigts. Elle a pris l'habitude, comme Ernest, de chantonner pendant qu'elle mène le troupeau dans le local de traite. Ce jour-là, c'est un vieil air dansant que maman fredonnait souvent. Hedy appuie son épaule contre le flanc chaud de Betsy et ses doigts manipulent les pis. L'odeur suave du lait cru et le parfum de fourrage sont un réconfort. Sentant une présence dans son dos, elle entraperçoit une paire de jambes bottées sous le creux de son bras. Betsy s'interrompt de manger pour jeter un regard intrigué en arrière.

— Tu me fuis ? demande Peter.

Hedy ne s'interrompt pas ; il reste six vaches après

Betsy. Elle fait non de la tête, appuyant sa joue contre la peau noire et blanche, douce et souple.

— C'est juste que… ce que tu m'as dit me fait beaucoup réfléchir. Le vieux Joe est en prison. Et je me demande maintenant si on n'a pas commis une erreur.

Elle se redresse et flanque une tape affectueuse sur la large croupe de Betsy, puis se lève et emporte le tabouret dans le box suivant.

— Mais si ce n'est pas le vieux Joe qui l'a assassiné, et si Chris ne s'est pas suicidé, je ne vois pas qui d'autre ça pourrait être.

— Je suis vraiment désolé, soupire Peter. Je dis les choses comme je les sens. J'appelle un chat un chat.

— Il y avait d'autres vagabonds dans la forêt, ajoute Hedy, l'air pensif. On nous a mis en garde contre eux. Mais ils n'avaient aucune raison de faire quelque chose d'aussi épouvantable.

Peter s'empare d'un tabouret et s'installe auprès de la vache suivante. Hedy entend le jet de lait cingler le fond du seau. L'oncle Ernest envisage de moderniser la salle de traite, d'acheter un équipement moderne qui se fixe directement sur le pis.

— Il n'y a pas toujours de raison au mal, objecte doucement Peter.

— J'ai repensé aux marques de brûlure que le vieux Joe avait sur ses mains. Tu crois qu'il aurait pu se les faire en essayant de descendre Chris ? En essayant de le sauver ?

Elle déglutit pour tenter d'évacuer la boule dans sa gorge. Aucun son ne lui parvient du box voisin, mis à part le lait frappant le métal à intervalles réguliers. La voix de Peter se fait enfin entendre :

— C'est possible, j'imagine… d'après ce que tu m'as raconté… ça se pourrait qu'il ait trouvé ton frère pendu et qu'il ait voulu l'aider…

— Mais comment faire pour découvrir la vérité ? soupire-t-elle, découragée, en appuyant son front sur le ventre boueux de la vache.

— Tu dois peut-être accepter que ça reste un mystère. On ne peut pas tout comprendre. Le monde est plein de choses qui nous dépassent. C'est à ça que sert Dieu, on peut s'en remettre à lui.

— Je ne suis pas sûre de croire en Dieu.

— N'importe, il t'aime quand même.

Elle toussote, ne sachant pas quoi répondre. Autant changer de sujet :

— Mon frère était fan de science-fiction. Il en écrivait aussi. Il était doué. Je pense que Christopher serait devenu écrivain, s'il avait vécu. Il était persuadé qu'il y avait des extraterrestres dans la forêt. Il m'a dit qu'il les avait entendus, pile à l'endroit où on l'a tué. Il a même écrit une histoire à ce sujet. C'est curieux, non ? Étrange comme coïncidence.

— Je pourrais la lire ?

— Chris n'a pas eu le temps de la terminer, répond-elle, surprise. Ça ne fait que deux pages. Mais si tu y tiens… Seulement, il ne faudra pas la perdre ni rien renverser dessus !

— J'y ferai très attention, promet-il d'un ton grave.

Hedy prépare des maquereaux marinés, un plat dont raffole l'oncle Ernest. Elle coupe la tête et la queue, puis se sert d'un couteau bien aiguisé pour ouvrir le poisson et retirer les arêtes, avant de le rouler délicatement. Elle place ensuite les rouleaux argentés dans un mélange d'eau et de vinaigre porté à ébullition.

— Tu as vraiment le coup de main ! la félicite Mrs Rose en humant l'air.

— Mais jamais je n'aimerai ça, répond Hedy en piquant les maquereaux avec une fourchette.

— Le vieil Ernest est plus heureux ces derniers temps. As-tu remarqué ? Il s'est adouci. C'est ta présence.

Hedy cille et ravale un sourire.

— Mais ça reste un fieffé bougon, lâche-t-elle.

— Et comment ! s'esclaffe Mrs Rose. On ne peut pas enlever à un léopard toutes ses taches d'un seul coup. Petit à petit, voilà ce que j'en dis !

— Il refuse de venir voir maman. J'aimerais tant qu'il accepte ! Peut-être que ça aiderait maman et qu'ils pourraient ensuite se réconcilier.

— N'insiste pas trop. Il a peur de quitter la ferme. Ça fait des années qu'il vit cloîtré. Il ne supporte pas le regard des autres. On ne peut pas forcer les gens, surtout une vieille tête de mule comme ton oncle !

Peter l'attend devant la porte de la cuisine. Il lui rend le cahier de Christopher.

— Tu as raison, on voit que l'histoire n'est pas terminée. C'est quand même super.

Hedy reprend le cahier et le serre contre sa poitrine.

— Tu voudrais pas écrire la suite ? suggère Peter en se grattant la tête. Imaginer la fin ?

— Moi ? dit-elle en le fixant. Mais je ne sais pas écrire. Ce n'est pas mon histoire.

— Vous êtes jumeaux. Je me dis que vous êtes

peut-être doués pour les mêmes choses, que vous avez les mêmes talents.

— L'écrivain, c'était lui. De toute façon, murmure-t-elle, je ne pourrais pas terminer ce qu'il a commencé. Ça ne se fait pas.

— Ton frère aurait peut-être voulu que tu le fasses.

— Tu ne l'as même pas connu, lâche-t-elle en redressant les épaules. Désolée. Je sais que tu veux aider, mais t'arrêtes pas de me dire un tas de trucs, et ça m'embrouille complètement.

Dans sa chambre, Hedy parcourt encore une fois l'histoire. Elle connaît par cœur les mots écrits par Chris. Elle est incapable de deviner la suite qu'il aurait imaginée. Elle range le cahier dans un tiroir, sous une pile de vêtements.

31

1961

La jeune femme qui pénètre dans la salle a les cheveux aile de corbeau. Elle a l'air à peine plus âgée que Hedy. Un frisson de curiosité ardente parcourt la classe. Le nouveau professeur d'anglais est très différent de ce qu'on imaginait. La précédente, un colosse du nom de Miss Ward, engonçait son corps épais dans la même robe à fleurs et le même collant beige jour après jour. Elle était vraiment vieille, sans qu'on puisse lui donner un âge précis. Cette jeune enseignante au teint pâle et frais porte, elle, une robe chasuble d'un étonnant vert bronze. Détail encore plus remarquable : le vêtement lui arrive au-dessus du genou, dévoilant un collant assorti. Hedy compatit d'avance : les garçons vont en faire voir à cette pauvre femme. Debout devant la classe, elle fixe tour à tour chaque élève. Le regard posé, sans rien dire. Le tic-tac de l'horloge résonne fort. Certains s'éclaircissent la gorge ou frottent leurs semelles par terre, la fébrilité ne fait que croître sous le poids du silence. Les garçons du dernier rang, qui se balancent sur leur chaise en toute décontraction, sont les premiers à craquer.

— Vous avez avalé votre langue, m'dame ? lâche l'un d'eux.

Cela suscite des rires de soulagement, la tension retombe et l'atmosphère se détend. L'enseignante se déplace entre les bureaux. Arrivée au fond de la classe, elle fait demi-tour et revient jusqu'au tableau, l'air concentrée comme si elle mesurait la pièce. Les talons de ses escarpins marron résonnent à chaque pas. Avec une grande facilité, elle parvient de nouveau à capter l'attention.

— Le silence a un grand pouvoir, n'est-ce pas ? observe-t-elle comme si elle avait une conversation en tête à tête avec chacun d'entre eux. Ce trimestre, je souhaite que nous étudiions comment les écrivains s'en servent. Après tout, l'auteur manie les mots, un flot incessant de mots. Y a-t-il donc une place, dans un livre, pour le silence ? Où peut-il se cacher ? Voilà la question à laquelle je vous demande de réfléchir. Vous pouvez y penser sur le chemin de l'école, à table, en vous brossant les dents…

Un murmure gêné parcourt la classe. Les élèves échangent des mimiques interloquées. Qu'est-ce qu'elle raconte ? C'est un travail à faire à la maison ? Personne ne dit rien, ce qui ne semble pas la contrarier. Elle se hisse sur le bureau, agite ses jambes vertes dans le vide et les gratifie d'un sourire radieux, laissant apercevoir le bout de sa langue.

— Je suis Miss Banville. Bienvenue au lycée. Je veux vous aider à en tirer le maximum. J'attends de vous que vous travailliez dur, dit-elle en fronçant les sourcils et en penchant le torse en avant. J'attends de l'investissement. Donc, si certains d'entre vous estiment que ce cours ne sert à rien et comptent chahuter, je les invite à sortir immédiatement.

Elle descend du bureau, agile comme une danseuse, se dirige vers la porte et l'ouvre.

— Je ne me vexerai pas, assure-t-elle avec un sourire aimable, plus contenu que le premier. Si vous restez, vous acceptez mes règles. Je vous demande de la passion. De vous engager à travailler. Et je serai là pour vous. Je donnerai le meilleur de moi-même.

Hedy retient son souffle. Son cœur bat à tout rompre. Elle n'a jamais entendu personne s'exprimer ainsi. Un garçon se lève, mais se rassied quand ses copains le retiennent par la manche. Le murmure des bavardages retombe dès que Miss Banville lève la main.

— Bien, dit-elle en refermant la porte.

Elle s'empare d'une craie, écrit son nom au tableau en belles lettres arrondies et se retourne.

— Vous savez qui je suis. À votre tour de me dire votre nom. On n'a qu'à commencer par le premier rang.

Hedy comprend que c'est à elle d'ouvrir le bal. Elle s'éclaircit la gorge. Elle entend, consternée, le couinement timide qui s'échappe de sa bouche. Quelqu'un ricane dans le fond, mais un seul regard de Miss Banville suffit à y couper court.

— Hedy ? dit-elle. C'est un prénom vraiment original.

— Comment ça s'est passé ? s'enquiert Mrs Rose qui épluche des pommes.

Une agréable odeur de fruit mûr emplit la cuisine. Habile, Mrs Rose détache un seul et long ruban de peau qui s'enroule sur lui-même.

— Pas mal, répond Hedy.

Le parfum de pomme lui rappelle une journée à la plage : la morsure de l'eau salée sur ses genoux, Chris boitillant jusqu'aux premières vaguelettes, ses pieds pâles... Était-ce ce jour-là que les problèmes avaient commencé pour eux quatre ? Non, cela avait débuté quasiment dès leur arrivée à la base, un changement d'atmosphère comparable au temps orageux, quand il fait lourd et qu'on a vaguement mal à la tête.

— Au moins, je suis un peu plus près d'en avoir terminé, dit-elle à Mrs Rose qui lui tourne le dos.

— Moi, j'ai arrêté l'école à quatorze ans. Les filles n'ont pas besoin de faire des études, pas si c'est pour se marier et avoir des enfants. Devoir te déplacer jusqu'à la ville pour aller en classe, ça me paraît une perte de temps. Tiens, tu n'as qu'à trier celles que j'ai récupérées au sol.

Elle pose un seau de pommes devant Hedy. Celle-ci en prend une, voit qu'elle est abîmée et la met dans un seau différent destiné à la nourriture des bêtes. Le vieux chien dort dans son panier devant la cuisinière. Ses pattes sont agitées de tremblements, il doit rêver qu'il court. Les articulations endolories par l'arthrose, il est maintenant tout juste capable de sortir dans la cour et de revenir.

— Je sais bien que j'insiste, mais tu pourrais être jolie si tu t'habillais comme une fille et si tu laissais pousser tes beaux cheveux.

— Je ne veux pas me marier. Ça m'est égal de ne pas être jolie.

— J'en connais un qui sera déçu de l'apprendre... soupire Mrs Rose en arquant un sourcil.

— Peter ? dit Hedy qui se renfrogne et contemple les pommes. C'est un ami. Rien de plus.

— Quand tu hériteras de la ferme, tu auras besoin d'un homme pour t'aider. Et laisse-moi te dire une chose : un ami, c'est un bon point de départ, surtout quand on envisage de passer le reste de sa vie ensemble.

Hedy se concentre sur les fruits, laisse tomber ceux qui ont des vers dans le seau pour les cochons. Elle n'a pas l'intention d'épouser Peter, ni personne d'autre. Les filles de sa classe n'arrêtent pas de s'extasier sur les stars de cinéma comme Clark Gable ou Gregory Peck, quand elles ne gloussent pas en parlant de tel ou tel garçon. Elles passent leurs récrés dans les toilettes, à se pincer les joues pour les rosir, à parler vêtements et à pouffer comme des idiotes. Hedy ne peut pas se joindre à elles, elle n'en a aucune envie et de toute façon elle ne saurait pas comment s'y prendre. Elle préfère jouer à la balle au prisonnier avec les garçons.

Elle repense à Miss Banville, à son apparition inattendue dans la classe tapissée de poussière de craie. Le regard qu'elle a posé sur Hedy semblait dire qu'elle-même était intéressante, pas simplement son prénom. Hedy a tout juste été capable d'afficher un demi-sourire avant de baisser les yeux vers le bois rayé de son pupitre.

32

Hedy ! Hedy ! Tu m'entends ? Il faut que je te dise quelque chose au sujet de la lumière. C'était merveilleux ! Le Mal était complètement éradiqué, il ne restait que le Bien, un puits étincelant de bonté qui se déversait sur moi. Je ne sentais plus aucune douleur. Ma colonne vertébrale était redressée. Je pouvais courir et sauter. Je pouvais voler. Ils m'ont pris par la main. C'est là que j'ai compris : ils étaient la lumière, je n'avais rien à craindre.

Hedy se réveille, le cœur battant à tout rompre. Elle dégage ses jambes du drap, manque s'étaler sur le plancher de guingois et tâtonne avant de trouver l'interrupteur. L'ampoule nue s'allume, des ombres dansent sur la table de toilette et sur les montants métalliques du lit. Elle se sert un verre d'eau et l'avale trop vite. Elle voit son reflet dans le miroir : un garçon manqué aux yeux bouffis et aux cheveux blonds en bataille. Chris était là. Elle ne pouvait pas le voir, mais la voix était bien la sienne… C'était comme s'il se tenait près d'elle, son haleine de cannelle, ses cheveux au parfum de pomme, enveloppant Hedy de son odeur. Depuis que Peter l'a fait douter de la culpabilité du vieux Joe, elle a longuement réfléchi aux éventuels coupables du meurtre de son frère et un seul nom lui est venu à l'esprit : Scott. Il avait un mobile, il haïssait Chris. Scott le considérait comme un pervers. Il l'a traité de « déviant ». Il a même sorti que Chris aurait mérité d'être lynché. Elle repense aux coupures de journaux dans le cahier qu'elle a découvert dans la chambre de Scott. Elle sent sa poitrine se crisper à l'idée qu'il ait pu s'en prendre à Chris et qu'il soit encore en vie, heureux et fier de son impunité.

Une lueur couleur abricot apparaît dans l'horizon argenté. L'aube s'anime du gazouillis des oiseaux. Hedy réprime un bâillement et se penche par-dessus la paroi de l'enclos pour caresser l'oreille d'un cochon. Dire qu'avant elle trouvait ces animaux répugnants, toujours vautrés dans la fange !

Peter sort de la grange, une fourche à la main.

— T'es matinale, s'étonne-t-il. Même pour moi, il est tôt.

— Ça fait des heures que je suis réveillée. Je réfléchissais encore à mon frère, à ce qui lui est arrivé.

— Ton frère ? dit Peter en toussotant et en se frottant le cou. Ça remonte à des années, Hedy. Le moment est peut-être venu… enfin, de tirer un trait.

Il détourne les yeux, regarde par terre, frotte le sol du bout de sa botte et finit par demander :

— Tu voudrais m'accompagner au bal samedi soir ? À la salle des fêtes… Ça te changerait les idées.

— Je danse très mal, répond-elle en faisant non de la tête.

À vrai dire, elle n'est pas vraiment focalisée sur

Peter. Une seule idée la travaille : comment prouver que Scott a tué son frère ? Elle ne sait même pas où il habite maintenant, ni ses copains de l'époque. Enfants de militaires, ils ont pu être mutés n'importe où dans le monde. Ce sont désormais des jeunes gens, peut-être se sont-ils à leur tour engagés dans l'armée.

— Tu as vu ta mère ce week-end ? Comment va-t-elle ?

— Pareil, soupire-t-elle avec un haussement d'épaules. Elle ne sait pas qui je suis.

— Pourquoi tu continues d'y aller, alors ? demande doucement Peter. Ça ne sert qu'à te rendre triste.

— Je me dois d'essayer. Un jour, elle me reconnaîtra. C'est arrivé une fois, à ma première visite.

— Je n'aime pas te voir malheureuse, dit-il en lui touchant le bras.

— Les vaches m'attendent, élude-t-elle en s'écartant.

— Je vais t'aider. C'est plus rapide à deux.

Elle pivote et lui adresse un bref sourire.

— C'est bon, je vais me débrouiller.

Elle se dirige vers le chemin menant au petit pâturage, consciente de son regard. Appuyé à l'enclos, fumant peut-être une cigarette, Peter doit l'observer qui s'éloigne, une douloureuse expression dans les yeux. Elle ne peut pas changer la réalité des choses, faire éclore des sentiments là où il n'y a rien dans le sol, ni bulbe ni racines. Il y a quelque chose qui cloche chez elle.

Ses pensées reviennent à Scott, à l'après-midi où il bouillait de rage sur le trottoir et s'emportait contre Chris. Le traitant de pédé et de putain de pervers. Il faut qu'elle en parle à quelqu'un. À Hank. Il saura quoi faire.

33

Hank l'attend devant l'asile psychiatrique, au volant de sa voiture. Sa nouvelle Cadillac a des sortes d'ailerons à l'arrière, on dirait une queue de sirène. Il lui fait signe dès qu'il l'aperçoit sur les marches du perron.

— L'endroit habituel ?

Elle prend place côté passager et fait oui de la tête. Suivant ses obligations professionnelles, Hank la conduit parfois de la gare à l'asile, ou bien il l'emmène manger quelque chose après la visite. Il ne pose plus de questions sur Ruby ; la réponse est toujours la même. Mais quand Hedy a besoin de parler, il lui prête une oreille amicale.

— Ta mère était belle à mourir. Elle aurait pu faire du cinéma. Et quelle danseuse ! Les gens s'arrêtaient pour la regarder.

Au salon de thé, il commande une théière pour deux et des gâteaux.

— Ne le prends pas mal, mais quand vas-tu enfin te décider à t'habiller en fille ?

Hank croque dans son scone et lèche la crème sur ses doigts.

— Tu n'auras jamais de petit ami si tu ne te comportes pas comme une femme.

Hedy secoue la tête et sourit.

— On est en 1961, Hank ! Les filles portent tout le temps des pantalons et ont les cheveux courts.

— Tu sais très bien de quoi je parle, rétorque-t-il en baissant la voix. Ça t'a pris à la mort de Christopher… le moment est peut-être venu de tourner la page, c'est tout.

Elle joue avec les miettes dans son assiette.

— Au début, quand je me suis habillée comme mon frère, j'étais en état de choc. J'imagine que ça me permettait de le faire revivre, d'une certaine manière ; de voir son visage dans la glace au lieu du mien. Je culpabilisais, murmure-t-elle en inclinant la tête. J'aurais dû mieux le protéger. Mais maintenant, dit-elle en effleurant le bras de Hank, je me sens vraiment moi-même. Je ne cherche pas à imiter mon frère ni quelqu'un d'autre. J'aime porter des vêtements de garçon. Et puis, c'est plus pratique pour les travaux de la ferme.

Elle marque une pause, croise les mains et se penche vers lui.

— Il faut que je te dise quelque chose, Hank, reprend-elle. Quelque chose de grave.

Il la dévisage, continue de mastiquer en penchant la tête sur le côté.

— Je ne pense pas que le vieux Joe ait tué mon frère.

Les mots sont sortis d'une traite. Hank avale sa bouchée et essuie de la confiture sur sa lèvre supérieure. Il plisse les paupières.

— C'est Scott qui l'a tué.

Les traits de Hank se détendent. Il écarquille les yeux.

— Scott ? Voyons, qu'est-ce qui te fait croire ça ?

— Scott s'est mis en colère à cause de quelque chose

qu'a fait mon frère. Plus tard, j'ai trouvé un cahier dans la chambre de Scott. Dedans, il y avait des coupures de presse, des articles et des photos provenant de journaux américains. Des trucs horribles… sur le Klu Klux Klan et les lynchages.

— Ce n'est pas suffisant pour l'accuser d'un meurtre, Hedy. Scott n'était qu'un enfant.

— Il harcelait les autres.

— Je me souviens qu'il aimait bien commander, admet Hank en souriant. Beaucoup de garçons sont comme ça. C'est pour l'épate. Il en voulait peut-être à ton frère, mais de là à le tuer… Tu dis que Scott conservait des coupures racistes ? Ça n'a rien à voir avec Christopher, non ? Et puis, le vieux Joe a été pris avec la corde et le corps de ton frère. Il a avoué.

— Et si ce n'était pas lui ? Et si on l'avait emprisonné à tort ?

— C'est bien lui le coupable, Hedy. Il a eu droit à un procès équitable. Il est enfermé dans un service sécurisé pour déséquilibrés, pas dans une prison quelconque. On prend soin de lui. Ne sois pas inquiète, Hedy.

Il s'essuie les mains sur une serviette, rapproche son siège du sien et la regarde droit dans les yeux.

— Écoute, à mon tour de t'annoncer quelque chose. J'ai reçu une nouvelle affectation. Je rentre en Amérique.

Elle s'empare d'une cuiller et la serre très fort.

— Quand ça ?

— Bientôt. Dans un mois.

Hedy en reste sans voix. Elle finit par hocher la tête et murmurer :

— Tu vas me manquer.

Hank est son dernier lien avec papa, et aussi avec maman. Elle se retient de le supplier de ne pas partir ; ça lui rappelle le jour où il l'a mise dans le train pour le Norfolk.

— Toi aussi, tu vas me manquer. Au moins, je sais que tu es tirée d'affaire. Tu te construis une nouvelle vie et je suis fier de toi, petite. Ton père et ta mère seraient fiers eux aussi… Je vais te laisser mon adresse, ajoute-t-il après un silence. N'hésite pas si tu as besoin de quoi que ce soit.

— On pourra rester en contact ?

Il se penche et lui tapote amicalement le nez.

— Et comment ! On s'écrira. Ce sera sympa.

— Je n'arrête pas de penser à ce qui est arrivé à Chris, reprend-elle en faisant tourner la cuiller entre ses doigts. Il y a autre chose qui m'intrigue.

Elle remarque que Hank plisse le front. Un bref mouvement d'impatience.

— Tu te souviens que Chris voulait devenir écrivain ? se presse-t-elle de dire. Eh bien, j'ai ses cahiers.

— Ses cahiers ? répète Hank, l'air perplexe.

— Il écrivait des histoires de science-fiction.

Il la dévisage, interdit.

— Il y en a une qui a pour titre *Le Merveilleux*, poursuit-elle. Ça se passe dans la forêt autour de la base. Il raconte qu'il entend des cris sous une pierre circulaire.

Hedy déglutit. Hank se cale contre son dossier et allume une cigarette.

— Je t'écoute, dit-il d'une voix légèrement tendue.

— Le truc bizarre, c'est que le lieu décrit dans cette histoire… c'est l'endroit où je l'ai retrouvé pendu. Où Chris a été assassiné.

— Des cris ? dit Hank en recrachant de la fumée. Sous terre ? Chris imaginait que c'était quoi ?

— Je ne sais pas. Il les compare à ceux que pousserait une bête sauvage blessée. Ensuite, le personnage aperçoit une lumière brillante au-dessus des arbres. Un vaisseau spatial ou un machin du genre. Puis il raconte tout à un colonel, ajoute-t-elle en se frottant le nez, lequel promet d'enquêter, au cas où des extraterrestres auraient atterri.

— Un vaisseau spatial ? dit Hank en faisant tomber la cendre dans une soucoupe. Ces bouches en ciment sont la propriété de l'Office des forêts. Elles ne dissimulent rien de plus mystérieux qu'un système de drainage. S'il a entendu des cris, c'était sans doute un lapin pris dans un piège.

— Selon toi, il n'y a pas de lien entre ce que Chris a vu et entendu et le fait qu'on l'a retrouvé là ?

Hank secoue la tête en souriant.

— Tu me demandes si je crois qu'il y a des extraterrestres dans la forêt ?

— Euh… non… je ne sais pas…

Il balaie l'air d'un geste.

— Chris s'est juste trouvé au mauvais endroit au mauvais moment. Désolé. Ce n'est qu'une histoire, Hedy. Ton frère avait une imagination débordante. S'il avait écrit la suite, je suppose qu'on aurait eu droit aux extraterrestres qui s'échappent du trou pour envahir le monde. Écoute, poursuit-il d'un ton adouci en posant sa main sur la sienne. Je pense que tu ferais mieux de ne plus ressasser tout ça. Chris ne va pas ressusciter.

Hedy hoche la tête, prend une gorgée de thé tiède.

— Tu as raison, dit-elle en se redressant.

Hank consulte sa montre et appelle le serveur d'un claquement de doigts. Elle a l'impression de l'avoir agacé en revenant sur ce sujet. Elle s'en veut d'avoir gâché ce moment partagé ensemble.

— Toi, tu es content de rentrer ? demande-t-elle.

Il croise les jambes, sourit et écrase son mégot.

— À part le fait de te laisser ici ? Oui, ça fera du bien de retrouver les États-Unis. Le moment est venu de rentrer au bercail, se félicite-t-il en tapotant l'index sur la table. Le travail que j'ai accompli ici a donné d'excellents résultats. La sécurité s'en trouve préservée partout dans le monde.

Hank la dépose à la gare. Hedy regarde s'éloigner les ailerons rouges de la Cadillac. Elle a plié le papier où il a noté sa nouvelle adresse et l'a glissé entre les pages du roman qu'elle lit en ce moment. Elle tourne les talons et se dirige vers le quai, avec un vague sentiment de nostalgie au creux du ventre. C'est toujours pareil quand elle voit Hank, le chagrin est ravivé. Mais c'est pire cette fois-ci, à cause de la nouvelle de son départ.

Hedy passe à la bibliothèque une fois par semaine. Elle se perd entre les pages, se plonge dans la vie des personnages. Elle lit certains passages à voix haute, en imaginant que Chris l'écoute, allongé sur son lit. *N'arrête pas*, la supplie-t-il. *Allez, encore un chapitre, s'il te plaît !*

Les cours d'anglais sont passionnants. Miss Banville se déplace dans la salle en récitant des vers ou elle s'assied sur son bureau et balance les jambes. Son enthousiasme parvient même à intéresser les garçons du dernier rang que l'on n'entend plus bavarder ni ricaner. Elle porte des tenues colorées et des bracelets en bois qui s'entrechoquent sur ses poignets. Hedy passe les cours à espérer un regard ou un compliment de sa part, tout en voulant disparaître sous son pupitre. Un jour, elle trouve enfin le courage de lever la main pour répondre à une question. Miss Banville l'écoute en hochant la tête, puis dit doucement : « C'est bien. Tu réfléchis librement. »

Une autre fois, elle lui donne un conseil : « C'est le moment de lire de la poésie. Owen, Sassoon, Rosenberg. Les poètes de la Première Guerre mondiale. Reviens m'en parler quand tu auras identifié les thèmes qui leur sont communs. Autres que la guerre. »

Étonnée, Hedy commence à se lever de sa chaise. Miss Banville se penche et pose sa main sur la sienne.

« Après la classe ! » lui souffle-t-elle, amusée.

Hedy se rassied avant que quiconque se soit aperçu de sa méprise. Elle passe le reste de l'heure à caresser la main que Miss Banville a touchée. Sa peau la picote.

Hedy voit que Miss Banville a posé une pile de copies sur son bureau et devine que ce sont les rédactions libres. Ses orteils se recroquevillent dans ses chaussures. Dans son devoir, il est question d'un vaisseau spatial échoué sur Mars, les membres d'équipage rescapés devant choisir qui vivra et qui mourra à mesure que s'épuisent les réserves d'oxygène. Des niaiseries. Hedy regrette son choix, une histoire complètement inventée, sans grand intérêt. Elle l'a écrite pour Chris. Elle entendait sa voix dans sa tête, l'aidant à trouver les mots. Les bras croisés, elle garde les yeux fixés sur ses genoux. Les talons de Miss Banville claquent tandis qu'elle distribue les copies. Elle murmure des mots d'encouragement en circulant entre les pupitres. Quand elle pose la sienne devant Hedy, celle-ci garde les yeux baissés. Miss Banville s'éloigne sans faire de commentaire. Hedy relève doucement la tête.

— Je n'ai pas mis de notes, explique Miss Banville à la classe. C'était un exercice pour solliciter l'imagination.

Déçue et soulagée à la fois, Hedy prend sa copie. Quelques fautes d'orthographe sont barrées en rouge. Au bas de la feuille, Miss Banville a écrit : *Passe me voir après la classe.* Hedy se ronge les ongles. « Miss Banville a détesté, pense-t-elle. Je ne suis pas un écrivain, contrairement à Chris. » Elle n'a pas été à la hauteur de son frère. Quand la cloche sonne, les autres élèves ramassent leurs affaires et sortent en bavardant. Hedy attend qu'il n'y ait plus personne pour s'approcher du bureau de Miss Banville.

— Tu n'as pas cours après moi, il me semble ? demande l'enseignante.

Hedy secoue la tête.

— Si tu le permets, j'aimerais marcher un peu avec toi. Prendre l'air me fera le plus grand bien !

Elle met son sac en bandoulière après y avoir rangé son stylo et une petite pile de livres. Elles quittent le bâtiment et traversent la cour. Hedy trouve ça bizarre d'être accompagnée par un professeur. Elle se demande si des élèves l'ont remarqué. Plus petite qu'elle, Miss Banville avance d'un pas rapide et décidé, sa jupe rouge produisant un froufrou au contact de ses genoux. Hedy peine à suivre l'allure. Elle attend que Miss Banville lui parle de son devoir. Peut-être a-t-elle été déçue et va-t-elle lui conseiller d'abandonner sa matière.

— Ton histoire, dit Miss Banville comme si elle lisait dans ses pensées, est époustouflante.

— Époustouflante ? bafouille Hedy, ne sachant pas si c'est un compliment.

Miss Banville s'arrête et la fixe.

— Tu as un vrai talent d'écrivain, reprend-elle en mettant l'accent sur le dernier mot. Mais il faut cultiver ce don. Certaines techniques s'apprennent. Par exemple, tu dis les choses au lieu de les montrer.

— Les montrer ?

Hedy répète tout comme un perroquet. Miss Banville opine du chef.

— Tu dois montrer les choses par les descriptions, par l'intrigue et par les dialogues. Ose plus. Je sens que tu te retiens. Il faut beaucoup t'exercer, continuer d'écrire.

Miss Banville hoche encore la tête, puis de nouveau pour écarter les mèches soyeuses tombées devant ses yeux.

— Et il faut lire. C'est essentiel de toujours lire.

— Ça, je n'arrête pas.

— Parfait, approuve Miss Banville en souriant.

— Sur quoi je dois écrire ?

— N'importe quoi. Mais quel que soit ton sujet, tu dois écrire tous les jours. C'est ton travail. Tu t'en sens capable ?

Hedy esquisse un hochement de tête. Un mouvement trop brusque risquerait de rompre le charme. Serait-elle en train de rêver ?

— Je pourrai lire tes textes, si tu veux, propose Miss Banville en lui touchant le poignet. Je serais ravie de te donner quelques conseils. Ce jeune homme a l'air de te connaître…

Miss Banville a relevé la tête et plisse les yeux, éblouie par le soleil. Interdite, Hedy se retourne. Garé de l'autre côté du chemin, Peter lui fait signe par la portière du camion de la ferme.

— À demain ! lance Miss Banville avec un petit sourire. J'ai hâte de lire ton prochain texte.

Hedy s'installe côté passager.

— Qu'est-ce que vous fabriquiez ? demande Peter. C'est qui cette femme ?

— Ma prof d'anglais.

— On lui donnerait douze ans. Bizarrement fringuée.

Il allume le moteur et braque le volant. Le camion s'ébranle dans un bruit de ferraille. Hedy doit crier pour se faire entendre.

— Moi, je la trouve très classe.

— Ah ouais ? grommelle-t-il en lui décochant un regard en coin. Qu'est-ce qu'elle avait à te dire ? Elle t'a fait des reproches ?

— Non. Pas vraiment.

C'est la deuxième fois que Miss Banville la touche. Hedy contemple son poignet, l'extrémité saillante de l'os. Elle a la sensation d'avoir la poitrine dilatée, le cœur gonflé comme un ballon. Tout excitée, elle voudrait crier sa joie dans le courant d'air qui s'engouffre par la vitre ouverte.

Hedy regrette de ne pas avoir noté leur conversation pour pouvoir la revivre, réentendre encore et encore les paroles de Miss Banville. Elle ne veut pas en oublier un seul mot.

Il n'y a pas de bureau dans sa chambre, mais Hedy

n'a pas très envie de s'installer dans la cuisine pour écrire – Mrs Rose, Peter ou même son oncle pourraient lire par-dessus son épaule. Ça la gênerait qu'on sache ce qu'elle fait. Miss Banville a beau dire, jamais elle n'écrira aussi bien que Chris. Après s'être acquittée des corvées et avoir terminé ses devoirs dans la cuisine, elle monte donc dans sa chambre, s'assied en tailleur sur son lit, ouvre le cahier sur ses genoux, mâchonne son crayon et passe presque autant de temps à raturer qu'à écrire. Elle invente des histoires comme celles de Chris, le genre qu'il aurait aimé qu'elle lui lise. Elle imagine de nouvelles planètes et d'étranges créatures, repousse les frontières du possible pour arriver au point final.

34

Hedy rentre après la traite, du lait frais plein les doigts. Dehors, Mrs Rose étend les draps pour qu'ils sèchent au soleil. Hedy vient de poser son bol sale dans l'évier quand Ernest arrive dans la cuisine. Il lui adresse un salut de la tête, s'assied lourdement et attend qu'elle lui serve son petit déjeuner. Elle lui verse du thé et pose son porridge devant lui. Il a l'air fatigué, sa respiration est gênée.

Elle vient de retourner à l'évier quand un bruit métallique la fait sursauter. Elle pivote, voit la cuiller par terre et Ernest qui s'écarte de la table. Il cherche à se lever, mais les pieds de sa chaise butent contre les dalles inégales. L'air crachote dans sa gorge. Il a les yeux exorbités.

— Ne bougez pas, s'écrie Hedy. Je sors la poudre de Potter. Elle se dirige vers le buffet, mais Ernest cherche toujours à se mettre debout.

— Restez là, lui enjoint-elle en l'empoignant par le bras. Ne bougez pas.

Un voile gris recouvre sa peau. La panique l'aveugle. Il est en train d'étouffer. Sa jambe se coince sous la table. Hedy l'attrape, mais il se dégage, tombe de la chaise et atterrit sur la hanche. Il pousse un cri, reste prostré sur lui-même et respire par saccades. Le vieux chien s'approche d'un pas traînant, gémit et lui lèche le visage.

— Mrs Rose ! appelle Hedy en s'accroupissant.

Ernest a les yeux dans le vague. Elle distingue son reflet dans ses pupilles, silhouette miniature retenue prisonnière derrière son regard noir. Mrs Rose accourt, la porte claque derrière elle. Elle se penche dans un bouquet de lessive et de coton propre. Elle chasse le chien, pose la main sur le front d'Ernest et lui prend le poignet pour tâter son pouls.

— Va chercher Peter, dit-elle.

Ils montent Ernest à l'étage, Peter soutenant une épaule et Hedy l'autre. On l'allonge sur son lit et on tente de le mettre à l'aise, mais il agrippe sa gorge à deux mains et de sa bouche grande ouverte s'échappe un sifflement si aigu que Hedy voudrait se couvrir les oreilles.

— Pas la peine que vous restiez là, dit Mrs Rose. Préviens le docteur, Hedy, et remplis la bouilloire. Je m'occupe du reste.

Hedy jette un dernier coup d'œil en arrière avant de quitter la chambre. Assise sur le lit, Mrs Rose déboutonne la chemise d'Ernest et écarte les cheveux de son front. Leurs deux visages sont tout proches. Un souvenir revient soudain à Hedy : maman couchée dans l'obscurité, Hank la réconfortant.

La cloche retentit en fin de dernière heure. C'est la bousculade. Les élèves sont soulagés d'en avoir terminé et pressés de retrouver leur liberté. Dans le brouhaha de voix et de cavalcade, Hedy entend qu'on l'appelle. Elle ralentit le pas et se retourne. Avec sa robe jaune vif, Miss Banville sort du lot parmi les élèves en uniforme.

— Tout va bien ? J'étais un peu inquiète. Ce n'est pas ton genre d'arriver en retard. Et te voilà qui file en vitesse à peine le cours terminé.

— C'est mon oncle, explique Hedy en serrant un peu plus fort la sangle de son sac. Il est très malade.

Miss Banville se rapproche et murmure d'une voix douce :

— Oh, ma pauvre chérie ! Je suis vraiment triste de l'apprendre.

Hedy a la gorge nouée. Elle cherche à dire quelque chose, mais c'est comme si elle avait un objet coincé au fond du larynx.

— Hedy, dit Miss Banville en inspirant profondément.

Il y a une telle charge dans ces deux syllabes, son prénom prononcé à voix haute, expression toute banale de la reconnaissance, que les vannes s'ouvrent en elle. Hedy se met à pleurer, incapable de se retenir. Elle a les joues collantes de morve et de larmes. La vue brouillée, elle farfouille dans son sac mais ne trouve pas de mouchoir. Elle sent sur elle l'attention des élèves et des enseignants qui passent, leurs chuchotements et leurs regards curieux.

— Viens, dit Miss Banville en la prenant par le bras.

Hedy se laisse guider, dans la cour puis vers le parking. Son professeur déverrouille la portière d'une Morris Mini bleue. Hedy se laisse tomber sur le siège passager, les yeux rougis, les manches trempées à force d'essuyer son nez et ses joues. Elle ne cherche pas à savoir où on l'emmène. Une part d'elle-même s'en fiche, suppose que Miss Banville la ramène à la ferme. Elle s'arrête en fait devant une maison mitoyenne, met le frein à main et se tourne vers Hedy.

— On va prendre une tasse de thé. Le temps que tu te remettes. Puis je te ramènerai chez toi.

Comme Hedy reste figée, elle ajoute d'un air amusé :

— Je ne mords pas ! Ma logeuse, Mrs Durant, c'est une autre histoire, mais en se dépêchant, on devrait pouvoir atteindre le deuxième étage avant qu'elle n'émerge de sa cuisine !

Hedy affiche un maigre sourire. Miss Banville la précède dans l'allée, puis dans un vestibule encombré de meubles où flotte une odeur d'encaustique et de légumes bouillis. Elles se précipitent dans l'escalier et l'enseignante déverrouille une porte sur le deuxième palier. Derrière, c'est une tout autre odeur qui les accueille, poivrée et musquée. Dans le salon, le sol est recouvert d'une multitude de coussins et de tapis aux tons rouges, orange et violets. Il n'y a ni fauteuil, ni canapé. Un coffre en bois semble tenir lieu de table. Il y a des vases débordant de fleurs sauvages, un abat-jour fait d'un tissu incrusté de perles. Des dizaines de dessins et de peintures à l'huile dissimulent presque entièrement le papier peint marron. Hedy ouvre de grands yeux. Jamais elle n'a pénétré dans pareil endroit.

— Mets-toi à l'aise. Je vais faire du thé.

Hedy s'approche pour mieux voir les croquis au crayon épinglés aux murs. Elle reconnaît les paysages du Norfolk : de grands champs marécageux, des canaux, des chevaux broutant l'herbe, de vastes plages de sable aux dunes battues par les vents, les vagues sombres de la mer du Nord déferlant sous un ciel immense. Miss Banville revient avec deux mugs fumants.

— Tiens. Pour te réconforter un peu.

— C'est vous qui avez fait ces dessins, mademoiselle ?

Miss Banville hoche la tête.

— Ça m'occupe à mes heures perdues. Je peins aussi.

Elle prend place sur un coussin.

— Tu peux t'asseoir. Détends-toi. Et en dehors du lycée, je préfère que tu m'appelles Claire.

— Claire…

Hedy en goûte la sonorité, délicate comme un soupir. Elle s'installe sur un coussin, les jambes repliées sous elle. Ça fait drôle d'être assise par terre avec son professeur. L'ambiance est décontractée, on se croirait presque dans un jeu.

— Pour dire la vérité, reprend Claire en souriant, quand quelqu'un m'appelle « mademoiselle », j'ai un petit temps d'arrêt avant de comprendre qu'on s'adresse à moi !

Hedy saisit le mug chaud à deux mains. Quelques feuilles vertes flottent dans l'eau bouillante, comme des plantes à la surface d'une mare. Claire rit en voyant sa mine peu convaincue.

— C'est du thé à la menthe. Goûtes-y.

Hedy y trempe prudemment les lèvres. C'est sucré et d'une fraîcheur surprenante.

— D'où viennent ces coussins et ces tissus ? demande-t-elle.

— Principalement du Maroc. J'ai passé un an à voyager avec des amis. Là-bas, on boit du thé à la menthe très sucré. C'est tout un cérémonial pour le préparer dans les règles de l'art. Parle-moi un peu de ton oncle, dit-elle en fixant Hedy par-dessus le bord de son mug. J'espère que ce n'est pas trop grave ?

Hedy pense au corps difforme d'Ernest, à sa bouche crispée de douleur.

— Malheureusement, si, répond-elle, la gorge nouée. Je n'ai pas d'autre famille que lui.

— Quelle tristesse.

Claire a l'air sincèrement touchée. Comme elle se montre à l'écoute, Hedy se livre davantage.

— Ça fait seulement trois ans que j'habite chez lui. Je ne l'avais jamais rencontré avant… Avant, j'avais une vraie famille. Puis mon frère est mort… Mon père est mort lui aussi, poursuit-elle après une profonde inspiration. Ma mère ne l'a pas supporté. Elle ne va pas bien, elle est à l'asile psychiatrique. Je pensais autrefois que son état allait s'améliorer, soupire-t-elle en se frottant la joue. Ça fait des années. Elle ne sait plus qui je suis.

Claire est toute pâle. Elle secoue la tête, ses mèches brunes lui tombent sur les yeux. Elle s'assied en tailleur, pose son mug et serre très fort les mains.

— Mon Dieu ! Je n'avais pas idée. Cette douleur et ces deuils, toutes tes émotions… je pense que tu devrais les exprimer dans ton écriture. Tes textes y gagneront en puissance et je pense que ça t'aidera de coucher les choses sur le papier.

— Je ne suis pas sûre d'avoir assez de talent, observe Hedy en fixant le fond de son mug. Je n'ai pas l'impression d'être un vrai écrivain. Contrairement à mon frère Chris.

Quand elle relève les yeux, Claire hoche la tête.

— Bien sûr que tu as du talent. Mais il faudra travailler dur. Tu seras habitée par le doute, il y aura du découragement. Tu essuieras des rejets. Mais si tu es un vrai écrivain, tu continueras malgré tout d'écrire.

— Quand j'invente une histoire, c'est comme si Chris était là avec moi, présent dans les phrases et dans les mots. C'est pour lui que j'écris, soupire Hedy en se mordillant le pouce.

Claire hoche la tête, comme si elle comprenait parfaitement.

— L'écriture est ta guérison, et ce qui te relie à ton frère… Il était plus jeune ? demande-t-elle après un silence.

— Oui, mais seulement de quelques minutes. On était jumeaux. Chris était différent, et pas seulement à cause de sa colonne vertébrale déformée. C'était quelqu'un de gentil, de profondément bon.

Claire se penche en avant, la tête inclinée sur le côté.

— Et comment… je me permets de te poser la question… comment est-il mort ?

Hedy attrape une feuille de menthe et la déchiquette.

— Chris a été assassiné.

Elle sent la stupeur de Claire, une tension palpable dans l'air.

— Il a été pendu à un arbre. Je n'en parle jamais. Les gens ne savent pas quoi dire.

— Pendu à un arbre ? répète Claire d'une voix hésitante. Comme un lynchage ?

Hedy relève brusquement la tête. Ce mot ranime ses

soupçons à l'encontre de Scott. L'enseignante fixe ses genoux, comme si elle réfléchissait, puis laisse échapper un long soupir et pose la main sur le bras de Hedy.

— Les mots nous manquent pour parler d'un drame aussi épouvantable, reprend-elle. C'est pour ça que les gens ne savent pas quoi dire.

Hedy ferme les yeux et les rouvre aussitôt. Elle est tellement soulagée de s'être exprimée qu'elle en a le vertige. Elle ressent le besoin de continuer, de tout dire à Claire.

— Après le meurtre de Chris, mon père s'est suicidé dans sa cellule sur une base aérienne américaine, explique-t-elle en serrant fort les mains. Il avait été arrêté. On l'accusait d'avoir trahi son pays. Je n'arrive toujours pas à croire qu'il ait pu faire ça. Déjà, ça me semble fou de penser qu'il ait pu être un espion. Mais je n'en sais rien. Il y a tellement de choses que j'ignore ! Et je n'ai personne auprès de qui me renseigner. Le seul à qui je pourrais poser la question n'a pas le droit de me répondre.

Hedy se frotte les yeux ; des étincelles scintillent sous ses paupières. Claire se lève et ramène une mèche derrière son oreille. Elle traverse la pièce et se poste à la fenêtre, observant la rue.

— Tu penses vraiment que ton père aurait pu être un espion ? Il aurait alors été un agent double pour le compte des Russes, comme le réseau de Cambridge.

— Qui ça ? demande Hedy en cillant.

— Ce sont des étudiants de Cambridge qui ont été retournés pendant leurs études. J'ai suivi l'affaire dans la presse. Ces jeunes gens étaient des idéalistes. Des communistes. D'après ce que j'ai lu, la plupart des agents doubles le deviennent pour leurs idées, même si je pense que ça peut aussi être lucratif.

Hedy se sent complètement désemparée.

— Je ne sais pas ce qui aurait pu pousser papa à agir comme ça, soupire-t-elle. Il donnait l'apparence d'être très patriote. J'ai du mal à imaginer qu'il ait pu trahir quelqu'un, encore moins son pays. C'était un héros de guerre. Il avait piloté un bombardier. Mais j'étais si jeune quand il est mort ! Je le connaissais si peu ! Sur ce plan-là. Je le connaissais comme papa, c'est tout.

Claire fait les cent pas en se caressant le menton.

— Cette histoire est incroyable, réfléchit-elle tout haut en se tournant soudain vers Hedy. Je me demande : y a-t-il des indices, des détails sur la vie de ton père, sur ses choix, qui pourraient t'aider à comprendre ?

Hedy se met à genoux, une lueur d'espoir dans le cœur.

— Comme quoi ? J'ai passé en revue mes souvenirs un nombre incalculable de fois.

— Par exemple, reprend Claire en plissant le front, avez-vous jamais été postés dans un pays de l'Est ? Ou bien… a-t-il pu croiser des communistes, comme des Allemands de l'Est ? Des Russes ou des Nord-Coréens ? suggère-t-elle en joignant les mains.

Hedy fait non de la tête, se laisse retomber sur les coussins.

— Mais j'imagine qu'il a pu rencontrer des communistes n'importe où, dit-elle. Ces gens-là ne se promènent sans doute pas avec une pancarte autour du cou.

— Non, bien sûr que non, admet Claire avec tristesse. Et cette personne dont tu parlais, qui pourrait savoir quelque chose ? demande-t-elle en venant s'asseoir près de Hedy.

— Hank, dit Hedy en se mordillant la lèvre. Il est dans l'armée. C'était un ami de mes parents. Sauf que le dossier de mon père est classé. Il ne peut donc pas m'en parler, pas pour l'instant. Mais un jour…, soupire-t-elle en écartant les mèches de son front. Un jour, l'information ne sera plus classée. Alors… Je saurai enfin la vérité.

Claire passe un bras autour des épaules de Hedy. Celle-ci se fige, sensible à la rondeur parfumée de ce membre de chair posé sur elle.

— J'espère que tu la connaîtras le plus vite possible.

Claire s'écarte et se relève. Hedy éprouve une petite déception à cette séparation, comme un léger serrement.

— Tu aimes la musique ? demande Claire en se penchant pour fouiller dans une pile de trente-trois tours. Je pense que celui-ci devrait te plaire.

Il y a un tourne-disque dans un angle de la pièce. Elle sort le vinyle de sa pochette en papier et le pose délicatement. L'aiguille crachote, un chuintement s'échappe du haut-parleur. La pièce s'emplit de musique. Hedy n'a jamais rien entendu de semblable. Une musique à la fois délicate et voluptueuse, un flot de mélodie portée par un rythme lancinant. Une voix d'homme, exquise et aérienne, qui va et vient. Claire s'assied et ferme les yeux. Elle les rouvre seulement à la fin du morceau.

— La *Cantate 54* de Bach, dit-elle. Le pianiste s'appelle Glenn Gould. Un génie.

Hedy reste muette, ne trouvant pas les mots pour décrire cette musique et l'effet qu'elle a produit sur elle. Elle se sent apaisée et euphorique, heureuse et triste.

C'est trop compliqué à exprimer, comme les pensées qui s'agitent dans sa tête, suscitées par les paroles de Claire. Celle-ci semble le comprendre.

— Il est temps que je te ramène chez toi, dit-elle en se levant.

Elle prend les mugs, quitte la pièce et revient avec ses clés de voiture. Hedy embrasse les lieux d'un dernier regard, engrangeant les souvenirs pour plus tard. Elle voudrait réécouter le disque. Quand elle repense à Claire évoquant le génie du pianiste, elle éprouve une pointe de jalousie.

35

Hedy appelle les membres du personnel par leur nom et sait parfaitement se diriger dans le bâtiment. Le règlement prévoit néanmoins que les visiteurs doivent toujours être escortés.

— Malheureusement, aujourd'hui elle n'est pas au mieux de sa forme, l'informe Mrs Grey.

L'empathie se lit sur son visage potelé. C'est l'infirmière préférée de Hedy ; on sent que l'état de maman lui tient vraiment à cœur. Hedy s'est habituée aux relents d'urine, d'eau de Javel et de cantine qui empoisonnent l'atmosphère. Elle reconnaît quelques visages dans la salle commune : la vieille dame qui porte un nœud bleu de fillette dans ses cheveux clairsemés et pleure en tricotant de la layette, la jeune femme qui fixe tout le monde d'un regard brillant et maléfique. Maman est installée dans son rocking-chair préféré, près de la fenêtre. Elle se balance sans arrêt et se tripote les mains, touchant la cicatrice sur sa paume. Elle ne leur a jamais expliqué comment elle se l'était faite.

« Oh, je ne sais plus », disait-elle, comme s'il était possible d'oublier dans quelles circonstances on s'est blessé aussi grièvement. Maman ferme les yeux et geint. Hedy approche une chaise et s'assied discrètement. Quand maman est dans cet état, il faut veiller à ne pas déclencher une crise d'hystérie. Surtout ne pas l'effrayer. Comme on arrive parfois à calmer un enfant agité en lui chantant une berceuse, Hedy a noté un mieux quand elle prend une voix douce pour évoquer sa journée, parler de la ferme. Elle commence, du ton qu'elle prendrait pour raconter une histoire.

— Je descends à peine du train. Je connais maintenant l'itinéraire par cœur, je pourrais quasiment dessiner de mémoire la campagne et les villages. J'aime beaucoup reconnaître telle ou telle maison, voir la lumière s'y allumer le soir ou une mère qui sort pour appeler ses enfants quand c'est l'heure du dîner.

Les traits de maman se détendent. Elle cesse de gémir, garde la bouche entrouverte et le regard perdu dans le vague, comme si des images apaisantes défilaient dans sa tête.

— Comment vas-tu, maman ? C'est moi, Hedy…

Pas de réaction. Même pas une vague étincelle dans la pupille. Hedy sait que maman est sous calmants une bonne partie de la journée. Elle repense aux cachets que sa mère prenait pour ses nerfs, les sortant du flacon d'une main tremblante.

— J'ai une nouvelle enseignante au lycée, Miss Banville. Claire Banville. Je n'ai jamais rencontré personne comme elle. Elle a quelque chose de singulier, une flamme qui brûle en elle, une passion qui l'anime. On devine chez elle une sensibilité particulière au monde, un peu comme était Chris…

Elle regarde sa mère pour voir si elle a réagi au

prénom, mais celle-ci continue de se balancer tranquillement en contemplant le jardin.

— Miss Banville m'encourage à écrire. Je n'aurai jamais le talent de Chris.

Nouveau coup d'œil pour guetter une réaction – maman a le visage calme, inexpressif.

— Mais j'aime beaucoup écrire. Même si c'est difficile. Encore plus épuisant que de participer à un match de base-ball ou de creuser un fossé, parce qu'il faut inventer une histoire à partir de rien, donner vie aux personnages…

Hedy se tait et observe sa mère. Elle voudrait lui décrire ce qu'elle ressent quand Claire Banville est assise à côté d'elle, son cœur qui s'emballe, sa peau en émoi, le désir que leurs mains s'effleurent. Hedy regarde les infirmières et les autres patients. Elle ne peut pas avouer pareils sentiments, qu'elle devrait éprouver pour un homme, pas pour une femme.

Maman a perdu son sourire placide. L'air contrariée, elle se plaque les mains sur les oreilles et laisse échapper un gémissement, faible plainte angoissée. Hedy rapproche son siège et lui touche la cuisse.

— Qu'est-ce qu'il y a, maman ?

Sa mère la dévisage, les paumes encore collées aux tempes.

— Il n'arrête pas de me répéter la même chose ! lâche-t-elle d'une voix sifflante. Il n'arrête pas de me dire que Christopher est mort !

Hedy déglutit.

— Qui ça ? demande-t-elle d'une petite voix. Qui te dit ça ?

— Où est Hedy ? Elle devrait être avec son frère ! Que fait-elle ?

Hedy a le tournis. La pièce vacille comme si c'était elle qui était dans le rocking-chair.

— Je suis vraiment désolée, murmure-t-elle. Je n'ai pas été là pour Christopher. Je n'ai pas été là pour toi.

Sa mère lui décoche un regard sévère.

— Qui es-tu ?

— Tout va bien, maman. Sois tranquille. Je vais chercher quelqu'un.

Hedy traverse la salle et tire Mrs Grey par la manche. Quand elle quitte le service, elle s'interdit de regarder en arrière. Elle a appris à surmonter la déception que maman ne soit pas redevenue elle-même, mais elle est tout de même secouée, vidée de toutes ses forces. Elle repense à sa première visite ici, quand elle était repartie par ce même couloir, les jambes flageolantes, et avait eu la surprise de voir Hank qui l'attendait à la réception. Elle avait ressenti un tel soulagement, une telle joie, en l'apercevant !

36

1962

C'est l'été. Il pleut et il pleut encore. Les vaches pataugent dans la boue jusqu'aux genoux, les canaux sont remplis à ras bord d'une eau sombre et la mer menace les digues.

Hank tient sa promesse : Hedy a reçu plusieurs aérogrammes depuis qu'il est rentré en Amérique.

Ces dames trouvent que notre nouveau président a le physique d'un acteur de cinéma. Pour autant, il est déterminé à soutenir le projet Apollo et à envoyer un homme sur la Lune. Je pense que ça se fera avant la fin de la décennie. À propos d'hommes séduisants, j'ai croisé Scott Lansens. Il suit une formation de pilote de chasse à l'Académie militaire du Colorado. L'uniforme lui sied bien. De la graine de colonel. Il te transmet son meilleur souvenir. La mort de Chris l'a beaucoup marqué.

Hedy est sidérée de lire le nom de Scott. L'agitation lui noue les tripes. Puis elle se met à trembler de colère.

Comment ose-t-il évoquer son frère, lui faire passer un message ? Elle roule la lettre en boule, réduisant les phrases en un fatras illisible, et la jette à la corbeille. Hank a beau dire, elle ne peut s'empêcher de soupçonner Scott. Les paupières closes, elle se représente parfaitement la scène : goguenards, Scott et ses acolytes retirent son corset à Chris et lui passent la corde au cou.

Une fois, Hank envoie un paquet contenant des barres chocolatées et des créoles. Hedy prend délicatement les gros anneaux, les tend près de ses oreilles et se regarde dans la glace. Faute d'avoir les lobes percés, elle les conserve précieusement sur la cheminée. Leur courbe argentée lui évoque la lune. La nuit, elle observe souvent l'astre pâle et se représente les prairies, les montagnes et les rivières auxquelles pourraient correspondre les ombres légères marquant sa surface. Elle imagine que les gentils êtres à long cou inventés par son frère veillent sur elle.

— Est-ce Scott le coupable ? murmure-t-elle dans la nuit. Dis-moi ce que je dois faire, Chris. Dis-moi comment découvrir la vérité.

Hedy lit tout le temps : *Dernier Étage* de Lynne Reid Banks, *Les Filles de la campagne* d'Edna O'Brien, *Quand meurt le rossignol* de Harper Lee… Elle est fascinée par la multitude de possibles qu'offre la vie, elle puise du réconfort chez les personnages qu'elle découvre au fil des pages, des anticonformistes tiraillés et solitaires, obligés de se battre. Soir après soir, elle se tient sur la place de la ville au côté d'Atticus Finch, lequel a parfois les traits de papa, pour refouler la horde devant la prison, tenir tête aux hommes qui ont certainement une corde à la main.

Ernest reste alité à l'étage, le dos soutenu par des oreillers. Il crache dans les mouchoirs amidonnés que Mrs Rose fait bouillir et repasse quotidiennement, les taches de sang virant au brun pâle. Quand Hedy pénètre dans sa chambre avec une boisson ou son repas sur un plateau, il n'ouvre pas les yeux. Ses silences forcenés sont une donnée de sa vie. Hedy comprend maintenant que la solitude s'est calcifiée autour de lui : son existence de créature claustrée a peu à peu rongé son humanité.

Ailleurs dans la maison, l'ambiance a changé. Peter et les garçons s'attardent après le souper, on s'amuse et les plaisanteries fusent dans la cuisine. Plus personne ne vit dans la crainte d'entendre dans le couloir les pas d'Ernest et sa canne martelant les dalles.

Hedy monte à Ernest un bol de soupe à la tomate dont s'échappent des vapeurs aromatiques. Elle s'annonce en toussotant.

— J'apporte votre soupe. Mangez avant que ce soit froid. Voulez-vous que je vous aide ? propose-t-elle en lui tendant le bol et la cuiller.

Il fait non de la tête.

— Il y a du sel si vous trouvez que ça en manque. Chris raffolait de la soupe à la tomate. Il voulait toujours que maman en fasse pour le dîner.

— Chris ? répète-t-il, comme s'il s'agissait d'un mot étranger. Tu m'as bien dit qu'il avait aussi une scoliose ? Sévère ?

— Oui, répond-elle en s'efforçant de ne pas trop montrer à quel point elle brûle d'envie de parler de Chris. Mais il portait un corset pour redresser son squelette.

— C'est quoi ?

— Le corset de Milwaukee. Ça ressemble à un instrument de torture. Chris détestait le porter. Maman l'obligeait pour qu'il guérisse.

— Ah…, fait Ernest en cillant. Rien n'existait quand j'étais gosse. Ça devait être dur… dur pour elle de le voir souffrir. Je craignais que son enfant soit atteint. C'était prévisible.

Ça l'épuise de parler, sa voix faiblit de plus en plus. Il porte la cuiller à sa bouche. Ses doigts tremblent tellement que la moitié du liquide se renverse. Hedy se retient d'essuyer les éclaboussures avec une serviette. Elle n'a pas oublié que Chris tenait à se débrouiller seul quand il le pouvait. Toutefois, il y avait une chose qu'il acceptait de bon cœur que Hedy fasse pour lui.

— J'ai une idée, lance-t-elle en se levant. J'en ai pour une minute.

Elle revient avec un livre et Ernest n'émet aucune objection quand, installée sur la chaise dans l'angle, elle commence à lire à voix haute. Hedy relève la tête à la fin du paragraphe ; il a l'air d'écouter. À la fin du deuxième chapitre, elle s'aperçoit qu'il s'est endormi.

Le pli est pris : Hedy fait la lecture à l'oncle Ernest tous les soirs après le souper. Le front concentré, il garde les yeux fixés au plafond. Il apprécie en particulier les romans policiers : Agatha Christie, Dick Francis.

— Qui préfères-tu ? demande-t-il un soir. Miss Marple ou Poirot ?

— Le truc amusant, c'est que dans ma tête, Mrs Rose et Miss Marple ne font qu'une ! C'est sans doute le sens pratique et les souliers costauds. J'ai donc une tendresse particulière pour Miss Marple. Mais au bout du compte, dit-elle en arquant un sourcil, je ne peux que choisir l'homme aux petites cellules grises. Et vous ?

Ernest émet un son bizarre, mi-respiration sifflante, mi-rire croassant.

— Oh, sans doute Miss Marple. Une femme dégourdie, ça me plaît. Mrs Rose a été une amie pour moi. Une brave femme.

Il se met à ronfler au bout de trois ou quatre chapitres. Son visage s'apaise dans le sommeil, la douleur estompée en surface. Hedy le borde et éteint la lumière. Elle a l'impression que le crâne d'Ernest se referme chaque jour un peu plus sur lui-même. Elle caresse son front, laisse courir ses doigts sur les rides profondément creusées. Puis elle emporte les mugs sales et gagne sa chambre où elle travaille ses textes tard dans la nuit, achoppant sur l'intrigue et remaniant les phrases.

Ses journées ont gagné en limpidité. Jamais elle n'aurait cru possible de nouer un lien, même modeste, avec l'oncle Ernest.

Les visites à maman sont elles aussi moins pénibles qu'avant. Hedy ne s'attend plus à être reconnue, ce qui rend les choses supportables. Elle lui apporte du cake ou des *shortbreads* emballés par Mrs Rose, un pot de gelée de pomme ou des fleurs du jardin. Parfois, maman hume le bouquet et sourit, ou elle goûte un biscuit et dit que c'est bon. Seuls comptent ces petits riens, les réconforts et plaisirs simples susceptibles d'adoucir la vie de maman à l'asile.

37

Hedy n'a pas été réinvitée chez Claire Banville. Elle comprend qu'il serait délicat pour une enseignante de sympathiser avec une élève. Mais elle imagine souvent qu'elle emprunte de nouveau l'escalier empestant le chou et franchit la porte pour se retrouver dans un autre monde, un monde de voyages et d'aventures, de musique et d'expression artistique. Plus tard, elle aimerait avoir ce genre de vie.

Elle s'arrête devant la chambre de son oncle – sa respiration difficile est encore plus bruyante que d'habitude. Les rideaux à moitié tirés refoulent la belle journée estivale, les relents pestilentiels du pot de chambre viennent se mêler à l'odeur de renfermé et de maladie. Elle franchit le seuil. Le chien, couché par terre au pied du lit de son maître alors que d'ordinaire il est cantonné à la cuisine, relève la tête et la regarde d'un air triste. Ernest est obligé de dormir sur une pile d'oreillers pour qu'un peu d'air parvienne à ses poumons compressés. D'une main décharnée, il lui fait signe d'approcher. Elle s'avance sur le tapis et se penche pour caresser le chien.

— Vous voulez que j'ouvre la fenêtre ? Que je vous fasse la lecture ?

— Il faut que je te dise…, bredouille-t-il en tournant vers elle son visage creusé. Je dois te parler de ta mère.

Hedy se met à genoux à son chevet et serre les lèvres pour lui laisser le temps de se confier.

— Elle a fugué, tu sais ? reprend-il en la regardant. On s'est fâchés. On a eu des mots. On s'est dit des trucs épouvantables. On en est venus aux mains… Longtemps, j'ai ruminé ma colère.

Ses bras s'agitent sur le drap, le moignon de son index tressaille. Il tousse, un bruit étranglé qui se mue en gêne essoufflée. Hedy prend le verre sur la table de nuit et le porte aux lèvres d'Ernest en soutenant sa tête. Un filet d'eau coule sur la main de Hedy et mouille le drap. Le crâne de son oncle est lourd, des mèches y sont collées.

— Maman refusait toujours de parler de sa famille et de la ferme.

— Notre père était quelqu'un de cruel. Il se cachait derrière Dieu. Il prenait le Seigneur comme prétexte quand il nous fouettait. Il avait honte de moi. J'étais en colère et je le faisais payer à Ruby, murmure-t-il, la bouche ouverte pour inspirer difficilement. J'étais jaloux parce qu'elle avait tout ce dont j'étais privé…

Il ferme les paupières. Sa respiration est laborieuse. Sa poitrine se soulève péniblement sous le drap. Il rouvre les yeux.

— Au final, Ruby a pu s'enfuir, pas moi. Je lui en ai voulu surtout pour ça. Mais je ne lui en veux plus. J'aimerais que tu lui transmettes un message… dis-lui… que je lui demande pardon. Tu lui diras, hein ?

Pris d'une quinte de toux, il cherche à tâtons la main de Hedy.

— Oui, promet-elle en serrant fort sa main dans la sienne. Bien sûr que je le dirai à maman.

— Je ne voulais pas qu'elle parte, poursuit Ernest en secouant sa tête sur l'oreiller. J'avais peur. Je n'avais personne d'autre. Nous n'avions pas les mots pour exprimer nos sentiments. Mais maintenant, je… je sais pourquoi elle est partie. Je ne lui en veux pas.

Hedy ne lâche pas sa main. Il a dû s'endormir. Ses paupières restent closes.

— Je suis content que tu sois venue, murmure-t-il d'un filet de voix.

Hedy referme la porte de sa chambre mansardée et s'appuie dessus de tout son poids, comme si quelqu'un était à ses trousses dans le petit escalier. La solitude s'abat sur elle, une chose dure, froide et implacable, avec des ailes noires qui l'étouffent. Elle ferme les yeux et résiste. Elle laisse tout ça à Ernest : sa vie solitaire et entêtée, son malheur. Elle ne comprend pas vraiment ce qui s'est passé entre maman et lui, mais elle voit le gâchis – les années et les occasions perdues, l'amour dont ils se sont privés – et elle sait qu'il est trop tard pour sauver quoi que ce soit. Elle se demande quelles paroles épouvantables ont pu échanger le frère et la sœur, et repense alors à ce qu'elle-même a balancé à Chris, des mots terribles. Si seulement quelqu'un pouvait lui transmettre un message ! Elle se le répète chaque jour, des phrases muettes dans sa tête, ou hurlées au vent : « Je te demande pardon, Chris ! Mon jumeau que j'aime, ma moitié ! Mon intention n'était pas de te blesser ! Je n'ai pas souhaité une seconde que tu ne sois pas toi ! Je voulais seulement te guérir et faire partir la douleur, mais pas comme ça ! Surtout pas comme ça ! »

Au moins, le message d'Ernest est logé dans sa mémoire. C'est une chose acquise. Malgré tout, rien ne dit que maman comprendra ces mots.

Hedy ressent le besoin d'en parler à quelqu'un. Il y a une personne, une seule, à qui elle a envie de se confier. Mais ce sont les vacances scolaires. Elle prend le car pour se rendre à la ville. Le long trajet emprunte une série de chemins poussiéreux. L'été déploie ses beautés désordonnées sur le plat pays du Norfolk. La mer se déplace à l'horizon en projetant des embruns. La plupart des récoltes sont terminées. Les chaumes grouillent de lièvres et de lapins, des alouettes aux ailes brunes survolent la terre scintillante. Les abeilles abondent dans les fleurs blanches des églantiers enchevêtrés aux haies touffues, les coquelicots rouge sang sont à leur apogée, pétales de papier déployés et cœur sombre grillé par le soleil. Hedy descend dans le centre-ville. Autour d'elle, ce ne sont que des immeubles. Des rais de lumière transpercent l'ombre. Un ciel ardent pèse sur la ville. Les murs retiennent l'air chaud. Le macadam fondu dégage une odeur de brûlé et de produit chimique. Figée sur le trottoir caillouteux, Hedy contemple les demeures mitoyennes en enfilade à droite et à gauche. Toutes se ressemblent. Hébétée, elle se rend compte qu'elle ignore le nom de la rue où habite Miss Banville. Les mains sur les hanches, elle espère une inspiration de génie. Même immobile, Claire Banville dégage une énergie particulière, une effervescence perceptible dans l'espace qu'elle occupe. Peut-être Hedy en sentira-t-elle l'attraction. Elle s'éloigne du cinéma et des boutiques, emprunte des rues secondaires où les rares bruits sont lointains : pétarades et rugissements de moteur, voix d'enfants, tondeuse à gazon. Hedy s'imagine installée à l'ombre d'un rideau violet, le coude appuyé sur un coussin rouge. Elle sirotera du thé à la menthe et racontera à Claire ce que son oncle lui a dévoilé. Apprendre que maman et Ernest étaient brouillés a fait remonter l'envie de se confier à son tour : le besoin de parler de Chris est là, dans sa gorge, le besoin de décrire précisément ce qui s'est passé le soir de l'arrestation de papa, de répéter ce qu'elle a balancé à Chris. Son enseignante l'écoutera avec cet air concentré qui est le sien, hochera la tête et dira quelque chose de pertinent. Ou bien elle sera écœurée, choquée de l'agressivité de Hedy, et lui tournera le dos. C'est un risque qu'elle doit prendre.

Elle a mal aux pieds. À plusieurs reprises, elle s'aperçoit qu'elle vient de repasser au même endroit qu'il y a dix minutes. Elle a une ampoule au talon et épouvantablement soif. Relevant la tête, elle remarque une voiture garée, recouverte d'une bâche rouge. La forme et le coloris provoquent un déclic dans sa mémoire : c'est la bonne rue ! Enfin ! Elle scrute les fenêtres des bâtiments et son cœur s'emballe quand elle repère le tissu aux motifs violets à la troisième maison.

— Une étoffe marocaine, murmure-t-elle.

Elle appuie sur la sonnette, plus longtemps que nécessaire sous l'effet du soulagement. La porte s'ouvre sur le regard mauvais d'une femme en chaussons et robe de chambre, un foulard noué sur la tête.

— Ça m'intéresse pas !

Hedy esquisse un sourire.

— Je cherche Miss Banville.

— Elle n'est pas là.

Hedy s'avance pour jeter un coup d'œil dans le hall d'entrée sombre derrière la femme. Elle ne peut pas croire que Claire ne soit pas là à l'attendre, ayant perçu d'une manière ou d'une autre à quel point elle a besoin d'elle.

— Vous êtes sûre ?

— Tu me traites de menteuse ?

La logeuse enfonce son menton dans les plis de son cou et commence à fermer la porte. Sans réfléchir à ce qu'elle fait, Hedy glisse un pied entre le battant et le chambranle.

— Quand sera-t-elle de retour ?

— Je ne suis pas responsable d'elle ! grogne la femme. Si tu ne retires pas ton pied tout de suite, j'appelle la police !

Hedy bat en retraite et se poste au milieu de la chaussée d'où elle observe la fenêtre au deuxième étage. L'étoffe violette semble se rire d'elle. Rien ne bouge, aucune ombre fugace ne passe derrière la vitre. Hedy ne sait pas quoi faire, hésitant à s'en aller. Elle continue de fixer la fenêtre comme si elle pouvait, en y mettant toute sa volonté, modifier la réalité et faire apparaître le visage souriant de Claire. Une voiture arrive, plusieurs coups de Klaxon énervés obligent Hedy à s'écarter, à contrecœur. Elle s'assied au bord du trottoir et retire ses chaussures pour masser ses orteils endoloris et inspecter son talon. Elle remâche sa déception, le ventre noué. Il y a un peu d'ombre en face, au pied d'un gros arbuste qui enjambe un mur. Hedy décide d'attendre, s'accroupit sur le sol poussiéreux et se tapit dans la tache sombre. Le bruit d'un aspirateur s'échappe d'une fenêtre ouverte au numéro 3. Une porte claque. Une femme traverse la rue, tenant une petite fille par la main, sursaute en l'apercevant et accélère le pas. L'enfant s'arrête pour l'observer. Elle serre dans son poing une glace à l'eau sur un bâtonnet ; le liquide collant dégouline sur son poignet et par terre.

— Allez ! insiste la femme en la tirant par le bras.

Une Mini bleue s'arrête devant le bâtiment et la portière s'ouvre côté passager. Hedy se redresse vivement. Elle ne reconnaît pas la brunette svelte qui descend, déployant son corps avec des gestes gracieux. Elle porte un chemisier rose et un short vichy assez court qui met en valeur ses longues jambes bronzées. Elle tient dans une main un panier de pique-nique et brandit dans l'autre une bouteille de vin débouchée. Claire émerge côté conducteur, rit et agite ses clés. Bras dessus bras dessous, elles se dirigent vers le numéro 3. À les voir marcher de concert, appuyées l'une contre l'autre et leurs têtes s'effleurant, Hedy sent le désir et le désespoir envahir son cœur. La brune doit avoir à peu près le même âge que Miss Banville. Elle a un maintien de danseuse, épaules en arrière et colonne vertébrale étirée. C'est elle qui va s'asseoir sur un coussin rouge pour siroter du thé à la menthe, pas Hedy. Elle proposera d'écouter un disque, on débouchera une nouvelle bouteille et les deux femmes se remémoreront leur pique-nique. Hedy s'attarde dans l'ombre. Qu'est-ce qui lui a pris de venir ici ?

Chez son professeur, sans être invitée… Elle se faisait des illusions, tout un film, de croire que Miss Banville lui ouvrirait sa porte et serait heureuse de la voir.

Hedy s'engage d'un pas pesant sur le chemin caillouteux de la ferme, traînant sa déception avec elle, sa confession non dévoilée lui pesant comme une pierre. Elle est en nage, son débardeur colle à son dos et à ses seins. Elle passe devant les dépendances silencieuses et les bêtes qui se reposent à l'ombre. L'obscurité fraîche de la cuisine est un réconfort. Le chien gémit sous la table et vient se coucher à ses pieds.

— Eh bien, qu'est-ce que tu fais là ? lui lance-t-elle en lui caressant les oreilles.

Peter apparaît, en bras de chemise. Il y a des traces de terre sur son visage rougi. Il écarte des mèches de son front et s'éclaircit la gorge.

— Hedy…, commence-t-il en fixant ses pieds. Je suis vraiment désolé…

Sa voix est empreinte de nervosité et d'une gravité inhabituelle. Hedy ne dit rien, pivote et se précipite vers l'escalier dont elle gravit les marches quatre à quatre. Elle s'arrête au seuil de la chambre d'Ernest, contemple le lit et la silhouette immobile de son oncle. Mrs Rose trie son fatras d'invalide, enlève les flacons de gélules, le tube de vaseline et les mouchoirs sales. Elle se tourne vers Hedy et secoue tristement la tête.

— Il est parti, mon enfant.

Le médecin est là. Il referme sa sacoche noire et se contente d'adresser un hochement de tête à Hedy, sans la regarder dans les yeux, avant de s'éclipser. Hedy se laisse tomber à genoux et prend la main d'Ernest dans les siennes. Elle pose ses lèvres sur la peau rêche – les doigts conservent une tiédeur qui s'en va peu à peu.

— On avait encore tant de choses à se dire, murmure-t-elle.

Mrs Rose s'assied sur le lit et tapote le genou d'Ernest.

— Il est en paix, maintenant.

Ernest a les yeux fermés et sa peau, d'un teint de cendre, a l'aspect d'une étoffe. Malgré la chaleur du corps, on dirait qu'il est mort depuis des siècles, cadavre creux, créature d'un autre monde. Hedy enfouit son visage dans les draps. Le message d'Ernest tourne en boucle dans sa tête, impossible à oublier. Une phrase si brève, tellement importante. Elle se demande si maman sera jamais capable de la comprendre.

38

— Aujourd'hui est une bonne journée, lui annonce l'infirmière. Votre mère a fait de la couture avec d'autres dames. Cette semaine, elle est chargée de passer la serpillière.

Installée dans son rocking-chair préféré, maman se balance en poussant sur ses pieds. Elle a le teint rose. Ses cheveux, plus soignés, sont attachés en chignon.

— On m'a dit que tu as fait de la couture ?

Ruby hoche la tête d'un air enthousiaste.

— J'ai ourlé des mouchoirs. J'ai brodé dans le coin les initiales de Todd.

Hedy accuse le coup. Ça lui fend le cœur d'entendre maman parler de papa comme s'il était toujours vivant. Elle inspire et prend un ton enjoué.

— J'ai aussi appris que tu étais responsable de la serpillière ?

— Francesca est jalouse ! confie sa mère en baissant la voix. Elle essaie de me chiper la serpillière, elle veut la passer à ma place, mais je ne me laisse pas faire !

— Tu as bien raison, maman.

— Francesca mange des pièces de monnaie et des

boutons. Elle les met dans sa bouche et les avale. Tout le monde sait que ça n'est pas bon.

— J'ai quelque chose à te dire, maman…

Hedy approche une chaise et s'assied. Elle ne sait pas comment s'y prendre pour lui transmettre le message d'Ernest. Elle redoute que ça ne déclenche une crise.

— Tu te souviens de ton frère ? Ernest ?

Elle regarde sa mère droit dans les yeux. Maman se met à fredonner et fixe un point derrière Hedy.

— Malheureusement, il est mort. Il y a quinze jours.

— J'aime la télé, dit maman. Je peux aller regarder mon feuilleton ?

— Ernest voulait te demander pardon.

Hedy se rend compte qu'elle parle dans le vide. Elle prend la main de sa mère et caresse sa cicatrice.

— C'est important, maman. Ernest te demande pardon. Il comprend pourquoi tu es partie.

Maman retire brusquement sa main. Elle agite la tête de droite à gauche, le regard anxieux et en même temps absent.

— Pourquoi on m'empêche de regarder mon feuilleton ?

Maman se lève et rejoint lentement, de son pas raide, les malades installées en demi-cercle devant les téléviseurs au son coupé. Elle se laisse tomber dans un siège libre, les images animées des écrans silencieux se reflétant sur son visage captivé.

Avant, Hedy pensait qu'elle pourrait guérir sa mère. Elle avait l'espoir de la sortir de l'asile. Maintenant, elle ne sait plus si ce sera possible un jour. À mesure que passent les années, ça lui semble de moins en moins probable. Ici, au moins, on prend soin d'elle. Hedy aimerait tant retrouver sa vraie maman, celle d'avant. Mais c'est peut-être égoïste de sa part. En demeurant ici, enfermée dans ses délires, dans la routine de l'asile, Ruby n'a pas à affronter l'insupportable réalité. Ici, elle est à l'abri.

39

1965

Peter s'est fiancé à une fille de Stiffkey, un marais salant des environs, et ils se sont mariés quelques mois plus tard.

« C'est une femme attentionnée, a-t-il confié à Hedy en lui annonçant leurs fiançailles. Je lui plais bien.

— Je la comprends ! Elle a de la chance. Je suis heureuse pour toi. »

C'était la vérité. Ça la soulageait que Peter soit casé et épanoui, qu'elle puisse être son amie sans craindre de lui donner de faux espoirs.

« Tu as été mon premier amour, a-t-il dit en fixant ses pieds. Mais je serai un bon mari pour Lily. Le passé, c'est le passé. »

Hedy a terminé sa scolarité. Heureusement que Peter est là pour l'aider à la ferme. Elle repense sans cesse à ce qui s'est passé à la base aérienne. Mais elle a beau ressasser les événements, elle ne s'explique pas davantage pourquoi sa famille a volé en éclats, comme si une bombe leur était tombée dessus. Elle est certaine que des détails essentiels lui échappent : une partie du tableau demeure cachée. Contrairement à Peter, elle ne peut pas tirer un trait sur son passé. Le poids de son histoire familiale est comme une ancre qui la retient. Elle est coincée, les pieds dans la boue.

Le seul moment qu'elle trouve pour écrire, c'est le soir, quand elle a les épaules fourbues à force de planter sa fourche dans la terre et les doigts crasseux et pleins d'ampoules. Elle a investi dans une machine à écrire d'occasion et a appris à taper : même avec sa méthode rudimentaire limitée aux deux index, c'est plus rapide que d'écrire au stylo. Elle travaille à son deuxième roman.

« Un bon exercice d'apprentissage, a dit Claire après avoir lu le premier. Tu n'as plus qu'à te mettre au suivant. Tu as beaucoup d'autres histoires en toi. (Son regard, toujours aussi pénétrant, s'est fait plus grave.) Il faut que tu trouves ta propre voie. Tu ne peux pas y arriver en t'appuyant sur moi. Tu as fini l'école. Le moment est venu, Hedy. Tu dois continuer seule. »

C'en était terminé des rendez-vous à la bibliothèque, leurs genoux se frôlant sous la table tandis qu'elles se penchaient sur la nouvelle ou le chapitre que Hedy venait de terminer. À certains moments, elle n'entendait plus ce que disait son enseignante, l'esprit accaparé par les picotements désagréables du désir, l'envie de faire du pied à cette femme plus âgée et que celle-ci en fasse autant. « Je dois être un peu amoureuse », se disait-elle. Comme ses copines de classe qui s'amourachaient d'un garçon et dont on se moquait dans les vestiaires, au lycée. Pourtant, Hedy a l'impression d'éprouver quelque chose de plus fort qu'une simple tocade de lycéenne. Elle n'a pas de mots pour décrire ses sentiments. Les qualifier d'« amour », c'est ressentir aussitôt un frisson de gêne, une bouffée de honte qui la fait rougir même quand elle est seule, se reprochant d'être aussi ridicule. Mais quel autre mot y a-t-il pour exprimer la douleur angoissée qui se niche partout dans son corps, des pupilles aux reins, du cuir chevelu aux pores de sa peau ?

Les enveloppes bleues des aérogrammes de Hank tombent régulièrement par la fente à courrier. Elle les pose sur la table, le temps de préparer le thé et de trancher du pain. Elle les ouvre cérémonieusement avec le coupe-papier en laiton de son oncle et lit la prose de Hank en prenant son petit déjeuner. Elle veut accorder le temps qu'elles méritent à ses phrases remplies de renseignements et d'avis sur le contexte politique et l'époque. Elle est fière qu'il la juge assez mûre pour aborder ces sujets.

Après la mort d'Ernest, elle a fait transformer une des pièces à l'étage en salle de bains, avec une baignoire en plastique bleu, un lavabo assorti et un W.-C. Fini la corvée de prendre l'eau chaude à l'évier pour remplir la baignoire sabot. Elle a aussi acheté un téléviseur. Le poste trône dans le séjour, gros machin moche et carré, mais il n'y a qu'à tourner le bouton pour avoir accès à tout un monde sans quitter son séjour. Elle adore *Chapeau melon et bottes de cuir* et ne rate jamais l'émission d'astronomie *The Sky at Night.* Chaque soir, elle regarde le journal télévisé.

Dans sa dernière lettre, Hank parle surtout du Viêtnam. Il écrit que le président Johnson s'est enfin décidé à engager dans la bataille des forces de combat américaines. *Il est capital d'endiguer la menace communiste. Si un pays d'Asie tombe, les autres suivront. La Russie et la Chine soutiennent le Viêtnam du Nord, bien entendu, mais nos troupes sont mieux entraînées et mieux équipées.*

Il conclut toujours par le même souhait : *J'espère que tu t'es enfin décidée à porter des robes et que tu t'es trouvé un charmant jeune homme. Tu approches de l'âge qu'avait ta mère quand elle nous a rencontrés, ton père et moi.*

Cette idée l'angoisse. Ça signifie que la vie file entre ses doigts.

Hedy garde toujours *Le Merveilleux*, la nouvelle inachevée de Chris, au fond du même tiroir. Elle la connaît par cœur et se la récite souvent, cherchant parmi les quelques phrases un indice sur la mort de Chris, car elle envisage de plus en plus sérieusement, aussi invraisemblable que cela puisse paraître et quoi qu'en pense Hank, qu'il puisse s'agir d'une histoire vraie et non pas inventée. Ce qui l'intrigue, c'est que le style et le contenu sont très différents de ceux des autres textes de son frère. Hedy subodore qu'il doit y avoir un rapport avec ses escapades dans la forêt, que Chris y raconte ce qui lui est arrivé les fois où il échappait à sa vigilance. Mais elle ne sait pas d'où pouvait venir cette lumière, ni quelle créature a pu pousser un cri pareil, ou s'il existe un lien avec sa mort. Ce serait tout de même une sacrée coïncidence qu'on l'ait tué à l'endroit même où il a vécu cette expérience. Hedy sait que Chris était convaincu de la présence d'extraterrestres dans la forêt. Elle sait aussi que le désir de voir quelque chose suffit parfois pour le faire apparaître. Il lui est arrivé de se précipiter vers un parfait étranger, convaincue qu'un homme de grande taille aperçu de loin était son père, pour ressentir une cruelle désillusion quand la personne se retournait et lui présentait un visage inconnu. Mais l'espace d'un instant, elle avait fait surgir papa : elle l'avait vu, bien vivant sur cette terre. Peut-être que tout ça sortait de l'imagination de Chris, mais il y croyait dur comme fer.

Le moment est venu pour les vaches de quitter le pâturage afin de passer l'hiver à l'étable. Le givre matinal durcit l'herbe, les rares feuilles encore présentes sur les branches sont rabougries. Au printemps, Hedy a évacué par brouettes entières la paille imprégnée d'urine. Aujourd'hui, elle récure le sol de pierre et lave les mangeoires à grande eau. Sa tâche préférée vient ensuite : répandre la paille fraîche. Elle adore son odeur de léger moisi : elle y repère les vestiges émiettés des champs d'été, restes de chardons et fragments de coquelicots. Elle porte des bottes d'homme et une vieille combinaison aux manches sales retroussées. Ses cheveux ont poussé de plusieurs centimètres, ça lui chatouille la nuque et elle porte un foulard pour ne pas les avoir dans les yeux. Tout à coup, elle entend les cahots et les raclements de roues d'un véhicule qui s'engage dans la cour ; elle suppose d'abord qu'il s'agit d'un garçon de ferme ou du facteur. Pourtant, le bruit du moteur ne lui est pas familier. Les bras chargés de paille, elle s'approche d'une fente pour regarder à l'extérieur.

Une Mini bleue s'est arrêtée devant la maison. Hedy laisse échapper la brassée hérissée de brins qui se répand à ses pieds. Claire descend, élégante dans un pantalon vert et une tunique assortie. Hedy reste figée derrière la paroi lattée de la grange, l'œil collé à l'interstice. Une passagère est restée dans la voiture ; c'est la brunette à la coupe au bol.

Claire s'approche de la porte de la cuisine, empoigne le heurtoir en laiton et frappe deux coups. L'écho se propage dans la cour. Personne d'autre n'est présent. On est samedi, Mrs Rose ne vient qu'en semaine. Mort peu après son maître, le vieux chien n'est plus là pour aboyer. La vieille ferme reste murée dans son silence. Claire porte la main en visière et se penche pour regarder par la fenêtre de la cuisine, le nez collé à la vitre. Puis elle se retourne et embrasse la cour d'un regard intrigué.

Hedy s'accroupit, le cœur battant à cent à l'heure. Une partie d'elle-même a envie de se précipiter dehors pour accueillir Claire, mais pas sous le regard de la brunette qui attend dans la voiture. Elle entend les pas de son enseignante qui traverse la cour, la voit envoyer des baisers à l'intention d'un chat, puis une portière claque et les deux femmes discutent entre elles. Hedy tente de comprendre ce qu'elles se disent, croit discerner le mot « dommage ». Le moteur démarre. Hedy se redresse et voit la Mini reculer et s'éloigner sur le chemin caillouteux.

Une enveloppe est épinglée à la porte de la cuisine. Hedy l'ouvre d'une main tremblante.

Chère Hedy,

J'espérais te voir pour t'annoncer mon départ de vive voix. J'avais déjà donné ma démission au lycée quand une nouvelle opportunité s'est présentée très soudainement. Je vais occuper un poste d'enseignante à mi-temps dans les Cornouailles. Cela me convient mieux car j'aurai plus de temps à consacrer au dessin. Une galerie sur place m'a proposé d'exposer quelques-unes de mes œuvres. Je te mets mon adresse, ça me ferait plaisir d'avoir de tes nouvelles. Nous avons trouvé un cottage à louer sur la côte, tu y seras toujours la bienvenue.

Continue d'écrire. Tout est affaire de travail et de persévérance. J'ai beaucoup apprécié de t'avoir comme élève.

Avec mon affection,

Claire Banville

Hedy s'assied à la table de la cuisine. Elle se sert un verre de sherry, une bouteille toute poussiéreuse débouchée pour Noël il y a des années. Elle avale d'un trait le liquide brunâtre. Fort et sucré, le breuvage la fait tousser. Elle se ressert. Elle fixe le mot « nous ». Miss Banville l'emploie avec une insouciance brutale. Claire vivra dans le cottage avec la brunette. Elles. Nous. Hedy se frotte les yeux avec le dos de la main. Qu'est-ce que ça peut lui faire ? Ça ne change rien à sa vie. Hedy savait qu'il n'y aurait jamais rien entre elle et Miss Banville. Malgré tout, son cœur se serre douloureusement. Elle s'empare du verre vide et le lance contre le mur. Elle repense à la solitude d'Ernest, cette sombre et redoutable créature dont elle sent les ailes se refermer sur elle dans un bruissement de plumes.

40

1970

Hedy reçoit d'abord un paquet, puis six cartes postales au fil des semaines. Le paquet contient un carnet relié en cuir et dont les pages sont vierges. Un mot l'accompagne, de la main de Miss Banville : *Pour ton prochain roman*. Les cartes sont illustrées de photos prises dans les Cornouailles. Au dos, les inscriptions manuscrites évoquent l'exposition à la galerie, ses nouveaux élèves, en quoi les paysages sont différents de ceux du Norfolk… Toutes sont signées de son prénom paraphé. Mais pour Hedy, elle n'est plus « Claire ». Chaque fois, Miss Banville demande où en sont ses projets d'écriture. Hedy ne lui répond jamais. Elle ne l'informe pas qu'elle a soumis son deuxième manuscrit à un éditeur, pour se le voir retourner quelques semaines plus tard avec une lettre de refus, qu'une autre maison d'édition lui a adressé quasiment le même courrier, sauf que les pages de son roman étaient davantage froissées et cornées. Les cartes postales ont cessé d'arriver.

La ferme lui prend beaucoup d'énergie. Hedy a toujours des cernes sous les yeux à force de veiller tard à son bureau et de se lever à l'aube pour traire les vaches, à force de fixer les pages qu'elle tape sous un mauvais éclairage, les mots se brouillant devant ses yeux.

La fine écriture de Hank, penchée vers l'avant, rappelle celle de papa. Dans sa dernière lettre, il évoque sa rencontre avec Buzz Aldrin à qui il a même pu serrer la main. L'astronaute lui a raconté que la poussière de la Lune avait une odeur de steak grillé. Le genre de détail qui aurait enchanté Chris. De l'avis de Hank, Nixon est l'homme de la situation, celui qui saura protéger les États-Unis, le monde entier, face au péril nucléaire. Hedy imagine bien papa écrivant la même chose. Elle regrette que son frère n'ait pas pu voir le premier homme sur la Lune.

C'est le début de soirée, l'obscurité gagne derrière les carreaux de la fenêtre. Peter et les deux garçons de ferme terminent leur mug de thé dans la cuisine. Mrs Rose boutonne son manteau et émet de petits claquements de langue en scrutant le ciel tourmenté. Ils partent ensemble, lui souhaitant une bonne soirée.

Les seuls battements du cœur de Hedy sont impuissants à refouler la solitude. Un martèlement se fait entendre de l'autre côté du mur, comme un écho de la canne d'Ernest sur le dallage. Hedy se raisonne : ce n'est rien de sinistre, juste le vent soufflant dans les combles, une pièce métallique mal fixée. Mais son humeur est changeante et sombre comme la météo. Elle traverse le couloir obscur et s'enferme dans le séjour où elle allume le téléviseur pour entendre la voix d'un être vivant. L'air déprimé, le présentateur évoque les coupures d'électricité : ... *au cours des dernières vingt-quatre heures, les coupures ont atteint les trente et un pour cent et les hôpitaux ont connu leur journée la plus compliquée depuis le début de la grève, le personnel devant se débrouiller tant bien que mal avec des bougies et des générateurs.*

On diffuse ensuite un sujet sur les manifestations aux États-Unis contre la guerre du Viêtnam. De jeunes Américains agitent des banderoles. Le reporter interviewe une étudiante qui porte un jean à pattes d'éléphant et a des fleurs tressées dans les cheveux. Elle fixe la caméra. *Les carnages et l'hypocrisie, ça suffit !* Elle fait le « V » de la victoire. *Peace and love !* crie-t-elle. *Peace and love !* La foule derrière elle reprend en chœur le slogan. Hedy se rapproche du poste. La dernière fois que Hank a évoqué la guerre, il disait que c'était compliqué sur le terrain, avec des pertes plus élevées que prévu, mais que la victoire se dessinait. Hedy voudrait pouvoir franchir l'écran pour expliquer à cette jeune fille qu'elle doit faire confiance à leur président.

Se tenant devant une carte de l'Angleterre, le monsieur météo pointe sa baguette à l'est. La neige arrive. Hedy se lève et éteint le poste. L'image se réduit à un point blanc, puis l'écran devient noir. Elle prend la bougie et la boîte d'allumettes – l'électricité va être coupée d'ici quelques minutes, elle a tout juste le temps de monter se coucher. Avant de se mettre au lit, elle distingue les premiers flocons pâles qui tombent derrière la fenêtre. Les draps sont gelés, Hedy serre une bouillotte dans ses bras. Elle a enfilé deux pulls et des chaussettes, en plus de son pyjama, ce qui ne l'empêche pas de grelotter.

Les bruits nocturnes s'estompent, absorbés dans ce profond silence que seule la neige apporte. La jeune fille avec des fleurs dans les cheveux, les manifestants agitant leurs banderoles devant les caméras sont des créatures qui habitent une autre planète, étrange, merveilleuse et inaccessible. Hedy sait qu'elle rêve, mais elle est incapable de se réveiller, incapable d'un simple battement de cils. La lumière est intense. Hedy regarde le rayonnement en face, certaine de se brûler la rétine. Au lieu de quoi elle parvient à voir, derrière l'incandescence, une silhouette qui s'avance vers elle : elle est persuadée que c'est Chris. Une émotion intense se déverse dans sa poitrine. La lumière est un chemin, un appel. Elle avance d'un pas euphorique, puis se souvient qu'il ne s'agit que d'un rêve. La lumière disparaît soudain et Hedy se retrouve au milieu de la forêt, sous la canopée touffue. De retour au lieu fatidique. La pierre est là, poussée sur le côté. Et voici le chêne. Elle caresse son écorce ridée et lève les yeux vers les branches, redoutant d'apercevoir Chris, son corps pendu. Mais il n'y a que le feuillage et les glands. Hedy s'approche prudemment du bord du trou et regarde dans le vide. Elle prend une poignée de terre et d'aiguilles de pin qu'elle jette dans les ténèbres ; elle l'entend s'éparpiller et griffer l'air dans sa chute. Elle frissonne, certaine que Chris se tenait à cet endroit précis il y a quelques minutes à peine. Pourquoi ne l'a-t-il pas attendue ?

Hedy se réveille, les yeux humides et l'oreiller trempé. Elle s'assied dans son lit et encercle ses genoux de ses bras. Dans ses narines persiste l'odeur de transpiration juvénile, d'haleine de cannelle. Elle prononce encore une fois le nom de son frère, sa voix résonne dans la chambre, et elle entend le reflux du vide autour de la brèche créée dans l'air. Elle extirpe ses pieds des couvertures et s'approche de la fenêtre. Sous les cieux criblés d'étoiles, les bâtiments sombres sont comme des bêtes ensommeillées, en proie à la torpeur. Blottie sur elle-même, elle appuie son front sur le verre froid. Du mouvement à l'extérieur la fait sursauter. Un flocon passe devant la fenêtre, puis un autre. Encore de la neige. Hedy regarde les petites taches envahir le ciel et se poser. La couche blanche s'épaissit sur les clôtures et les arbres, adoucit le paysage et éclaircit l'atmosphère. Elle allume la lumière, enfile un cardigan supplémentaire et s'enveloppe dans une couverture, puis s'installe devant sa machine à écrire et y insère une feuille d'un geste déterminé. Elle a monté, il y a un certain temps, le bureau de la chambre d'ami. Une certaine histoire réclame d'être terminée, même si Hedy n'a aucune idée de la forme à lui donner ni quelle fin. Autant commencer par la seule chose dont elle soit sûre, le titre. Elle tape *Le Merveilleux* et s'arrête, les mains sur les genoux. Hedy repense à la lumière du rêve, si réelle et si fascinante, dont ses yeux n'ont pu se détacher jusqu'à son extinction, comme si on avait appuyé sur l'interrupteur ou abaissé le rideau. Elle redresse les épaules, positionne ses doigts au-dessus des touches et commence à écrire.

41

1972

Une voiture bleue cahote sur le chemin entre les champs, soulevant un nuage de poussière. Quand elle s'approche, Hedy identifie une Ford Mustang surbaissée. Parmi ses connaissances, il n'y aurait que Hank pour conduire ce genre de voiture. Elle lâche sa bêche et pose les mains sur les hanches, remplie d'une joie qui dessine un sourire sur ses lèvres. Le véhicule s'arrête dans la cour. On devine un uniforme et une mâchoire carrée derrière le pare-brise. Hedy s'avance pour accueillir Hank et le houspiller de ne pas l'avoir prévenue qu'il venait. Mais quand le conducteur descend de l'autre côté, elle constate qu'il est trop grand. Trop jeune. Il lui sourit.

— Tu t'habilles toujours en garçon ? Mince alors, jamais je n'aurais imaginé te croiser à nouveau ! Comme quoi ! Ça me fait plaisir de te revoir. Même toute crottée !

— Scott ? dit-elle en croisant les bras, le corps engourdi de stupeur. Qu'est-ce que tu fais ici ?

— J'ai été muté à Lakenwoods, dit-il en se caressant le menton. Je pilote des Phantom F-4. Tu m'offres un coup à boire ? T'aurais pas une bière bien fraîche ? Un café, peut-être ?

— Je n'ai ni bière ni café. De l'eau, si tu veux.

Hedy entre dans la maison. Elle entend les pas de Scott qui la suivent. Elle a les joues brûlantes et son cœur hurle en elle. Elle a envie de pivoter et de lui dire d'aller se faire foutre. Très envie de lui mettre son poing dans la figure. Scott s'adosse à l'évier, à l'aise comme un chat et très élégant dans son uniforme. Il porte à ses lèvres le verre qu'elle lui tend, bascule la tête en arrière et s'essuie les lèvres avec le dos de la main. Son physique correspond exactement à ce qu'elle aurait prédit : épaules larges, visage aux traits puissants et l'air de celui à qui tout est dû. Le voilà qui s'assied à table, jambes écartées.

— On a un tas de trucs à se raconter, commence-t-il en tapotant la chaise voisine.

— J'étais en train de faire quelque chose, rétorque Hedy en desserrant à peine les lèvres.

Ils se fixent, mais elle ne parvient pas à déchiffrer son visage. Elle y cherche la trace du meurtrier.

— Bon, d'accord, dit-elle en s'asseyant à contrecœur.

Maintenant que le choc s'estompe, Hedy s'aperçoit qu'elle peut profiter de la présence de Scott pour découvrir certaines choses. Peut-être même la vérité.

— Mais seulement quelques minutes.

Elle pianote sur la table, geste nerveux et impatient.

— Dis donc, qui aurait pu imaginer que tu deviendrais agricultrice !

Les yeux de Scott parcourent la cuisine tandis que sa langue émet des petits bruits de succion contre ses dents.

— Comment as-tu su où j'habitais ?

— Hank m'a donné ton adresse il y a des années. Je comptais t'écrire, mais quand il a fallu s'y coller, je n'arrivais pas à mettre les bons mots ensemble.

Avec un sourire gêné, il se gratte derrière l'oreille. Il affiche une moue indécise. Hedy pourrait se méprendre et y voir de l'embarras, sauf qu'elle connaît le personnage.

— Pourquoi es-tu venu, Scott ? finit-elle par demander. Ça fait des années. On n'est même pas amis. Qu'est-ce que tu veux ?

Il toussote et contemple ses doigts écartés sur ses cuisses.

— En fait, je te dois des excuses.

— Pourquoi ? dit-elle, sentant sa poitrine se comprimer.

— Je n'ai pas été très sympa avec toi après la mort de ton frère. Puis il y a eu ton père et tout le reste. Ça n'a pas dû être facile.

— On peut le dire, maugrée-t-elle en serrant le poing.

— J'ai fait le Viêtnam. On décollait d'une base en Thaïlande. On effectuait des bombardements. On avait la partie facile, plus en tout cas que les troupes au sol, poursuit-il à voix basse en détournant le regard. J'ai vu des trucs épouvantables. J'y étais. J'ai même participé. Je ne sais pas… ça m'a changé.

— Et maintenant le Suffolk ?

— Ouais, un plan tranquille. Pour ce qui est de l'enfer, j'ai donné. Je suis soulagé d'en être sorti indemne, dit-il en cillant, mais ça fait aussi du bien de quitter les États-Unis. Il y a beaucoup de haine envers les vétérans de la guerre, et ces bandes de hippies font tout un ramdam, ils brûlent leurs avis de conscription et organisent des sit-in. Complètement défoncés. Et ne parlons pas des droits civiques, une vraie foutaise. Les Noirs nous piquent nos boulots et nos logements. Le pays est dans le pétrin, franchement. Je ne suis pas certain que Nixon soit l'homme de la situation.

Elle repense aux articles de journaux collés dans le classeur.

— Tu es contre les droits civiques ?

— Les Blancs et les Noirs ne doivent pas se mélanger. Ce n'est pas naturel.

— Je ne suis pas de cet avis. Le gouvernement non plus.

Il s'étire, les mains croisées derrière la tête.

— Ça ne va rien changer par ici, hein ? lâche-t-il. Tu m'as l'air bien isolée.

— Des vaches et de la boue, dit-elle en se levant brusquement et en empoignant le dossier d'une chaise. Mais c'est pas ton problème.

— Tu ne te sens pas un peu seule ?

Hedy contemple ses phalanges, pâles à force d'agripper la chaise, et hausse les épaules.

— Si, parfois.

— Tu ne rajeunis pas. Tu n'as pas envie de te marier ?

Elle fait non de la tête et le toise du regard. Scott ne se laisse pas démonter.

— Je me suis trouvé une fille adorable, dit-il en souriant. On va se marier l'an prochain.

— Comment vont ton père et ta mère ?

Hedy se rassied à côté de lui. Il faut qu'elle en vienne au but : exiger la vérité sur la mort de Chris. Mais elle veut que la question, quand elle la posera, le prenne au dépourvu.

— Pas très bien, répond-il avec une grimace. Ils ont divorcé. Papa a quitté l'armée. Il bosse dans le garage de son frère, au Texas. Il boit trop.

— C'est triste.

— Maman le trompait.

— Quoi ?

— Je ne me doutais de rien à l'époque. C'est arrivé sur la base aérienne, dans le Suffolk. On me l'a caché pendant des années. Papa y a fait allusion avant que je parte au Viêtnam. Il a refusé de me dévoiler avec qui, il m'a juste dit : « T'as qu'à demander à ta mère. » Ce que j'ai fait. Et… Hedy, ajoute-t-il en écarquillant les yeux, tu ne devineras jamais…

Elle s'écarte de la table, prise d'un soudain vertige.

— En fait, je crois qu'il doit me rester du café… je vais en préparer.

Elle a comme un essaim d'abeilles qui bourdonne dans sa tête. Elle se dirige vers le placard, prend la boîte à café et retire maladroitement le couvercle. À chaque cuillerée, une partie de la poudre s'échappe sur le plan de travail. Hedy n'arrive pas à maîtriser les tremblements de ses doigts.

— C'était Hank, lance Scott dans son dos.

Elle fait volte-face et le dévisage.

— Hank ?

Le bourdonnement cesse. Un profond silence règne dans la cuisine. Hedy redoutait que Scott ne prononce le nom de son père. Mais Hank ? Elle déglutit, le son humide résonnant dans ses tempes. D'autres bruits l'assaillent : le chant des oiseaux, une voiture au loin, le tic-tac de l'horloge dont la trotteuse avance inexorablement.

— Eh oui, lâche Scott en se grattant le menton. Quel faux jeton ! Je l'ai fréquenté des années sans me douter qu'il s'était tapé ma mère. C'est à cause de lui que mes parents se sont séparés, mais ça ne l'empêchait pas de me flanquer des tapes dans le dos et de me regarder droit dans les yeux, l'air irréprochable.

— Hank et Betty ?

Hedy se rassied. Elle se détend le cou, faisant craquer ses os.

— Je n'étais pas au courant.

— Personne ne l'était. Maman m'a dit que ça n'avait pas duré longtemps. Hank avait quelqu'un d'autre, une prostituée anglaise qui venait à la base.

Hedy se rend compte qu'elle retient son souffle. Elle expire longuement.

— On avait l'impression de vivre dans une Cocotte-Minute, non ? dit Scott. Tout le monde était sur les nerfs dans cette base aérienne.

— Oui, c'est le souvenir que j'en garde. Les gens avaient peur… peur de la bombe, et même peur les uns des autres. Cette paranoïa ambiante… à propos des espions. Ma mère était toujours angoissée. Persuadée que Chris était en danger. Mais elle avait raison, ajoute-t-elle en plissant le front.

— Faut croire que oui, acquiesce Scott en se frottant la nuque. Je suis sincèrement désolé pour ton père. C'est quand même dingue, d'abord Christopher, puis lui…

— Il s'était mis à boire et déraillait plus ou moins, avant son arrestation. Je me suis dit, par la suite… enfin, quelque chose devait vraiment l'affoler pour qu'il se comporte comme ça. Peut-être, ajoute-t-elle en se mordant la lèvre, se savait-il soupçonné. Peut-être était-il victime d'un chantage.

— Il participait au même programme que mon père, souligne Scott. Papa aussi, je voyais que ça pesait sur son équilibre.

— Je me demande… si mon père n'était pas un espion au service des Russes. Je n'ai pas envie d'y croire. En même temps, je ne vois pas d'autre explication à son comportement bizarre et à son arrestation.

— Un tas de rumeurs ont circulé après, répond Scott en arquant un sourcil. Ça n'a fait qu'alimenter la folie ambiante. On voyait des Rouges partout, même sous le lit. C'est certain que les cocos devaient tout tenter pour essayer de découvrir ce qui se tramait dans ces bunkers. Mais je repense à quelque chose que m'a confié mon père, se remémore-t-il en secouant la tête. Je le cite : « Todd Delaney était quelqu'un de bien. C'est vraiment désolant ce qui lui est arrivé. »

Hedy inspire vivement. C'est la confusion dans sa tête.

— Est-ce que tu t'en es pris à mon frère, Scott ? J'ai besoin de savoir.

Il la regarde, interdit.

— Moi ? Non. Je veux bien admettre que je lui ai dit des trucs blessants. Peut-être même que je l'ai repoussé un peu brusquement. Je n'arrive pas à me rappeler. Il a essayé de m'embrasser. J'étais dégoûté. Mais je ne me suis pas battu avec lui. Pas avec un infirme.

Hedy se lève et lui tourne le dos. Elle contemple les champs, la lumière qui scintille au loin. Ce paysage, dépouillé et minimaliste, est ressourçant. Scott a apporté avec lui les ombres du passé. Elle enfouit son visage dans ses mains. Elle ne veut pas penser à ce que Scott lui a dévoilé sur Hank. Il était son sauveur, le seul adulte à s'être occupé d'elle quand son monde s'écroulait.

— Je sais que je me suis mal comporté quand j'étais enfant. Ça me pèse. Je suis vraiment désolé que ton frère et ton père soient morts. Sincèrement. Ça m'a fait plaisir de te revoir, Hedy, ajoute-t-il en toussotant. Et si je passais te prendre, un de ces quatre, pour aller boire un verre ? On pourrait faire un truc ensemble…

Elle secoue la tête.

— Non, je ne pense pas.

— Appelle-moi si tu changes d'avis, dit-il en remettant sa casquette. Je te laisse mon numéro. Il faut voir des gens, sortir un peu d'ici.

Elle regarde la Mustang qui s'éloigne lentement. Scott contourne soigneusement les ornières. Au passage du véhicule bleu étincelant, les vaches reculent et renâclent derrière la clôture. Hank avait donc raison : Scott n'a pas assassiné son frère.

Le paquet, lourd et noué avec une ficelle, a été posté à Londres. Hedy sait parfaitement ce qu'il contient. Elle était pressée de le recevoir. Elle l'ouvre sur la table de la cuisine, ses doigts nerveux et impatients déchirent le papier. Elle sort trois exemplaires du même livre en grand format. L'illustration en couverture représente un pin qui paraît minuscule comparé au disque blanc en arrière-plan. Au centre de la lumière, figure une petite silhouette noire à tête bombée. Hedy passe l'index sur les grosses lettres rouges du titre en relief : *Le Merveilleux.* Son roman de science-fiction. Le sien mais aussi celui de Chris. Elle l'a écrit pour son jumeau. Elle l'a terminé pour lui, en son nom. Hedy hésite à annoncer la nouvelle à Hank. Elle se voit mal lui faire part, dans la même lettre, de sa joie d'être publiée et de sa déception. Au bout du compte, elle passe sous silence ce qu'elle a appris sur lui. Elle garde le sentiment d'avoir été trahie, alors qu'en réalité l'aventure avec Betty ne la concernait pas, ni sa famille. Même les gens bien font des trucs idiots, elle le sait pertinemment. *Tu te souviens de l'histoire inachevée de Chris dont je t'ai parlé ? Devine quoi ? Je l'ai terminée pour lui. C'est de la science-fiction, il est question de deux types d'extraterrestres qui arrivent sur Terre en même temps. Les gentils par l'entremise d'une lumière merveilleuse, les méchants par des souterrains. Le livre vient d'être publié. J'ai préféré ne pas t'en parler avant parce que je n'y croyais toujours pas, même après avoir signé le contrat avec la maison d'édition. Maintenant, je viens de recevoir les premiers exemplaires, je peux les tenir entre mes mains. Je t'en enverrai un.*

Elle écrit aussi à Miss Banville. Elle soigne ses phrases, rature et corrige beaucoup. Elle met un temps fou à trouver les mots justes. Mais, une fois sa signature apposée, elle reste un long moment à contempler la feuille. Elles ne se sont plus donné signe de vie depuis des années. Hedy repense à la brunette, l'imagine avec Miss Banville dans un cottage au bord de la mer dans les Cornouailles. Les deux femmes se servent du vin et se sourient par-dessus le rebord de leur verre. Hedy déchire la lettre et met les morceaux à la corbeille.

Une silhouette émerge dans la pénombre, accompagnée d'une étincelle rouge qui se déplace avec elle. Peter fume une cigarette dans la cour. Hedy s'approche. L'odeur du tabac lui est agréable, ça lui rappelle papa et Hank. Ils restent silencieux un moment. On entend un chat miauler dans la grange ; le genre de miaulement qu'ils font après avoir attrapé un rat.

— Les dépendances ont besoin d'une nouvelle couche de goudron, observe Peter. Sinon, ça ne tiendra pas l'hiver.

Elle acquiesce d'un hochement de tête.

— Comme ça, t'es devenue auteur à plein temps ?

— Je ne peux pas gérer la ferme et écrire en même temps, soupire-t-elle.

— T'as qu'à lâcher la ferme, dit Peter en fourrant les mains dans ses poches. Henderson sautera sur l'occasion de la racheter. T'as bossé dur pour en arriver là. Les soirs où je partais tard, je t'entendais souvent à ta machine à écrire. Je voyais la lumière allumée dans ta chambre.

— L'écriture, ça ne paye pas, dit-elle en se mordillant le pouce.

— Vends les bêtes. T'en obtiendras un bon prix.

— Sans les vaches, il n'y a plus de ferme. On ne gagne pas d'argent avec les céréales.

Il pousse un soupir impatient.

— C'est ce que j'essaye de te dire ! Tu ferais mieux de te retirer maintenant. Toutes les petites exploitations rencontrent des difficultés. Tu n'es pas faite pour ce métier.

Elle se détourne. Peter a raison. Elle devrait être soulagée de se débarrasser de la ferme, de quitter ce lieu que maman haïssait. C'était une prison pour Ernest, comme pour elle depuis bientôt quinze ans. Mais c'est aussi la seule terre que son oncle ait jamais habitée et elle sait que, à sa façon, il l'aimait et y avait trouvé sa place. Quand elle vendra, il tombera dans l'oubli. Une ombre pâle passe juste au-dessus de leurs têtes, un chat-huant. Elle lève les yeux pour regarder ce corps conçu pour flotter dans les airs.

42

Hedy s'installe dans le train ; elle va rendre visite à maman à St Peter. Elle déplie le journal acheté à la gare. La première page est consacrée à un accident d'avion survenu en Angleterre. Aucun survivant, les débris et les corps éparpillés sont dans les collines du Surrey. Hedy n'a pas repris l'avion depuis le vol de New York à Londres. Elle n'était qu'une enfant à l'époque, sans peurs, pleine d'une confiance aveugle. Elle se demande comment son père a fait pour survivre dans sa Flying Fortress qui essuyait les tirs de la DCA et des Messerschmitt. Il en avait réchappé, un vrai miracle. Il avait épuisé son quota de chance en deux ans.

Un autre titre retient son attention. Cinq hommes ont été arrêtés à Washington D.C., alors qu'ils tentaient d'installer des micros dans un immeuble du nom de Watergate, un fait divers qui serait lié à la campagne pour la réélection de Nixon. Elle subodore que Hank y fera allusion dans sa prochaine lettre, indigné qu'on en fasse tout un plat. Il soutient Nixon et son combat contre le communisme. *Il n'hésite pas à prendre les décisions difficiles, Hedy. Il a compris qu'on ne pouvait pas faire d'omelette sans casser des œufs.* Mrs Grey l'accueille à la réception.

— Vous n'avez qu'à vous rendre dans la salle de loisirs, dit l'infirmière. Il y a des boissons chaudes sur un chariot, n'hésitez pas à vous servir. Ruby adore le thé et les gâteaux secs.

Il a longtemps semblé que son internement avait eu pour effet d'interrompre le processus de vieillissement chez sa mère, laquelle n'avait pas pris une ride, juste un air dépenaillé et absent. Maintenant, quelques taches grises sont apparues dans ses cheveux blonds et sa mâchoire s'est amollie et affaissée. Mais elle reste svelte et ses épaules sont toujours délicates.

Elles ont pris place à l'une des tables de bridge dispersées à travers la salle. Au début, maman ne voulait pas quitter son rocking-chair devant la baie vitrée, mais la proposition d'un petit gâteau a eu l'effet voulu. Hedy est toujours prise de court en voyant sa mère, les bras ballants comme une somnambule, se déplacer à la façon d'un crabe. Ruby sirote son thé et regarde sa fille, les sourcils froncés et méfiants. Elles échangent des banalités. Puis Hedy sort le livre de son sac et le pose sur la table devant sa mère.

— C'est un roman.

Elle hésite à en dire davantage. Maman fixe la couverture, articule en silence le titre et le nom de l'auteur – un sourire gagne lentement ses traits.

— Christopher Delaney…

Elle prononce le nom d'une voix hésitante, sa bouche peinant à former les syllabes. Elle prend le livre et l'examine, le retourne dans ses mains, le porte à son nez pour le humer.

— C'est Christopher qui l'a écrit !

Cette fois-ci, son ton est convaincu, même

enthousiaste. Hedy se penche en avant sur son siège, osant à peine respirer.

— Mon fils, murmure Ruby en se caressant la joue avec le livre. Mon fils. C'est un enfant très intelligent. Il a du goût pour les mots. Les gens le prennent pour un idiot, à cause du corset. Todd lui-même ne comprend pas, il est incapable de voir au-delà des apparences. Mais je savais qu'un jour Christopher serait guéri et que le monde verrait alors son talent.

C'est la première fois que maman tient un discours cohérent. L'espoir brise les défenses de Hedy, elle souhaite tellement que sa mère continue de parler ! Les dernières paroles d'Ernest lui ont donné un aperçu d'une Ruby différente, lui ont dessiné des bribes de l'histoire familiale, et elle en veut d'autres pour reconstituer la trame. Mais il ne faut pas la dérouter, l'effrayer. Hedy espère retrouver la vraie Ruby, pas simplement sa mère, mais la jeune femme qu'elle n'a jamais connue.

— J'ai écrit le livre sous son nom parce qu'il en est aussi l'auteur, explique-t-elle doucement. L'idée vient de Chris.

Maman hoche la tête, impatiente, distraite.

— Où est-il ? demande-t-elle en tendant le cou pour balayer la pièce du regard.

Hedy joint les mains et les serre très fort.

— Euh…, hasarde-t-elle en redressant le menton. Il ne peut pas venir aujourd'hui.

Sa mère se détend et sourit.

— Christopher me rend souvent visite ! dit-elle sur le ton de la confidence. Il me fait des cadeaux !

Hedy ressent une douloureuse déception. Malgré tout, si la vraie maman s'est montrée une première fois, elle réapparaîtra certainement, un peu moins farouche au fil du temps, comme un cheval sauvage. Le cœur de Ruby est irrigué de sang, ses os sont entourés de chair : il est encore possible, même après tant d'années, qu'elle revienne de ce quelque part où elle s'est égarée et réintègre son corps. Hedy repense au message de l'oncle Ernest, à sa promesse.

— Tu te souviens de ton frère Ernest, maman ? Il m'a confié quelque chose qu'il voulait te dire.

Maman se redresse, l'air intéressée. Hedy inspire vivement.

— Il te demande pardon. Il comprend pourquoi tu es partie.

Maman demeure immobile. Un nerf palpite convulsivement sur sa joue. Hedy prend sa main.

— Dis, tu te souviens de ton frère ? Ernest ?

Maman écarquille les yeux.

— Il a vraiment dit ça ? balbutie-t-elle en caressant la cicatrice sur sa paume. Il va venir me voir ?

— Ernest m'a dit exactement ce que je viens de te dire, chuchote Hedy. Mais il… je suis vraiment désolée ; il est mort.

Maman serre les poings et se martèle le crâne.

— Mort, mort, mort, marmonne-t-elle.

Hedy essaie de l'empêcher de se frapper la tête. Elle parvient à se saisir d'un poignet osseux, mais sa mère a une force étonnante.

— Non… Arrête, maman…

Ruby parvient à se dégager d'un mouvement de bras.

— Laissez-moi tranquille ! Qui êtes-vous ?

Hedy se cale contre son dossier et brandit les mains en signe d'apaisement.

— C'est moi, Hedy. Ta fille. N'aie pas peur, maman. Je ne vais pas te faire de mal. Ernest m'a recueillie chez lui. J'habite toujours à la ferme. Ta maison d'enfance. Je dors au grenier, dans ton ancienne chambre.

Les traits de Ruby se contractent, comme sous l'effet de la peur. Elle agrippe le livre et s'écarte de la table, le corps de biais et à moitié extrait de son siège.

— Qu'est-ce que vous me voulez ? Je n'ai pas parlé… je n'ai rien dit à personne. Ce n'était pas ma faute.

— Qu'est-ce qui n'était pas ta faute ? demande Hedy.

— Je n'ai jamais rien dévoilé sur Todd, susurre Ruby en s'exprimant soigneusement, comme si chaque mot avait son importance. Je n'ai rien dit ! répète-t-elle en portant son index à ses lèvres.

— De quoi tu parles, maman ?

— Je ne suis pas obligée de vous répondre ! Vous ne pouvez pas me forcer !

Hedy souffle un bon coup. Les questions abondent sur ses lèvres, mais maman a le visage amorphe et confus.

— Veux-tu que je te resserve du thé ?

La tête enfoncée dans les épaules, maman relève le menton.

— J'en ai parlé à Hank, c'est tout. Juste à Hank.

— Hank ? répète Hedy, incapable de contenir sa stupeur.

C'est la première fois que maman prononce son prénom.

— Qu'est-ce que tu lui as dit ?

D'un geste malencontreux, sa mère renverse la tasse qui tombe par terre ; il y a du thé partout. Le livre serré contre sa poitrine, Ruby repousse sa chaise en arrière.

— Laissez-moi tranquille ! crie-t-elle en agitant les bras comme si elle se noyait. C'étaient des paroles prononcées dans ses rêves ! Ça n'avait aucun sens !

Hedy sait qu'elle ne doit surtout rien faire. Le moindre geste, la moindre tentative pour la rassurer, ne fera qu'aggraver les choses.

Deux infirmières accourent et emmènent Ruby. Hedy reste seule, les gâteaux ramollissant dans la flaque de thé autour de sa tasse. Une jeune femme vient éponger les dégâts. L'incident est clos. Le personnel et les patients vaquent à leurs occupations. L'atmosphère s'est vite rétablie, comme chaque fois que la colère ou l'agitation vient la troubler. La quiétude somnolente et médicamentée règne à nouveau. Comme toujours. Hedy étouffe, elle voudrait bondir et se précipiter dans le couloir blanc, fuir les chambres et les infirmières avec leurs trousseaux de clés et leurs montres de gousset. Elle se lève et gagne la porte d'un pas rapide.

Qu'est-ce que sa mère a bien pu dire à Hank ? À quoi faisait-elle allusion ? Ou bien ce souvenir est-il un délire, comme les visites imaginaires de Chris ? Dehors, dans l'allée gravillonnée, elle s'emplit les poumons d'oxygène estival pour se calmer. Le taxi habituel est là. Le chauffeur fume une cigarette et lit le journal. Dès qu'elle lui fait signe, il plie le quotidien, le balance sur le siège passager et démarre.

TROISIÈME PARTIE

La forêt

43

La base aérienne n'est qu'à une demi-heure de l'asile. Hedy se penche vers la vitre du chauffeur.

— Aujourd'hui, je dois me rendre ailleurs…

Elle sait que la base accueille toujours l'US Air Force. Elle a souvent songé à y retourner, mais elle n'avait pas envie de revoir le grillage et les bungalows, sans compter le risque de tomber sur Scott ou sur Betty. Les champs verts et jaunes défilent. Hedy repense à la réaction de sa mère en entendant le message d'Ernest : elle a visiblement compris, son visage s'est éclairé et elle est redevenue elle-même, certes brièvement. Le taxi s'immobilise sur le bas-côté devant l'entrée de la base. Hedy contemple le haut grillage. Au-delà, elle aperçoit les rues familières, des voitures américaines et les bungalows en briques rouges. On dirait que rien n'a changé. Un puissant rugissement la fait sursauter – elle avait oublié le vacarme des chasseurs.

— On est arrivés, dit le chauffeur en se retournant. Impossible d'aller plus loin, sauf si vous avez un laissez-passer…

Elle aperçoit le militaire qui monte la garde, fusil à l'épaule, la mine impassible sous son casque.

— Vous n'avez qu'à me déposer un peu plus loin, juste avant la forêt.

Elle baisse son carreau, hume les odeurs de pin, de sève et de bois sec. Le taxi s'arrête à l'entrée d'un chemin qui s'enfonce entre les arbres.

— Vous êtes sûre ? s'enquiert le chauffeur. Je peux vous attendre, si vous voulez…

Elle secoue la tête.

— Je ne sais pas pour combien de temps j'en ai.

Hedy règle la course et s'enfonce dans la forêt, devine le regard curieux du chauffeur rivé sur elle, puis entend la poussée du moteur et le bruit des roues sur le bitume. La solitude l'enveloppe. La voie s'étrécit, les arbres cachent le ciel et la lumière. Elle est désorientée. Les odeurs et les bruits l'assaillent. C'est la première fois qu'elle découvre la forêt par ce chemin. De toute façon, de nouveaux pins ont dû pousser et d'autres ont dû être coupés, modifiant la topographie. Mais le vieux chêne et la pierre circulaire seront encore là, Hedy en est sûre. Elle marche en direction du vrombissement des avions au sol, espérant reconnaître un repère familier qui pourra la guider. Elle traverse une zone en friche, des troncs abattus, des souches en partie déterrées encore accrochées par les racines à la terre brûlée. Dès qu'elle retrouve des arbres vivants, le chant des oiseaux est de nouveau là, ainsi que le bruit du vent dans les feuilles, comme un chuintement de vagues au loin. D'instinct, Hedy prend un petit chemin sur le côté. Sous les fougères dont les frondes lui chatouillent les coudes, le sol est tapissé d'une mousse d'un vert vif. Le sentier est de plus en plus étroit, une simple piste empruntée par les cerfs. Elle se fraye un passage dans la végétation touffue et s'arrête un instant pour admirer la canopée. Trois papillons traversent un rayon de soleil qui illumine leurs ailes rouges. Hedy cligne des yeux, aveuglée par la lumière éclatante. Des taches dansent sur ses paupières. Quand sa vue revient, elle a le sentiment de toucher au but. Elle avance résolument à pas feutrés, en retenant son souffle. Elle ressent soudain le besoin de se recueillir et de rester cachée. Son pouls résonne dans ses oreilles. Les oiseaux ont cessé de gazouiller. Elle n'entend plus que les battements furieux de son cœur. Autour d'elle, les arbres lui semblent familiers – elle a cette sensation trouble de les avoir vus en rêve. Le chemin se déploie et s'élargit, devient sablonneux à l'entrée d'un virage. Elle sait que le chêne et la pierre l'attendent à la sortie. Elle est prise de terreur à l'idée que Chris soit là, le cou brisé, le regard vide, ses yeux accusateurs posés sur elle.

Hedy s'approche lentement et contemple le chêne. C'est un arbre au feuillage épais, sa croissance a été freinée par les grands pins qui l'entourent. Plus aucun crucifix n'est accroché à ses branches solides. Hedy peine à croire qu'elle a vu les pieds inertes de son frère se balancer parmi ses feuilles bruissantes. Elle serre les poings en repensant aux contours des orteils qu'elle a tâtés sous le tissu glissant des chaussettes rouges.

Le disque de pierre est à moitié enfoui sous les hautes herbes. Hedy en scrute la surface plate. Un épais tapis d'aiguilles dissimule en partie la grille et un panneau rouge. Elle s'accroupit, écarte les aiguilles et laisse courir son index sur les lettres blanches : *Accès interdit ! Danger ! Propriété de l'armée américaine.*

Les yeux fermés, elle s'attarde un long moment en

ce lieu où Chris est mort. Elle s'attendait à éprouver quelque chose : une intuition, un souvenir enfoui jaillissant dans sa conscience, une apparition spectrale ou une voix lui révélant la vérité. Mais la forêt continue de bourdonner et de danser autour d'elle, implacable. Insouciante. Quand elle rouvre les paupières, l'arbre et la pierre demeurent tels quels, un arbre et une pierre.

Hedy marche jusqu'à la grille d'enceinte. Elle aperçoit les bunkers herbeux, les avions fuselés. Le métal rutile au soleil. La chaleur fait scintiller le tarmac. Elle suit la clôture, laissant ses doigts courir sur le grillage, sachant qu'il la mènera au chemin sablonneux où pousse de la bruyère.

Elle atteint l'église abandonnée. Le clocher a perdu une partie de ses briques, des brèches sombres sont visibles là où manquent des ardoises et les tombes sont envahies de ronces. Le cottage où habitaient les enfants est méconnaissable : le toit a été redressé, le jardin est bien entretenu. Un garage flambant neuf a remplacé les cabanons. Une femme sort de la maison, allume une cigarette et tourne son visage vers le soleil. Hedy ne la reconnaît pas. Elle est déçue ; elle avait imaginé revoir les enfants au crâne rasé et au visage violet. Elle se sent fatiguée. Ses sandales lui font mal au talon et elle a de la terre entre les orteils. Sans savoir ce qu'elle cherchait au juste, elle sait qu'elle ne l'a pas trouvé. Elle se demande comment elle va faire pour se rendre à la gare sans moyen de transport.

Comme elle atteint la route qui passe devant l'entrée secondaire de la base, elle remarque cinq maisons mitoyennes de construction récente. Peinture fraîche aux portes et aux fenêtres. Du linge sèche sur un fil dans un des jardinets côté rue. Une jeune femme sort, décroche les vêtements et les laisse tomber dans un panier. Un garçonnet reste collé à elle, pouce à la bouche. Avec ses jambes fines et musclées, son visage anguleux et sa moue, elle a un air familier.

— Nell, dit Hedy en s'approchant. Bonjour. Tu es bien Nell, n'est-ce pas ?

La jeune femme pivote, le panier en équilibre sur sa hanche.

— Qui veut le savoir ?

— Hedy… de la base aérienne. Mon frère et moi… il y a longtemps, on vous a rencontrés dans la forêt, toi et tes frères.

L'expression de Nell s'adoucit. Elle hoche la tête.

— Hedy ? Ça alors… ! Oui, je te reconnais, maintenant. Entre, propose-t-elle en se frottant le menton. Je vais faire du thé.

Elle est déjà à l'intérieur, flanquée du garçon qui trébuche et agrippe sa jupe. Elles s'installent dans le petit séjour. Le hurlement d'un avion fait trembler les vitres. L'enfant s'occupe par terre avec un jeu de construction en bois. Il respire bruyamment par la bouche et une bulle de morve s'est formée à l'extrémité d'une de ses narines. Hedy appuie son mug sur un genou.

— C'est ton fils ?

Nell fait oui de la tête.

— Pauvre chou, il a le rhume des foins.

— Je suis passée devant le cottage où vous habitiez.

— Il y a de nouveaux propriétaires. On a obtenu ce logement par la mairie. Je préfère, c'est plus simple d'entretien et tout marche. Mon père est mort, ma mère est partie vivre chez sa sœur à Eastbourne.

— Et tes frères ?

— Tous mariés. Ils ont même des gosses. Ils habitent dans le coin. Ned est policier, tu peux le croire ?

Hedy sourit et boit une gorgée de thé. Nell se penche par-dessus la tête de son petit garçon, regarde Hedy droit dans les yeux et reprend :

— Je suis vraiment désolée de ce qui est arrivé à ton frère. Ce jour-là dans la forêt. Un vrai film d'horreur.

— Je sais que tu penses que ce n'est pas le vieux Joe qui l'a tué, dit Hedy d'un ton hésitant. Mais il n'y a pas d'autre explication… (Elle plie et déplie les doigts, pose les mains sur ses cuisses.) J'y ai réfléchi pendant des années. Je me suis demandé si Chris ne s'était pas suicidé. Même s'il avait essayé, jamais il n'y serait arrivé seul. J'ai aussi soupçonné Scott, un garçon américain. Mais Joe a été condamné. Il a avoué.

— Le vieux Joe aurait pu avouer n'importe quoi ! lâche Nell d'un ton railleur. Il ne comprenait pas.

— C'est faux.

— Au fait, le vieux Joe est mort. Là où il était enfermé. À mon avis, il ne savait même pas pourquoi il s'y trouvait.

Hedy fixe ses mains. Elle ne voit pas quoi dire. Sa tour s'étant écroulée, le garçon se met à pleurer et tend les bras vers sa mère. Nell le prend sur ses genoux.

— C'est arrivé si vite, se remémore-t-elle. Pas un mot dans les journaux. Je me souviens que mes parents en parlaient, ça leur paraissait louche. Puis ton père s'est retrouvé en prison et vous êtes parties, toi et ta mère.

— Louche ? répète Hedy, son cœur s'emballant.

— Écoute, je ne fais que répéter ce que j'ai entendu

à l'époque. Mais ça donne l'impression qu'on voulait étouffer l'affaire.

Nell sort un mouchoir de sa poche et essuie énergiquement le nez de son bambin. Pas content, il se remet à pleurer. Elle range le mouchoir dans sa poche.

— J'ai vu les soldats émerger des arbres, reprend-elle. Armés et le visage noirci. On aurait dit qu'ils savaient déjà que ton frère était mort.

Hedy pose son mug vide par terre. Elle frissonne.

— Qu'est-ce que tu sous-entends ?

Nell lui décoche un regard agacé.

— Je réfléchis juste à voix haute.

Elle dépose un baiser sur la joue striée de larmes de son enfant. Ses sanglots s'atténuent, son petit corps est soulevé de hoquets.

— Mais non…, dit Hedy. Tu te trompes. J'ai posé la question. Les militaires se trouvaient dans la forêt pour des manœuvres de routine. C'est un coup de chance qu'ils aient été là, insiste Hedy en agrippant le bord de sa chaise. Sinon, le vieux Joe s'en serait pris aussi à moi.

Nell fait la moue. Elle change de position, serre son enfant un peu plus fort.

— C'était peut-être un exercice, ou alors ils étaient là pour une autre raison. Ça fait un bail, de toute façon. Tu m'as l'air en forme, observe-t-elle en affichant un petit sourire décidé. On m'a dit que tu habitais avec un oncle, dans le Norfolk ?

Hedy peine à rester concentrée. Dans sa tête, elle voit les soldats sortir de la pénombre, elle entend le crachotement des talkies-walkies.

— Il est mort, finit-elle par répondre. J'ai repris la ferme.

— Toutes mes condoléances. Enfin, c'est pas si mal d'avoir hérité d'une ferme, hein ?

Hedy acquiesce.

— T'as un amoureux ?

— Non, dit Hedy en se levant. Trop occupée pour ça.

Elle époussette son pantalon. Elle se sent claustrophobe dans la chaleur de cette pièce exiguë, encombrée de meubles et de jouets.

— Il faut que j'y aille. Je ne veux pas abuser de ton temps. Tu ne dois pas chômer.

— Où es-tu garée ?

— Je suis venue en taxi.

— Je vais demander à Phil de te déposer à la gare, il doit rentrer d'un instant à l'autre.

Hedy proteste, mais Nell l'interrompt d'un geste.

— Il le fera avec plaisir.

Phil arrive, sa boîte à casse-croûte à la main, vêtu d'une combinaison tachée de cambouis. Nell l'informe qu'il doit reprendre la voiture pour emmener Hedy à la gare ; il se contente d'un hochement de tête. Il n'ouvre pas la bouche une seule fois de tout le trajet et rougit quand elle le remercie avant de descendre sur le parking. C'est un soulagement de ne pas devoir lui faire la conversation. Hedy ne cesse de repenser au panneau rouge sur la pierre, à l'inscription : *Propriété de l'armée américaine.* Elle pensait que ces installations appartenaient à l'Office des forêts. Une rumeur de l'époque lui revient, sur l'existence d'un réseau de tunnels. Ces pierres sont peut-être des bouches d'aération. Auquel cas, le cri entendu par Chris a pu être poussé par une personne de l'armée qui travaillait dans le tunnel. Quand bien même, ça ne l'éclaire pas sur ce qui est arrivé à son frère. Nell s'entête à penser que le vieux Joe était innocent, mais n'a aucune certitude quant à l'identité du meurtrier. Hedy non plus ne voit pas d'autre suspect potentiel. Elle se frotte les yeux, frustrée de se heurter encore une fois au même mur. Beaucoup de temps a passé, l'arrestation de papa remonte à des années. Si déjà elle savait de quoi il était accusé, ça l'aiderait peut-être à comprendre. Il pourrait même exister un lien entre ses agissements et la mort de Chris. L'assassin de son frère était peut-être un Russe, un espion communiste… Elle va écrire à Hank, lui demander quand le dossier de son père sera déclassifié. D'ailleurs, maintenant qu'elle y pense, il n'a pas répondu à sa dernière lettre.

44

1974

Hedy ne reçoit plus la moindre lettre de Hank. Elle lui a écrit plusieurs fois, pensant que ses courriers avaient pu s'égarer, mais il ne donne pas signe de vie. Elle garde malgré tout l'espoir de trouver un matin une enveloppe bleue sur le paillasson. L'idée lui vient un jour d'en parler à Scott. Elle retrouve son numéro et l'appelle.

— Tu as pris ton temps ! lance-t-il à l'appareil. Je ne pensais pas te revoir avant d'être muté ailleurs. Partante pour un verre, tout compte fait ?

— Scott, as-tu des nouvelles de Hank ? Il… il a disparu. Il m'écrivait régulièrement. Ça fait une éternité que je n'ai rien reçu.

— On ne s'est pas parlé depuis longtemps, mais on n'était pas liés plus que ça. Je vais me renseigner, chercher à savoir ce qu'il devient. Je te tiens au courant.

C'est une soirée d'août, les chauves-souris volent au crépuscule et les moustiques tournoient au-dessus de la citerne. La chaleur est étouffante dans la salle de séjour. Hedy et Mrs Rose sont serrées dans le petit canapé, devant le téléviseur dont le volume est au maximum. Nixon était en fait dans son tort, et voilà qu'il vient de démissionner. La totalité du journal télévisé est consacrée à ce qui s'appelle désormais « l'affaire du Watergate ». Mrs Rose et Hedy écoutent en silence la déclaration de Nixon. Hedy imagine que Hank est aussi devant son poste, peut-être même sur place à Washington. Il doit être effondré, se sentir trahi. C'est l'Amérique tout entière qui a été trahie. Nixon lit son texte, le regard dans le vide.

— Il parle, note Hedy, mais pour ne rien dire.

— Un sacré roublard, renchérit Mrs Rose en posant son tricot. Il n'y a qu'à voir son regard. C'est quand même sidérant de penser que le président des États-Unis est un filou !

— Mrs Rose, dit Hedy en lui prenant la main et en se tournant vers elle, je vais vendre la ferme.

La vieille femme exerce une pression amicale sur ses doigts.

— Sage décision. Tu n'as pas envie de t'enfermer ici pour le restant de tes jours.

— J'aimerais me sentir à ma place dans le Norfolk, mais je n'y arrive pas.

— Moi, je ne suis jamais allée plus loin que Norwich. Jamais eu envie. J'ai trouvé ici tout ce que je souhaitais. Je vais mourir là où je suis née et ça me va. Mais chacun est différent, ajoute-t-elle en regardant Hedy droit dans les yeux. Il y a de l'insatisfaction chez toi. Tu cherches quelque chose. Alors moi, je dis, autant s'y coller.

Hedy ouvre la bouche pour protester, mais la referme aussitôt.

— Qu'allez-vous devenir ? demande-t-elle en s'asseyant au bord du canapé.

— Tu es gentille. J'ai dépassé l'âge de la retraite. Je ne viens ici que pour vous voir, toi et Peter. Le travail, je m'en passe. Mes genoux ne sont plus bons à grand-chose. Je te considère comme ma fille, Hedy. C'est pour ça que je te conseille de te débarrasser de la ferme. Ça t'empêche d'avancer.

Hedy sent les larmes lui venir aux yeux. La pièce vacille autour d'elle. Elle ne sait pas si c'est l'émotion d'être à ce point estimée par Mrs Rose ou le soulagement de la liberté. Elle bat des paupières et essuie ses joues humides. Son cœur se serre de gratitude.

— Je… je ne sais pas comment j'aurais fait sans vous. Toutes ces années. Vous avez été si bonne pour moi !

Elle prend la main ridée et la serre fort dans les siennes.

— Allons bon, voilà que tu t'amollis ! la taquine Mrs Rose avec un petit rire. Les grandes déclarations, c'est pas mon fort. Bien. Trêve de bavardages. Il faut que je rentre chez moi, ajoute-t-elle en roulant son tricot pour le ranger dans son sac. Tu as prévenu Peter ?

— Oui. Le nouveau propriétaire propose de le garder.

— John Henderson, j'imagine ? Ça fait des années qu'il lorgne sur cette exploitation. J'espère que tu en as obtenu un bon prix.

— J'aurais dû vous confier la négociation ! s'exclame Hedy en souriant.

Elle serre Mrs Rose dans ses bras.

— Merci, murmure-t-elle dans les cheveux gris de la vieille femme. Que ça vous plaise ou non de l'entendre, je vous aime.

Mrs Rose supporte l'étreinte un instant, puis se tortille pour dégager ses frêles épaules et retire une poussière imaginaire de ses vêtements.

— Allez, suffit.

Mais le sourire ne s'efface pas de son visage.

Scott propose de la retrouver en ville. Il n'a pas voulu lui en dire plus au téléphone, simplement qu'il avait appris quelque chose et préférait lui en parler de vive voix.

« Je t'attendrai au pub devant lequel je suis passé le jour où j'ai débarqué chez toi. Le *Hare and Hounds*. »

C'est l'heure du déjeuner. Le soleil est au zénith, Hedy regrette de ne pas avoir mis un chapeau pour se protéger des rayons qui lui cuisent le crâne. Elle pédale sur une vieille bicyclette récupérée au fond d'une grange. Peter l'a aidée à la remettre en état. Elle passe devant les vaches, franchit le pont et s'engage sur la petite route de campagne. Les haies touffues se dressent de chaque côté, l'ombre et la brise sur son visage sont les bienvenues. Faire du vélo lui procure une sensation grisante de liberté, mais elle ne parvient pas à se défaire du pressentiment qu'elle va au-devant d'une nouvelle désagréable et funeste. Installé à une table en bois à l'extérieur, Scott se lève pour la saluer pendant qu'elle pose la bicyclette contre un mur.

— Je te commande une bière tiède ? Autre chose ?

— Un verre de cidre, s'il te plaît.

Elle s'assied en face de lui. Il prend une gorgée et elle en fait autant. Du dos de la main, elle essuie sa lèvre supérieure.

— Alors ?

— Il se passe un truc grave, annonce-t-il en se penchant vers elle. Une sorte d'enquête est en cours.

— Où ça ?

— Aux États-Unis. On n'a pas voulu m'en dire plus. Je sais simplement que des personnes importantes sont impliquées. Des hauts gradés de l'armée. Des gens de la CIA.

— En quoi Hank est-il concerné ?

Scott inspire profondément, recrache doucement l'air.

— Il a été arrêté.

Hedy le dévisage, sidérée.

— Hank, arrêté ?

Scott hausse les épaules.

— Personne n'a voulu me dire pour quel motif.

— Mon Dieu, murmure Hedy, perplexe, en se caressant la tempe. Je ne comprends pas. C'est peut-être une erreur…

— Ou bien, la coupe Scott en lui prenant la main, il y a un lien avec ce qui est arrivé à la base aérienne. L'arrestation de ton père, dont tu n'as jamais su la raison.

Hank, avec son autorité naturelle, son calme imperturbable ! Hedy songe soudain à ses mains habiles et puissantes. Non, c'est impensable. Elle dégage ses doigts de la poigne tiède de Scott.

— Je n'arrive pas à le croire.

Il se cale contre son dossier et ses traits se durcissent.

— C'est bien fait pour ce connard prétentieux. Je ne lui ai jamais pardonné d'avoir provoqué la séparation de mes parents.

Hedy fait tourner son verre entre ses mains, la fraîcheur se transmettant à ses doigts.

— Il était attentionné avec moi. Je me demande

comment j'aurais fait sans lui. Mon monde a volé en éclats. Il m'a aidée à survivre.

Scott sort un paquet de cigarettes et lui en propose une. Elle secoue la tête. Il en allume une, aspire une longue bouffée et recrache une volute dans l'azur. Hedy sent la fumée lui picoter la gorge. Elle toussote.

— Qu'est-ce qu'a pu faire Hank pour être arrêté ? reprend-elle en humectant ses lèvres sèches. Et pourquoi tous ces secrets ?

— Encore une fois, dit Scott en tirant sur sa cigarette, je n'en sais rien. Mais tu ne trouves pas qu'il y a un parallèle ?

— Je ne sais pas, avoue-t-elle en se frottant les yeux avec les poings. Putain, j'en ai ras le bol de ne jamais rien savoir ! C'est comme les histoires de Nixon. J'en viens à me demander ce qui est vrai et bien réel. Pourquoi n'obtient-on jamais des réponses claires ?

— S'agissant de l'armée et du gouvernement, remarque-t-il en la fixant à travers la fumée, on ne peut rien faire qu'attendre. La vérité sort lentement, comme les rats de leur trou.

— Ça remonte à des années et je ne sais toujours rien pour papa.

— Il y a forcément quelqu'un qui sait quelque chose, tranche Scott. On va rester en contact.

Ils terminent leurs verres. Hedy décline sa proposition de reprendre quelque chose.

— Tu as toujours ton album de coupures de journaux ? lui demande-t-elle de but en blanc.

Il la dévisage, interdit.

— Je suis tombée dessus dans ta chambre. C'était rempli de photos ignobles. Le Klu Klux Klan.

— C'est du passé. J'étais qu'un gosse.

— Mais tu n'es pas favorable aux droits civiques ?

— Je pense juste qu'on est différents, les Blancs et les Noirs. On n'a pas les mêmes besoins.

— C'est des foutaises et tu le sais très bien, dit-elle en se levant. Tu as fait la guerre, Scott. Tu prétends que ça t'a changé. Où est ton humanité ?

Il la fixe en clignant des yeux.

— La guerre ne rend pas plus humain. Elle brise la foi qu'on peut avoir en l'humanité. Elle l'étouffe et la piétine. Après la guerre, on est lassé de vivre, c'est tout.

Hedy secoue la tête.

— Merci pour le renseignement sur Hank. Et pour le verre, ajoute-t-elle en léchant la sueur sur ses lèvres. Mais on ne sera jamais amis. Pas si tu dis, et si tu penses, des trucs pareils.

— C'est dommage, Hedy.

— Je sais, répond-elle en hochant la tête.

Sur le chemin du retour, Hedy s'émerveille de cette journée radieuse. Les libellules dessinent dans le ciel des passementeries éphémères, bleues et vert électrique. Les blés ondoient, trame aux reflets dorés. Comment est-il possible que ce monde et l'autre ne fassent qu'un ? Elle a l'impression qu'il lui suffirait de tendre la main pour taillader ce décor et dévoiler, par la déchirure effrangée, la laide noirceur derrière. Hank lui a confié un jour que la guerre changeait un homme. Elle veut croire à la clarté de la lumière, à la beauté de la Terre, à l'existence d'êtres d'une bonté indéfectible, dignes de confiance. Elle pense à son frère, ce cœur noble et pur.

Vêtue d'un short et d'une chemise d'homme couverte de toiles d'araignée, Hedy est en plein ménage. Mrs Rose s'affaire à l'étage : n'en faisant qu'à sa tête, elle a tenu à briquer les boiseries. Hedy termine de vider la cave. Elle remonte, pour les sortir dans la cour, ce qu'il reste d'une ancienne cuisinière et de vieux sacs pourris incrustés de poussière de charbon. Ça fait du bien de jeter. Le camion se remplit peu à peu avec tout ce qui terminera à la déchetterie. Hedy s'interrompt quand elle entend un véhicule cahoter sur le chemin. Elle porte la main en visière. Le pare-brise étincelle au soleil.

Les poings sur les hanches, elle regarde une voiture inconnue s'immobiliser dans la cour et la portière s'ouvrir côté passager. La femme a les cheveux noirs en dégradé, comme Jane Fonda dans *Klute*. Elle porte un pantalon à pattes d'éléphant violet et un gilet assorti. Elle retire ses lunettes de soleil et sourit.

— Bonjour, Hedy.

Hedy fait un pas et s'arrête net.

— Miss Banville ?

L'enseignante s'avance et prend ses mains sales dans les siennes.

— Voyons, appelle-moi Claire ! Je suis venue te féliciter.

Hedy garde un air ahuri.

— J'ai aperçu *Le Merveilleux* dans la vitrine d'une librairie. Il m'a fallu une minute pour comprendre que tu l'avais publié sous le nom de ton frère.

Hedy hoche la tête et demande :

— Vous arrivez des Cornouailles ?

— Non, de Londres. On dirait qu'ici c'est le grand ménage.

— J'ai vendu la ferme. Je m'en vais.

— Pourquoi ne m'as-tu pas écrit ? Pourquoi n'as-tu jamais répondu à mes cartes postales ? Tu aurais au moins pu me prévenir que ton roman avait été publié.

Hedy repense à la lettre qu'elle a déchirée. Elle a honte.

— J'allais le faire, mais… je ne pensais pas que ça vous intéressait.

Claire relâche ses mains et la dévisage d'un air interloqué.

— Je t'ai apporté un cadeau.

Elle se penche à l'intérieur de la voiture et en sort une bouteille de champagne.

— Il faut célébrer ça ! Je suis tellement fière de toi.

Tous les verres ont déjà été empaquetés dans la cuisine, mais Hedy déniche deux tasses au fond d'un placard. Claire débouche la bouteille et les sert. Elles trinquent. Hedy prend une gorgée et éternue ; les bulles lui montent au nez. C'est la première fois qu'elle boit du champagne. Claire se penche vers elle et effleure ses mèches qui se terminent en boucles sur ses épaules.

— Tu les as laissés pousser. Ça te va bien.

— Vous aussi, vous avez changé de coiffure.

— Et si tu me tutoyais ? Ça fait combien de temps qu'on ne s'est pas revues ?

Hedy recule d'un pas. Cette conversation est-elle vraiment en train de se dérouler ? Elle regarde par la fenêtre, comme si elle cherchait une silhouette dans la voiture garée.

— Où est ton amie ?

Claire porte la tasse à ses lèvres.

— Mon amie ?

— La femme aux cheveux châtains, avec une coupe au bol.

— Lucy ? dit Claire en plissant le front. Je ne savais pas que vous vous étiez rencontrées. Elle a obtenu un poste à Cambridge. Elle enseigne l'histoire médiévale. Je crois qu'elle est heureuse.

Hedy se détourne au prétexte de chercher quelque chose à grignoter.

— Le cellier est à peu près vide. J'ai de quoi faire une soupe…

Hedy a chaud aux joues. Elle attend que ça passe pour se retourner.

— Soupe et champagne ? dit Claire qui s'assied et croise les jambes. C'est parfait.

Mrs Rose arrive et vide son seau dans l'évier.

— J'ai terminé à l'étage, soupire-t-elle en s'essuyant le front avec son tablier. Tu as de la visite ?

— Voici Claire Banville, dont j'ai été l'élève. Claire, je te présente Mrs Rose.

— Peut-on vous offrir un verre de champagne, Mrs Rose ? Nous fêtons la publication du roman de Hedy.

Mrs Rose fixe longuement Claire, puis lance un regard à Hedy.

— C'est gentil, mais non merci. Je vous laisse fêter ça, mesdemoiselles. Il est temps que je rentre.

Il fait une chaleur langoureuse en ce début de soirée. Le soleil baigne les champs dans des lueurs rouges et ambrées. Un chat s'étire dans la poussière, les yeux mi-clos, épiant les hirondelles qui volent bas. La soupe a été avalée, le champagne bu. Un peu pompette, Hedy raconte à Claire l'après-midi où elle l'a attendue devant chez elle. Elle lui confie qu'elle l'a vue rentrer avec son amie. Cet aveu la soulage, bien qu'elle se fasse l'effet d'une folle. L'air ému, Claire se penche par-dessus la table pour poser sa main sur la sienne.

— Je suis sincèrement désolée. Si seulement j'avais su que tu étais là…

Hedy sent sa peau en feu au contact de celle de Claire. Elle voudrait porter ces doigts pâles à ses lèvres, y déposer des baisers. En avait-elle déjà envie au lycée ? Sans doute… Elle hoche la tête, retire sa main et la pose sur ses genoux.

— Je me sentais plutôt en confiance avec toi…, dit Hedy en regardant Claire droit dans les yeux. Le jour où je suis passée à l'improviste, je voulais te parler de mon frère… te confier quelque chose que je n'ai jamais raconté à personne. En fait, les derniers mots que je lui ai dits étaient méchants. J'étais contrariée, en colère. Je me suis défoulée sur lui. Comme il est mort, je ne pourrai jamais effacer ces mots ni lui demander pardon.

Claire inspire profondément.

— Voilà qui explique cette expression qui ne te quitte pas. Tu t'en es toujours voulu. Écoute-moi, Hedy, poursuit-elle en lui prenant la main. Ton frère savait que tu l'aimais. Ce que tu as dit ce jour-là n'y change rien. C'est compliqué d'aimer… On commet sans cesse des erreurs. On blesse les gens auxquels on tient le plus. Mais on ne peut pas se tenir à distance, se protéger en permanence. Parce que seul compte l'amour.

Hedy a la gorge nouée. Elle préfère rester muette. Claire hoche la tête, comme si elle avait dit quelque chose. Comme si elles étaient tombées d'accord.

— J'ai un nouveau poste, l'informe-t-elle en se levant pour débarrasser. J'enseigne à Londres. Je continue aussi la peinture. Une galerie londonienne s'intéresse à mes tableaux.

— Tu veux dormir ici ? propose Hedy en rougissant. Enfin, ça fait trop loin pour rentrer à Londres.

— Avec plaisir. Merci.

Elles montent à l'étage. Hedy a l'impression que les marches craquent et grincent comme jamais. Elle marque une hésitation au pied de l'escalier du grenier, puis tourne à gauche sur le palier et propose à Claire de s'installer dans l'ancienne chambre d'Ernest. Tout le fatras a été retiré et Mrs Rose a fait le ménage.

— Je vais chercher des draps, dit-elle. Tu as des affaires dans la voiture ? Sinon, je peux te prêter une brosse à dents et quelque chose à mettre.

Elles font le lit ensemble, bordent les draps et enfilent les taies sur les oreillers, en silence et coordonnées comme si elles collaboraient aux tâches domestiques depuis toujours. Hedy allume la lampe et ouvre la fenêtre pour aérer la chambre. La nuit est enfin tombée. Des mites se précipitent vers le cercle de lumière, leurs ailes sont comme ensorcelées. Hedy a aussi apporté une brosse à dents et une chemise de nuit propre. Embarrassée, elle s'attarde sur le seuil.

— Je suis très contente d'être là, dit Claire en s'approchant. Ça me fait plaisir de te revoir. Tu as mûri, Hedy.

Ses lèvres effleurent sa joue. Hedy déglutit et propose :

— Tu veux rester quelques jours ?

— Je saurai me rendre utile. Le nettoyage et les cartons, je m'y connais !

Hedy ne trouve pas le sommeil. Elle reste affalée en travers du matelas, les draps en bouchon au pied du lit. Elle gratte un bouton de moustique qui la démange sur sa cheville, irritant la peau. Malgré la fenêtre grande ouverte, il n'y a pas le moindre souffle. On étouffe. Hedy ressent des picotements aux bras et aux jambes quand elle pense à Claire qui dort à l'étage juste en dessous.

Après Scott, c'est maintenant Claire qui a emprunté le chemin poussiéreux pour réapparaître dans sa vie. L'un comme l'autre aurait pu l'oublier à jamais. Coincée ici, elle se languissait depuis des années comme une princesse de conte de fées enfermée en haut d'une tour, ou comme une astronaute naufragée, seule survivante sur une lointaine planète.

Le lendemain matin, elles prennent leur petit déjeuner ensemble, des œufs pondus du jour et du pain grillé sur la cuisinière. Dès qu'elle a avalé son thé, Claire tient sa promesse : elle se met à genoux pour vider les placards, enveloppe le reste de la vaisselle dans du papier journal et la met délicatement en carton. Mrs Rose arrive avec une tarte à la mélasse faite maison. Ce dessert, parfumé au citron et tendre comme un caramel mou, est le préféré de Hedy. Quand Peter pénètre dans la cuisine en milieu de matinée, il a les traits tirés et réprime un bâillement.

— J'en connais un qui n'a pas beaucoup dormi cette nuit ! le taquine Hedy. Peter et sa femme viennent d'avoir un bébé, explique-t-elle à Claire. Une adorable petite fille.

Tous s'installent autour de la table et prennent une

part de tarte en en-cas. Claire dit quelque chose qui fait rire Peter et Mrs Rose se lève pour verser l'eau bouillante dans la théière. Hedy laisse fondre sur sa langue une bouchée de mélasse. Elle se laisse gagner par la douceur et la sent se répandre partout en elle. Elle comprend que c'est moins la douceur du dessert que celle qu'on éprouve à être réunis autour d'une table comme une vraie famille, avec des êtres chers en qui on a pleinement confiance. Elle les observe tous les trois, parfaitement à l'aise les uns avec les autres : Mrs Rose ressert du thé, Peter tend le petit pot de crème à Claire. Hedy en pleurerait de bonheur. Elle ne cesse de regarder Claire à la dérobée. Sa présence la fait chavirer de joie. Et, en filigrane, elle ressent un équilibre qu'elle n'a plus connu depuis les États-Unis.

Le téléphone sonne. Ce son est tellement inhabituel qu'elle envisage dans un premier temps de ne pas répondre. Elle pousse la porte en soupirant, se prend les pieds dans les dalles inégales du couloir frais et sombre, et décroche. Elle ne voit personne dont elle serait heureuse d'entendre la voix. Les êtres à qui elle tient sont quasiment tous dans la cuisine.

— Allô ?

— Je suis bien chez Hedy Delaney ? demande une voix d'homme à l'accent américain.

Elle sent son cœur s'emballer parce qu'elle croit une seconde que c'est Hank. Hank et maman sont les deux absents qui font défaut dans la cuisine.

— Ici Leonard Tenet, de la Joint Intelligence Objectives Agency. Nous souhaitons vous convier dans nos bureaux londoniens afin d'évoquer un dossier confidentiel de dédommagement négocié par le gouvernement américain pour le compte du capitaine Todd Delaney.

Les mots se bousculent sans que le moindre sens en émerge. Hedy se raccroche au seul qu'elle ait compris : le nom de papa.

— Pardon ? Je ne suis pas certaine de…

— Malheureusement, madame, je ne peux pas vous en dire davantage à ce stade. Il faudra vous munir d'une pièce d'identité. Si vous avez de quoi écrire, je vais vous fournir les indications nécessaires.

Hedy entend les autres qui rient derrière la porte. Alors que dehors le soleil brille sur fond de ciel bleu, elle plisse les paupières pour noter dans la pénombre ce que dicte la voix au téléphone.

45

1957

Le commandant Hank Pulaski franchit le contrôle de sécurité à l'entrée du tunnel. Son visage demeure impassible, son regard impénétrable. Il n'adresse aucun signe à la sentinelle. Même en terrain ami, le commandant ne peut pas baisser la garde. Sa mission exige une discipline de chaque instant. Ça lui rappelle la guerre, quand il était aux commandes d'une Flying Fortress, chaque nerf de son corps sur le qui-vive, tous les sens en éveil. Le danger pouvait surgir des nuages à tout moment et de n'importe quelle direction. Il ne pouvait pas se permettre le moindre relâchement. Pas même un battement de cils.

La porte claque dans son dos. L'étroit tunnel, dépourvu de fenêtres, est éclairé par des néons qui clignotent. Une légère odeur de moisi imprègne l'air. Le commandant Pulaski compte les pas dans sa tête, il sait à quel endroit précis le tunnel franchit la clôture d'enceinte pour se prolonger sous la forêt. Il dépasse plusieurs salles d'observation, toutes équipées de glaces sans tain ; le volet de certaines est abaissé. D'autres personnes circulent dans l'étroit tunnel : des militaires qui regagnent le bunker ou ressortent d'une salle. On se parle à voix basse. Tous le saluent en le croisant. Les chercheurs sont reconnaissables à leur blouse blanche et à leurs petites lunettes.

La dernière salle a été équipée en vue d'y réaliser une expérience radicalement nouvelle. Delaney l'attend, muni d'un bloc-notes. Lui aussi fait le salut militaire. Hank s'autorise un bref clin d'œil, marque de leur amitié et de leur passé commun.

— Le sujet réagit ? s'enquiert-il.

— Pas encore, mon commandant, répond Delaney en s'humectant les lèvres.

Hank s'approche de la glace. Dans la salle, un homme coiffé d'un casque de football américain à visière noire est installé dans un fauteuil auquel il est attaché avec des sangles.

— Combien de fois lui passe-t-on la bande ?

— Vingt fois par jour, mon commandant. Conformément aux instructions.

— On va augmenter à trente.

Tous deux continuent d'observer le sujet. L'homme est parfaitement immobile. L'unique signe d'un quelconque ressenti provient des doigts posés sur les accoudoirs : ils tremblent et s'affolent, les ongles rongés raclent le plastique. Avec son casque noir, on dirait un insecte géant. Hank se fait la réflexion qu'il ne se souvient même pas du visage en dessous.

— Le sujet était agité avant qu'on lance la bande… dit Delaney.

La voix du capitaine flanche légèrement. Sa paupière gauche tressaille.

— Peut-être aurait-il eu besoin de davantage d'électrochocs préliminaires, suggère le commandant. Je veux le rapport du psychiatre sur mon bureau en début d'après-midi. Haugwitz doit arriver dans quinze jours.

Comme il s'éloigne, Delaney lui court après.

— Hank…

— Hank ? relève le commandant Pulaski en se retournant, le regard glacial et réprobateur.

— Mon commandant, se reprend Delaney. Les enfants… c'est vraiment nécessaire ?

— Ces expériences décisives ont été mises au point par des experts en vue d'assurer la protection de notre pays. Il ne vous appartient pas de critiquer la méthode, Delaney… Suis-je clair ?

Intéressant, songe le commandant, de voir un homme comme Todd craquer sous la pression – une pression différente du stress que l'on ressent à piloter un bombardier à plus de dix mille mètres d'altitude en territoire ennemi. Participer à la guerre froide, cela requiert une grande force intérieure, une implication totale au service de la cause, l'aptitude au secret et à prendre des décisions difficiles. On n'en retire aucune gloire, l'héroïsme individuel n'y a pas sa place. Hank l'a compris. Todd, lui, fonctionne à l'adrénaline. Il a besoin de l'admiration des autres. Il laisse ses émotions interférer avec son travail. Hank a toujours su que ces faiblesses finiraient par causer sa perte. Ce moment est venu. Le grand héros montre enfin sa vulnérabilité. Hank sourit.

L'œil au beurre noir de Ruby a viré au verdâtre. Elle a tenté de le dissimuler sous une poudre cosmétique, mais l'effet est encore pire. Malgré ses questions insistantes, elle s'en tient à sa version : elle a trébuché pendant la nuit et s'est cognée au chambranle. Sa loyauté, certes admirable, est mal inspirée. Hank se demande pourquoi elle l'a appelé. Comme son mari, Ruby est à la dérive. Ses doigts tripotent fébrilement ses cheveux et ses vêtements. Un tic nerveux agite périodiquement sa bouche. Ils prennent place de part et d'autre de la table basse. Hank patiente, sa tasse appuyée sur son genou. Un avion rugit dans le ciel. Ruby sirote son café, les yeux détournés pendant le passage du B-47 qui fait trembler les bibelots sur la commode.

— Tu te souviens qu'on s'est fait la réflexion que Todd buvait plus qu'avant ? finit-elle par dire d'une voix hésitante. Eh bien, ça ne fait qu'empirer.

Ruby pèse soigneusement ses mots. Ses lèvres sont crispées, une veine palpite sur son cou ; des signes qui indiquent à Hank combien il lui en coûte d'aborder le sujet. Elle essaie de faire la part des choses, tiraillée entre le devoir de ne pas trahir les secrets de son mari et le souhait de le protéger contre ce qui le pousse à boire. Mais elle fait confiance à Hank.

— C'est à cause de cet endroit, lâche-t-elle soudain. Je suis sûre que l'explication vient de là.

Il garde un air neutre. Mieux vaut lui laisser la place de s'exprimer.

— Serait-il envisageable que Todd obtienne une nouvelle affectation ?

C'est le regard plein d'espoir qu'elle prononce ces mots. Elle doit pourtant savoir que c'est impossible. Mais ça ne l'empêche pas de poser la question. Il en déduit qu'elle est aux abois. Il doit y avoir autre chose, suppose Hank, en plus de la boisson et des coups que lui a flanqués son mari.

— Je pense que Todd a une maîtresse, dit-elle.

Il doit se retenir de pouffer. Tout compte fait, Ruby n'est donc pas sur la bonne piste.

— Le Todd que je connais n'est pas comme ça, dit-il doucement. Il est fou amoureux de toi.

Hank éprouve presque de la pitié pour elle. Ruby a fait le mauvais choix, il y a des années, et maintenant elle le paye. Il jette un coup d'œil à l'horloge et se lève. Elle tremble comme une feuille. Il n'aurait sans doute qu'à la prendre dans ses bras pour qu'elle s'abandonne à lui, reconnaissante du réconfort. Elle est à court de Miltown, forcément, ce qui ne fait qu'ajouter à sa fébrilité. Hank devine qu'elle ne lui a pas encore dévoilé le véritable motif de son appel. Elle lui cache quelque chose. Il prend sa main, y imprime de petites caresses apaisantes.

— Dis-moi tout… Je te sens inquiète.

— Todd parle…, commence-t-elle. Il parle dans son sommeil.

— Ça nous arrive à tous.

Elle bat des paupières et déglutit.

— Oui, mais il dit des choses… Ces derniers temps…

— Je t'écoute, murmure-t-il.

Elle lance un regard vers la porte et chuchote :

— Je l'ai entendu dire : « Pas les enfants ! » J'ai cru qu'il parlait de Chris et de Hedy, balbutie-t-elle, l'air épouvantée. Mais il l'a répété la nuit dernière et il a ajouté en criant… je ne suis pas sûre, mais quelque chose comme : « Détachez les sangles ! » Puis il a prononcé un nom, « Haugwitz », très distinctement. Je me suis rappelé que c'était le nom du chercheur allemand présent dans la base. Je n'y comprends rien, mais… je pense que c'est lié à son travail. Il doit y avoir un rapport avec ce qui se trame sous les bunkers, ajoute-t-elle en baissant la voix.

— Tu es soumise à un gros stress, dit Hank en exerçant une pression amicale sur sa main. Essaie de ne pas t'inquiéter.

Ruby l'accompagne dans le vestibule.

— C'est moi qui ai recommandé Todd, soupire-t-il. Ça me paraissait une bonne idée de reconstituer l'équipe. Il faut croire que j'avais tort.

— Rien de tout ça n'est ta faute.

Elle se penche vers lui et effleure sa joue de ses lèvres sèches.

Hank referme la porte du bungalow derrière lui. Il rajuste sa casquette et se dirige d'un bon pas vers les pistes. Le capitaine Delaney présente donc un risque pour la sécurité. C'est l'occasion de lui faire jouer un rôle différent, sans qu'il le sache, dans le programme. Un rôle précieux. Hank misait précisément là-dessus, c'est le motif qui l'a poussé à recruter Delaney. Todd continuera à s'acquitter de ses missions, mais il sera observé par quelqu'un qui suivra et étudiera les effets de la drogue. Du LSD a été administré à des cobayes sélectionnés dans des prisons et des hôpitaux psychiatriques. Des agents se sont aussi portés volontaires. Mais la CIA recherche surtout des sujets militaires : des hommes entraînés, disciplinés et animés de scrupules moraux. Et eux ne doivent se douter de rien. Ils subissent l'expérience à leur insu.

Hank n'a jamais cédé aux sentiments. Il a de bons

souvenirs, forcément, sans quoi il ne serait pas humain. Par exemple, quand ils abattaient des rats au Colt 45, criblant de trous les parois des abris en tôle et tuant l'insupportable ennui. Ou quand ils roulaient à bicyclette sur les chemins paumés du Norfolk en quête d'un pub ; et se vautraient dans les haies au retour, la vue embrouillée par l'ale tiède. Hank sourit en y repensant. Avec Todd, ils ont effectué vingt-quatre missions aériennes. Todd était un pilote génial. Mais l'époque n'est plus la même, on a besoin d'un autre genre de héros. Lors des derniers vols à la fin de la guerre, Todd ne savait plus tenir sa langue : il critiquait les ordres de la hiérarchie, déplorait le massacre des civils allemands. Hank, lui, était capable d'avoir une vision plus globale : les malheurs étaient nécessaires pour que la population se retourne contre ses dirigeants. La fin justifiait les moyens.

Héros de guerre, Delaney est le candidat idéal pour le LSD. Hank prescrit la dose maximale, signe le document, y appose le tampon rouge « secret-défense » et le remet à sa secrétaire.

La conversation entre le colonel Anderson et Christopher Delaney est rapportée au responsable du programme secret de recherche. Certes, il y a eu manquement aux règles de sécurité, mais cela ne justifierait pas en soi une riposte, sauf que l'ouverture en question se situe précisément au-dessus de l'expérience de « conduite psychique ». Celle que mène le Dr Haugwitz.

Des civils ont repéré des bruits. L'individu connu sous le nom de « vieux Joe » a été interrogé. Lui et le garçon infirme ont entendu des cris de détresse poussés par un être humain. Il n'en faut pas plus pour constituer un risque sérieux.

Hank allume une Camel et se cale dans son fauteuil. Il tapote son stylo sur le sous-main. Un dicton lui vient à l'esprit : faire d'une pierre deux coups.

46

1974

Hedy descend du train en provenance de Londres. Claire l'attend sur le quai, silhouette menue dans son manteau rouge. Mais Hedy la dépasse d'un pas titubant, incapable de s'exprimer, et ouvre brusquement la portière de la Mini. Elle se laisse tomber sur le siège passager, prostrée, les bras serrés autour des genoux. Claire s'installe au volant. Elle ne met pas le contact.

— Comment ça s'est passé ? Qu'est-ce qu'on t'a dit ?

Hedy garde les yeux rivés sur le pare-brise. Elle inspire avec peine, recrache l'air par la bouche.

— Papa n'était pas un espion. Il ne travaillait pas pour les Russes.

— Que lui est-il arrivé ? demande Claire en posant la main sur son genou.

Hedy ne parvient pas à remplir ses poumons d'oxygène. Elle ressent une pression, la sensation que des sangles lui compriment les côtes, dures comme les tiges métalliques du corset de Chris. Elle se débat dans cette nasse, elle a l'impression de s'asphyxier, de se noyer dans les espaces confinés de son corps. Un hoquet de détresse s'échappe. La bouche ouverte, elle suffoque. Ses doigts agrippent sa poitrine, tirent sur son blouson et parviennent à défaire un bouton. Claire baisse sa vitre et se penche pour ouvrir celle de Hedy.

— Essaie d'inspirer par le nez et d'expirer par la bouche. Tranquillement. Allez, essaie.

Elle démarre.

— J'ai douté de papa, gémit Hedy. Je l'ai pris pour un traître. J'ai cru qu'il avait fait ce dont on l'accusait. Je ne l'ai pas soutenu.

— Calme-toi. Je te ramène à la ferme.

— Mon Dieu. Mon Dieu. Mon Dieu. Aidez-moi.

Hedy serre très fort les paupières, puis rouvre les yeux.

À l'extérieur, le paysage défile dans des tons de début d'automne : roux, marron, rouge sang. Les sangles qui enserrent sa poitrine broient ses os et écrasent ses poumons, comme on essore un torchon.

À la ferme, Claire l'aide à se mettre au lit et lui prépare une bouillotte ; il ne fait pas froid et pourtant Hedy tremble et claque des dents, les lèvres bleues. Elle se roule en boule au centre du matelas et ferme les yeux. Quand elle les rouvre, c'est la nuit. Claire est là, assise au bord du lit.

— Tiens, dit-elle en lui tendant une tasse de thé fumant.

Hedy se redresse. La première gorgée, très chaude et très sucrée, la fait grimacer.

— Tu veux en parler ? demande Claire.

— J'ai envie de tuer Hank, lâche Hedy en posant la tasse. Si jamais je le croise, je l'étrangle de mes propres mains.

— Qu'est-ce qu'il a fait ? s'enquiert calmement Claire.

— Il donnait de la drogue à mon père. Du LSD, à son insu. C'était une expérience, pour voir quel effet ça avait sur lui. La dernière fois que j'ai vu papa… je ne comprenais pas quel était le problème, pourquoi il se comportait aussi bizarrement. J'ai pensé qu'il avait bu. En fait, c'était un mauvais trip. Lui-même n'en était pas conscient. Ça devait être terrifiant pour lui. Puis on l'a arrêté et enfermé dans une cellule, en continuant de lui administrer du LSD. C'est ça qui l'a poussé au suicide. On l'a rendu fou. Il ne savait pas ce qu'il faisait.

— Mon Dieu…

— Hank m'a toujours menti. Il menait des opérations clandestines pour le compte de la CIA. Il dirigeait le programme auquel participait papa. Ces gens-là cherchaient un sérum de vérité infaillible. Ils mettaient au point de nouvelles méthodes de manipulation mentale en les expérimentant sur des cobayes humains, des prisonniers et des malades mentaux. Ensuite, on a commencé à donner du LSD, à leur insu, à des citoyens lambda et à des militaires. C'était totalement illégal.

— L'armée n'était pas au courant ? Le gouvernement ?

— Il semblerait que non. Les objectifs du programme étaient connus, pas les moyens employés. C'était de la torture psychologique. Même pire que ça. Et puis…, balbutie Hedy qui se met à sangloter. Claire, ils ont même… mené leurs expériences sur des enfants.

— Sur des enfants ? s'exclame Claire, horrifiée. Et maintenant ? On en est où ?

— Le programme a été arrêté. L'affaire est allée

jusqu'à la Cour suprême. On avait recruté d'anciens scientifiques nazis. Des criminels de guerre. En apprenant certains détails, j'ai eu envie de vomir. Dire que papa était impliqué là-dedans ! Il devait être accablé. Dépassé par les événements.

« Je pensais que ce serait un soulagement de savoir la vérité, poursuit Hedy en enfouissant le visage dans ses mains. Mais c'est un cauchemar… Je n'aurais jamais imaginé qu'on puisse faire des trucs aussi abominables, et au nom de quoi ? De la peur ? La peur de l'autre, la peur d'une guerre qui ne s'est même pas déclenchée, pas vraiment.

Elle toussote, la gorge asséchée et irritée. Elle laisse échapper de curieux bruits, caverneux et convulsifs. Claire la prend dans ses bras, étonnamment puissants, et la serre très, très fort jusqu'à ce qu'elle s'apaise. Elle écarte les cheveux du visage de Hedy.

— Mais ton père était innocent. C'était quelqu'un de bien. Tu peux le rétablir dans ta mémoire. Promets-toi d'accomplir quelque chose pour lui, en son nom.

Hedy entend les mots prononcés par Claire, mais elle est incapable de penser à autre chose qu'à Hank – son visage, sa voix, ses paroles. Ses mensonges. S'il était condamné à la chaise électrique, elle serait volontaire pour brancher le courant et le voir rôtir. Il n'existe pas de châtiment suffisant pour ce qu'il leur a fait subir, pour pareille trahison.

47

1977

Ballottée, Hedy se laisse tomber sur un siège libre à l'étage du bus à impériale et tend l'argent au contrôleur. Son billet à la main, elle contemple Londres. Il fait lourd en cette fin d'après-midi de début juin. Les gens sirotent leur bière à l'extérieur des pubs, profitant des derniers rayons du soleil. Partout, l'Union Jack est de sortie : des drapeaux britanniques ont été noués en guirlandes et accrochés entre les lampadaires, d'autres flottent aux fenêtres. La ville est parée en bleu, blanc et rouge. Plus que deux jours avant la célébration du jubilé. Des fêtes sont prévues dans tous les quartiers.

Le bus poursuit son trajet dans les rues étroites du sud de Londres, puis franchit la Tamise. Les maisonnettes de briques rouges en enfilade ont cédé la place à des squares verdoyants et à d'élégants immeubles de six étages en stuc blanc. Les grands magasins de King's Road ont de belles façades. Dans la foule des piétons, le regard de Hedy se pose sur des visages inconnus et des jeunes filles en robe courte. Le bus vire lourdement à Hyde Park Corner. Deux chevaux trottent entre les pelouses, leurs sabots projetant du sable foncé. Les bombes des cavaliers oscillent. On passe devant la Royal Academy et Fortnum & Mason. Dans la vitrine étincelante, Hedy aperçoit des robes colorées sur des mannequins et un prodigieux empilement de flacons de parfum. Le contrôleur actionne la sonnette. Hedy se lève, avance dans l'allée en se retenant aux sièges, descend l'escalier étroit en agrippant la rampe et saute du marchepied quand le bus s'immobilise.

L'exposition a lieu dans une galerie de Burlington Arcade. Hedy se précipite à l'intérieur. Il y a déjà beaucoup de monde dans la petite salle. Un serveur lui tend une coupe de mousseux. Les tableaux sont à peine visibles derrière la masse des invités. Le brouhaha des conversations est à peu près aussi épais que le nuage de fumée des dizaines de cigarettes. Hedy scrute la foule et aperçoit Claire au milieu d'un petit groupe; peut-être est-elle en pleine conversation avec d'éminents critiques d'art. Hedy reste à l'écart, préférant ne pas l'interrompre. Elle aime observer Claire comme si c'était une parfaite inconnue, comme si elle la voyait pour la première fois. Une femme menue, aux longs cheveux noirs encadrant un visage sagace et pétillant, caractérisé par un nez puissant et un teint olivâtre. Hedy lui verrait bien des origines indiennes, mais Claire lui a confié qu'elle avait des ancêtres espagnols qui avaient émigré en Irlande. Le répit est de courte durée: Claire tourne la tête dans sa direction et lui fait signe de la rejoindre.

— Comment ça se passe? demande Hedy.

— Pas trop mal... j'ai l'impression. Tu sais comment c'est.

— Des ventes ?

Claire fait oui de la tête. Un homme en costume violet les interrompt. Il embrasse Claire sur les deux joues, très maniéré et très parfumé. Son feutre noir penché laisse entrevoir des boucles grises.

— Ton expo est sensationnelle, ma chérie !

Hedy s'éclipse et sirote son mousseux en essayant de se frayer un passage entre les grappes humaines, dans l'espace confiné. Elle attend la fin de la soirée avec impatience, quand elles se retrouveront seules, loin du tapage et des potins, loin de l'agitation du vernissage.

Leur maison est proche du parc de Battersea, à deux pas de la Tamise. Hedy entretient le petit jardin dont a fait son domaine le chaton de la ferme qui les a suivies à Londres ; la petite bestiole sauvage est devenue un matou paisible qui passe les chaudes journées d'été à dormir sous les rosiers et les soirées d'hiver à ronronner dans leur chambre, pelotonné au bout du lit. Hedy et Claire sont copropriétaires, l'acte d'achat est à leurs deux noms. Grâce à l'indemnité versée par le gouvernement et au petit reliquat de la vente de la ferme, après règlement des dettes, elles ont pu l'acheter comptant. Quand Hedy a conçu le jardin clos, elle y a semé des plantes en souvenir de son père et de Chris, en guise d'hommage vivant. Pour papa, elle a choisi des acanthes : une plante solide et héroïque, aux fleurs éclatantes, cultivée par les Romains avant de tomber dans l'oubli et d'être redécouverte. Et pour son frère, des gypsophiles : de délicates fleurs blanches formant comme des nuages rêveurs, leurs pétales cherchant la lumière au bout d'une ramure de fines tiges rectilignes.

Hedy a demandé un nouveau rendez-vous à Leonard Tenet pour lui soumettre l'histoire inachevée de Chris. Elle lui a remis le manuscrit original du *Merveilleux*, en expliquant que ces lignes rédigées par son frère n'étaient pas sorties de son imagination mais qu'elles étaient la preuve qu'il avait été assassiné. Maintenant qu'elle sait ce qui se déroulait dans les tunnels sous la forêt, il paraît logique de lire ce texte comme un témoignage et non comme une fiction. Chris a expliqué au colonel qu'il avait entendu des cris, et ce dernier a dû en informer Hank. Le colonel a fait jurer à Chris de n'en parler à personne. L'existence d'un réseau de tunnels sous la base était tenue secrète, ainsi que les expériences inédites et cruelles qui s'y déroulaient. Mais ce qu'ont entendu le vieux Joe et son frère suffisait pour menacer la confidentialité du programme. Si Hank était capable d'administrer de fortes doses de LSD à son vieux copain, à son insu, puis de le faire arrêter et enfermer dans une cellule, Hedy est convaincue qu'il a pu organiser le meurtre de Chris. Elle visualise parfaitement la scène, comme si elle la voyait à la télé : Hank profite de la crise de nerfs de maman et de l'absence de papa pour attirer Chris dans la forêt, où des militaires retiennent le vieux Joe. Un vagabond qui entend des démons sous terre. Un fou et un garçon infirme portant un corset. Pas très compliqué pour ces hommes d'organiser la mise en scène, de tirer sur la corde lestée. Quand Hedy est arrivée sur place, le vieux Joe tentait en fait de sauver son frère. Mais le cahier lui est revenu par la poste, accompagné d'un mot : *Ne peut être admis au titre de preuve*. Elle n'a aucun élément probant pour appuyer sa thèse. Hank ne sera pas poursuivi pour le meurtre de Christopher.

Quand elle a reçu cette lettre, Hedy a jeté la tête en arrière en poussant un cri déchirant. Claire a accouru.

« Il va déjà passer en cour martiale pour avoir causé la mort de ton père, a-t-elle observé après avoir lu le mot. Au moins, tu as cette certitude. Il sera aussi jugé, est-il écrit, pour "le peu de cas qu'il faisait de la vie humaine dans son travail".

— Mais c'est lui le coupable ! J'en suis certaine, Claire ! Il a tué Chris !

— Je sais », a dit Claire en la serrant très fort dans ses bras.

Maman avait très peur de la forêt, très peur pour Chris. Mais ce n'était ni un monstre caché dans les pins, ni un déséquilibré en haillons, ni une créature venue d'ailleurs qui avait réalisé ses pires craintes. C'était un vieil ami, un homme toujours souriant et qui portait l'uniforme. Hedy a détruit les créoles qu'il lui avait offertes en les tordant dans ses poings serrés, puis elle a brûlé ses lettres. Elle en a jeté les cendres depuis le pont Albert, a laissé le vent et l'eau brune emporter les dernières traces. C'est Claire qui a eu cette idée. C'était, selon elle, la meilleure façon d'évacuer la colère, la rage qui la consumait depuis des mois. Ce geste était une manière de tuer Hank, et jusqu'à son souvenir. Pour elle, il est mort. Elle ne veut ni entendre son nom, ni penser à lui une seconde.

Malgré tout, elle ne peut pas oublier ce qu'elle sait ni s'empêcher de se remémorer les mois passés dans la base, en remplissant les blancs grâce à ce qu'elle a appris. Il semble maintenant évident que papa a subi un énorme stress dès qu'il a commencé à travailler dans les bunkers. Il collaborait à l'expérience de « conduite psychique » mise au point par Haugwitz, un criminel de guerre nazi qui s'inspirait directement de ses expérimentations dans les camps de concentration. On commençait par plonger le sujet dans un coma provoqué par la drogue. On le réveillait ensuite au moyen d'électrochocs, bien plus nombreux et plus puissants que ce qui se pratiquait en milieu hospitalier et psychiatrique. Le processus était répété jusqu'à ce que le sujet ne soit plus en état de produire une convulsion. C'était seulement à ce stade qu'on le confinait dans un casque aveugle en lui faisant écouter en boucle le même message. Le but était d'effacer la personnalité de l'individu pour la reprogrammer. Voilà ce que son père, homme courageux et honnête, était censé organiser et superviser. Pas étonnant qu'il se soit mis à boire et à agir bizarrement. Dans cette époque paranoïaque, le gouvernement étant persuadé que les Russes et les Chinois avaient un temps d'avance dans la guerre froide, Hank et tant d'autres s'étaient vu accorder des pouvoirs illimités pour mener à bien leur mission et surpasser les communistes. Hank ne rendait de comptes à personne et ne se souciait pas de respecter le cadre constitutionnel. C'est seulement après le Watergate, dans un contexte de défiance à l'égard des institutions, que le président Ford avait ordonné une enquête sur les activités illégales de la CIA à travers le monde, dont celles de la base aérienne du Suffolk.

Hedy repense à la façon dont sa mère a peu à peu perdu pied, devenant de plus en plus angoissée pour leur sécurité, en particulier celle de Chris. Maman prenait des tranquillisants. Hedy se rappelle les cachets dans le flacon marron, celui qui ne portait pas d'étiquette. Sachant que Hank pouvait facilement se procurer de la drogue, Hedy se demande ce qu'a vraiment avalé sa mère et avec quels effets. Quoi qu'il en soit, ça devait être épouvantable pour elle de voir son mari dans une telle détresse, de ne pas en comprendre la cause et d'être impuissante à l'aider. Maman devait aussi beaucoup penser à son frère perdu de vue – lui qui habitait si près d'eux, dans le comté voisin. Ne jamais avoir mentionné son existence, leur avoir caché que Christopher souffrait de la même maladie que son oncle, Hedy y voit le signe que sa mère culpabilisait d'avoir abandonné Ernest.

Hedy et Claire descendent du bus quelques arrêts plus tôt pour avoir le plaisir de traverser le pont de Chelsea et le parc de Battersea. Il fait encore doux en milieu de soirée, des gens promènent leur chien, d'autres ont apporté des bouteilles de vin et des barquettes de fraises pour un pique-nique dans l'herbe. Tandis qu'elles ressortent du parc et s'engagent dans leur rue, le « God save the Queen » des Sex Pistols s'échappe d'une fenêtre. Claire, en tailleur pantalon rouge, fait une bonne imitation de Sid Vicious, crachant hargneusement les paroles, un micro imaginaire dans le creux de l'épaule. Des enfants occupés à dessiner une marelle sur le trottoir relèvent la tête, rigolent et adoptent ce nouveau jeu, les accompagnant jusqu'à ce qu'on n'entende plus la chanson. Le chat roux les attend sur le mur côté rue. Il s'étire, ronronne et réclame à manger. Hedy est heureuse de retrouver leur salon : les dessins et peintures de Claire occupent les murs, les étagères croulent sous les romans et les recueils de poésie. Une en particulier est réservée aux livres de Hedy ; le nom de Christopher Delaney se détache sur les dos en lettres rouges, noires ou argentées.

— Tu as faim, mon amour ? demande Claire.

Hedy fait non de la tête. Elles ont passé la soirée à grignoter des chips avec divers condiments. Elle laisse tomber son sac sur la table marocaine sculptée, contourne les coussins rouges et violets étalés par terre et tend les bras. Claire la rejoint, souriante.

— Tu…, commence à dire Hedy.

Mais le baiser de Claire l'interrompt.

Grâce à Claire, Hedy a appris à aimer son corps. La première fois qu'elles ont fait l'amour a été une révélation. Une fois les vêtements arrachés, il y a d'abord eu la pure délivrance de sentir leurs peaux entièrement nues au contact l'une de l'autre, puis la lente découverte, parfois maladroite, de l'union avec un double dont on ne soupçonnait pas l'existence, un jeu de miroirs, de ressemblance et d'affinité, avec la certitude de ne plus jamais être seule.

48

1980

Hedy s'est posée dans un café bondé de Soho. Elle a fait les soldes, plusieurs sacs gisent à ses pieds. Les vitres embuées drapent la rue d'un voile romantique, floutant les enseignes et la circulation. Les clients se réchauffent les mains autour d'une boisson chaude, heureux d'échapper au froid. Des filets de condensation s'échappent des manteaux qu'ils ont retirés. Hedy touille son café et hésite à commander un croissant. Son voisin se mouche en produisant une telle pétarade qu'elle ne peut s'empêcher de lui lancer un coup d'œil. Le titre de son journal attire son attention : *Des lumières mystérieuses : un ovni aperçu dans le Suffolk, d'après des militaires américains*. Elle plisse les paupières et penche la tête pour tenter de déchiffrer le texte en petits caractères. L'homme lui décoche un regard renfrogné.

— Vous pouvez surveiller mes affaires ? demande-t-elle en enfilant son manteau.

Elle achète trois quotidiens au kiosque voisin, reprend sa place, commande un deuxième café et parcourt un à un les articles traitant du sujet.

Une patrouille de sécurité a déclaré avoir aperçu, le soir du 26 décembre, des lumières qui chutaient dans le ciel au-dessus de la forêt de Rendlesham. Pensant qu'il s'agissait du crash d'un avion, les quatre hommes ont pénétré dans la forêt où ils ont vu un engin métallique doté de phares multicolores, flottant parmi les arbres. Voulant s'approcher, ils ont été éblouis par une lumière éclatante. Ils sont revenus au lever du jour et ont repéré des branches cassées et des traces de brûlé dans la terre. Des analyses ont permis de déceler un taux de radioactivité supérieur à la normale. Appelée sur place, la police locale n'a rien relevé de suspect et a estimé que les lumières étaient celles d'un phare des environs.

L'un des journaux parlait d'une « supercherie ». Un autre n'excluait pas la possibilité d'un témoignage fiable sur un ovni et, en conclusion, affirmait qu'il n'y avait aucun danger pour le public et donc aucune raison de paniquer.

Hedy fourre les journaux dans un sac de courses et prend le bus pour rentrer à la maison. Elle a besoin d'être seule, de réfléchir à tête reposée. Ça roule lentement, les passagers qui montent ont tous les bras chargés d'emplettes. On est serrés comme des sardines. Hedy sent le coude de sa grosse voisine planté dans ses côtes et le parapluie d'un monsieur dégouliner sur ses pieds. Le bus passe sous les décorations de Noël, toujours illuminées : flocons géants stylisés, équipages de cerfs et Pères Noël de toutes sortes s'agitent au vent.

Elle trouve un message de son agent sur le répondeur. Un journaliste voudrait recueillir sa réaction au sujet de l'ovni. « Tu habitais par là-bas autrefois, non ? Appelle-moi quand tu pourras. » *Clic.* Hedy efface le message. Elle s'assied sur un coussin, ses sacs abandonnés dans l'entrée. Dans l'angle, le sapin perd ses aiguilles ; le sol en dessous en est tapissé. Un parfum de résine flotte dans l'air. Le chat saute sur ses genoux. Il fait froid dans la pièce. Hedy garde son manteau. Elle imagine les militaires se déplaçant dans le feuillage sombre, leurs visages tiraillés entre crainte et espoir, tournés vers le ciel. Une lumière qui clignote peut avoir toutes sortes d'explications, se raisonne-t-elle, par exemple une étoile filante ou un phare. Il est humain d'espérer que nous ne sommes pas seuls, qu'il existe quelque part un dieu ou des extraterrestres, et pourquoi pas les deux. Chris, par exemple, était persuadé que la lumière merveilleuse venait d'un autre système solaire. Ça la bouleverse de penser qu'il pourrait exister un lien entre ce qu'ont aperçu les militaires et les observations de son frère, que c'est peut-être plus qu'une simple coïncidence. Hedy supporte mal l'idée qu'elle ne saura jamais la vérité, qu'on ne rendra pas justice à son frère et que le mystère restera entier.

Son métier est d'inventer des histoires, de façonner des récits à partir de rien, d'imaginer un début, un milieu et une fin. Les gens ont besoin qu'on les aide à comprendre, il leur faut une narration, un dessein, un dénouement. Chris lui-même était comme ça – c'est ce qui le poussait à écrire, pour l'aider à comprendre sa souffrance physique, du moins à la supporter. Il manque tant à Hedy ! Tous les jours. Longtemps, elle a espéré refaire le rêve où elle était baignée de sa lumière merveilleuse. C'est la dernière fois qu'elle a vu la forêt en songe. Jamais elle ne s'est sentie si proche de retrouver Chris. Elle éprouvait une joie intense de le savoir tout près d'elle, qui l'attendait dans ce rayonnement.

Le téléphone se met à sonner. Hedy enfouit son visage dans les ronronnements du chat. Elle essuie ses larmes sur les poils roux. L'animal ne semble pas s'offusquer d'être mouillé. Hedy sent quelque chose se libérer en elle, une énergie fugace, comme une étoile passant à des années-lumière de là. Après, il lui reste une sorte d'acceptation de ce qui peut être su et de ce qui ne le sera jamais. La sonnerie du téléphone cesse, un silence neuf règne dans la pièce. Dehors, Hedy remarque qu'il s'est mis à neiger.

49

1981

My Bonnie lies over the ocean, my Bonnie lies over the sea, My Bonnie lies over the ocean, oh, bring back my Bonnie to me.

Autrefois, ils habitaient dans l'Iowa, un bungalow avec le drapeau américain qui flottait dans le jardin. Avant, ils étaient en Floride. La mer scintillait à l'horizon.

Ruby serre le roman dans ses mains. Le titre est imprimé sur la couverture, *Le Merveilleux*. En dessous figure son nom, le nom de son fils chéri. Christopher. Elle laisse courir ses doigts sur les lettres rouges, en relief comme du braille. Ses larmes tombent, de petites taches humides se forment sur les pages.

C'était un enfant magnifique. Même si c'était un crève-cœur de l'enfermer dans son corset, elle devait l'emprisonner pour que plus tard il soit libéré. Et puis un jour on lui a arraché son fils.

Ce roman, c'est Hedy qui l'a écrit. Mais l'histoire qu'il contient, c'est celle de Christopher. Ruby se souvient que

Hedy lui faisait la lecture, des livres de science-fiction dont ils raffolaient. « Prends bien soin de ton frère », lui répétait-elle sans cesse. Ce n'était pas nécessaire : depuis leur naissance, Hedy avait toujours protégé Christopher. Ruby n'a qu'à baisser à demi les paupières pour les revoir ensemble, ses jumeaux, leurs têtes blondes collées l'une à l'autre sous le soleil éclatant.

Ruby va mieux. Beaucoup de souvenirs lui sont revenus, même si certaines choses ont été effacées à jamais par les électrochocs. Elle s'assied sur le couvre-lit rose. Elle a mis son manteau et son chapeau, et pourtant ce n'est pas l'heure de sortir faire un peu d'exercice.

« Il ne faut pas prendre froid », a dit l'infirmière en l'aidant avec les boutons.

Derrière la vitre, derrière les barreaux, il neige fort dans le ciel de janvier. Il y a une raison pour laquelle Ruby est assise là, à patienter. Elle va enfin rentrer à la maison. Pas dans l'Iowa ou le Norfolk. Elle sait qu'elle n'habite plus là-bas, tout comme elle sait que Todd et Christopher sont morts. Ernest aussi. Guérir n'a pas été sans douleur. Elle sait aussi que Hank n'est pas un ami, qu'il ne l'a jamais été. Ses souvenirs de cette époque sont fragmentés, comme un miroir brisé, mais elle aperçoit des reflets de la vérité dans les éclats scintillants.

Les cachets du flacon marron sans étiquette lui donnaient des hallucinations, la plongeaient dans un monde sombre et incertain où elle ne maîtrisait plus rien, en particulier ses enfants. Et puis, penché vers elle quand elle était allongée dans son lit, Hank lui murmurait des choses, des choses épouvantables, que Hedy était responsable de la mort de Christopher, que Todd était un espion. Ses paroles l'ont poursuivie jusqu'ici, lui revenaient tous les soirs, la hantaient dans la désolation bourbeuse de ses journées. « Ruby, je sais que tu m'entends… », disait doucement la voix. Lui revenait l'image d'une chambre emplie d'une lumière dorée et voilée. Des rideaux orange s'agitant à une fenêtre. L'ombre des pins derrière le grillage. Elle cachait sa tête sous l'oreiller ou se bouchait les oreilles, mais ça ne servait à rien. La voix ne voulait pas se taire. « On va t'emmener quelque part où l'on prendra soin de toi. Tu sais que tu es faible. Tu ne peux pas te faire confiance. Tu as compromis Todd : c'est toi qui l'as dénoncé, tu as signé son arrêt de mort. Ton esprit te joue des tours. Christopher est mort. Tu te souviens, je t'ai dit qu'un accident était arrivé. Par la faute de Hedy. Ne pleure pas pour Todd, c'était un espion, il a trahi son pays. Tu n'as plus de famille, Ruby. Tout a disparu. Tu es seule au monde. »

Cela n'arrêtait pas, ces chuchotements qui enflaient et se brisaient en elle comme des vagues. Un soir qu'on ne lui avait pas donné ses médicaments, elle s'est souvenue du moment où il s'était penché vers elle, quand elle était alitée dans le bungalow bordé de pins. Elle a compris que les paroles étaient les siennes. « Hank », a-t-elle dit à voix haute dans l'obscurité. Son visage est apparu au-dessus d'elle, les pupilles dilatées de stupeur. « Je te faisais confiance. » Elle le regardait droit dans les yeux, sans flancher. « Tu m'as menti. Tu m'as raconté des mensonges, sur Todd, sur Hedy. » Il a eu un petit rictus, elle n'aurait su dire si c'était de la colère ou de la moquerie. « Menteur », a-t-elle répété, mais sa silhouette bleue s'éloignait vers les voix au-delà de la porte, vers une époque passée qui ne reviendrait plus.

Ruby s'est réveillée dans son lit médical, oppressée

par l'haleine et les odeurs corporelles des autres femmes, mais l'esprit curieusement allégé, comme libéré d'un sac de pierres. « Hedy, a-t-elle murmuré, d'une voix émerveillée. Ma fille… mon ange… »

Puis est venu le vrai cauchemar, les souvenirs de deuil. Son mari, son fils, morts l'un et l'autre. Si cette prise de conscience lui arrache le cœur, elle l'extirpe aussi du terrain glissant et trouble de l'incertitude pour la projeter dans une lumière dure mais pure.

Elle tire sur la manche de son manteau en laine, d'un bleu marine terne. En fait, ce n'est pas vraiment le sien, il lui a été donné par l'établissement. Un vêtement épais et lourd. Il conserve l'odeur de la propriétaire précédente. Ruby garde les pieds collés dans leurs chaussures pratiques.

— Dites donc, fait remarquer l'infirmière, ça fait longtemps que vous êtes chez nous ! D'après votre dossier, vous êtes arrivée en 1957.

Ruby essaie de se rappeler à quoi ressemble le monde extérieur. Des champs grisâtres que survolent en désordre des corbeaux freux. Les plaines de l'Iowa, brûlées et balayées par la poussière. Un tas de clochers et de toits dans une grande ville. Il y aura des choix à faire. Pardonner ou ne pas pardonner. Quoi prendre au petit déjeuner ? À quelle heure se coucher ? Cette liberté qui l'attend est une belle chose, quasiment un honneur, mais ça lui fait peur aussi. Comment fera-t-elle pour dormir seule dans le noir ? Pour marcher sans une infirmière à ses côtés ? Ruby touche sa paume, caresse sa cicatrice. Elle ne sera pas seule. Elle ne craint que l'inconnu, mais l'inconnu est le pouls même de la vie.

La porte s'ouvre et sa fille entre avec cette démarche de sportive qu'elle a depuis toujours, comme si elle s'apprêtait à piquer un sprint. Hedy a les joues rosies par le froid. Elle porte un jean et un blouson. L'odeur glaciale de dehors l'accompagne.

— Salut, maman. Fin prête ?

Ruby se lève et effleure sa joue.

— Aussi prête que je le serai jamais.

Hedy attrape le fourre-tout contenant les affaires de Ruby. Avec sa façon de se tenir, les jambes un peu écartées et les genoux pliés, à l'affût du prochain obstacle, du prochain combat, sa fille lui fait penser à Todd. Car il a toujours été présent chez elle, dans sa morphologie et son caractère, dans les mots qu'elle prononce à cet instant :

— Tout va bien se passer, maman. Je vais m'occuper de toi.

Les électrochocs, même répétés à outrance, ne peuvent effacer l'amour. Dans les pires moments où Ruby était incapable de se rappeler son prénom, le souvenir demeurait pourtant tapi en elle, comme une force indépendante nichée sous ses côtes, une pulsation sous les couches de ténèbres lugubres. Une chose minuscule. La sensation sur sa peau du souffle de ses enfants, leur poids tiède dans ses bras, les lèvres de Todd posées sur les siennes. Et bien plus en arrière, un souvenir lointain d'Ernest, âgé peut-être de deux ou trois ans, lui tenant la main. Étant la plus robuste, elle le guidait dans la cour, ramassait des plumes qu'elle mettait dans ses cheveux, ce qui l'amusait follement. Son frère, de chair et de sang. Avant que son squelette ne le trahisse, avant qu'elle-même ne le trahisse. Tout ça contenu dans une pulsation infime.

Hedy prend sa main, celle avec la cicatrice, et la replie entre ses doigts.

— On sera trois. J'habite avec mon amie Claire. Je pense qu'elle te plaira. Et j'espère que tu te sentiras bien dans notre maison. Nous avons fait des travaux. Mais peu importe, dit-elle en souriant. Il y a un jardin pour profiter des beaux jours. Tu auras ta propre chambre.

— Je pourrai dormir en laissant la lumière allumée ?

— Bien sûr. On pourrait même t'acheter une veilleuse. Pourquoi pas une qui dessine des motifs de lune et d'étoiles ?

Un petit groupe de médecins et d'infirmières est là pour lui dire au revoir. On les sent fiers et un peu anxieux, comme des parents se séparant de leur enfant le jour de la rentrée des classes. Ruby regarde devant elle, l'air résolu, et ne lâche pas la main de Hedy, au cas où on changerait d'avis, où on la rappellerait en prétextant une erreur. Ensemble, elles enfilent lentement le long couloir. La porte s'ouvre.

— À toi l'honneur, dit Hedy.

Au moment où Ruby met le pied dehors, elle est happée par un monde de blancheur, aveuglée par la réverbération du soleil reflété sur la neige fraîche. Elle croit voir Christopher dans la lumière, sa silhouette est imprimée sur sa pupille. Le temps de ciller, il a disparu. Elle tend la main pour garder l'équilibre, entend Hedy qui lui murmure des mots d'encouragement, et une telle joie l'emplit qu'elle en a le tournis, grisée comme si elle virevoltait entre les bras de Todd et se laissait entraîner par la musique.

NOTE DE L'AUTEURE

Les expériences pratiquées dans les bunkers du roman s'inspirent du projet MK-Ultra, dans le cadre duquel ont été menées des expérimentations sur des êtres humains : malades mentaux, prisonniers, militaires, et même des enfants. Conçu et dirigé par la CIA, ce programme a été mis en œuvre par l'armée américaine. Lancé dans les années 1950, il visait à mettre au point des techniques basées sur la torture et l'interrogatoire, pour exercer un contrôle mental sur les individus. Des drogues comme le LSD étaient également administrées à des civils et à des militaires, comme Todd, à leur insu et sans leur consentement. À l'époque, les États-Unis étaient prêts à tout pour mettre au point un sérum de vérité, étant persuadés que les Russes disposaient déjà du leur. D'anciens scientifiques nazis ont été recrutés pour le programme. Des expériences ont été menées en recourant à diverses drogues et substances chimiques, à la privation sensorielle, à l'isolement, aux comas artificiels et à d'autres formes de torture psychologique. Il a été mis fin au projet MK-Ultra en 1975 suite à la création d'une commission chargée d'enquêter sur ses méthodes souvent illégales. Les expérimentations ont eu lieu dans divers emplacements aux États-Unis, mais jamais, à ma connaissance, dans une base militaire américaine à l'étranger. Cet aspect de l'intrigue relève de la pure fiction. La base du roman s'inspire de celle de Bentwaters, dans le Suffolk, utilisée par l'US Air Force pendant la guerre froide. Une forêt de pins l'entoure sur trois côtés. C'est dans cette même forêt de Rendlesham que des soldats américains ont rapporté avoir vu un ovni en décembre 1980.

REMERCIEMENTS

Merci, Emma Beswetherick. Quelle chance j'ai de t'avoir comme éditrice ! C'est aussi un privilège que de pouvoir compter sur l'équipe talentueuse chez Piatkus. Dom Wakeford, Kate Hibbert et Andy Hine, je suis consciente de la contribution qui est la vôtre. Comme toujours, toute ma reconnaissance va à mon agent, Eve White. Tu as tout rendu possible. Merci, Ludo Cinelli, pour ton aide précieuse. J'ai une dette envers mes premiers lecteurs qui ont la patience d'affronter des tapuscrits non corrigés et encore au stade d'ébauche : Sara Sarre, qui prend à cœur son rôle de meilleure amie et première lectrice ; Alex Marengo, toujours partant, et avec le sourire, pour discuter en pleine nuit d'un aspect de l'intrigue ; Ana Sarginson, ma plus jeune lectrice, du haut de ses cinq ans ; Anil Malhotra, qui a lu quasiment toutes les versions et m'a fait des remarques aussi judicieuses qu'utiles. Mille mercis également à mon groupe d'écriture : Mary Chamberlain, Viv Graveson, Laura McClelland, Cecilia Ekback et Lauren Trimble. C'est un bonheur d'être entourée d'écrivaines aussi fidèles et talentueuses. Sophie Hutton-Squire, je te suis toujours reconnaissante pour les corrections minutieuses et réfléchies que tu apportes au texte.

Au début de mes recherches, j'ai eu la chance d'entrer en contact avec Joyce Berch et Ruth Cunha, qui ont accepté avec gentillesse de me décrire leur vie sur la base aérienne de Bentwaters dans les années 1950. Les souvenirs que vous avez partagés avec moi étaient passionnants et plus qu'utiles.

Merci infiniment ! Si j'ai commis des bourdes factuelles dans ce roman, j'en suis seule responsable.

Enfin, je ne pourrais rien accomplir sans mes proches – leur amour et leur soutien sont au cœur de ce que je suis et de tout ce que j'entreprends : mon frère Alex Sarginson et ma sœur Ana Sarginson, mon partenaire Alex Marengo et mes enfants, Hannah, Olivia, Sam et Gabriel.

PAPIER À BASE DE FIBRES CERTIFIÉES

Le Livre de Poche s'engage pour l'environnement en réduisant l'empreinte carbone de ses livres. Celle de cet exemplaire est de :
350 g éq. CO_2
Rendez-vous sur www.livredepoche-durable.fr

Composition réalisée par Soft Office

Achevé d'imprimer en août 2021, en France sur Presse Offset par
Maury Imprimeur – 45330 Malesherbes
N° d'impression : 256403
Dépôt légal 1re publication : septembre 2021
LIBRAIRIE GÉNÉRALE FRANÇAISE – 21, rue du Montparnasse – 75298 Paris Cedex 06

59/1706/0